# 夜行之子

［挪威］尤·奈斯博 著　　齐彦婧 译

# SØNNEN
## JO NESBØ

湖南文艺出版社
HUNAN LITERATURE AND ART PUBLISHING HOUSE　博集天卷
CS-BOOKY

他将再临，审判活人死人①

_____

① 出自《圣经·提摩太后书》，原句为："我在神面前，并在将来审判活人死人的基督耶稣面前，凭着他的显现和他的国度嘱咐你。"——译者注（本书脚注如无特别说明，均为译者注）

# / 目 录 Contents /

Sønnen

# 第一部

他的一生，就是黑暗与光明之间一场漫长、无谓而胶着的较量，而且好像从来没有哪一方彻底获胜。或者其实胜负已定？黑暗的领地正一天天扩大。长夜就在眼前。

# 1

罗弗一直盯着这间十一平方米的牢房的水泥地板，地面被刷成了白色。他咬住下颚那颗略长的黄金前牙。他的忏悔进入了最艰难的阶段。牢房里静得出奇，只听见他用指甲抓挠前臂上那块圣母文身的声音。对面床上，那少年盘腿而坐，自打罗弗进来就沉默不语。他只是点头，露出他那佛陀般欢喜的微笑，凝视着罗弗前额某处。他们管这少年叫桑尼①，说他十来岁时杀过两个人，父亲是一个腐败的警察，还说桑尼有双疗愈之手。很难看出少年是否在听，他的绿眼睛和大半张脸都被蓬乱的长发挡住了，不过这并不要紧。罗弗只求自己的罪孽得到宽恕，只想得到桑尼独一无二的祝福，这样他明天走出斯塔滕最高警戒监狱时，才会有罪孽被彻底涤荡的感觉。倒不是说罗弗有多虔诚，不过既然他想改过自新、真的试试走正道，这样做也没什么坏处。罗弗深吸了一口气。

"我觉得她是白俄罗斯人。明斯克是在白俄罗斯，对吧？"罗弗飞快地抬头瞟了一眼，但少年没有答话。"内斯特给她起的绰号是明斯克。"罗弗说，"他让我一枪崩了她。"

向嗑药嗑坏了的人忏悔有个显而易见的好处，就是对方脑子里留不下一个名字、一件事情，约等于自言自语。这或许可以解释为什么斯塔滕监狱的囚犯更愿意来找这家伙忏悔，而不是去找监狱牧师或心理医生。

"内斯特把她跟另外八个女孩关在一只笼子里，就在恩纳豪根。她们都是东欧人和亚洲人。年纪很小。十来岁吧。起码我希望她们真有这么大。

---

① 原文为 Sonny，有"小子""年轻人"之意。

不过明斯克年纪稍微大点儿。更有力气。她跑了。跑到泰恩公园①才被内斯特的狗追上。是那种阿根廷獒犬——懂我意思吧？"

少年的目光依然停留在原处，不过他抬起一只手。他摸到胡子，开始用手指缓缓梳理胡须。他身上那件脏衬衫太大了，袖子滑落下来，露出结痂和针眼的痕迹。罗弗接着往下说。

"就是那种吓人的大白狗。主人指谁就咬死谁。主人没指的也咬死不少。在挪威被禁养了，可想而知。雷灵恩有个家伙从捷克共和国搞了一批，让它们产仔，登记成白拳师犬。我跟内斯特去他那儿买了一只，那会儿它还是个小狗崽。花了五万多现金。小狗太可爱了，你绝对想不到它会……"罗弗打住了。他明白自己大谈那只狗，不过为了拖延早晚要来的东西。"好吧……"

好吧。罗弗望着另一只小臂上的文身。一座大教堂，带两个尖顶。每个尖顶代表一次刑期，都与他今天忏悔的这件事无关。他曾为一个摩托帮会供应枪支，有时候就在他自己的工作室改造一些枪支。他干这个很拿手。过于拿手了。拿手到没法一直不引起警方注意，结果落了网。拿手到第一次服刑期间就被内斯特收编了。内斯特确保他只为自己效力，这样一来，今后就只有内斯特能拿到最顶级的枪支，摩托帮会和其他对手想都别想。他开的价码很高，罗弗在工作室修一辈子摩托车，都不一定能挣到在他那儿几个月的工钱。但内斯特要求的回报也高。高得离谱。

"她躺在灌木丛里，浑身是血。她就躺在那儿一动不动，仰面瞪着我们。那狗从她脸上咬下来一块肉——你都能看见牙齿。"罗弗做了个鬼脸，开始说重点，"内斯特说要给她们一个教训，以儆效尤。反正明斯克现在对他也没什么用了，脸都给咬成这样了……"罗弗咽了口口水。"所以他就让我动手。让我把她干掉，好证明我没有二心，懂我的意思吧。我有把旧

① 位于挪威首都奥斯陆。

的鲁格 MKII 型手枪，自己改装了的。我是真准备动手啊。真的。这不是问题……"

罗弗感觉喉头一紧。其实他经常回想这件事，回顾那晚在泰恩公园的几秒钟，脑中一次次浮现那女孩的面孔。内斯特和他是主角，其他人则是沉默的目击者。就连那只狗都一声不吭。这件事他大概回想过一百遍吧？还是一千遍？但直到此刻，直到他头一次把它说出口，他才意识到那不是梦，那一切真真切切地发生过。或者说，直到此刻之前，他的身体都未能接受这个事实，所以他的胃里才会翻江倒海。罗弗用鼻子深深吸气，想缓解恶心。

"但我就是下不去手。尽管我知道她绝对活不了了。他们让狗在旁边待命，换成是我，肯定宁愿被一枪崩了。但我手里的扳机就跟卡住了似的。我就是按不下去。"

那少年似乎在微微点头。也许是在回应罗弗，也可能是在聆听自己脑中的音乐。

"内斯特说我们时间有限，这地方毕竟是公园。于是他从腿上的皮套里抽出一把袖珍弯刀，一个箭步冲上去，揪着头发把她拎起来，在她喉咙上轻轻一抹。她喷了三四股血，血就流尽了。可你知道我记得最清楚的是什么吗？是那条狗。它看见到处是血，嚎得那叫一个凶啊。"

罗弗在椅子上俯身，把胳膊肘支在腿上。他用手捂住耳朵，身子前后摇晃。

"我什么也没做。只是傻站在那儿，看着。什么也没干。他们把她用毯子裹起来扛到车上，我就那么眼睁睁看着。我们把她运进林子里，把车开到厄斯特马克赛特拉。然后把她抬下来，从山坡上向吕斯吕兹瓦内特的方向推下去。那地方经常有人遛狗，她第二天就被发现了。重点是，内斯特就是想让人发现她，明白不？他希望她的惨状登上报纸。他好杀鸡给猴看。"

罗弗把手从耳朵上移开。

"我睡不好。一闭眼就做噩梦。那女孩冲我笑,脸上少了块肉,牙齿全露在外头。所以我就去找内斯特,说我不干了。说我不想再给乌兹冲锋枪和格洛克手枪缩小尺寸了,就想回去修摩托车。想过安生日子,不想整天担心被警察盯上。内斯特说行,他大概也看出我压根不是什么硬汉。不过他把话说得很清楚,警告我要是走漏风声会有什么下场。我以为事情就这么结束了。我把活全推了,虽说手上还有好几把拿得出手的乌兹冲锋枪。但我总觉得要出事。有人要做掉我。所以警察来抓我的时候,我简直可以说松了口气。想着还是坐牢安全。他们抓我是因为另一桩陈年旧案——我只是从犯而已,但他们抓了两个人,那两人都说从我这儿进过武器。我当场就招了。"

罗弗死命大笑。笑到咳嗽。他靠回椅背。

"再过十八小时我就要出去了。也不知道外面等着我的是什么。但我知道,内斯特也知道我快出去了,虽说我被减了四个星期的刑。我敢说这里边的事他全知道,他也知道警察的一举一动。到处都有他的耳目。所以我在想啊,他要是想弄死我,肯定在这儿就动手了,根本不用等我出去。你觉得呢?"

罗弗等待着。但对方只是沉默。那少年看上去好像什么也没想。

"不管发生什么,"罗弗说,"求点祝福总没坏处,对吧?"

听到"祝福"二字,桑尼的眼睛好像一下子亮了,他抬起右手,示意罗弗凑近、跪下。罗弗跪到床前的祈祷毯上。弗兰克一般不允许囚犯在牢房铺地毯——斯塔滕监狱采用的是瑞士管理模式:牢房里不得有冗余物品。个人物品总数不能超过二十件。想领一双鞋,就得交出两条内裤或两本书。罗弗抬头看着桑尼的脸。少年用舌尖润湿干裂的嘴唇。他语速很慢,声音出人意料地轻柔,但是吐字相当清晰。

"天地诸神怜悯你,宽恕你的罪。你终有一死,有罪之人一朝忏悔,灵魂便得入天堂。阿门。"

罗弗低下头。感觉少年把手放在自己被剃光的脑袋上。桑尼是左撇子，不过傻子都看得出来，他的寿命肯定比大多数右撇子都短。他随时可能死于吸毒过量，可能就在明天，也可能再过十年——谁知道呢？但罗弗压根不相信少年的手像别人说的那样，能疗愈创伤。他也不怎么相信祝福这种事。那他干吗还要来？这个嘛，宗教信仰就像火灾保险，你从不指望真正用上它，既然人们说这少年能承担他的罪孽，又不求任何回报，那罗弗为什么不来求个心安呢？罗弗真正想不通的是，桑尼这么个人，怎么可能是个杀人不眨眼的凶手呢？这根本就不合情理。这大概正应了那句老话：魔鬼有许多副面孔。

"愿你平安。[1]"少年说完，拿开那只手。

罗弗依然待在原地，低着头。他舔了舔那颗金牙光滑的背面。他准备好了吗？如果真的难逃一死，那他准备好去见上帝了吗？他抬起头。

"我知道你从来不求回报，不过呢……"

他望着男孩盘在身下的光脚，发现他脚背的大血管上也有针眼。"我上次坐牢是在波特森监狱，那地方很容易弄到毒品，小菜一碟。毕竟波特森可不是最高警戒监狱。他们说弗兰克弄得大家没法把任何东西带进斯塔滕，但其实呢……"罗弗把手伸进衣兜，"……也不尽然。"

他掏出一件东西。一个手机大小的镀金物件，形似手枪。罗弗扣动扳机。枪口冒出一小团火焰。"见过这玩意吗？我猜你肯定见过。我进来那天给我搜身的警官当然也见过。他们说要是我有兴趣，他们可以把偷带进来的香烟便宜卖给我。所以他们让我留着这个打火机。我估计他们没有读过我的犯罪记录。这年头已经没人认真做事了——这不禁让人疑惑，在这个国家，到底有没有办成过任何事。"

---

[1] 原文"Salaam alaikum"是阿拉伯语中最常见的问候语。

罗弗把打火机托在手上掂量。

"八年前,我做了一对这玩意。我这手艺啊,不是我吹,全挪威都找不到第二个。有个中间人找到我,说他的客户想要一把完全不用遮掩的枪,一把看上去不像枪的枪。所以我就做了这个。人的大脑真有意思。起先他们觉得这显然是一把枪。但只要你向他们展示这玩意还能当打火机,他们就忘记它可能是真枪了。或许还可能是牙刷或螺丝刀吧,但不会是枪,绝不可能。所以……"

罗弗拧了拧枪托底部的一颗螺丝。

"它能装两发九毫米子弹。我管它叫'亲密爱人终结者'。"他把枪口对准少年。"亲爱的,一颗给你……"然后又对准自己的太阳穴,"一颗给我……"在狭小的牢房里,罗弗的笑声听上去异常孤独。

"总而言之。他们本来只让我做一支;那个客户不想让任何人知道这个小发明暗藏的玄机。但我又多做了一支,带着防身,免得内斯特在里边对我动手。但明天我就要出去了,这东西也用不着了,不如就送给你吧。对了……"

罗弗从另一只衣兜里掏出一包香烟。"有打火机却没有烟,有点奇怪吧?"然后他掏出一张泛黄的名片,上面印有"罗弗摩托车修理铺"的字样,又把名片塞进烟盒。

"要是你以后想修摩托车什么的,这是我的地址。想给自己搞把牛逼的乌兹冲锋枪也行。我说过,我还有好些——"

牢门被人从外面拉开了,一个声音咆哮道:"罗弗,出来!"

罗弗回过头。看门的狱警腰带上那串钥匙实在太沉,坠得他的裤子直往下掉,不过腰带被他的啤酒肚挡住了一部分,那肚皮就像膨胀的面团,溢出了腰带。"又有人来找教皇陛下了。差不多算是他的近亲。"他狂笑不止,回头对身后那人说:"你不介意吧,佩尔?"

罗弗把枪和香烟塞到少年的被子底下,最后看了他一眼。

然后就匆匆走了。

监狱牧师下意识地整了整尺寸不合适的牧师领，勉强挤出一个笑脸。近亲。别介意。他真想把唾沫啐在狱警那张满是横肉的笑脸上，但相反，他只是对出来的囚犯点点头，假装认出了对方。他瞟了一眼那人小臂上的文身，是圣母和教堂。但他还是想不起对方是谁，这些年他见过的面孔和文身实在太多，早就分不清了。

牧师走进牢房。闻到一股焚香的气味。或是某种类似的东西。像加热毒品的味道。

"你好，桑尼。"

床上的少年没有抬眼，只缓缓地点点头。佩尔·沃兰认为这就表示对方知道他来了，并允许他进来。

他坐下来，发现椅子还带着上一个人的余温，心里稍微有点不舒服。他把带来的《圣经》放在床上的少年身旁。

"今天我去你父母坟上献花了。"他说，"我知道你没让我这么做，不过……"

佩尔·沃兰试图与少年对视。他自己有两个儿子，都已经长大成人、自立门户了。就像沃兰自己当年那样。不同的是，他家的大门依然随时向儿子们敞开。

庭审那会儿，一名被告方证人，一位老师，说桑尼以前是优等生，还是天才摔跤手，人缘很好，一向乐于助人，甚至说过将来想做一个像他父亲那样的警察。可自从他父亲被发现死在家中，身旁还留了一封承认自己贪污腐败的绝笔信，桑尼就再没去过学校。牧师试着想象那个十五岁少年心中的屈辱，想象如果儿子们知道他的所作所为，会有多抬不起头。想到这儿，他又整了整牧师领。

"谢谢您。"桑尼说。

佩尔纳闷桑尼怎么这么显小。按说他现在也快三十岁了。没错。桑尼坐了十二年牢，入狱那年是十八岁。大概是毒品让他青春常驻吧，它们延缓了他的衰老，让他光长头发不长岁数，始终圆睁着一双婴儿般纯净的眼睛，好奇地打量这个世界。这个邪恶的世界。只有上帝知道这世界是何等罪孽深重。佩尔·沃兰当了四十年监狱牧师，眼看这世界一天比一天堕落。罪孽像癌细胞一样扩散，侵染健康细胞，用吸血鬼的尖牙给它们注入毒素，把它们拉入自己腐化的事业。一朝被咬就永世不能摆脱。谁也不能。

"你怎么样啊，桑尼？放风日在外面玩得开心吗？见着大海了吗？"

没有回答。

佩尔·沃兰清了清喉咙。"那位狱警说你去海边了。你应该已经从报上看到了，就在你离开的第二天有人发现一个女人被杀害了，离你去的地方不远。她死在自家床上，脑袋都被……唉，算了。详情都在这儿了……"他用手指敲了敲那本《圣经》，"那位狱警提交了报告，说你从海边逃走了。一个小时后他在路边找到了你。你不肯说你去了哪儿。你的说法可不能跟他有出入啊，明白吗？还是老规矩，你说得越少越好。行吗？桑尼？"

佩尔·沃兰终于与少年目光相接了。从少年的表情中，佩尔很难看出他在想些什么，但他相信桑尼·洛夫特斯会照他说的做，不在警察或检察官面前多嘴。他要做的，只是在被问到"有什么要为自己辩护的"时轻飘飘地说一句"我认罪"。这或许有点矛盾，但沃兰不时会在这个瘾君子身上看到一种使命感，一种意志力，一种求生的本能，所以他不同于一般的瘾君子，那些人彻底自甘堕落，对生活不抱任何期望，唯一的宿命就是一头栽进阴沟。这份意志力不时会骤然闪现，化作突如其来的犀利、一针见血的问题，显示他一直在认真倾听，没有什么能逃过他的眼睛和耳朵。他有时会突然起身，举手投足间流露出吸毒成瘾者少有的协调、平衡与灵活。而在另一些时候，像现在，他却好像一个字也没听进去。

沃兰在椅子上扭动身体。

"当然，你可能有一阵子不能出去放风了。不过你反正也不喜欢出去，对吧？而且你已经看过海了。"

"那不是海，是河。是她丈夫干的吗？"

牧师心头一惊，像突然看见什么东西跃出面前漆黑的水面。"我不知道。这重要吗？"

没有回答。沃兰叹了口气。他又恶心反胃了。最近他好像总是这样。也许他真该找个医生看看。

"这不用你操心，桑尼。记住，在外头，像你这样的人得寻觅一整天才能续上下一针毒品。而在这里，你什么也不用操心。而且别忘了，时间可不等人啊，等你把原来的刑期服完，你对他们就没用处啦，但这次谋杀能让你再多判几年。"

"所以真是她丈夫干的。他很有钱吗？"

沃兰指了指《圣经》。"这里有你闯入的那栋住宅的详情。房子很大，布置很豪华。但本该保护这一大笔财产的警报器却没响，连大门都没锁。这家人姓莫尔桑德，就是那个戴眼罩的独眼船主。你应该在报纸上见过他，对吧？"

"见过。"

"是吗？想不到你还——"

"对，是我杀了她。好的，杀人过程我会看的。"

佩尔·沃兰长舒了一口气。"很好。有些关于杀人过程的细节，你必须记住。"

"行。"

"她被……她的头顶被削掉了。你用了电锯。明白吗？"

随后，两人沉默良久，佩尔·沃兰感觉这宁静中仿佛充盈着呕吐物。连呕吐都比压榨这少年好。他望着他。人生的走向到底由什么决定？难道是一连串不受控制的偶然因素？还是说宇宙间存在某种引力，能把一切引向命定的轨道？他解开那副让人莫名难受的牧师领，强忍着恶心，硬起心肠。想想自己面临的威胁。

他站起来。"要是你想找我，我现在住在亚历山大·希兰兹广场的伊拉中心。"

他看见少年面露诧异。

"只是暂时的，懂吧。"他匆匆一笑，"我老婆把我扫地出门了，我又恰好认识中心的人，所以他们就——"

佩尔突然打住了，一下子明白为什么那么多囚犯都愿意找这年轻人倾诉。因为他总是沉默不语。因为一个没有反应、不做评判、只顾倾听的人身上有种迷人的虚无。这种人什么都不做就能让你打开话匣、吐露秘密。作为牧师，他终其一生都想练成这种本领，但那些囚犯似乎总能看出他另有所图。他们不知道他图的是什么，只知道套出秘密能给他带来好处。比如走进他们的心，或将来可能上天堂。

牧师见少年翻开《圣经》。多低级的把戏，也很可笑；把书挖空，变成一只匣子。里面放着几张折叠的纸，上面印着桑尼认罪要看的资料，外加三小包海洛因。

# 2

阿里尔德·弗兰克高喊一声"进来！"，眼睛始终盯着桌上的文件。

他听见门开了。外间办公室的接待秘书伊娜已经通报了访客的身份，有那么几秒钟，阿里尔德·弗兰克本想让她告诉牧师自己很忙。这倒也不算假话；他还有半小时就要去波利许塞特跟警署署长开会了，那是奥斯陆警察总署所在地。不过这阵子佩尔·沃兰好像有点情绪不稳，这很不应该，所以见见他倒也无妨，正好看看他还扛不扛得住。这起案子可不能搞砸，对他俩都是。

"别坐了。"阿里尔德·弗兰克签好文件站起来说，"咱们边走边聊。"

他走到门口，从衣帽架上摘下制服帽，听见身后传来牧师拖着步子走路的声音。阿里尔德·弗兰克告诉伊娜自己一个半小时后回来，然后用食指触摸楼梯间门旁的传感器。监狱一共两层，没有电梯。电梯就等于竖井，每道竖井都是一条越狱通道，而且火灾时电梯也必须关闭。在其他监狱，聪明的囚犯会利用火灾和随后混乱的疏散越狱。同理，所有的电缆、保险丝盒、水管也都必须铺设在囚犯接触不到的地方，要么在建筑外部，要么就用水泥浇筑在墙里。这座监狱没有留下任何可乘之机。应该说，是他弗兰克没留下任何可乘之机。建筑师和国际知名监狱专家为斯塔滕监狱绘制蓝图时，他就跟他们坐在一起。诚然，斯塔滕监狱的设计借鉴自瑞士阿尔高地区的伦茨堡监狱：采用超现代风格，但布置简约，强调安全与效率而非舒适。但他阿里尔德·弗兰克才是它真正的缔造者。斯塔滕监狱就是阿里尔德·弗兰克，弗兰克就是斯塔滕监狱。所以董事会那帮家伙（祝他们都下地狱），以他们无穷的智慧，怎么会让他屈居副典狱长一职，而让那个从哈尔登监狱空降来的白痴忝居典狱长之位呢？的确，他弗兰克是一块未经雕琢的璞玉，不是那种会讨政客欢心的马屁精，那种人一听政客心血来潮地要改革监狱就欢欣雀跃，根本不顾上次改革还没落实。但他弗兰克知道怎么把工作做好——关好犯人，确保他们不要生病或者死去，不让他们在牢里显著地变坏。他效忠值得效忠的人，关照自己手下的人。在这个腐化至极、追逐政治利益的等级体系中，就连他的上级都做不到这一点。在他被有意忽视、痛失典狱长一职之前，阿里尔德·弗兰克本指望等自己退休后，监狱会在大厅里竖起他的纪念胸像——尽管妻子说他脖子太粗，脸太像斗牛犬，头发也乱糟糟的，不适合半身胸像。不过在他看来，要是成就得不到嘉奖，人就应该自我嘉奖。

"这活我干不下去了，阿里尔德。"两人经过走廊，佩尔·沃兰在他身后说。

"什么活啊？"

"我可是个牧师。我是指咱们对那孩子干的事——让他平白无故地背黑锅。替那个丈夫坐牢，那人——"

"小点声。"

在通往控制室的门外——弗兰克喜欢叫它桥，他们经过一位老人身旁，那人正在拖地，看见他们就停下手里的活，冲弗兰克友好地点点头。约翰内斯是监狱里最年长的人，跟弗兰克很投契，他性情温和，在二十世纪的某个时候——几乎是碰巧——干起了毒品走私，之前连只蚂蚁都没踩死过，现在他已经入狱多年，早已习惯了牢狱生活，非常适应，非常安定，出狱反倒成了他最怕的事。只可惜用斯塔滕这样的监狱关他这种犯人，无异于牛鼎烹鸡。

"怎么，良心不安了，沃兰？"

"哎，是啊，阿里尔德。"

弗兰克已经想不起下属从什么时候开始对上司直呼其名，也忘了典狱长从什么时候开始不再穿制服，而是改穿便服。有的监狱甚至允许狱警也穿便服。在巴西圣保罗的弗朗西斯科·德·马尔监狱，狱警在一场暴动中用催泪弹击中了自己的同事，就因为他们看不出谁是员工、谁是囚犯。

"我想退出。"牧师恳求道。

"这样好吗？"弗兰克蹚下楼梯。再过十年他就退休了，相比同龄人，他的身材算相当不错，因为他坚持锻炼。在这个行业，肥胖已经成了主流而非个别现象，锻炼成了被遗忘的美德。以前女儿学游泳的时候，他不是还带过本地的游泳队吗？他不是也曾利用业余时间回馈社区，回报这个对那么多人如此慷慨的国家吗？可他们好大的胆子，居然敢怠慢他。"所以那些男孩也让你良心不安了吗，沃兰？我们手上可有你猥亵他们的证据。"弗兰克把食指放在下一道门的传感器上；门外是一道走廊，往西是牢房，往东是员工更衣室和出口，外面就是停车场。

"沃兰，要我说，你不如就当桑尼·洛夫特斯也在替你赎罪吧。"

又一道门，又一个传感器。弗兰克把手指放上去。这个设计是他从日本钏路市的带广刑务所照搬过来的，深得他的喜欢。他们从有权出入监狱的人员那儿采集指纹，而不是发放钥匙，那东西容易丢失，容易复制，还容易被滥用。这不但帮他们消除了钥匙使用不当带来的风险，还给他们留下一份记录，能查到什么人在何时出入了哪道门。当然，他们也装了监控摄像头，但面部可以遮挡，指纹却不能。门嘎吱一声开了，他们进入一个密闭闸，那是个小房间，两端各有一扇带铁条的金属门，一扇关上，另一扇才会打开。

"我真干不下去了，阿里尔德。"

弗兰克竖起一根手指放在嘴唇上。监狱里的摄像头几乎覆盖了每个角落，此外每个密闭闸还配备了双向通话系统，方便那些由于种种原因被困在里面的人呼叫总控室。出了密闭闸，他们走进更衣室，那儿有淋浴区和一排储物柜，供员工存放衣物和个人物品。副典狱长有把万能钥匙，能打开所有的柜子，但弗兰克认为这件事员工不必知道。或者说最好不知道。

"我还以为你很清楚自己是在为谁效劳呢。"弗兰克说，"你不能就这样撂挑子不干。在那些人眼里，忠诚可是要命的事。"

"这我知道。"佩尔·沃兰开始刺耳地喘息，"但我考虑的可是永恒的生命啊。"

弗兰克停在门口，飞快地扫了一眼左侧那排储物柜，确认那里没有别人。

"你知道这么做会有什么后果吗？"

"上帝作证，我不会走漏半点风声。你就转告我的原话，阿里尔德。告诉他们我的嘴会像死人一样严。我只求一条出路。求你了。帮帮我吧？"

弗兰克低头盯着传感器。出路。要离开监狱，只有两条路可走。他们走的是后门这条，此外就只能经过前台，从前门出去。没有通风管道，没有火警安全出口，也没有那种刚好能容一人通行的下水道。

"我试试吧。"弗兰克说着，把手指放在传感器上。把手上方亮起一盏小小的红灯，表示后台正在比对数据。红灯熄灭，绿灯亮起。他推开门。强烈的阳光照得他们睁不开眼睛，他们戴上墨镜，穿过宽阔的停车场。"我会转告他们你不想干了。"弗兰克掏着车钥匙说，同时瞥了一眼保卫室。那里配了两名警卫，荷枪实弹，全天站岗，进出双向都安装了钢铁栅栏，就连弗兰克新买的保时捷卡宴也闯不过去。悍马 H1 或许勉强可以一试，弗兰克也的确很想买它，但那车太宽了，而他们特意把车道设计得很窄，就是为了阻挡大型车辆。监狱由一座六米高的围墙环绕，他又在围墙外加了一层钢栅栏，同样是为了防范大型车辆。他本来想给栅栏通电，但城市规划部门否决了他的提议，理由是斯塔滕监狱地处奥斯陆闹市区，这样容易造成无辜平民受伤。无辜，哼——街上的人要想碰到这道栅栏，至少得先爬上一道五米高的围墙，围墙顶端还有带刺铁丝网。

"顺便问一句，你要去哪里？"

"亚历山大·希兰兹广场。"佩尔满怀期待地说。

"抱歉啊。"阿里尔德说,"我不顺路。"

"没关系,外面就是公交站。"

"行。再联系。"

副典狱长上了车,驶向保卫室。根据监狱规定,任何车辆都必须停车,所有乘客一律要接受盘查,他本人的车也不例外。就像今天,警卫会一直看着他走出监狱、钻进汽车,才会抬杆放行。警卫向他行礼,弗兰克也点头致意。他停在主干道上等红灯,抬头望着后视镜,从里面欣赏自己心爱的斯塔滕监狱。它并不完美,但它近乎完美。即便它有什么不足,他认为也都该怪规划委员会,还有政府部门那些愚蠢的新规,以及半数都是腐败分子的人事部门。他只想为所有人好,造福奥斯陆所有勤恳工作、遵纪守法的市民,他们理应享有安全的环境,过上有品质的生活。所以,好吧,斯塔滕原本可以更好。有时候他也是身不由己。不过呢,就像他教游泳时告诉学员的:没人会给你特殊照顾,你要么游泳,要么沉底。接着,他又想到眼下这件事。他得捎个信。而他很清楚这会带来什么后果。

绿灯亮了,他踩下油门。

# 3

佩尔穿过亚历山大·希兰兹广场一侧的公园。今年七月潮得出奇，冷得不像夏天。不过现在天已放晴，公园葱茏得宛如春日。夏天又回来了，他周围的人都仰面坐在那里，闭着眼睛接受阳光滋养，好像生怕它会耗尽似的；他听见滑板隆隆滚动，半打装的啤酒瓶叮当碰撞，被人拎去参加城市绿地或阳台上的烧烤聚会。不过看到气温回升，最开心的还要数这样一群人，他们身上仿佛蒙了一层被公园周围的车流搅起的灰尘：这些衣衫褴褛的身影蜷缩在长椅上、喷泉边，扯着嘶哑的嗓子冲佩尔快活地起哄，像一群尖叫的海鸥。他在于兰兹街和瓦尔德马·特拉内斯街交界处等红灯，卡车和巴士从他面前鱼贯而过。在一闪而过的车辆的缝隙间，他望着马路对面建筑的外立面。臭名昭著的特拉嫩酒吧的窗户上覆盖着塑料薄膜，这里自一九二一年开业以来就致力于满足城中最焦渴的居民——近三十年来，阿尼·"噪音爵士乔"·诺尔塞 [①] 一直在这里驻唱，他会打扮成牛仔模样，骑在独轮车上抱着吉他弹唱，身旁是他的乐队，成员包括一位老风琴手和一个用铃鼓和汽车喇叭演奏的泰国女人。佩尔·沃兰把目光投向另一栋建筑，建筑外墙上的铸铁字母拼出"伊拉中心"字样。战争年代，这里专门收容单身母亲。如今，这里居住着全城最无可救药的瘾君子。一群完全没想过戒毒的人。伊拉中心是他们抵达终点前的最后一站。

佩尔·沃兰穿过马路，在中心门口停下脚步，按下门铃，看着摄像头。他听见门嗡的一声开了，然后推门进去。看在过去的分上，中心腾出一个

---

[①] 即阿尼·诺尔塞（Arnie Norse, 1925—2016），挪威歌手、音乐人、作曲家、作家。

房间让他住两个星期。可现在都一个月了。

"嗨，佩尔。"那个棕色眼睛的年轻女人说，是她刚才下来为佩尔开楼梯口那扇铁条门的。门锁被破坏了，从外面打不开。"食堂已经关了，不过你要是直接过去，说不定还能赶上晚饭。"

"谢谢你，玛莎，我不饿。"

"你好像很累。"

"我从斯塔滕走回来的。"

"啊？不是有公交车吗？"

她转身上楼，他步履沉重地跟在后面。

"我得想点事情。"他说。

"有人来找过你。"

佩尔一愣。"谁？"

"没问。可能是警察吧。"

"为什么是警察？"

"他们好像很想找到。所以我觉得说不定跟你认识的某个囚犯有关。诸如此类的吧。"

来了，佩尔想，他们已经找上我了。

"你有信仰吗，玛莎？"

她在楼梯上回眸一笑。佩尔心想，换成哪个年轻小伙，说不定会深深爱上这笑容。

"你是说上帝、耶稣之类的吗？"玛莎问，同时推开前台的门。前台其实是墙上的一个窗口，背后是间办公室。

"像是命运，还有不可思议的偶然之类的。"

"我相信愤怒的格蕾塔。"玛莎嘟囔着，匆匆翻动报纸。

"鬼魂不算——"

"英厄说她昨天听到了婴儿的哭声。"

"英厄总是神经兮兮的，玛莎。"

玛莎把头探出窗口。"咱们得谈谈，佩尔……"

他叹了口气。"我知道。这儿已经住满了，而且——"

"斯波维斯路的中心今天来电话了，说因为那场火灾，他们少说还得再关闭两个月。我们自己的四十多个住户都得两人挤一间。这可不是长久之计。他们互相偷东西，还打架。迟早有人会弄得头破血流。"

"放心吧，我住不了太久了。"

玛莎一歪脑袋，不解地望着他。"她为什么不让你回家呢？你们结婚多久了？得有四十年了吧？"

"三十八年。房子在她名下，而且这事……说来话长。"佩尔无奈地笑笑。

他离开前台，进入走廊。两扇门里传来节奏强烈的音乐。安非他命。今天是星期一，福利办公室在周末休息两日之后终于开门，现在这里到处是隐患。他推开门。这个狭窄、简陋的房间月租是六千挪威克朗，只摆了一张单人床和一个衣柜。在奥斯陆城外，这价钱能租下一整套公寓。

他坐到床上，透过灰蒙蒙的玻璃凝望窗外。

车流嗡嗡的轰鸣十分催眠。薄窗帘透进阳光。一只苍蝇在窗台上垂死挣扎。命不久矣。这就是生命。没错，是生命，而不是死亡。死亡只是一片虚无。他早在多少年前就得出这个结论了？他认定死亡之外的一切、他所宣扬的一切，都只是人类为抵御死亡的恐惧而臆造的幻想。不过那些他曾相信的东西本就没什么意义。相比我们为麻痹恐惧和痛苦而必须相信的东西，我们自诩掌握的知识根本不值一提。他兜了一大圈，又回到原点。他重新开始相信上帝的宽容与仁慈，相信死后的生命。现在，他比任何时候都更加虔诚。他从一张报纸下抽出笔记本，开始奋笔疾书。

佩尔·沃兰要写的东西不多。一页纸、几句话足矣。他拿出一个信封，画掉自己的名字，里面装的原本是妻子阿尔玛的律师寄来的信，律师在信中简短地陈述了阿尔玛一方认定哪些婚内财产应该归佩尔所有。那些财产少得可怜。

牧师照照镜子，正了正牧师领，穿上长大衣走了。

玛莎不在前台。英厄接过信封，答应帮他投递。

日头已经偏西；暮色正在降临。他步行穿过公园，用余光观察周遭，发现万事万物、每一个人都近乎天衣无缝地各司其职。长椅上的人在他经过时并没起身太快；而在他改变主意、临时决定沿桑内尔路走到河边时，也没有汽车悄然停在人行道旁。但他们就在那里，在映着夏日祥和景象的窗户里，在路人不经意的一瞥中，在冷飕飕的阴影里，这些阴影从房屋东面滋长蔓延，驱赶着阳光，侵占着光明的领地。佩尔感觉这就像自己的一生。他的一生，就是黑暗与光明之间一场漫长、无谓而胶着的较量，而且好像从来没有哪一方彻底获胜。或者其实胜负已定？黑暗的领地正一天天扩大。长夜就在眼前。

他加快了步伐。

# 4

西蒙·凯法斯把咖啡杯举到唇边。他家坐落在迪森区的法格尔利街，坐在厨房桌前，他能望见自家房前小小的花园。雨下了一整夜，草叶依然湿漉漉的，在清晨的阳光下闪耀着晶莹的光。他几乎能看见它们在蓬勃生长。这表示他又该出去除草了。那是个体力活，噪声很大，总能把人累得汗流浃背、骂骂咧咧，不过这也不算什么。艾尔莎问过他为什么不买电动除草机，邻居家家都有。他的回答很简单：没钱。他从小就住在这栋房子里，生活在这个街区。那时，他生活中的大多数争吵都以这两个字结束。只是当时，住在这里的主要是普通老百姓，是教师、理发师、出租车司机和国企雇员。还有警察，比如他。而现在呢，也不是说这里的居民有多特别吧，但他们有的从事广告或 IT 行业，有的是记者或医生，还有的创办了时尚公司，或者继承了一笔遗产，有钱买下一套田园牧歌式的独栋小屋，同时抬高房价，提升社区档次。

"你在想什么呢？"艾尔莎问，一边站在椅后抚弄他的头发。他的头发明显少了很多；如果有一道光从上面打下来，你都能看见头皮。不过她说她就喜欢他这样。喜欢他该是什么样就是什么样，一看就是个快退休的警官。她喜欢想到自己有一天也会变老，尽管他比她领先了二十年。他们有个邻居，一位小有名气的电影制作人，曾误把艾尔莎当成了西蒙的女儿。但西蒙并不介意。

"我在想啊，我真走运。"他说，"有你。还有这一切。"

她吻吻他的头顶。他感觉到她的嘴唇贴在他的皮肤上。昨晚，他梦见自己愿意为她失明。醒来时，他发现自己真的看不见了，心里感觉特别幸福——不过他很快意识到他只是戴了眼罩，因为夏天的早晨天亮得太早。

门铃响起。

"是伊迪丝。"艾尔莎说，"我去换衣服。"

她给她姐姐开了门，然后消失在楼上。

"嗨，西蒙姨父！"

"稀客呀。"西蒙望着小男孩笑容灿烂的脸说道。

伊迪丝走进厨房。"抱歉啊西蒙，他一直吵着要我早点来，想来戴你的帽子。"

"随便戴。"西蒙说，"可是你今天怎么没上学呢，马茨？"

"今天是教师培训日。"伊迪丝叹了口气说，"学校根本不知道这对单亲妈妈来说有多可怕。"

"那你还来开车送艾尔莎，真是感激不尽。"

"没事。我听说他只有今明两天在奥斯陆。"

"谁呀谁呀？"马茨说，他拽着姨父的胳膊，想把姨父从椅子上拉下来。

"一个美国医生，做眼科手术特别厉害。"西蒙说着，一面任孩子把自己拉下椅子，一面假装腿脚比平时还不灵便，"来吧，看咱们能不能找到那顶警帽。自己倒点咖啡啊，伊迪丝。"

西蒙和马茨来到走廊，姨父从衣柜搁架上取下帽子。孩子看见那顶黑白相间的警帽，快活地尖叫起来。不过西蒙一把帽子扣到他头上，他就骤然安静下来，神情变得肃穆。他们站在镜子前。孩子瞄准镜子里姨父的身影，嘴里砰砰地模拟枪声。

"你用枪打谁呢？"姨父问他。

"打坏蛋呀。"孩子唾沫飞溅。"砰！砰！"

"咱们还是管这叫瞄准练习吧。"西蒙说，"警察也不能随便朝坏蛋开枪。"

"怎么不能！砰砰砰！"

"马茨，那样我们会坐牢的。"

"真的吗？"孩子停下来，疑惑地望着姨父，"为什么呢？我们可是警察啊。"

"因为要是明明能抓住对方却选择开枪，我们就变成坏人了。"

"可是……抓到他们之后我们就可以开枪了，对吧？"

西蒙笑了。"还是不行。到时候得由法官来给他们判刑，决定要他们要蹲多久的监狱。"

"我还以为这是你决定的呢，西蒙姨父。"

西蒙看见孩子眼中透出失望。"听我说，马茨。我很高兴我不用决定这个。专心抓坏人挺好的。因为这份工作的乐趣就在这里。"

马茨眯起一只眼睛，帽子已经歪向脑后。"西蒙姨父……"

"嗯？"

"你跟艾尔莎姨妈为什么没有小孩呢？"

西蒙走到马茨身后，双手搭在孩子的肩上，对着镜子冲他笑笑。

"我们不需要小孩，我们已经有你了呀，对不对？"

马茨若有所思地看了姨父几秒。然后笑逐颜开。"对！"

西蒙的手机振了，他从口袋里掏出电话。

是一位同事。西蒙听着电话。

"阿克尔河哪个位置？"他问。

"过了库蔀，在美术学院附近。那儿有座人行天桥——"

"知道了。我三十分钟内赶到。"

西蒙穿上鞋，系上鞋带，穿上夹克。

"艾尔莎！"他喊道。

"怎么啦？"她从楼上探出头。她的美又一次令他惊叹。她火红的长发犹如河流，环绕着她小巧的脸庞。雀斑点缀着她精致的鼻梁，还有一些散落两旁。他突然想到自己死后，那些雀斑依然会在。接着，尽管竭力抑制，但他还是突然想到：那时会是谁在照顾她呢？他知道她从那儿是看不见他的，她只是在假装。他清清嗓子。

"我得走了，亲爱的。打电话告诉我医生怎么说好吗？"

"好。慢点开车。"

两个中年男人穿过那座人称"库葩"的公园。不少人都以为这名字跟古巴有关，大概是因为这里经常举办政治集会吧，而且格吕纳勒卡曾被视作工人社区。只有长期居住在此的人才知道，这地方以前有个巨大的储气罐，罐子外面有副立方体①造型的框架。那两个人过了人行天桥，天桥那头是座旧厂房，现在改成美术学院了。恋人们把同心锁挂在天桥栏杆上，刻了日期和姓名缩写。西蒙停下来察看其中一把锁。他爱了艾尔莎十年，这三千六百多天每天都一起度过。他知道自己这辈子再也不会爱上别的女人了，根本不需要用这种象征性的同心锁来证明这一点。而她也不需要：他死后，她应该还会活很多年，有足够的时间去爱别人。那样也挺好。

从这里，他能看见奥莫特·布罗，那是一座不起眼的小桥，桥下有条不起眼的小河，小河把这座不起眼的小首都分成东西两半。很久很久以前，在懵懂的青年时代，他曾从这座桥上跳进小河。三个醉醺醺的小伙子组成一个三人组，其中两个都认定自己是三人中最出众的，深信自己前途无量。而第三个人，也就是西蒙，很早就明白自己并没有两个伙伴那么聪明与强壮，不像他们那么会社交，也不如他们讨女孩子喜欢。但他胆子最大，或者说最不怕冒险。跳进严重污染的河水并不需要智慧或体魄，只需要一点点莽撞。西蒙·凯法斯常想，他之所以甘愿赌上自己并不光明的前程，一定是因为悲观，因为他打心眼里知道自己的牵挂比谁都少。他站在栏杆上，朋友们叫嚷着让他下来，问他是不是疯了。然后他纵身一跳。跳到桥

---

① "立方体"一词在挪威语中写作"kuben"，与"库葩"（Kuba）读音相近。

下，豁出性命，跳进命运这美妙的转盘。他一头扎进水中，这水没有水面，只浮着一层白沫，白沫之下是河水冰冷的怀抱。在那怀抱中，他感觉寂静、孤独而安宁。等他安然浮出水面，他们爆发出一阵欢呼。西蒙也跟着欢呼，尽管重返人间让他隐隐有些失落。心碎的年轻人，真是什么都干得出来。

西蒙驱散回忆，注视着两座桥之间那座瀑布。更确切地说，是注视着瀑布里的人影，它像照片一样，在瀑布中一动不动。

"我们判断他是从上游冲下来的。"他身旁那位犯罪现场调查员说，"衣服被水里的什么东西钩住了。河的这段一直很浅，可以蹚过去。"

"好吧。"西蒙说着，吸了口烟，转过头。人影悬挂在那儿，双臂张开，倾泻而下的水流在他头顶和身上勾勒出一道白光，让西蒙想起艾尔莎头发上的光晕。另外几位犯罪现场调查员终于把船推下了水，正设法把尸体放下来。

"我赌一罐啤酒他是自杀。"

"我觉得不是，埃利亚斯。"西蒙说，他曲起手指伸进上唇，抠出那片口含烟。他刚要把烟扔到桥下的河里，又停下来。时代变了。他四下看看，寻找垃圾桶。

"这么说你不赌啤酒了？"

"不了，埃利亚斯。"

"啊，抱歉，我忘了……"调查员面露尴尬。

"没关系。"西蒙说完就走了。他向一个迎面走来的女人点头致意，她个子很高，一头金发，穿着黑色短裙和短款上衣。要不是她脖子上挂着警官证，他还以为她是某个银行职员。他把口含烟扔进桥头的绿色垃圾桶，下桥来到河滩上，像刚才那样扫视四周。

"您是凯法斯总督察吗？"

埃利亚斯抬起头。说话的是个典型的北欧女人，属于最符合外国人想象的那种。他在想她是不是也嫌自己个子太高，所以才会微微颔首，穿平底鞋。

"不是。你是？"

"我是卡丽·阿德尔。"她举起脖子上的警官证，"刚加入凶案处。他们说我能在这儿找到他。"

"欢迎。你找西蒙有何贵干？"

"我归他带。"

"你运气真好。"埃利亚斯说着，指指那个走在河岸边的人，"那就是他。"

"他在找什么？"

"证据。"

"可证据应该在尸体附近的河道上，而不是在下游吧。"

"是的，他默认那边我们已经勘查过了。我们确实也勘查过了。"

"别的调查员说这看着像自杀。"

"是啊，我还说错话了，差点跟他赌一瓶啤酒。"

"说错话？"

"他有个毛病。"埃利亚斯说，"曾经有个毛病。"他注意到对方扬起了眉毛。"这不是什么秘密。你即将跟他共事的话，还是知道的好。"

"没人说过我得跟一个酒鬼共事啊。"

"不是酗酒，"埃利亚斯说，"是赌博。"

她把一缕金发别到耳后，在阳光下眯起眼睛。"哪种赌博？"

"据我所知，是能让人倾家荡产的那种。不过既然你是他的新搭档，不如你自己问他吧。你之前在哪里？"

"缉毒处。"

"好吧，那你对这条河肯定很熟悉。"

"是挺熟。"她眯起眼睛，抬头看看尸体，"当然，这本来很有可能是一起毒杀，但地点完全不对。他们不会在这么上游的位置交易烈性毒品，那得去绍斯广场和尼桥。况且他们一般也不会为大麻闹出人命。"

"啊,好了。"埃利亚斯说着,冲小船扬扬下巴,"他们终于把他弄下来了。有了身份证件,我们很快就能弄清他到底是——"

"我知道他是谁。"卡丽·阿德尔说,"是监狱牧师佩尔·沃兰。"

埃利亚斯上下打量了她一番。他猜她很快就不会再学美剧里那些女警员,穿得这么正式了。不过除此之外,她好像真有两把刷子。也许她就是那种能挺到最后的人。也许她就是那种稀有动物。不过他也不是第一次这样以为了。

# 5

这间讯问室以浅色调装饰，家具是松木材质的。红色窗帘遮挡着面向控制室的窗口。来自比斯克鲁德警局的亨里克·韦斯塔警监觉得这房间不错。他上次从德拉门来奥斯陆出差，用的也是这个房间。那次他们的讯问对象是几名被卷入一桩性侵案的儿童，为此，他们还准备了有完整生理构造的娃娃。这次他来调查的是谋杀案。他打量着桌子对面的那个蓄长发、留胡须的人。桑尼·洛夫特斯。他很显年轻，看上去根本不到档案上写的那个年纪。而且他也不像嗑了药，瞳孔状态正常。不过毒品耐受力强的人通常都看不出来。韦斯塔清清嗓子。

"所以你把她绑起来，用一把普通电锯杀害她，然后就离开了？"

"是。"对方说。他放弃了聘请律师的权利，但每个问题都只用一个字回答。最终，韦斯塔只好问他是或不是，讯问这才有了一点进展。见鬼，当然有进展了，他们获得了一份供认啊。但好像还是有什么地方不大对劲。韦斯塔盯着面前的照片。那女人的头顶差不多完全被削掉了，颅骨外翻，仅由皮肤连着。大脑表层裸露在外。他当然知道人不可貌相。但这个人……从他身上，韦斯塔丝毫看不到别的冷血杀手的那种冷酷与凶悍，或仅仅是愚蠢。

韦斯塔靠向椅背。"你为什么要认罪？"

那人耸耸肩。"现场有我的 DNA。"

"你怎么知道我们找到了你的 DNA？"

那人捋了捋浓密的长发，监狱管理者其实完全可以给他剪掉，只要他们愿意。"我掉头发。这是长期吸毒的副作用。我可以走了吗？"

韦斯塔叹了口气。嫌犯认罪了。现场有无可抵赖的证据。可他为什么还不放心？

他凑近他们之间的话筒。"对嫌犯桑尼·洛夫特斯的问讯于十三点零四分结束。"

他看见红色的指示灯熄灭了，知道外面的警官关掉了录音设备。他站起来，打开门，让那位狱警进来解开洛夫特斯的手铐，把他押回斯塔滕监狱。

"你怎么想？"韦斯塔进来时，控制室里的警官问。

"什么怎么想？"韦斯塔穿上外套，烦躁地用力拉上拉链，"他没给我们思考的机会啊。"

"之前那场讯问呢？"

韦斯塔耸耸肩。之前，死者的一位闺密主动提供线索，说死者曾透露她丈夫英韦·莫尔桑德不满她出轨，扬言要杀了她。她还说杰斯缇·莫尔桑德害怕极了。而且她丈夫的怀疑并不是捕风捉影——她的确爱上了另一个人，正打算离开丈夫。再没有比这更典型的作案动机了。可那少年的动机呢？受害的女人没被强奸，家中的财物也没有失窃，只有洗手间的药品柜被打开了，那位丈夫说少了点安眠药。可少年身上的针孔表明，他其实轻而易举就能获得烈性毒品，这样的人又有什么理由为区区几片安眠药大费周折呢？

这就引出了下一个问题：有了签字画押的认罪书，他一个警监干吗还要去追问那些细枝末节呢？

约翰内斯·哈尔登在 A 区的牢房外拖地，他看见两名狱警走过来，把那少年架在当中。

少年面带微笑，看上去就像是跟两位朋友并肩而行，要到什么好地方去，尽管他戴着手铐。约翰内斯停下手里的活，举起右手。"桑尼，你看！

我的肩膀好多啦。多亏了你。"

为了给老人竖个大拇指，少年不得不抬起两只手。两名狱警停在一间牢房跟前，给他解开手铐。他们不必打开牢门。因为所有牢门都会在每天早上八点自动开启，一直开到晚上十点。一次，在上方的控制室，工作人员向约翰内斯展示过怎么一键开关所有的牢门。约翰内斯喜欢控制室。所以他每次在那儿拖地都拖得很慢。他觉得那地方让人感觉有点像在开超级油轮。有点像置身于原本应该属于他的地方。

"出事"之前，他是个能干的水手，学的是航海技术。他的目标是当上甲板级船员。然后是船副、大副、船长。最后回到法尔松郊外的家中，跟妻女团聚，去港口当个领航员。所以他为什么要干那件事呢？为什么要自毁前程？他到底为什么会答应从泰国宋卡港口走私那两大包货？他又不是不知道里面装的是海洛因，也不是不懂刑法。他完全清楚挪威当时严苛的法律把走私跟谋杀相提并论。他甚至都不缺那笔钱，那笔只要把包裹送到奥斯陆的指定地点就能得到的丰厚报酬。所以他到底为什么那么做？就为了追求刺激？还是因为希望能再见到她，那个穿丝绸长裙、披着黑亮秀发的美丽泰国女孩？他还想再一次望着她的杏色双眼，听她用那两片甜蜜的红唇柔声说蹩脚的英语，恳请他一定要为她做这件事，为了她在清莱的家人，因为只有这样他们才能得救。他从没信过这套说辞，但他相信她的吻。那个吻牵引着他，带他漂洋过海，把他带过海关，带进羁押牢房，带上法庭，又带到探视室。在那里，他那个快成年的女儿说家里人再也不想跟他扯上任何关系，随后，那个吻又带着他熬过了离婚的日子，把他带进伊拉监狱的牢房。那个吻曾是他唯一所求，而那个亲吻的许诺成了他仅有的一切。

出狱时没人来接他。他跟家人断绝了关系，跟朋友都疏远了，也不能再回船上工作。于是他投奔了唯一愿意接纳他的人——犯罪分子。他重操旧业，干起了不定期航运。那个乌克兰人内斯特招募了他。来自泰国北部的海洛因用卡车走私，走的是贯穿土耳其和巴尔干半岛的那条传统运毒路线。运进来的货从德国发往斯堪的纳维亚半岛诸国，约翰内斯的工作就是开车把货送到指定地点。后来，他成了警方的秘密线人。

其实他也没必要当这个线人，只是那位警察唤起了他内心的某种东西。他都不知道自己身上还残存着这东西。尽管那份诱惑——过上问心无愧的生活——远比不上一个漂亮女人的吻，但他真心相信那位警官。他的眼神有些特别。谁知道呢？说不定他约翰内斯还真能金盆洗手、改邪归正呢。可是在一个秋天的傍晚，那位警官死了。那是约翰内斯第一次也是唯一一次听到那个名字，听到某人用又恐惧又敬畏的语气小声说：双子。

在那之后，约翰内斯故态复萌只是迟早的事。他冒的风险越来越大，运的货越来越多。去他的吧，他巴不得被抓，巴不得能为自己的所作所为赎罪。所以被瑞典边检警察拦下的那一刻，他感觉如释重负。他卡车上的那批家具里塞满了海洛因。法官提请陪审团注意，这次缴获的毒品数量特别巨大，而且约翰内斯也不是初犯。转眼间，十年过去了。自从斯塔滕监狱四年前投入运行，他就一直在这儿服刑。他迎来又送走了一批又一批犯人、一批又一批狱警，对他们报以应有的尊重。反过来，他们也同样尊重他。也就是说大家都尊敬他这个老前辈，觉得他没什么威胁。因为他们都不知道他的秘密。那次令他难以释怀的背叛。那就是他甘愿受罚的原因。而且他也不再奢求得到自己唯一所求。一个早已尘封在记忆中的女人许诺的一吻。一位死去的警官许诺的问心无愧。直到他被转入 A 区，遇见了那个据说能疗愈伤痛的少年。第一次听见他的姓氏，约翰内斯心头一惊，但没说什么。他还是继续拖他的地，低着头，面带笑容，给人帮点小忙，也托人帮点小忙，好让自己在这地方混得下去。时光飞逝，日子一天天、一周周、一月月、一年年过去，一辈子眼看就要到头。他得了癌症。肺癌。医生说是小细胞癌，浸润性的，属于最严重的那种，除非能及早发现。

而他的癌症并没有被及早发现。

谁也帮不了他。桑尼当然也不例外。约翰内斯让他猜自己哪儿不舒服时，他猜的答案，差出十万八千里；少年暗示问题出在腹股沟附近，还调皮地眨眨眼。而且说实话，他的肩膀其实是自己好的，跟桑尼的手没什么关系，那少年的掌温绝对不超过正常的三十七摄氏度，应该说比正常体温凉多了。不过他是个好小伙子，真的，所以他要是真以为自己有一双疗愈之手，约翰内斯可不想让他失望。

约翰内斯没向任何人吐露自己的秘密，无论是病情还是背叛。但他知道自己已经时日无多。他不能把秘密带进坟墓。他想得到安息，而不是恐怖地复活，像僵尸一样，浑身腐烂地被困在地下，注定要忍受永恒的折磨。他没有那些信仰，比如谁会因为什么原因永远受苦之类的，但他这辈子干的坏事实在太多。

"太多太多……"约翰内斯·哈尔登自言自语。

然后他放下拖把，走到桑尼牢房门口，敲敲门。没人应门。他再敲。

他等了一会儿。

然后推开门。

桑尼坐在里面，往手肘上方的小臂上缠了一根橡皮管，用牙齿咬着管子一头。他举着一只注射器，对准一根突出的血管。针管与胳膊呈三十度夹角，标准的最佳注射角度。

桑尼淡定地抬头一笑。"怎么啦？"

"不好意思，我想……没事，我不急。"

"真不急？"

"嗯，我是来……不急不急。"约翰内斯笑了，"再等一小时也行。"

"能再等四小时吗？"

"四小时也可以。"

老人看着少年把针头扎入静脉，按下活塞。静谧与黑暗顿时涌入牢房，如同黑色的水流。约翰内斯轻手轻脚地出来，带上了门。

# 6

　　西蒙听着电话。他把脚架在桌上，坐在椅子上前后摇晃。这个动作他们三个都练得出神入化，甚至在每次争执时，他们都会看谁能把这个姿势保持得最久，以此决定胜负。

　　"所以那个美国医生不肯给你诊断意见？"他压低声音，既是因为不想让凶案处的同事卷入自己的私事，也是因为他习惯了用这样的语调跟妻子打电话。柔和、亲昵，仿佛他们正躺在床上，紧紧相拥。

　　"啊，他会给的。"艾尔莎说，"但现在不行。他还得看化验单和扫描结果。我明天会知道更多情况。"

　　"好。你感觉怎么样？"

　　"挺好。"

　　"怎么个好法？"

　　她笑了："别担心了，亲爱的。晚餐见。"

　　"好。你姐姐，她还……"

　　"嗯，她还在这儿，她会送我回家。好了，别担心了，赶紧挂了吧，你还在上班呢！"

　　他不情不愿地挂了电话，想到那个他为她失明的梦。

　　"凯法斯总督察？"

　　他抬起头，继而不得不仰起头。站在他办公桌前的这个女人很高。非常高。她身材纤瘦，修身半裙之下是一双像长腿叔叔一样细长的腿。

　　"我是卡丽·阿德尔，奉命来协助您工作。我去了凶案现场找您的，但后来您不见了。"

她还年轻。非常年轻。看着不像警察，倒像一个踌躇满志的银行职员。西蒙把椅子向后翘得更高，"什么凶案现场？"

"库葩。"

"你怎么断定那里是凶案现场的？"

他看出她切换了身体的重心。想自救，没那么容易。

"潜在凶案现场。"她说。

"谁说我需要协助？"

她竖起大拇指冲身后一指，表示命令来自那个方向。"不过我觉得我才需要帮助。我刚当警察不久。"

"刚毕业？"

"在缉毒处待过十八个月。"

"那就是刚毕业啰。这么快就进入凶案处了？恭喜你啊，阿德尔。你要不是格外走运，就是上头有人，不然就……"他斜靠在椅背上，费力地从牛仔裤里掏出一罐口含烟。

"是个女的？"她试着补充。

"我想说聪明来着。"

她脸红了，他从眼神看出她很不自在。

"你聪明吗？"西蒙问，把一片口含烟塞到上唇下方。

"我的成绩排名年级第二。"

"你打算在凶案处待多久呢？"

"您是指？"

"既然毒品都留不住你，凶杀案又何德何能呢？"

她又切换了重心。西蒙知道自己猜对了。她属于那种人，先在各处混个脸熟，然后就平步青云，消失在高层。她很聪明，说不定还会彻底离开警察队伍。就像严重欺诈办公室那帮聪明人一样。带着他们的技能走了，留下西蒙孤军奋战。那种聪明、有才华、有抱负、追求生活品质的人在警队里待不了多久。

"我离开现场是因为在那儿找不到什么。"西蒙说,"说说看,你会从哪儿入手?"

"我会先跟他的家人聊聊。"卡丽·阿德尔边说边四下打量,想找把椅子坐下,"摸清他死在河里之前都去过什么地方。"

从口音判断,她应该来自西奥斯陆城东,那里的人发音都特别标准,生怕口音被人嘲笑。

"很好,阿德尔。那么他家里人——"

"——就是他妻子。快离婚的妻子。她不久前刚把他扫地出门。我已经跟她谈过了。他住在专为吸毒人员开设的伊拉中心。我能坐下吗?"

聪明。绝对聪明。

"不必坐了。"西蒙说着站起身。他目测她大概比自己高十五厘米。尽管如此,他的步幅依然是她的两倍。那条裙子太紧了。其实这也无妨,不过他预感她很快就会换一身行头了。凶杀案一般都是穿着牛仔裤侦破的。


"警察不得入内,你们是知道的。"

玛莎堵在伊拉中心门口,打量着面前这两个人。那女的看着眼熟。她的高挑和纤瘦都令人印象深刻。是缉毒处的?她有一头造型呆板的金发,几乎没有化妆,表情略显痛苦,看上去像个受了惊吓的富家小姐。

那男的则与她完全相反。他一米七的样子,年纪六十岁上下。不但满脸皱纹,而且笑纹很重。他的头发日渐稀疏,玛莎在头发之下的那双眼睛里读到了"亲切""幽默"和"固执"。给新人做例行的入住面谈时,玛莎总会不自觉地观察对方,好提前判断此人可能出现哪些行为、会给员工带来怎样的麻烦。她不是每次都能看准,但看错的次数很少。

"不进去也行。"那个自称凯法斯总督察的人说,"我们是凶案处的。想了解一下佩尔·沃兰的情况。他生前曾住在这儿——"

"生前？"

"对，他死了。"

玛莎倒吸一口气。每次听说又死了人，她的第一反应总是如此。她不知自己是不是在以此确认她依然活着。第二反应是惊讶。确切地说，是为自己毫不惊讶而惊讶。但佩尔可不是吸毒者，他并没跟那些人一起坐在死神的候诊室。还是说他其实也坐在那里？难道她早就料到了，在潜意识里？是不是正因为如此，她在每次下意识地倒吸一口气后才会同样下意识地产生一个想法：这也难怪。不，不是因为这个。是因为另外一件事。

"他死在阿克尔河里。"男人负责沟通。女人脑门上分明写着"实习"二字。

"好吧。"玛莎说。

"你好像并不意外？"

"确实不怎么意外。当然，这种事每次都让我震惊，只不过……"

"……只不过咱们的工作性质就是如此，对吧？"男人指指旁边那栋楼上的窗户，"我还不知道特拉嫩都关门了。"

"要改成高级饼屋。"玛莎说着，抱紧胳膊，像怕冷似的，"专门面向那种爱喝拿铁的辣妈。"

"这么说她们把这儿也占领了。真是岂有此理。"他冲一个老住户点点头，那人拖着步子经过，膝盖因长期染毒而颤抖不止，那人也冲他点点头，"这儿有很多熟面孔。可沃兰是个监狱牧师啊。尸检报告还没出来，但我们并没在他身上找到针眼。"

"他住这儿不是因为嗑药。以前每次有蹲过监狱的住户闹事，他就会来帮忙解决问题。那些家伙信任他。所以他从家里搬出来的时候，我们就主动提出让他在这儿先将就一阵子。"

"这我们知道。我好奇的是你明知道他不吸毒，对他的死却不怎么惊讶。他也可能死于意外啊。"

"所以是意外吗？"

西蒙瞧瞧那个瘦高女人。她一直欲言又止，直到他点头应允。然后她终于说了第一句话："我们没找到使用暴力的痕迹，不过河边那一带的犯罪出了名地猖獗。"

玛莎注意到她的口音。她母亲肯定特别严格，会在餐桌上纠正女儿的发音，还会告诉女儿要想嫁得好，说话就不能像个商店里的小妞。

总督察一歪脑袋："你怎么想，玛莎？"

她喜欢他。他看上去像个尽心尽力的人。

"我觉得他知道自己会死。"

他扬起眉毛："怎么说？"

"因为他给我写了一封信。"

玛莎绕过会议室里的桌子。会议室就在一楼，正对着前台接待区。房间的装潢延用了哥特风格，轻松成为楼里最美的一间。不过中心本来就没几个好看的房间。她给总督察倒了杯咖啡，后者正坐在那儿读佩尔·沃兰给她留在前台的信。他旁边还有一张椅子，他的搭档半坐在扶手上，用手机发着消息。玛莎问她要咖啡、茶还是水，她都礼貌地拒绝了，好像觉得这地方就连自来水都不够干净，可能有奇怪的微生物。凯法斯把信推到她面前："信上说他要把全部财产留给收容所。"

他的同事发完消息，清清嗓子。总督察转向她："你想说什么，阿德尔？"

"你不能管这儿叫收容所了，应该叫膳宿中心。"

凯法斯好像真的很惊讶："为什么？"

"因为我们现在有社工服务了，还配备了医务室。"玛莎解释道，"不再是单纯的收容所了。当然，其实是因为'收容所'这个词容易让人产生不好的联想。酗酒、斗殴、环境肮脏之类的。所以他们就换了个名字，粉饰粉饰。"

"但就算是这样……"总督察说，"难道沃兰真打算把财产全部留给这地方？"

玛莎耸耸肩："我觉得他能留下的东西不多。注意到他签名下方的日期了吗？"

"信是昨天写的。你觉得他写这个是因为知道自己会死？你不会想说他是自杀吧？"

玛莎想了想："我不知道。"

那个瘦高的女人又清清嗓子："据我所知，四十岁以上的男性很少因为离婚而自杀。"

玛莎感觉这个少言寡语的女人岂止是知道——她手上肯定就掌握着确切的数字。

"他看起来抑郁吗？"西蒙问。

"要我说，比抑郁还糟。"

"抑郁症患者在康复期自杀的例子也不罕见。"这女人照本宣科般地说，另外两人都望着她，"抑郁症本身的主要症状是淡漠，而自杀是需要一定主动性的。"她的手机发出哔的一声，代表她收到了一条消息。

凯法斯对玛莎说："一名中年男子被妻子扫地出门，还给你写了一封信，看起来是绝笔信。所以你为什么觉得他不是自杀？"

"我可没这么说。"

"但是？"

"但是他看上去很害怕。"

"怕什么？"

玛莎耸耸肩。她不知道自己这样算不算多管闲事。

"佩尔是个有污点的人。他从不掩饰。他说他当牧师是因为他比大多数人更渴望得到宽恕。"

"你是说他做过一些不是谁都能宽恕的事？"

"是谁都不能宽恕的事。"

"哦。是那种神职人员比例特别高的罪行吗？"

玛莎没说话。

"他妻子是因为这个才把他赶出去的？"

玛莎欲言又止。这位警官比她接触过的警官都要敏锐。但她能信任他吗？

"我的工作让我学会宽恕那些不可饶恕的人，总督察。当然，佩尔很可能终究还是无法原谅自己，所以才选择走这条路。但也可能是——"

"——有人，比方说一位受害儿童的父亲，不想起诉，因为那也会让受害者感到耻辱。再说这人也不知道佩尔·沃兰会不会受到应有的惩罚，况且再重的惩罚他肯定都不满意。于是这个人就决定替天行道，主持正义。"

玛莎点点头："要是有人伤害了你的孩子，这么做也是人之常情。您难道就没遇上过法律解决不了的案子？"

西蒙·凯法斯摇摇头："警察如果屈从于那种诱惑，法律就没有存在的必要了。我打心眼里信仰法制。司法必须一视同仁。你觉得有谁比较可疑吗？"

"没有。"

"会是毒债吗？"卡丽·阿德尔问。

玛莎摇摇头："他吸毒的话，我肯定会知道的。"

"我会这么问，其实是因为我刚刚给缉毒处的一位警官发了条消息，问佩尔·沃兰的事。他回复说……"她从紧身上衣的衣兜里掏出手机，结果带出一颗弹子，弹子哐当一声掉在地上，向东滚去，"有时会看见他跟内斯特手下的一名毒贩接触。"她读道，站起来找那颗弹子，"看见他买了一包货，但没付钱。"卡丽·阿德尔把手机放回衣兜，不等弹子撞墙就截住了它。

"你觉得这代表什么？"西蒙问。

"代表这栋大楼向亚历山大·希兰兹广场倾斜。可能那一侧英青黏土比较多，花岗石比较少。"

玛莎轻笑一声。

瘦高女人也飞快地笑笑："还代表沃兰欠了外债。海洛因一小包就值三百克朗。还不是一整包，而是零点二克。一天两包的话——"

"且慢。"西蒙打断她，"瘾君子是不能赊账的，对吧？"

"嗯，一般不能。他可能帮了谁的忙，酬劳用海洛因支付。"

玛莎举起双手："要我说几遍啊，他不吸毒！我的工作有一半都是判断别人吸没吸毒，好吗？"

"这话当然没错，利安小姐。"西蒙摸着下巴说，"海洛因说不定不是给他的。"他站起来，"总之呢，咱们得等法医的鉴定结果出来再说。"

"真有你的，居然给缉毒处发消息。"两人驱车从于兰兹街驶向市中心时，西蒙说。

"多谢夸奖。"卡丽说。

"人不错，那个玛莎·利安。你之前见过她吗？"

"没，不过要是见过，我也不介意跟她上床。"

"啊？"

"抱歉，冷笑话。你问我在缉毒处的时候认不认识她。我确实认识。她很可爱，我一直想不通她为什么会在伊拉中心工作。"

"就因为她长得好看？"

"我们都知道，长相出众的人即使智力平平、能力一般，也能找到很好的工作。我看不出在伊拉中心工作能对职业发展有什么帮助。"

"说不定她觉得这份工作很有价值呢？"

"有价值？你知道中心给他们发多少——"

"我是指值得去做。警察的工资也不高啊。"

"是不高。"

"不过对于拿了法律学位的人,警察工作倒是个不错的起点。"西蒙说,"你打算什么时候升级?"

他发现卡丽的脸红到了脖子根,明白自己又戳中了她。

"好啦。"西蒙说,"我很高兴能跟你共事。我想你很快就会变成我的上司。或是跳到私营企业,那些公司给咱们这种有专业技能的人开的工资平均是这儿的一点五倍。"

"可能吧。"卡丽说,"不过我应该当不成你的上司了。你明年三月就退休了吧。"

西蒙哭笑不得。他左转驶入格兰斯莱达街,驶向警察总署。

"要翻修房子的话,一点五倍的工资肯定能派上用场。公寓还是独栋?"

"独栋。"卡丽说,"我们打算要两个孩子,所以得多准备几个房间。以奥斯陆市中心的房价,除非我们继承遗产,否则只能买需要翻修的老房子。我跟萨姆的父母都健在,身体也很好;而且萨姆跟我都一致认为津贴会让人堕落。"

"堕落?你说真的?"

"是啊。"

西蒙看着路旁那些巴基斯坦裔店主,店里太热,他们纷纷跑到街上乘凉,待在那儿闲聊、抽烟、观察车流。

"你不想问我怎么知道你在找房子吗?"

"因为弹子啊。"卡丽说,"膝下无子的成年人兜里揣着弹子,只可能是在看老房子、老公寓,想检查下地板有没有因为下沉而严重倾斜、得全部掀掉。"

她确实聪明。

"你只要记住一点就够了。"西蒙说,"一栋房子要是房龄超过一百二十年,地板多少都会有点倾斜。"

"也许吧。"卡丽说着，向前探身，想把格伦兰教堂的尖顶尽收眼底，"不过我就是喜欢纯平的地面。"

西蒙哈哈大笑。他跟这姑娘没准还挺合得来。他也喜欢纯平的地面。

## 7

"我认识你父亲。"约翰内斯·哈尔登说。

外面下着雨。今天本来温暖晴朗；但不久，地平线上忽然层云堆积，夏日轻柔的细雨淅淅沥沥地洒遍了全城。约翰内斯回忆起自己入狱前的日子。想起细小的雨滴是怎样在阳光晒烫的皮肤上霎时变热，想起它如何让柏油路散发尘土的气息。那香气啊，花朵、青草和绿叶的香气，能让他狂喜晕眩、欢欣雀跃。啊，要是能再年轻一次该多好。

"我是他的秘密线人。"约翰内斯说。

桑尼坐在墙边的阴影中，看不见脸。约翰内斯的时间不多——快到晚上锁牢门的时间了。他深吸一口气，准备开口，准备说出那句他不得不说、却不知道说出来会有什么后果的话。那句他在心里憋了这么久，都担心它会烂在肚子里的话。

"他不是开枪自杀的，桑尼。"

好了。终于说出来了。

对方毫无反应。

"你没睡着吧，桑尼？"

约翰内斯能看见他在阴影中变换姿势。

"我知道你跟你母亲肯定都很伤心。发现你父亲死了，还看到他在绝笔信里承认自己就是毒贩安插在警方的内奸。说他一直在通风报信，无论是突击行动、证据还是嫌疑人……"

那双眼睛在眨，他看见了眼白。

"但事实恰恰相反，桑尼。你父亲对真正的内奸起了疑心。我听见内斯特跟他老板通电话，说他们得除掉一个叫洛夫特斯的警察，否则一切都会毁在他手上。我把这些话告诉你父亲，说他有危险了，警方得尽快采取行动。但你父亲说他不能告诉别人，只能单独行动，因为他知道内斯特还控制着别的警察。所以他叮嘱我一定保密，不能跟任何人说。我一直信守着这诺言，直到现在。"

桑尼听懂了吗？很可能没有，但他听没听、懂不懂都不重要，后果也不重要。重要的是约翰内斯终于一吐为快了。终于告诉他了。终于把消息带给了最应该知道的人。

"那个周末，你父亲一个人在家；你和你母亲去城外参加摔跤比赛了。他知道他们就要来找他了，所以就堵起门，藏在家里，就是你家在贝格区的那栋黄房子。"

约翰内斯觉察到黑暗中好像有什么动静。像是脉搏和呼吸改变了节奏。

"尽管如此，内斯特跟手下还是设法进了。枪杀警察可不是小事，他们不想惹麻烦，就逼你父亲写绝笔信。"约翰内斯咽了口唾沫，"条件是他们不能伤害你和你母亲。然后他们就对着他的脑袋开了一枪，用他自己的枪。"

约翰内斯闭上眼睛。四周一片寂静，他却感觉像有人在他耳朵里嘶吼。他的胸腔和喉头肿胀紧绷，这感觉他已经多年不曾有过。天哪，他上次流泪是在什么时候？是他女儿出生的那天吗？但他已经不能回头了；他得有始有终。

"你肯定想问，内斯特是怎么进去的？"

约翰内斯屏住呼吸。少年似乎也屏住了呼吸；约翰内斯只听见血液在耳朵里奔涌咆哮。

"有人见过我跟你父亲说话，内斯特肯定也觉得警察最近查车一查一个准，运气未免有点太好。我不承认告密，说我跟你父亲不熟，说他只是想从我这儿套话。所以内斯特就说，要是我能让你父亲以为我愿意当他的秘密线人，我就可以直接去敲门，让他开门。这样我就能证明自己没有二心，他还说……"

约翰内斯又听见了呼吸声。急促而粗重。

"你父亲开了门。自己的线人嘛，哪能不相信呢，你说是吧？"

他感觉有什么动了，但那一拳来得太快，他根本来不及听也来不及看。他倒在地上，品尝着鲜血的咸腥，感觉一颗牙齿顺着喉咙滑了下去，他听见少年咆哮嘶吼，听见牢门打开、狱警高声呵斥，然后少年被制服、戴上手铐。与此同时，他想着这个瘾君子怎么会如此敏捷、准确、有力。想着自己没能得到的宽恕。想着时间。想着它一分一秒地流逝。想着那即将来临的黑夜。

# 8

阿里尔德·弗兰克对这辆保时捷卡宴最满意的一点是它的声音。或者说没有声音。4.8升的V8发动机嗡嗡的轰鸣声，让他想起小时候在哈马尔郊外的斯坦格，他母亲踩缝纫机的声音。那也是一种静谧的声音。静谧，沉着，专注。

副驾一侧的车门开了，艾纳·哈内斯钻到车上。弗兰克不知道奥斯陆这些年轻律师都是从哪儿买的西装，但反正不是他常去的那些店铺。他也想不通为什么浅色西装也会有人买。深色的才叫西装，而且价格必须在五千克朗以下。他这身西装跟哈内斯那身之间的差价应该存入储蓄账户，留给下一代继承，毕竟他们有一天也要养家糊口，接过建设挪威的重任。或者也可以用这笔钱舒舒服服地提前退休，或是买一辆保时捷卡宴。

"听说他被关禁闭了。"哈内斯说。汽车驶离路边，它刚才停在哈内斯与法尔巴肯律师事务所门前，门上全是涂鸦。

"他昨天把一个囚犯打了。"弗兰克说。

哈内斯扬起一道精心修过的眉毛。"甘地居然打人？"

"永远别小看这些瘾君子。不过他都吃了四天的冷火鸡肉了，我觉得他也该认怂了。"

"是啊，家族遗传嘛——至少我是这么听说的。"

"你都听说了些什么啊？"弗兰克对着一辆慢吞吞的丰田卡罗拉按喇叭。

"就是大家都知道的事嘛。还有什么别的吗？"

"没有。"

阿里尔德·弗兰克驾车蹿到一辆奔驰敞篷车的前头。昨天他去禁闭室看过了。当时工作人员刚清理了呕吐物，那少年坐在角落，裹着毛毯缩成一团。

弗兰克没见过阿布·洛夫特斯，但他知道阿布的这个儿子步态跟父亲一样。他也像父亲一样当过摔跤手，才十五岁就显示出无穷的潜力，《晚邮报》曾预测他将入选全国联赛，成为职业选手。而现在，他坐在一间臭烘烘的牢房里，抖得像片树叶，抽抽搭搭的像个小姑娘。戒断症状面前人人平等。

他们停在保卫室前，艾纳·哈内斯出示证件，金属杆抬起。弗兰克把卡宴停在自己专属的车位，跟哈内斯并排走进正门，哈内斯在那儿登了记。弗兰克一般让哈内斯从员工更衣室外的后门进来，那样不用登记。他不想给人口实，让人猜测哈内斯这种律师为什么会频繁造访斯塔滕监狱。

涉嫌刑事犯罪的新囚犯一般都在警察总署接受讯问，但弗兰克申请把讯问安排在斯塔滕监狱，因为桑尼·洛夫特斯目前正在单独监禁。

他们为此腾出一间闲置的牢房，做好了准备。桌子一侧坐着一位警官和一位着便装的女警。弗兰克见过他们，但想不起名字。他们对面那人面色苍白，几乎跟乳白色的墙壁融为一体。他低着头，双手紧抓桌子边缘，好像这房间在旋转似的。

"那么，桑尼。"哈内斯爽朗地说，把手放在少年肩头，"准备好了没？"

女警清了清嗓子。"你不如问他说完了没。"

哈内斯冲她淡淡一笑，扬起眉毛。"什么意思？你们不会没等我委托人的律师到场就开始了吧。"

"他说不用等你。"男警官回答。

弗兰克看看那少年，知道出麻烦了。

"这么说他已经认罪了？"哈内斯叹息一声，打开公文包，抽出三张钉在一起的纸，"如果你们需要认罪书——"

"恰恰相反。"男警官说，"他否认跟这起谋杀案有任何关系。"

房间里顿时鸦雀无声，弗兰克都能听见外头的鸟叫。

"他真这么干了？"哈内斯的眉毛都快抬到脑门上了。弗兰克不知道哪件事更让他恼火，是律师修了眉毛，还是他看不出他们就要大祸临头了。

"他还说什么了？"弗兰克问。

男警官看看副典狱长，再看看律师。

"你尽管说。"哈内斯说，"是我请他来的，想着你们可能想多了解点洛夫特斯放风日的情况。"

"放风日是我亲自批准的，"弗兰克说，"我完全没想到会造成这么不幸的后果。"

"还不一定是放风造成的呢，"女警官说，"考虑到嫌疑人还没认罪。"

"可证据显示——"阿里尔德·弗兰克提高音量，随即控制住自己。

"据你所知有哪些证据？"男警官问。

"我只是觉得你们肯定掌握了一些证据，"弗兰克说，"桑尼·洛夫特斯毕竟是嫌犯嘛。对吧，这位……"

"刑侦警监亨里克·韦斯塔，"男警官说，"洛夫特斯一开始就是我审讯的，可现在他改了口供。他甚至宣称他有谋杀发生时的不在场证明。而且是人证。"

"他是有个证人。"哈内斯说，低头望着自己那位沉默的委托人，"就是放风日看管他的狱警。他说洛夫特斯消失了有——"

"不是这个证人。"韦斯塔说。

"还能是谁？"弗兰克嗤之以鼻。

"洛夫特斯说他见过一个叫莱夫的人。"

"莱夫？姓什么？"

大家都盯着那个长长发的因犯，他看起来思绪已经飘到了九霄云外，完全忘记了他们的存在。

"他不知道。"韦斯塔说，"他说他跟那人在一个停车区聊了几句。那人开一辆蓝色沃尔沃，车上贴着一张'我❤德拉门'的贴纸，还说他觉得那人可能病了，心脏不好之类的。"

弗兰克放声大笑。

"依我看，"艾纳·哈内斯强装镇定地说，把那几张纸塞回公文包，"咱们今天就到这儿吧，我好跟我的委托人谈谈，听听他有什么指示。"

弗兰克有个习惯，他一生气就会大笑。此刻，愤怒在他脑中沸腾，就像一壶滚开的水，他不得不集中精神，免得自己又笑出声。他对哈内斯那位所谓的委托人怒目而视。桑尼·洛夫特斯肯定疯了。先是袭击了老哈尔登，现在又闹了这一出。海洛因终于还是腐蚀了他的大脑。但也绝不能任由桑尼把事情搅黄，这件事太大了。弗兰克深吸一口气，想象在沸腾的水壶之下，炉灶啪的一声关了。他只需保持冷静，耐心等待。等待戒断症状发挥作用。


西蒙站在桑内尔桥上，看着八米之下的水流。现在是傍晚六点半，卡丽·阿德尔问他凶案处在加班方面有什么规定。

"不知道啊。"西蒙说，"去问人事吧。"

"你在桥下看见什么了吗？"

西蒙摇头。在河东葱茏的绿叶间，他能勉强分辨出一条纤道，这条路沿河而建，一直通向奥斯陆峡湾附近的新歌剧院。有个男人坐在长椅上喂鸽子。他肯定已经退休了，西蒙想。这就是退休生活。一栋现代化的公寓楼矗立在河西岸，楼上所有的窗户和阳台都能望见河景和这座桥。

"那咱们干吗要来？"卡丽说着，不耐烦地踢着柏油路面。

"你一会儿有事？"西蒙说着，环顾四周。一辆汽车慢悠悠地驶过，一个乞丐笑眯眯地问他们能不能换开一张二百克朗的钞票，一对夫妇戴着名牌墨镜，推着婴儿车有说有笑地走过，婴儿车底部放着一次性烧烤架。他喜欢夏季假期里的奥斯陆，城市变得人烟稀少，成了他熟悉的模样。它仿佛又变回了他小时候那个大号的村庄，很少有事发生，任何事都是大事。那是他能理解的城市。

"有朋友请我和萨姆去家里吃晚饭。"

朋友，西蒙想。他以前也有朋友。后来他们怎么样了？或许他们也在问同样的问题。后来他怎么样了？他不知道自己给出的答案能不能让他们满意。

这条河的深度不会超过一米五。某些河段有岩石露出水面。尸检报告显示，死者身上的伤痕符合从高处坠落的情形，这也与他颈部的骨折吻合，那是致死的直接原因。

"咱们来这儿，是因为我沿着阿克尔河来来回回走了好几趟，这里是唯一落差够大、水够浅的地方，能让他重重地摔在岩石上。还有，这是离收容所最近的一座桥。"

"膳宿中心。"卡丽纠正道。

"你会选在这儿自杀吗？"

"不会。"

"我是说假如你真打算自杀。"

卡丽的两只脚不再动来动去，她的目光越过栏杆。"我应该会选个高点儿的地方。这里很可能摔不死。将来坐轮椅的风险太大了……"

"不过你要是想杀人，也不会从这儿把人推下去对吧？"

"嗯，应该不会。"她打了个哈欠。

"那么我们要找的就是拧断了佩尔·沃兰的脖子，又把他从这儿扔进河里的人。"

"我觉得你这个假设挺有道理。"

"是咱们这个假设。你那顿晚饭……"

"怎么啦？"

"给你家那位打个电话，说你去不了了。"

"啊?"

"咱们要挨家挨户找潜在证人询问情况。你可以去找那些能从阳台上看到河景的住户,随便从哪家开始,去按人家的门铃。然后咱们得仔细梳理档案,看那个拧断别人脖子的家伙有没有被记录在册。"西蒙闭上眼睛,深吸一口气。"啊,谁会不爱夏天的奥斯陆呢?"

# 9

艾纳·哈内斯从没想过要拯救世界，他只想拯救世界的一隅，确切地说就是他自己这一隅。所以他攻读法律，只读一小部分，确切地说就是能让他通过考试的那部分。他在奥斯陆一家排名绝对垫底的律所找到一份工作，干满律师执照要求的最低年限后就跟埃里克·法尔巴肯合伙开了自己的律所，他的合伙人上了年纪，轻度酗酒，他俩联手刷新了社会渣滓的下限。他们接最无可救药的案子，每次官司都输，却逐渐赢得了为苦难者寻求正义的美誉。客户类型决定了哈内斯与法尔巴肯律师事务所总在客户们的发薪日收到律师费——如果能收到的话。艾纳·哈内斯很快就意识到自己并不是在伸张什么正义，充其量只是个收费高点儿的讨债人、社工兼算命先生。他用起诉恐吓客户需要他恐吓的人，以最低时薪雇佣全城最没用的废物，还总在潜在客户面前吹嘘自己能打赢官司。不过他能继续当这个律师，完全是因为一位客户。他的系统档案里找不到这个人——如果说他档案柜里那堆乱糟糟的文件也能算"系统"的话。这些文件由一位秘书整理，而这人总请病假。那位客户从不拖欠律师费，一般用现金付账，而且从不索要收据。这位客户一般也不会要求哈内斯提交，比如说，工作小时数记录。

桑尼·洛夫特斯盘腿坐在床上，目光空茫绝望。那场闹得人尽皆知的讯问已经过去了六天，少年状态很糟，不过他们没想到他居然能撑这么久。哈内斯从别的囚犯那儿打听到的情况相当匪夷所思。桑尼非但没有想方设法去搞毒品，还拒绝了他们给的快速丸和大麻。有人看见他在健身区一口气跑了两个小时的步，还举了两小时哑铃。夜里，有人听见桑尼在牢房里号叫。但他挺了过来。他可是个吸食海洛因十二年的重度成瘾者。哈内斯以前只知道一种人能成功戒断，他们无一例外都找到了某种同样让人上瘾的东西，得到了同样强烈的兴奋与刺激。而这样的东西凤毛麟角。上帝，爱情，孩子。仅此而已。总之他们终于找到了那种能为人生赋予崭新意义的东西。不过这也可能只是他们彻底沉沦前最后一次浮上水面？艾纳·哈内斯说不清。他只知道客户肯定会让他拿出一个解释。不，不止解释。还得解决。

"他们手上有 DNA 证据，你认不认罪都会被判刑。何必延长不必要的痛苦呢？"

对方没有回答。

哈内斯用力抚平头发，他梳的是背头，用力太猛，发根都痛了。"我不出一小时就能弄进来一包'超级小子'，所以你到底是怎么回事？我只需要你在这儿签个字而已。"他把公文包放在腿上，用手指戳戳上面那三张A4 纸。

少年润湿干裂的嘴唇，他的舌头严重发白，哈内斯感觉上面说不定都能析出盐粒。

"谢谢你。我会考虑。"

谢谢你？我会考虑？他可是在向一个备受戒断症状折磨的瘾君子提供毒品啊！难道这少年改变了自然法则？

"听着，桑尼——"

"谢谢你来看我。"

哈内斯摇着头站起来。这小子肯定撑不了多久。他改天再来就是了。等奇迹过去以后。

律师跟随一位狱警穿过所有的门和密闭闸，他回到前台，让他们帮自己叫了辆出租车，心里琢磨着客户会怎么说，或者会怎么做，如果他哈内斯没能拯救世界的话。或者说没能拯救世界一隅的话。

也就是他自己这一隅。

盖尔·戈斯吕坐在椅子上向前探身，盯着显示屏。

"他到底想干吗？"

"看样子是想吸引谁的注意。"控制室里的另一位狱警说。

戈斯吕打量着那少年。他长长的胡须垂到赤裸的胸前。他站在椅子上，对着一个监控摄像头，用食指关节敲打镜头，嘴巴在动，不知在说些什么。

"跟我来，芬斯塔。"戈斯吕说着站起来。

他们跟约翰内斯擦身而过，他正在走廊上拖地。他拖地的模样让戈斯吕模糊地记起某部电影里的场景。他们下到一楼，进门，穿过公共厨房，沿着走廊继续往前走，最后看见桑尼坐在他刚才站的那张椅子上。

戈斯吕从少年的上半身和胳膊看出他最近在锻炼，肌肉和血管的脉络在皮肤之下清晰可见。戈斯吕听说，那些毒瘾最重的静脉注射吸毒者会在注射前专门练肱二头肌。安非他命和一些吸食型毒品都能流入监狱，但斯塔滕监狱是挪威为数不多——或许是唯一一座——能稍稍限制海洛因流入的监狱。尽管如此，桑尼搞到那玩意好像也从没费过什么力气。直到现在为止。看着少年颤抖的模样，戈斯吕知道他已经好几天没吸了。难怪他都快崩溃了。

"帮帮我。"见他们走近，桑尼说。

"没问题。"戈斯吕说，同时对芬斯塔眨眨眼，"一包两千。"

他是在说笑，但他知道芬斯塔差点儿当真。

少年摇了摇头。他肌肉发达，就连脖子和喉咙附近也不例外。戈斯吕听说过，这少年曾是摔跤界的希望之星。那个说法或许的确不假：十二岁之前练出的肌肉，成年后练几个星期就能回来。

"把我锁起来。"

"那得等到十点以后，洛夫特斯。"

"求你们了。"

戈斯吕很纳闷。囚犯主动提出要锁牢门，一般是因为惧怕某人。这种担忧有时也不无道理，虽然不是总有道理。恐惧是长期犯罪常见的副产品。反之亦然。但桑尼大概是全斯塔滕监狱唯一从未树敌的囚犯，反而被囚犯们视作神圣的吉祥物。他从没流露出任何恐惧，而且他的体力和意志力让他比大多数人更能承受毒品的冲击。所以他为什么要……

少年揭下小臂上一个针眼的结痂，就在那一刻，戈斯吕突然意识到他身上所有的针眼都结了痂，无一例外。他没有新的针眼了。他戒了。所以他才想让人把他锁起来。他出现了戒断反应，很清楚自己会对毒品来者不拒，无论是什么毒品。

"来吧。"戈斯吕说。

"抬抬腿好吗，西蒙？"

西蒙抬起头。那个上了年纪的清洁女工矮小伛偻，几乎够不到清洁推车高处的东西。从西蒙二十世纪进警局那会儿，她就在总署干活了。她很有主见，总管自己叫清洁"女士"——也坚持这样称呼她的同事，无论他们是男是女。

"你好呀，西塞尔，又到点了吗？"西蒙看看表。四点刚过。到了挪威法定的下班时间。实际上，挪威劳动法明文规定，为了国王和国家，大家必须到点就下班。他以前从不遵守下班时间，但那是以前。现在有艾尔莎在家等他，她会提前几小时就开始准备晚餐，然后，在他回家之后，她会装作晚餐是自己在仓促中胡乱凑合做的，希望他不会注意到一片狼藉的厨房、洒得到处都是的汤汁这类代表她视力进一步恶化的迹象。

"咱们好久没有一块儿抽烟了，西蒙。"

"我现在改吸口含烟了。"

"肯定是你那个小娇妻让你戒的吧。你们还没要孩子呢？"

"你还没退休呢，西塞尔？"

"你肯定早就在什么地方有个孩子了吧，所以才不想再要一个。"

西蒙笑了，看她用拖把拖脚下那块地板，第无数次纳闷西塞尔·托这副小身板怎么能生出那么魁梧的后代。那个罗斯玛丽的婴儿①。他收起文件。沃兰案的调查被搁置了。桑内尔桥附近那些公寓的住户什么都没看见，也没有新证人出现。在他们找到此案属于刑事犯罪的证据之前，案子的优先级必须降低，头儿这样告诉西蒙，叮嘱他好好利用这几天润色两宗已破凶案的报告，公诉人为这两份报告把他们批得体无完肤，说它们"短得不像样子"。她并没找到任何明显的纰漏，只觉得报告里缺少"翔实的细节"。

西蒙关掉电脑，披上夹克，走向门口。夏天还没结束，这意味着很多员工即使没休假也三点钟就下班了，陈旧的隔间散发着胶水的气味，在弥漫着这股气味的开放式办公区，他只听见零星的键盘敲击声。他在一个格子间里瞥见了卡丽。她把两只脚翘在桌上，读着一本书。他探出脑袋。

"晚上没跟朋友约饭？"

她啪的一声合上书，跟条件反射似的，然后抬头望着他，目光中夹杂着烦躁和心虚。他瞟了一眼书名：《公司法》。他知道她完全清楚自己不必为工作时间看书而内疚，因为没人给她布置任何工作。凶案处就是这样，没有谋杀案就没事可干。见她红了脸，西蒙感觉她应该是知道自己作为法律专业毕业生，终有一天会离开这个部门，所以有种背叛的感觉。而她烦躁则是因为自己的第一反应竟是合上书本，尽管这样打发时间完全无可厚非。

"萨姆这周末在韦斯特兰冲浪。我觉得回家看书还不如就在这儿看。"

西蒙点点头："警察工作有时候的确无聊。凶案处也不例外。"

---

① 《罗斯玛丽的婴儿》（*Rosemary's Baby*）是一部美国惊悚片，于1968年上映，由罗曼·波兰斯基执导，米亚·法罗主演，讲述一名女子在做了个怪梦之后怀孕，发现孩子可能是魔鬼之子。

她望着他。

他耸耸肩："应该说凶案处尤其无聊。"

"那你为什么要当凶案警员？"

她踢掉鞋子，光脚踩在椅子边缘。像在等他说下去似的，西蒙想。可能她就是那种耐不住寂寞的人吧，宁愿坐在几近人去楼空的开放式办公室，也不肯待在自家客厅，尽管按理说那儿才是能给人带来平静与安宁的地方。

"说来你可能不信，不过我走上这条路，是因为叛逆。"他侧坐在书桌旁说，"我父亲是个钟表匠，想让我继承他的生意。但我不想变成他拙劣的仿制品。"

卡丽抱住她昆虫般纤细的腿。"你后悔吗？"

西蒙望向窗外。室外的空气在暑热中波动荡漾。

"有些人的确靠卖钟表发了大财。"

"但我父亲没有。"西蒙说，"而且他不喜欢造假。不肯顺应潮流去做廉价的仿制品和塑料电子表。觉得那是走捷径。结果他就带着他的高姿态破了产。"

"好吧，难怪你不想当钟表匠。"

"不，其实我还是当了钟表匠。"

"怎么说？"

"犯罪现场专家、弹道专家、子弹轨迹之类。这些其实跟修钟表殊途同归。我们自己可能不觉得，但我们往往比想象中更像父母。"

"后来呢？"她笑了，"你破产了吗？"

"这个嘛，"他看看手表，"我好像变得更关心过程而不是起因。我不知道从事战术性犯罪分析算不算正确选择。不过弹道和枪伤可不像人的思想那么难以捉摸。"

"所以你就去了严重欺诈办公室？"

"你看了我的简历。"

"我跟别人共事之前都会把他们的资料找来看看。你去那儿是因为受够了血腥的场面吗？"

"不是，但我担心我妻子艾尔莎会有意见。我俩结婚时，我答应她每天都要准时下班，也不值夜班。我还挺喜欢严重欺诈办公室的，感觉有点像又干回了钟表这个老本行。说到我妻子……"他从桌旁站起来。

"既然你这么喜欢严重欺诈办公室的工作，为什么还要走？"

西蒙无可奈何地笑了笑。简历上可看不到这些，不是吗？

"意大利千层面。她今天应该会做意大利千层面。明天见。"

"我碰巧接到一个前同事的电话。他说看见有个瘾君子戴着牧师领到处晃悠。"

"牧师领？"

"就是佩尔·沃兰以前戴的那种。"

"然后你怎么跟进的？"

卡丽又翻开书："并没有跟进。我告诉他这个案子已经被搁置了。"

"是降级。直到有新的证据出现。那个瘾君子叫什么，在哪儿能找到他？"

"叫吉尔伯格。在收容所。"

"是膳宿中心。你看书看得够久的了，想换换脑子吗？"

卡丽叹息一声，合上书。"那千层面怎么办？"

西蒙耸耸肩："没事儿。我给艾尔莎打个电话就是了，她会理解的。热过的千层面更好吃。"

# 10

约翰内斯把脏水倒进水槽，把水桶和拖把放进存放清洁用具的柜子。他已经把一楼的走廊和控制室都拖了一遍，现在一心想回自己的牢房，那儿还有一本书等着他去读。《乞力马扎罗的雪》。这部短篇集收录了好几篇小说，但他只读这一篇，读了一遍又一遍。这个故事讲的是有个人腿上生了坏疽，知道自己就要死了。他并没有因此变得更好或更坏，只是变得更敏锐、更诚实、更迫不及待而已。约翰内斯一向不爱读书，这本书还是监狱图书管理员推荐给他的，而他自从随船去过利比里亚和象牙海岸之后就对非洲很感兴趣，于是就翻开了头几页，读到一个似乎很无辜的垂死之人住在大草原上的一顶帐篷里。第一遍他读得很快，而现在他读得很慢，一字一句地品，在其中寻找着什么，至于他要找的究竟是什么，连他自己也说不上来。

"嘿。"

约翰内斯回过头。

桑尼这声"嘿"轻得就像耳语，他站在约翰内斯面前，两颊深陷、眼睛充血，苍白得近乎透明。像个天使，约翰内斯思忖。

"你好啊，桑尼。我听说他们关你禁闭了。你还好吧？"

桑尼耸耸肩。

"你那一记左勾拳真不是盖的，小子。"约翰内斯咧嘴一笑，指指他被打掉门牙后的缺口。

"希望你能原谅我。"

约翰内斯咽了口唾沫："应该是你原谅我才对，桑尼。"

他俩站在那儿对视。约翰内斯看见桑尼扫视走廊。两人一时无话。

"你愿意替我越狱吗，约翰内斯？"

约翰内斯沉默良久，咀嚼着这句话，不知自己是不是会错意了。然后他问："什么意思？我可不想越狱。再说我也没地方可去。我肯定会被发现的，立马就会被他们抓回来。"

桑尼没说话，但两眼放出黑色绝望的光，约翰内斯顿时懂了。

"你想……让我去外头帮你弄点'超级小子'？"

桑尼依然没说话，但始终直视着老人的眼睛，目光疯狂而热切。可怜的小伙子，约翰内斯想，该死的海洛因。

"为什么是我？"

"因为只有你能进控制室，所以只能是你。"

"你错了。只有我能进控制室，所以只有我知道这根本不可能。只有指纹被录入数据库才能开门。我的指纹可不在里边啊，朋友。要把我加进去，就得提交一式四份的申请，还得由高层批准。我见过他们——"

"控制室能操纵所有的门。"

约翰内斯摇摇头，左右瞧瞧，确保走廊上没有别人。"就算你出去了，停车场的保卫室也有警卫站岗。任何人进出都要给他们检查证件。"

"任何人？"

"嗯。除非是在换岗的时候，那会儿他们会直接放认识的车和熟面孔出去。"

"那会不会刚好也包括穿狱警制服的人呢？"

"肯定啊。"

"那你是不是该搞一套制服，趁狱警换岗的时候越狱呢？"

约翰内斯张开拇指和食指，托着下巴。他的下颚还疼着。

"我上哪儿去搞制服？"

"从瑟伦森的衣柜呀，就在更衣室。你得用螺丝刀把它撬开。"

瑟伦森是一名狱警，已经休了快两个月的病假了。病情是精神崩溃。约翰内斯知道这种病现在已经不叫这个了，但说白了还是一回事，就是情绪极度紊乱。他以前也有过。

约翰内斯又摇摇头。"换岗的时候更衣室里全是狱警。我肯定会被认出来。"

"那就乔装。"

约翰内斯笑了。"行吧。就算我弄到一身制服，那我又怎么让一帮狱警放我出去呢？"

桑尼掀起自己那件下摆很长的白上衣，从裤兜里掏出一包香烟。他往干裂的嘴唇里塞了一根，用一把手枪形的打火机点燃。约翰内斯缓慢地点点头。

"你不是要搞毒品。你是想让我去外面替你办事，对吧？"

桑尼把打火机的火焰吸进香烟，然后吐出烟雾。他眯起眼睛。

"你干不干？"他的嗓音温暖而轻柔。

"你愿意宽恕我的罪吗？"约翰内斯问。

阿里尔德·弗兰克转过拐角，看见了他俩。桑尼·洛夫特斯把手放在约翰内斯额头上，约翰内斯站在那儿，低着头，闭着眼。他觉得他们看着就像一对同性恋。他刚才就从控制室的屏幕上瞧见他俩；他们已经聊了一会儿。他经常后悔没给所有的摄像头都配麦克风，因为那两个人东张西望、神色警惕，可见他们聊的绝不是下一轮足彩开奖。然后桑尼还从裤兜里掏出什么东西。他背对镜头，很难看出他掏的是什么，直到他头顶腾起一团烟雾。

"喂！抽烟得去吸烟区，你不知道吗！"

约翰内斯头发花白的脑袋垂下来，桑尼放下手臂。

弗兰克走到他们跟前，用大拇指往身后一指。"上别处拖地去，约翰内斯。"老人沉重的脚步声消失后，弗兰克问："你俩聊什么呢？"

桑尼耸耸肩。

"不，别告诉我，忏悔是神圣的。"阿里尔德·弗兰克放声大笑，笑声在走廊空荡的墙壁间回荡，"那么，桑尼，你想好了吗？"

少年在烟盒上按灭烟头，把烟盒揣进口袋，然后挠了挠胳肢窝。

"痒了？"

少年没有作声。

"我看痒并不是最糟糕的，还有更糟糕的呢。比冷掉的火鸡还要糟糕。听说317囚室那家伙的事了吗？他们说他可能是在灯上吊死的。可他踢掉凳子之后又不想死了。就因为这，他把自己的脖子都抓烂了。他叫什么来着？戈麦兹？迪亚兹？他以前是内斯特的手下。有人怀疑他准备招供。也没什么根据，就是有点怀疑。但这就够了。挺滑稽的，不是吗？晚上你躺在监狱的床上，最怕的却是牢门没锁？最怕控制室里有人一按电钮，整座监狱的杀手就能打开你的牢房？"

少年低下头，但弗兰克看到他额前冒出豆大的汗珠。他会想通的。他别无选择。弗兰克不喜欢囚犯死在自己监狱的牢房里；无论他们死得多合情理，总归还是会招来闲言碎语。

"对。"

少年的话音很轻，弗兰克不由得凑到他面前。"对？"他重复道。

"明天。我明天就认罪。"

弗兰克抱起胳膊，身体微微后仰，立在脚跟上。"很好。那我明天早上就带哈内斯先生来。这次别再耍花样了。晚上躺下的时候呢，我建议你好好瞧瞧天花板上的灯。明白吗？"

少年抬起头，直视副典狱长的眼睛。弗兰克早就不相信什么眼睛是心灵的镜子这种鬼话了；他见过太多犯人睁着一双婴儿般湛蓝的眼睛，嘴里却说着连篇的谎话。再说了，这种说法本身就很奇怪。心灵的镜子。照这个逻辑，你从别人眼睛里看到的应该是你自己的心灵。难道就因为这个，他跟这少年对视时才那么如坐针毡？弗兰克别过脸去。他必须保持专注。不能被莫名其妙的念头带偏。

"这地方闹鬼，是不？"

拉尔斯·吉尔伯格用漆黑的手指把一根细烟卷送到嘴边，眯起眼睛打量面前站的这两个警察。

西蒙和卡丽足足花了三小时才在格吕内桥下找到吉尔伯格。他们先从伊拉中心问起，那儿的人已经有一个多星期没见过他了，然后他们又去了希佩尔路的比米斯永嫩咖啡馆，还有奥斯陆中央车站一侧的广场——那儿的毒品交易依然猖獗，最后他们来到于尔特路的救世军旅舍，又根据在那儿得到的消息来到河边，找到埃尔根雕像——它是快速丸和海洛因交易区的分界线。

卡丽一路都在给西蒙讲解，告诉他如今的安非他命和甲基苯丙胺（冰毒）交易已经由阿尔巴尼亚人和北非人把持，他们的势力范围从埃尔根南侧的河岸一直延伸到瓦特尔兰德桥。四个索马里人在一张长椅旁转悠，踢着地面，在夕阳下把帽衫上的兜帽拉得很低，遮着脸。其中一个人冲着卡丽出示的照片点点头，指指北面的海洛因帝国，还挤挤眼，问他们要不要带点冰毒上路。西蒙和卡丽迈着沉重的步子走向格吕内桥，那帮人就在他们背后哄堂大笑。

"你是说你不住伊拉中心是因为觉得那儿闹鬼？"西蒙问他。

"不是觉得，哥们儿。是真有。谁在那儿的房间都睡不好，因为里面已经有人住了，你一进门就能感觉到里面有东西。夜里我会惊醒，身边一个人都没有，必然没有啊，但我总觉得有人往我脸上吹气。不光我的房间这样，谁的房间都一样，不信你随便去问。"吉尔伯格望着燃尽的香烟，一脸不满。

"这么说你宁可流落街头？"西蒙问，递出自己的口含烟罐。

"老实说，不管有没有鬼，我都受不了太小的屋子，就跟被关禁闭似的。而且这地方……"吉尔伯格指指他用报纸铺的床，还有他身旁那只肮脏的睡袋，"可是个顶级度假胜地呢，不是吗？"他指指那座桥，"有遮风挡雨的屋顶。有无敌海景。不收钱，交通便利，设施齐全。我还能奢求什么呢？"他从西蒙的烟罐里抽出三片口含烟，一片塞到上唇下方，两片揣进衣兜。

"奢求当个牧师？"卡丽说道。

吉尔伯格脑袋一歪，抬眼瞅着西蒙。

"她指的是你戴的那副牧师领。"西蒙说，"你大概也在报纸上看到了，有个牧师死在河里，就离这儿不远。"

"我什么也不知道。"吉尔伯格从兜里掏出那两片烟放回罐子，把罐子递还给西蒙。

"拉尔斯，法医要不了二十分钟就能证明领子是那个牧师的东西。而你作为谋杀他的凶手，要蹲二十年监狱。"

"谋杀？没有任何——"

"看来你确实会读法制版啰？他是先被弄死再扔进河里的。这从他身上的瘀伤看得出来。他撞上了几块石头，死人的瘀伤跟活人是不一样的。听明白了吗？"

"不明白。"

"非要我跟你挑明是吗？还是想让我给你好好讲讲真正的牢房有多幽闭？"

"可是我并没有——"

"就算只是嫌疑人，你也得被关个几星期，羁押候审。候审牢房比一般的牢房还小，小得多。"

吉尔伯格若有所思，狠狠地吸了几口烟。

"你们想知道什么？"

西蒙在吉尔伯格面前蹲下。这个流浪汉身上的气味何止是臭，简直都能尝出味道。那股甜腻、腥腐的味道属于熟透的果实，属于死亡。

"我们想知道到底发生了什么。"

"我说过了啊，我什么也不知道。"

"你什么都没说，拉尔斯。不过你好像很在意这件事。很在意管好嘴巴。为什么？"

"还不就是因为这副领子嘛。它被冲到岸边，然后——"

西蒙站起来，揪住吉尔伯格的胳膊："行吧，咱们走。"

"等等！"

西蒙放开他。

吉尔伯格低下头，叹了口气："他们是内斯特的人。可是我不能……你知道内斯特会怎么对待那些……"

"嗯，我懂。但你应该明白只要你的名字出现在警察总署的讯问名单上，他就会知道。所以我建议你还是立刻把知道的都说出来，我听了再决定要不要放你一马。"

吉尔伯格缓缓地摇摇头。

"拉尔斯，快说！"

"当时我坐在树下的长椅上，就在那条通向桑内尔桥的小路边。我离他们也就十来米，能看见他们在桥上，不过我被树叶挡住了，他们应该没看见我，懂我的意思吧？他们有两个人，一个人抓着牧师，另一个人用胳膊箍着他的额头。我离他们可近了，连牧师的眼白都能看清。对了，那眼白是真白，就跟眼珠子已经翻到里头去了似的，懂我的意思吧？可他连一点声音也没发出。应该是知道喊了也没用吧。然后他身后那人就把他的脖子往后一掰，就跟该死的脊椎按摩似的。我听见脖子咔嚓一声断了，真的，就像有人在森林里踩断一根树枝。"吉尔伯格把一根手指竖在嘴唇上，眨了两下眼睛，目光投向远方，"然后他们四下瞧瞧。老天啊，他们刚在桑内尔

桥杀了个人，就在光天化日之下，但看着就跟什么也没发生似的。不过话
又说回来，夏天的奥斯陆就是这么邪门，居然能一个人都没有，懂我的意
思吧？然后他们就把他扔到栏杆一端的砖墙后头去了。"

"那儿恰好有岩石冒出水面。"卡丽补充道。

"他在岩石上躺了好一阵子，然后就被冲走了。我一动也不敢动。那些
人要是知道我看见了……"

"看见了就是看见了。"西蒙说，"而且距离还很近，足以指认他们。"

吉尔伯格摇摇头。"指认不了。我已经忘了他们长什么样了。嗑药嗑嗨
了就会这样，懂我的意思吧？脑子不清醒。"

"你肯定还觉得这是好事吧。"西蒙摸摸脸。

"但你怎么看出他们是内斯特的人呢？"卡丽烦躁地变换着身体重心。

"从他们的西装。"吉尔伯格说，"那俩人穿得一模一样，都是两件套黑
西装，简直像从挪威殡葬业协会偷来的。"他用舌头把玩着口含烟，"懂我
的意思吧？"

"这案子得优先。"在回总署的车上，西蒙对卡丽说，"你去查清沃兰死
前四十八小时的活动轨迹，给我列个名单，写上所有跟他接触过的人，不
能有任何遗漏。"

"行。"卡丽说。

经过布洛时，他们停下车，让一群年轻人过马路。一群去听演唱会的
潮人，西蒙这样想着，也望着远处的库葩。趁卡丽给父亲打电话说自己不
能过去吃晚饭的时候，他看着竖立在露天舞台上的大屏幕。上面在放黑白
影片，是奥斯陆的街景，看着像五十年代，西蒙小时候那个年代。也许这
在那些潮人眼中不过是种猎奇，一种怀旧，一切都纯洁，或许还很迷人。
他能听见欢声笑语。

"我在想一件事。"卡丽说，"你说要是我们把带吉尔伯格回去问话，内

斯特肯定会知道。你真这么觉得？"

"你说呢？"西蒙说着，加速驶向豪斯曼斯街。

"不知道，不过听上去像真的。"

"我自己都不知道那是什么意思。这事说来话长。有个传言已经流传多年，说警察队伍里有个内奸，会给那个掌管奥斯陆大部分毒品和情色交易的人通风报信。不过这已经是很久以前的事了，尽管大家议论纷纷，但谁也没法证明那个人真的存在。"

"哪个人？"

西蒙望向窗外："我们叫他双子。"

"哦，是双子啊。"卡丽说，"缉毒处的人也说起过他，有点像吉尔伯格在伊拉中心撞见的鬼魂。他真的存在吗？"

"噢，双子真的存在。"

"那内奸呢？"

"这个嘛，有个叫阿布·洛夫特斯的人自杀前留过一封绝笔信，承认自己就是内奸。"

"这证据还不够充分吗？"

"我觉得不够。"

"为什么？"

"因为阿布·洛夫特斯是奥斯陆警署有史以来最清廉的警官。"

"你怎么知道？"

西蒙在斯托尔路附近停下来等红灯。夜色仿佛从四周的建筑中逸散出来，夜猫子们蠢蠢欲动。他们或是拖着步子往前走，或是靠墙坐在乐声震天的门口，或是坐在车上，一只胳膊搭在窗外。那副寻寻觅觅的饥渴样。那些狩猎之人。

"因为他曾是我最好的朋友。"

约翰内斯看看时间。十点十分。牢门已经关闭了十分钟。其他犯人都被关在各自的牢房；而等到十一点做完最后一轮清洁，他自己也会被手动锁进牢房。真奇怪啊。其实在一座监狱待久了，时间会过得飞快，一天就像一分钟似的，连牢房墙上的日历女郎好像都跟不上时间的步伐。最后这一个小时却长得像一年，漫长而可怕的一年。

他进入控制室。

里面有三个人值班，比白天少一个。大家都盯着屏幕，其中一个人回过头，压得椅子上的弹簧吱呀呀地响。

"晚上好啊，约翰内斯。"

是盖尔·戈斯吕。他从写字桌下踢出垃圾桶。这属于条件反射：年轻的值班组长帮助后背不听使唤的老清洁工。约翰内斯一向很喜欢盖尔·戈斯吕。他从兜里掏出手枪，指着戈斯吕的鼻子。

"酷。你从哪儿弄来的？"另一名狱警说，这个金发男人在哈斯莱－洛伦队踢乙级联赛。

约翰内斯没吭声，目光和枪口都死死对准戈斯吕的眉心。

"帮我点支烟好吗？"第三名狱警往嘴里塞了一根没点的香烟。

"把那玩意放下，约翰内斯。"戈斯吕不动声色地说，连眼睛都没眨一下，约翰内斯看出他明白了。这不是一只新奇的打火机。

"地道的007装备啊，伙计。你打算卖多少钱？"足球运动员站起来走向约翰内斯，想凑近瞧瞧。

约翰内斯抬起枪口，瞄准屋顶下方的一块显示屏，扣动扳机。其实他并不知道会发生什么，所以看见屏幕随枪声破碎，他自己也吃了一惊。

球员愣在原地。

"趴到地上！"约翰内斯天生有副好嗓子，浑厚的男中音，这会儿他的声音却高亢而尖锐，像个歇斯底里的老妇人。不过这很管用。一个走投无路的人手持致命武器站在你面前，这比任何命令都更有说服力。那三个人全都双膝跪地，双手抱头，好像这是场演习，好像被人用枪胁迫是他们的一项训练内容。他们没准还真学过，知道面对这种情况只能彻底放弃抵抗。只有这样做才对得起他们的工资水平。

"趴下去。趴到地上！"

他们照他吩咐的做，像被施了魔咒。

他看着面前的控制面板，找到开关牢房门的按钮，又找到控制两个入口的按钮，最后找到那个大红的万能按钮，它能打开所有的门，仅供火灾时使用。他按下它。一声长长的尖啸代表牢门开启。他脑中闪过一个奇怪的念头：这就是自己梦寐以求的地方，他正置身自己船上的桥楼。

"眼睛看地！"他说，声音恢复了浑厚，"谁要是敢挡我的道，我和我的同伴绝不会饶了你们，还有你们的家里人。记着，小伙子们，你们的情况我一清二楚。特林、瓦尔堡……"他一口气报出他们妻儿的名字、孩子们的学校、业余爱好、家住奥斯陆哪里，都是他这些年不断偷窥显示屏的成果。报完之后，他就撇下他们出了门，撒腿就跑。他跑过走廊，下到一楼。他拉拉第一扇门，门开了。他跑过第二道走廊，心脏狂跳不止，他真该加强锻炼了，体力都跟不上了。他决定就从现在练起。第二扇门也是一拉就开。他跑得太快，腿有点不听使唤了。可能是癌症的缘故，癌细胞大概已经扩散到肌肉了，削弱了他的体力。第三道门通向密闭闸。他掐着秒，等着这道门在身后嚓的一声关闭。他望着走廊那头的员工更衣室。门终于关了，他立刻摸到下一道门的把手，往下一压，用力一拉。

锁上了。

该死！他又拉了一下。门纹丝不动。

他看看门旁那块白色的传感面板，把食指放上去。一盏黄色的指示灯闪烁了几秒，然后熄灭，亮起一盏红灯。约翰内斯知道这代表系统无法识别他的指纹，但他还是强行拉门。他被困住了。失败了。他跪倒在门前。

这时他听见盖尔·戈斯吕的声音。

"对不住了，约翰内斯。"

这声音来自墙上靠近天花板的喇叭，听上去十分镇定，几乎让人感到安慰。

"我们只是在做我们的本职工作而已，约翰内斯。要是每次有人拿家属威胁我们，我们都撂挑子不干，那挪威早就没几个狱警了。放轻松，我们会来接你的。你是把枪从铁条里递出来，还是想让我们先放点气体把你放倒？"

约翰内斯抬头看看摄像头。他们会看到他脸上的绝望吗？或是他的如释重负？想到越狱行动就此结束，想到生活还能重回过去的轨道，多多少少还能，他松了口气。只是他大概不能再去楼上拖地了。

他把镀金的手枪从铁条间塞了进去。然后趴在地上，双手抱头蜷成一团，像一只蜇人的蜜蜂刚刚完成生命中唯一一次攻击。可他闭上眼睛却听不到鬣狗的嗥叫，也感觉不到自己正飞往乞力马扎罗山的顶峰。他依然活着，依然不在别处。他就在这里。

# 11

早晨七点半刚过，清晨的小雨洒落在斯塔滕监狱的停车场上。

"就是迟早的事。"阿里尔德·弗兰克撑着后门说，"瘾君子嘛，说到底都是些软骨头。我知道现在不时兴这么说了，但相信我，我对他们了解得很。"

"他只要肯签认罪书就行，我只关心这个。"艾纳·哈内斯正要进门，却不得不闪身让三位狱警出来，"我今晚可是打算喝几杯起泡酒庆祝一下的。"

"啊，他们对你这么大方吗？"

"我看见你那辆车才发现我该涨律师费了。"他咧嘴一笑，冲停车场里的保时捷卡宴扬扬下巴，"就算是加班费吧，内斯特说——"

"小点声！"弗兰克伸手拦住哈内斯，让更多狱警出来。他们大都换了便装，不过有些刚下夜班的人显然回家心切，穿着绿色的斯塔滕监狱制服就冲向自己的车。哈内斯注意到有个人投来犀利的目光，那人穿着制服，外面松松地套了件长大衣。他肯定在哪儿见过这张脸。尽管一时想不起那人的名字，但他很确信那人知道他是谁：他就是那个总跟下三烂的案子一起登上报纸的下三烂律师。或许这人跟同僚已经开始纳闷，他哈内斯怎么会出现在斯塔滕监狱的后门。要是听他提起内斯特，他们只会更鄙视他……

弗兰克示意哈内斯跟自己一起进去，他们穿过几道门，来到通往二楼的楼梯口。

内斯特放话了，他今天必须拿到签好的认罪书。除非针对英韦·莫尔桑德的调查立即结束，否则警方说不定会找到新的证据，影响桑尼口供的可信度。哈内斯不知道内斯特是怎么搞到这种消息的，他也不想知道。

典狱长办公室固然面积最大，但副典狱长办公室却面朝清真寺和埃克伯格山，坐拥一片美景。这间办公室坐落在走廊尽头，墙上的挂画奇丑无比，作者是一位年轻的女画家，擅长描绘花卉，还擅长在八卦小报上大谈自己的性冲动。

弗兰克在通话器上按了个键，让人把 317 囚室的犯人带到他办公室。

"这车可花了我一百二十万克朗呢。"弗兰克说。

"我看有一半都花在引擎盖前头那个保时捷标志上了吧。"哈内斯说。

"没错，另一半是政府税收。"弗兰克叹了口气，一屁股坐到那把与众不同的高背办公椅上。像个宝座，哈内斯想。

有人敲门。

"进来。"弗兰克高声说。

一名狱警走进来，把制帽夹在腋下，敷衍地行了个礼。哈内斯常常纳闷，弗兰克到底是怎么让手下人在现代职场遵守军队礼仪的。也不知道他们还有没有别的规矩需要遵守。

"什么事，戈斯吕？"

"我要下班了，不过走之前，我想来问问您对昨晚的值班报告有没有什么指示。"

"我还没工夫看呢。既然你来了，就说说有什么需要我特别注意的吧？"

"没什么大事，就是有人越狱未遂而已，这么说应该没错吧。"

弗兰克握起双手，露出笑容："看到咱们的犯人这么有主动性和进取心，我感到很欣慰啊。是谁？怎么越狱的？"

"是约翰内斯·哈尔登，住在 2——"

"238 囚室。居然是那个老家伙？真的假的？"

"他不知从哪儿搞来一把枪。应该是一时冲动。我只是顺道来汇报一声，事情经过比报告里写的平淡多了。我建议小小地惩罚一下足矣。这人多年来给我们干过不少活，而且——"

"要想出其不意，先取得对方的信任是个聪明的做法。我想他正是这么做的吧？"

"这个嘛，您看……"

"你是想告诉我你被他耍了吗，戈斯吕？他跑出了多远？"

狱警用食指抹抹唇上的汗珠，哈内斯觉得他怪可怜的。他一向同情那些说话没底气的人。他很容易自我代入。

"到了密闭闸。不过就算他真的跑到外面，也不可能闯过保卫室那一关。岗亭装了防弹玻璃，还留了枪缝和——"

"多谢告知，只不过这座监狱就是我一手设计的，戈斯吕。我看你还挺心疼这家伙嘛，你跟他走得太近了。报告我还没看，就不再多做评价了，不过你们整个值班组就等着被好好质询吧。至于约翰内斯嘛，咱们可不能对他手软；我们的这群顾客会利用每一个弱点。听明白了吗？"

"听明白了。"

电话响起。

"出去吧。"弗兰克边说边拿起听筒。

哈内斯等着戈斯吕行礼，然后向后转、齐步走，但后者没行军礼就出去了。律师目送他出门，突然被阿里尔德·弗兰克的惊叫吓了一跳："你说'不见了'是什么意思？"


弗兰克盯着 317 囚室整洁的床铺。床前摆着一双拖鞋。床头柜上放着一本《圣经》，书桌上有支一次性注射器，连塑料包装都没拆，椅子上放了件白色 T 恤。此外别无他物。尽管事实已经如此明显，但弗兰克身后那名狱警还是说了句多余的话：

"他人不在。"

弗兰克看看表。牢房门还有四十分钟才开，所以消失的囚犯不可能在别的牢房。

"肯定是趁约翰内斯昨晚在控制室打开所有牢门时跑出去的。"戈斯吕站在门口。

"我的老天。"哈内斯喃喃自语，习惯性地把手指放在鼻梁上，那是他以前架眼镜的位置，他去年去泰国花了一万五千克朗做激光近视矫正手术，就此告别了眼镜，"这个人要是跑了——"

"闭嘴。"弗兰克恶狠狠地说，"警卫绝对不会放他出去的。他肯定还在这儿。戈斯吕，拉警报。关闭所有的门——任何人不得出入。"

"可我还得送孩子去——"

"不行。"

"警方呢？"一名狱警提出，"不用通知他们吗？"

"不用！"弗兰克咆哮道，"我说了，洛夫特斯肯定还在斯塔滕！不准走漏半点风声。"

阿里尔德·弗兰克瞪着那老人。他进来就锁了门，特意把外面的狱警都打发掉了。

"桑尼人呢？"

约翰内斯躺在床上，揉着惺忪的睡眼。"不是在他自己的牢房吗？"

"别装了。"

"听你这口气，他多半是跑了。"

弗兰克弯下腰，揪着老人T恤的领口把他拉起来。

"收起你的笑脸，约翰内斯。外面的警卫还没发现异常情况，他肯定还没出去。不告诉我他在哪儿的话，你就等着跟你的癌症治疗说拜拜吧。"弗兰克看到老人露出一丝讶异，"噢，去它的医患保密原则吧，我在哪儿都有耳目。所以你怎么选？"他放开约翰内斯，后者的脑袋跌回到枕头上。

老人抚平自己日渐稀疏的头发，把胳膊枕在脑后。他清清嗓子。"您知道吗，典狱长？我已经活够啦。外边也没人等我出去。我犯下的罪也都被宽恕了。所以我这才头一回觉得到那边去也没什么关系。说不定我真该抓住机会了，趁现在还来得及。您说呢？"

阿里尔德·弗兰克咬紧牙齿，差点咬碎补牙的填料。

"我看啊，约翰内斯，你会发现你的罪根本没被宽恕。因为在这儿我就是上帝，我会确保你在剧痛中被癌症慢慢杀死。我会确保你只能一直待在自己的牢房，被癌症一点点吞噬，都见不着止痛药的影子。告诉你吧，这样的人你可不是头一个了。"

"这也比您将来要下的那个地狱好啊，典狱长。"

老人嗓子里发出汩汩的喉音，弗兰克不知那究竟是狂笑还是死亡的哀号。

他返回 317 囚室，在路上又查看了对讲机。还是没有桑尼·洛夫特斯的踪迹。他知道再过不久他们就必须发布通缉令了。

他走进 317 囚室，重重地坐到床上，在地面、墙壁和天花板上搜寻蛛丝马迹。真他妈让人不敢相信。他从床头柜上抄起《圣经》，一把摔在墙上。书本摊开落在地上。他瞟了几眼残损的书页，知道这是沃兰以前用来夹带海洛因的。被损毁的信条，被斩断的字句，不构成任何意义。

他咒骂着，把枕头抢到墙上。

他看着它落地，盯着从里面掉出来的毛发。泛红的毛发，像是一缕缕胡须，还有长长的头发。他踢踢枕头。更多肮脏打结的金发掉了出来。

短发。刚刮下来的胡须。

就在这一刻，他终于恍然大悟。

"夜班！"他冲着对讲机声嘶力竭地喊，"检查所有下夜班回家的警员！"

弗兰克看手表。早上八点十分。他明白是怎么回事了，也明白现在做什么都为时已晚。他站起来猛踢那把椅子，它重重撞在门边的防碎镜上。

公交车司机望着那个狱警，那人刚才付了一百克朗，这会儿正疑惑地盯着车票和司机找给他的五十克朗钞票。司机知道他是狱警，因为他把制服穿在大衣里面，制服上有张胸卡，上面写着"瑟伦森"，还配了一张跟本人差别很大的照片。

"好久没坐公交车了吧？"司机问。

对方点点头，他的头发剪得乱七八糟。

"提前买公交卡的话，车票只要二十六克朗。"司机说，不过他从乘客的表情判断，就是这个价格他也嫌贵。这是多年不乘奥斯陆公交车的乘客常有的反应。

"谢谢你帮忙。"那人说。

司机把车开出车站，从后视镜里望着那个狱警的背影。他也不知道是怎么回事，大概是因为那人的声音吧。那么温暖，那么真挚，就像打心眼里感谢他似的。他看着那人坐下，望着窗外，很像车上偶尔会有的外国游客。他看见那人从兜里掏出一串钥匙仔细打量，仿佛从没见过那东西似的。然后又从另一只衣兜里掏出一包口香糖。

再之后，司机就得专心开车了。

# 第二部

他耳边是中心二十四小时不间断的噪声，追逐声、咒骂声、震天响的音乐声、笑声、敲门声、绝望的叫声、热火朝天的交易声不断从走廊上传来，而他们跟这一切只有一门之隔。但没有哪种声音能压过少年低低的抽噎，还有他轻声说的那句：

"要是我想出去，请你拉住我。"

# 12

阿里尔德·弗兰克站在办公室的窗前。他看了看表。大多数越狱者都会在越狱后十二小时内落网。他接受媒体采访时把这个时间夸大到二十四小时，这样就算超过十二小时才抓到人，他也可以自诩抓捕神速。但现在已经过去将近二十五小时了，他们依然毫无头绪。

他刚去了一趟宽敞的典狱长办公室。就是视野不怎么样的那间。在那儿，那个视野不怎么样的人要他给出一个解释。典狱长心情不好，因为他本来正在雷克雅未克参加北欧监狱年度峰会，却被迫提前回来。昨天他从冰岛打来电话，说他准备联系媒体。弗兰克的这位上司喜欢接受采访。之前弗兰克为了找到洛夫特斯，要求二十四小时之内不通知媒体，但上司断然拒绝了，说这可不是遮遮掩掩就能糊弄过去的事。首先，桑尼·洛夫特斯是个杀人犯，公众有权得到预警。其次，他们也需要媒体帮忙发布照片，便于尽快找到他的下落。

第三，你想在报上看到自己的照片，弗兰克想。好让你的政坛朋党看到你在干活，而不是在蓝色的潟湖上漂来漂去，优哉游哉地喝斯瓦尔塔多迪尔牌荷兰杜松子酒。

弗兰克试着劝阻典狱长，告诉他发布照片不太可能奏效；即使他们有桑尼·洛夫特斯的照片，也都是十二年前他入狱时拍的，即使在那时候他也是长须长发。他剪发之后的监控截图画质很差，根本没法用。典狱长却执意要让斯塔滕监狱名誉扫地。

"警察也在找他，阿里尔德，你肯定也能想到，记者迟早会打电话给我，问我为什么还没宣布越狱的消息，怀疑斯塔滕以前是不是也掩盖过其他越狱事件。我更愿意主动控制故事的走向，阿里尔德。"

典狱长又问弗兰克，程序上有什么值得改进的地方。弗兰克知道他为什么这么问：这样典狱长就能去找他的那些政要朋友，把副典狱长的建议窃为己有，假装这是他自己的主意。一个视野开阔的人想出的主意。弗兰克却对这个白痴说了自己的想法。用语音识别替代指纹，在电子标签内镶嵌难以摧毁的 GPS 定位芯片。说到底，在弗兰克心中，总有些东西高于个人的荣辱，斯塔滕监狱就是其中之一。

阿里尔德·弗兰克望着埃克伯格山，看它沐浴在晨曦之中。过去那里是一个工薪阶层社区朝向阳光的那一面。他曾憧憬着在那儿买一栋小小的房子。而现在，他在奥斯陆一个更昂贵的地段有了一栋很大的房子。但他依然对那栋小房子充满向往。

内斯特似乎对越狱的消息反应平淡，但弗兰克倒不是怕内斯特及其同僚暴跳如雷。相反，他们做那些让他都感觉毛骨悚然的决定时一定异常冷静。不过从另一个角度讲，他们办事又是那么干净利落、清楚实际，弗兰克不禁由衷地钦佩。

"找到他，"内斯特说，"要么就确保谁也找不到他。"

要是能抓到洛夫特斯，他们就能先下手为强，逼他承认杀害莫尔桑德太太的事。他们自有办法。杀了洛夫特斯的话，他们就可以堵住他的嘴，免得他推翻莫尔桑德案现场那些对他不利的技术性证据，但那样今后就没法用他了。事情就是这样。各有利弊。不过说到底，这纯粹是个逻辑问题。

"有位西蒙·凯法斯给您打来电话。"通话器里传来伊娜的声音。

阿里尔德·弗兰克不由得用鼻子哼了一声。

西蒙·凯法斯。

一个只顾自己的人。一个没有骨气的废人，不顾众人阻止，赌博成瘾。据说他自从遇到现在这个女人就变了。但副典狱长比谁都清楚，人是不会变的；这个西蒙·凯法斯，他弗兰克早就看透了他。

"就说我不在。"

"他说晚点想跟您见个面。聊聊佩尔·沃兰的事。"

沃兰？弗兰克记得警方已经宣布沃兰死于自杀了。他叹了口气，低头看看桌上的报纸。关于越狱的报道越来越多，不过至少还没登上头条。也许是因为编辑部还没找到更清晰的越狱犯照片吧。这群秃鹫大概更倾向于等拿到凶手的电脑模拟画像再发头条，长得像魔鬼更好。不过他们这次要失望了。

"阿里尔德？"

他们之间有个不成文的规矩，没有别人在场时，伊娜可以对他直呼其名。

"在我的日程里留出一点时间，伊娜。别超过三十分钟。"

弗兰克看了看清真寺。第二十五个小时就要到了。

拉尔斯·吉尔伯格上前一步。

那少年躺在一块压平的纸板上，身上盖着一件外套。他是昨天来的，在路边的灌木丛和建筑背后找了个藏身处。他坐在那儿，一言不发，一动不动，就像在和谁玩捉迷藏似的。之前来了两名穿制服的警察，对着手里的照片打量吉尔伯格，然后就走了。吉尔伯格什么也没说。那天傍晚天上刚开始掉雨点时，这少年来了，躺到桥下。没征求他的同意。吉尔伯格也不是不允许他待在这儿，问题是他居然连问都没问。此外还有一件事。他穿的是一套制服。拉尔斯·吉尔伯格看不出是什么制服——他应征入伍那次才刚看清征兵官的绿色制服就被拒绝了。他们给出的理由很模糊，只说他"不适合"。拉尔斯·吉尔伯格偶尔会琢磨自己到底"适合"做什么。假如真有他适合做的事，他能有机会弄清那到底是什么吗？说不定那就是搞钱买毒品，住在桥下。

就像现在这样。

那少年睡着了，呼吸变得均匀。拉尔斯·吉尔伯格又前进了一步。从少年的步态和肤色可以看出这人吸毒。所以他身上可能还带着毒品。

现在吉尔伯格已经离他很近了，近到可以看见少年的眼皮微微抽动，眼球好像在里面转动。他蹲下来，小心翼翼地撩开那少年的大衣，把手指伸向制服上衣胸前的口袋。

那个动作来得实在太快，拉尔斯根本来不及看清。少年用手紧紧抓住拉尔斯的手腕，拉尔斯这才发现自己已经双膝跪地，脸贴着地上的稀泥，双手被反剪在身后。

一个声音在他耳边低语。

"你想要什么？"

那声音既不愤怒也不凶悍，不带一丝恐惧。而且可以说是彬彬有礼，那少年就跟真心想知道自己能为他做点什么似的。拉尔斯·吉尔伯格决定沿用一贯的做法，他每次意识到自己必败无疑都会这样做。他决定及时止损。

"我想偷你的货。没货就偷你的钱。"

少年用的是标准擒拿手法：把他的手腕压向小臂，压制他的背部和肘部。警式擒拿。但吉尔伯格知道警察是怎么走路、怎么说话的，也熟悉他们的眼神和气味，这少年可不像警察。

"你平时嗑什么？"

"吗啡。"吉尔伯格疼得嗷嗷叫。

"五十克朗能买多少？"

"一丁点儿。买不了多少。"

对方松开手，吉尔伯格迅速抽回胳膊。他望着那少年，冲着对方递到他面前的钞票眨眼。"抱歉，我只有这么多。"

"我没货可卖啊，伙计。"

"钱是给你的。我已经戒了。"

吉尔伯格眯起眼睛。那句话是怎么说的来着？世上没有免费的午餐。不过话又说回来，这人也许真是个疯子。

他一把抓过那张五十克朗钞票，把它塞进口袋。"就当这是你睡这儿的租金。"

"我昨天看见有警察从这儿经过。"少年说，"他们经常来吗？"

"偶尔来一下，不过最近光顾得有点勤。"

"你知道有什么他们很少光顾的地方吗？"

吉尔伯格脑袋一歪，饶有兴味地打量这少年。

"你要是想完全避开条子，就去收容所申请个房间。去伊拉中心问问吧。他们不让条子进去。"少年若有所思地望着河面，缓缓地点点头。

"多谢帮忙，朋友。"

"小事一桩。"吉尔伯格听罢一惊，喃喃地说。绝对是个疯子。

那少年开始脱衣服，就跟要证实吉尔伯格的怀疑似的。为了安全起见，吉尔伯格后撤了几步。少年脱到只剩内裤时，用制服裹起鞋子。少年想要一只塑料袋，吉尔伯格递给他一只，看着他把那团衣服和鞋子装进去。他把袋子藏进灌木丛，就放在他昨晚过夜的地方，用一块石头压住。

"我不会让别人找到的。"吉尔伯格说。

"谢谢你，我相信你。"少年微笑着扣上大衣，一直扣到领口，免得有人看见他赤裸的胸膛。

然后他就沿着小道走远了。吉尔伯格目送着他：看他赤脚踏进积水，水花溅到柏油路上。

我相信你？

真是疯得无可救药。


玛莎站在前台，看着电脑屏幕上的伊拉中心监控图像。更确切地说，她看的是那个站在大门外盯着镜头的男人。他还没按门铃，因为还没找到有机玻璃门铃罩上的小孔。中心不得不给门铃装个有机玻璃罩子，因为那些被拒之门外的人经常猛砸门铃。玛莎按下通话键。

"我能为你做点什么吗？"

那少年没有回答。玛莎已经确认他不是现有的七十六名住户之一。尽管中心在四个月里换了上百名住户，但玛莎还是记得每张面孔。不过她看得出这人是个瘾君子，属于伊拉中心所谓的"目标客群"。这并不是因为他看着像嗑了药的样子——其实他没有，但他憔悴的面容说明了一切。还有他嘴边的纹路、糟糕的发型。她叹了口气。

"你需要一个房间吗？"

那少年点点头，她转动一把插在开关上的钥匙，打开楼下的门。斯蒂娜在厨房给一名住户做三明治，玛莎喊了她一声，让她替自己看会儿前台。然后她三步并作两步地跑下楼梯，穿过一道铁门。要是有人闯进大门，这道铁门能阻止他们进入前台。少年就站在大门里四下张望。

他的大衣一直扣到嗓子眼，下摆几乎垂到脚踝。他赤着脚，她在大门旁的一个湿脚印里看见了血迹。不过玛莎对这些早就习以为常，她首先注意到的反而是他的眼睛。是他看她的眼神。她找不到别的解释。他注视着她，她能从他的眼神中看出，他正在消化她给他留下的视觉印象。这或许不算什么，但跟她在伊拉中心司空见惯的一切都不一样。有那么一瞬间，她甚至感觉他也许真不吸毒，但她立即打消了这个念头。

"你好。跟我来。"

他跟着她来到二楼，穿过前台，走进一间会议室。她像往常一样让门敞着，好让斯蒂娜和其他员工看见里面的情况，然后她请他坐下，取出几张表格，准备做例行的入住面谈。

"名字？"她问。

他犹豫了。

"我得在这张表上填个名字。"她说着，给他留出时间，对于这个问题，来这儿的人很多都需要一点时间考虑。

"斯蒂格。"他犹犹豫豫地说。

"没问题。"她说,"还有呢?"

"贝耶?"

"那咱们就这么填。出生日期?"

他写下一个年份和一个月份,她算出他已经年过三十。但他看上去远远不到。瘾君子就是这点奇怪,不是特别显老就是特别显小。

"你有介绍人吗?"

他摇头。

"你昨晚在哪里过的夜?"

"一座桥下。"

"那我就写你没有固定居所,不知道自己应该归哪个社会福利中心管;你的生日是十一日,那我就选十一号吧,所以你应该属于……"她看看列表,"阿尔纳社会福利中心,运气好的话,这家中心会大发善心,支付你的费用。你吸食的毒品类型?"

她提起笔,但他没有回答。

"说你最常用的毒品就行。"

"我戒了。"

她放下笔。"伊拉中心只接收尚未戒断的吸毒者。我可以给史布伐街那边的中心打个电话,看他们能不能给你留个房间。那边的条件可比这儿好多了。"

"你是说……"

"没错,我是说你必须长期吸毒才有资格入住。"她疲惫地笑笑。

"那我要是告诉你我刚才没说实话呢?因为我以为戒了才更容易住进来?"

"那么你也算答对了问题,但你的求助机会就用光了,朋友。"

"海洛因。"他说。

"以及？"

"只有海洛因。"

她在表格上勾选了一个方格，但对真实性深表怀疑。奥斯陆几乎已经没有只吸食海洛因的瘾君子了；现在每个人都混吸多种毒品，原因很简单，混吸能让人以同样的价钱得到更强烈、更持久的药效。

"来这里的原因？"

他耸耸肩："想找个屋檐遮风避雨。"

"有什么疾病或必需的药品吗？"

"没有。"

"将来有什么打算？"

他看着她。玛莎的父亲过去常说，人过去的经历都写在眼睛里了，一定要学会解读他们的眼神。但你不能从眼睛里看到他们的未来。未来属于未知。尽管如此，日后回想起这一幕，玛莎还是每次都会自问，她是不是当时就应该看出这个自称斯蒂格·贝耶的人将来的打算。

他摇摇头，也用摇头回答她那些关于职业、学历、吸毒过量史、身心疾病、血液感染和精神疾病的问题。最后，她解释说中心对住户信息绝对保密，不会向任何人透露他住在这儿，不过他要是愿意，可以签一份同意书，指定几个联系人，这样如果他们跟中心联系，就能得到一些信息。

"好让你的父母、朋友、女友能找到你，我只是打个比方。"

他苦笑道："这些我都没有。"

这句话玛莎·利安再熟悉不过。熟悉到已经不为所动了。她的心理医生管这叫同情心疲劳，说她的大部分同行都会在某个阶段出现这种症状。但让玛莎担心的是她的情况完全不见好转。她当然知道，一个担心自己冷漠的人肯定不至于太过冷漠，但同情心可是她生活的养料啊。同情心，还有爱。这两样东西在她那儿已经快见底了。所以意识到这句"这些我都没有"触动了她心中的某个角落，她骤然一惊，那感觉就好像萎缩的肌肉突然被针扎了一下，微微抽动。

她把文件收到一起，装进一只文件夹，放在前台，领着新住客来到一楼一间狭小的储藏室。

"但愿你不是那种不穿二手衣服的讲究人啊。"她背过身，等他脱掉大衣，换上她挑的衣服和运动鞋。

她等了一会儿，听到他咳嗽一声才转过去。他穿上了浅蓝色的套头衫和牛仔裤，不知为什么他好像变高了一点，也更挺拔了。不再像穿大衣时那么瘦骨嶙峋。他瞧瞧脚上那双蓝色运动鞋。

"没错。"她说，"这就是那款流浪汉标配。"

二十世纪八十年代，挪威陆军的冗余军需品仓库向几家有资质的机构捐赠了大批蓝色运动鞋，结果它们就成了瘾君子和流浪汉的代名词。

"谢谢你。"他轻声说。

玛莎最早开始看心理医生，是因为一名住客不肯向她道谢。其实那只是她应该却无从听到的无数句"谢谢你"之一，不肯道谢的那帮自暴自弃的家伙之所以还能活在这世上，完全是靠福利国家的种种社会救助机构，而他们却把清醒时的大部分时间都用来数落这些机构。她发了火。他要是看不上免费发放的针管、觉得它影响他回房间嗑药——社会福利机构每月为这个房间支付六千克朗的房租，害他不能尽情享受他偷自行车换来的毒品，那他尽可以滚蛋。这名住户投诉时附上了一份长达四页的血泪史。她被迫道歉。

"我带你去你的房间吧。"她说。

他们去往三楼的路上，她把公共浴室和卫生间指给他看。一些男人从他们身旁经过，走路轻飘飘的，眼神恍恍惚惚。

"欢迎来到奥斯陆最好的毒品采购中心。"玛莎说。

"在这里面？"少年问，"你们允许毒品交易？"

"理论上不允许，不过吸毒人员肯定都有毒品嘛。我告诉你这个，是因为这对你或许有用，一克也好，一公斤也好，我们都不检查。我们不管住户在房间里交易什么毒品。我们只有在怀疑你持有武器的情况下才会进去。"

"真有人带武器？"

她斜睨了他一眼："你问这干吗？"

"只想看看这里会有多危险。"

"这儿的毒贩手下都有送货的，算是执行人，这些人为了向住户讨债会动用各种武器，从球棒到常规枪支都有。我上周搜查过一个房间，在床底下发现了一把鱼叉枪。"

"鱼叉枪？"

"没错。一把上了膛的斯汀65。"

她笑出了声，自己都吓了一跳，他回以微笑。他笑起来很好看。这里的很多人都是。

她敲敲门，打开323房间。

"之前发生了火灾，我们不得不关闭一些房间，所以在修缮完成之前大家暂时得合住。你的室友叫约翰尼，大家管他叫约翰尼·美洲狮。他患有慢性疲劳综合征，大多数时候都待在床上。不过他人很好，很安静，我觉得他不会给你添什么麻烦。"

她打开门。窗帘关着，房间里光线昏暗。她打开灯。天花板上的日光灯管闪烁几下，亮了。

"真漂亮啊。"少年说。

玛莎环顾这个房间。她从没听过任何人用"漂亮"形容伊拉中心的房间，除非是在讽刺挖苦。不过在某种程度上他说得没错。诚然，油地毡已经旧了，天蓝色的墙壁上布满凹痕和涂鸦，用碱液都洗不掉，但房间的确布置得整洁清爽。里面只摆着一张上下铺，一只五斗柜，还有一张油漆剥落满是划痕的矮桌，不过所有的家具都完好无损，可供使用。房间散发着下铺那个男人的体味。少年说他从没吸毒过量，所以她让他睡上铺。他们把下铺留给最可能吸毒过量的住户，因为这样更容易把他们抬到担架上。

"拿着。"玛莎说着，递给他一枚挂在钥匙环上的钥匙，"我是你的联系人，你需要什么就来找我。好吗？"

"谢谢你。"他说，同时接过那块蓝色的塑料标牌，盯着它瞧，"非常感谢。"

# 13

"他这就下来。"前台接待高声告诉西蒙和卡丽,他俩正坐在一张皮沙发上,头顶上挂着幅巨画,画的似乎是日出。

"这话她十分钟前就说过了。"卡丽低声说。

"天堂的时间由上帝说了算。"西蒙说着,把一片口含烟塞到上唇下方,"你觉得这种画能值多少钱?他们为什么会选这幅画呢?"

"购置公共艺术品其实就是变相资助咱们国家那些二流艺术家,这是公开的秘密。"卡丽说,"买主根本不在乎墙上挂的是什么,只要它们能搭配家具又不超支。"

西蒙从侧面瞟了她一眼:"有人告诉过你吗?你说话有时候就像背书。"

卡丽苦笑:"口含烟是香烟拙劣的替代品。会损害你的健康。是你妻子让你改吸这个的吧,受不了她衣服上总有烟味?"

西蒙轻笑一声,摇摇头。现在的年轻人大概以为这就是幽默吧。"猜得好,但你想错了。她让我戒烟是因为希望我多活几年。她并不知道我吸口含烟。我都放在办公室。"

"放他们进来,安妮。"一个声音咆哮道。

西蒙瞧瞧密闭闸,那儿有个男人用手指敲着金属的门把手,他穿制服、戴制帽,看起来就像某位白俄罗斯总统的宠臣。

西蒙站起来。

"咱们待会儿决定放不放他们出去。"阿里尔德·弗兰克说。

前台接待员迅速翻了个白眼,几乎难以察觉,西蒙看出这个玩笑已经开过无数次了。

"怎么样，回到阴沟里的感觉如何？"弗兰克边说边带他们穿过密闭闸，来到楼梯前，"没记错的话，你应该是在严重欺诈办公室高就吧。哎哟，抱歉，我真是老糊涂了，都忘了他们已经把你踢出来了。"

对方明显是故意羞辱，西蒙不打算笑。

"我们来是为了佩尔·沃兰的事。"

"我听说了。这个案子不是已经结了吗？"

"没破的案子不会结案。"

"新规定？"

西蒙咧开嘴，挤出一个假笑："佩尔·沃兰死亡当天来这儿见过囚犯，对吧？"

弗兰克推开自己办公室的门："沃兰是监狱牧师，我想他应该是来做他分内的工作吧。需要的话我可以查查访客记录。"

"好的，有劳了。对了，能不能麻烦你再列个单子，写上所有跟他说过话的人？"

"他在这儿接触的人我恐怕不是每个都叫得出名字。"

"他那天见过的人，至少有一个我们叫得出名字。"卡丽说。

"是吗？"弗兰克说着走到书桌后，坐进一把椅子，工作这么多年来，这张桌子一直陪伴着他，"年轻女士，要是你打算待一会儿，那你不妨趁我查访客记录的时候去柜子那儿取一下咖啡杯。"

"谢谢，但我不喝带咖啡因的饮料。"卡丽说，"那个人的名字叫桑尼·洛夫特斯。"

弗兰克看着她，面无表情。

"我们能见见他吗？"西蒙说，他不等主人招呼就自己坐下了。他抬头看看弗兰克渐渐涨红的脸，"哎哟，抱歉，我真是老糊涂了。他刚刚越狱了。"

西蒙看出弗兰克在组织答案，但他抢先开了口。

"我们之所以会注意到他，是因为沃兰探监后不久洛夫特斯就越狱了，这实在太凑巧了，更让沃兰的死显得可疑。"

弗兰克抓着自己的衣领："你们怎么知道他们见过？"

"警方的讯问资料全都储存在一个共享数据库。"卡丽说，她依然站着，"我搜索佩尔·沃兰的时候，发现他的名字在一份关于洛夫特斯越狱事件的讯问报告中被提及。提到他名字的是一名囚犯，叫古斯塔夫·罗弗。"

"罗弗不久前刚刚刑满释放。我们找他来问话是因为他在桑尼·洛夫特斯越狱前跟他聊过。我们想知道洛夫特斯当时说了什么，看能不能推测他到底想干什么。"

"我们？咱们？"西蒙扬起一道花白的眉毛，"严格地说，抓捕越狱逃犯的工作应该且只应该由我们警方负责，与你们无关。"

"洛夫特斯是我的囚犯。凯法斯。"

"看样子罗弗好像没提供什么有用的信息。"西蒙说，"不过他在讯问中提到他前脚刚踏出牢房，佩尔·沃兰后脚就进去跟洛夫特斯谈话了。"

弗兰克耸耸肩："这能说明什么？"

"所以我们就很想知道他俩谈了什么，还有为什么他俩没过多久就死的死，越狱的越狱。"

"可能是巧合。"

"当然。弗兰克，你认识一个叫胡戈·内斯特的人吗？绰号'乌克兰人'？"

"听说过。"

"那就是认识了。有任何迹象表明内斯特与这次越狱有关吗？"

"此话怎讲？"

"他有没有帮洛夫特斯越狱？或是在监狱里威胁过洛夫特斯，导致后者越狱？"

弗兰克用一支笔敲着桌子，像在沉思。

西蒙用余光瞥见卡丽在手机上收消息。

"我知道你们急于破案，但你们在这儿可钓不到什么大鱼。"弗兰克说，"桑尼·洛夫特斯是自行越狱的。"

"哇，"西蒙靠向椅背，把指尖抵在一起，"一个年轻的瘾君子，一个菜鸟，在无人协助的情况下越狱成功，还是从斯塔滕监狱？"

弗兰克笑了："菜鸟，你敢打赌吗，凯法斯？"见西蒙没说话，他的嘴咧得更大了，"咳，我真是老糊涂了，你已经戒了呀。那我就带你见识见识你口中的菜鸟吧。"

"这些是监控拍到的画面。"弗兰克说着，指指一台二十四英寸显示器，"这个时候控制室里的狱警都趴在地上，约翰内斯打开了监狱里所有的门。"

屏幕被分割成十六个小方格，每格代表一个摄像头，显示监狱的不同位置。下方显示着时间。

"他来了。"弗兰克说着，指指一个方格，上面是一道走廊。

西蒙和卡丽看见一名年轻男子走出牢房，迈着僵硬的步子跑向摄像头。他身穿白色上衣，下摆几乎垂到膝盖，西蒙发现这人的理发师比自己那位还差，他的脑袋就像被谁踢过似的。

年轻人消失在画面中，又出现在另一个格子里。

"这是洛夫特斯在穿过密闭闸。"弗兰克说，"这时候约翰内斯正在慷慨陈词，说狱警们要是敢阻止他，他就对他们的家人下手等等。员工更衣室那段才厉害呢。"

他们看见洛夫特斯跑进一个有储物柜的房间，却并没有立刻奔向出口，而是往左一拐，走到一排储物柜背后，消失在镜头里。弗兰克怒气冲冲地用食指按了个键，屏幕底部的时钟停住了。

弗兰克把光标移到时钟上，输入七点二十分这个时间，然后以四倍速播放。几个穿制服的人出现在一个格子里。他们走进更衣室又出去了，门不断地开了又关。很难看出每个人有什么不同，直到弗兰克又按下一个键，停住画面。

"他出现了。"卡丽说，"这次穿的是制服和大衣。"

"瑟伦森的制服和大衣。"弗兰克说，"他应该是换好衣服等在更衣室。其他人进进出出的时候，他应该就坐在椅子上，低着头，假装在系鞋带之类的。我们这儿人员流动很大，所以谁也不会在意一个换衣服有点慢的新人。他一直等到早高峰人最多的时候才跟其他人一起离开。没了胡子和长发，谁也认不出桑尼，他在牢房里把胡子刮了，头发也剪了，塞到枕头里。就连我都……"

他又按了个键，继续播放，这次是正常速度。屏幕上，一个穿大衣和制服的年轻人从后门离开，阿里尔德·弗兰克跟一个梳背头、穿灰西装的人恰好进来。

"外面的警卫完全没拦他？"

弗兰克指指屏幕右下角的一个方格。

"这是保卫室的画面。可以看到，我们没查证件就放行了车辆和人员。如果每次换岗都严格走安检流程，必然会造成拥堵。但从现在起，下夜班的人也得出示证件才能出去。"

"是啊，我估计没人想排队进来。"西蒙开了个玩笑。

随后是一阵沉默，他们听见卡丽憋回去一个哈欠，因为西蒙回怼了弗兰克之前那句欢迎玩笑，但她觉得并不好笑。

"这就是你说的菜鸟。"弗兰克说。

西蒙·凯法斯一言不发，只是盯着屏幕上那个缓缓经过保卫室的背影。不知为什么，他突然笑了，想起洛夫特斯就是这么走路的。他从走路的姿势认出了他。

玛莎站在那里，抱着胳膊打量面前这两个男人。他们肯定不是缉毒处的；缉毒处的警员她大都认识，但她从没见过这两个人。

"我们找……"其中一个开口了，后半句话却被救护车的警笛声淹没，车子正从他们身后的瓦尔德马·特拉内斯街呼啸而过。"

"找什么？"玛莎也高声说。她努力回想自己在哪儿见过这种黑西装。是在广告上吗？

"找桑尼·洛夫特斯？"矮个子那人重复道。他一头金发，鼻子像折断过很多次似的。玛莎每天都能见到这样的鼻子，但她觉得这人的鼻梁是在对抗性运动中折断的。

"我们从不透露住户的姓名。"她告诉他们。

另一个人长得高大壮实，头上有一圈怪模怪样的卷发，他拿出一张照片给她看。

"他是从斯塔滕监狱跑出来的，非常危险。"这时又一辆救护车经过，他凑在她耳边喊，"要是他在这儿而你却没说，出了事我们可要拿你是问。听明白了吗？"

这么说他们不是缉毒处的；这起码能解释她为什么从没见过他们。她点点头，仔细查看照片。又瞧瞧他们。她张嘴正要说话，不料却刮来一阵狂风，把她的刘海吹得糊在脸上。她正想重新开口，身后却传来一声大喊。是楼梯上的托伊。

"哎哟，玛莎，比尔在外面把自己割伤了。我不知道该怎么办。他现在又回食堂了。"

"夏天总有很多人搬进搬出。"她说，"这个季节，我们的很多住户都喜欢去公园露宿，正好也能给新人腾出地方。我不可能每张脸都记得——"

"我说过了，他叫桑尼·洛夫特斯。"

"——而且也不是每个人都会用真名登记。我们不指望客人有护照或别的证件，所以他们说什么名字，我们就记什么名字。"

"但社会福利机构难道不要求他们提供真实身份吗？"金发男人问。

玛莎咬咬下唇。

"喂，玛莎，比尔弄得到处是血！"

头上有圈卷发的那人把一只汗毛浓密的大手搭在玛莎赤裸的上臂上：
"不如让我们进去瞧瞧，看能不能找到他？"他注意到她的眼神，把手抽了
回去。

"说到证件，"她说，"我是不是该请两位出示一下？"

她看见金发男人眼中掠过一丝阴影。卷发男人又伸出手来。这次不只
是放在她的胳膊上，而是抓住了她的胳膊。

"比尔的血都要流干了。"托伊来到他们所在的地方，他走路摇摇晃晃，
用恍惚的眼神盯着那两个人，"这是什么情况？"

玛莎挣脱开来，把手搭在托伊肩上："那咱们得赶快回去救他的命。先
生们，容我失陪一会儿。"

玛莎和托伊来到餐厅。又有一辆救护车飞速驶过。三辆了。她不由自
主地颤抖。等走到食堂门口，她回头一看。

那两个人已经不见了。


"这么说你和哈内斯还跟桑尼擦肩而过了呢？"西蒙问弗兰克，后者正
把他和卡丽送回一楼。

弗兰克看看表："我们看见的只是一个刮过胡子的短发青年，还穿着制
服。而我们熟悉的桑尼穿的是脏 T 恤，长发打结，一脸络腮胡子。"

"就是说以他现在的模样，我们很难找到他？"卡丽问。

"监控截图画质很差，你们也知道。"阿里尔德·弗兰克转身盯着她，
"但我们会找到他的。"

"可惜我们不能跟这位哈尔登聊聊。"西蒙说道。

"是啊，我说了，他的病情恶化了。"弗兰克回答，带他们来到前台，

"等他身体好点、能接受探监了，我会通知你们的。"

"你完全不知道洛夫特斯会跟佩尔·沃兰谈些什么吗？"

弗兰克摇头："就是一般的倾诉和精神指导之类的吧。不过桑尼·洛夫特斯自己就是大家的倾诉对象。"

"是吗？"

"洛夫特斯跟别的囚犯都保持着一定距离。他是中立的，不属于任何派系，这种派系在各个监狱都很常见。而且他嘴很严。这不就是倾诉对象最重要的特质吗？在某种程度上，他成了其他囚犯的告解神父，他们对他可以无话不说。因为他还能告诉谁呢？他没有盟友，而且在可预见的未来都会一直坐牢。"

"他是因为哪种谋杀罪进来的？"卡丽问。

"杀人。"弗兰克冷冷地说。

"我是说——"

"最残忍的那种。他杀过一名亚裔女孩，勒死过一名科索沃阿族人。"弗兰克替他们撑着出口大门。

"难以想象这么穷凶极恶的歹徒居然潜逃在外。"西蒙说，明知自己是在火上浇油。他不是那种以折磨他人为乐的人，但对阿里尔德·弗兰克例外。这倒不是因为弗兰克有多招人讨厌，其实他的性格还能稍稍减轻西蒙对他的厌恶；在总部，谁都知道弗兰克才是斯塔滕真正的头儿，那个典狱长只是徒有虚名。不不，西蒙之所以看他不顺眼，是因为这些明显的巧合让他起疑，这怀疑折磨着他，把他引向一个最糟糕的猜测，一个无法证实的猜测。那就是阿里尔德·弗兰克被收买了。

"四十八小时之内他肯定落网，总督察。"弗兰克说，"他身无分文，也没有亲戚朋友。他是个孤家寡人，十八岁就进了监狱。而那已经是十二年前的事了。他一点也不了解外面的世界，他无处可去，也无处可藏。"

他们往停车位方向走，卡丽一路小跑，免得被西蒙落下，而西蒙则琢磨着四十八小时的事。赌瘾又上来了。因为他从那少年身上看到了某种熟悉的东西。他还不知道那东西是什么；或许只是他的步态而已。又或许，他所继承的还不止这些。

# 14

　　约翰尼·美洲狮在床上翻了个身，打量起他的新室友。他真不知道"室友"这个词是谁发明的，但反正没有哪个词比它更不适合伊拉中心了。说"室敌"还差不多。目前为止，他遇到的室友都想把他洗劫一空。要么就是他想把对方洗劫一空。所以他把贵重物品——一只装了三千克朗钞票的防水钱包、一只装了三克安非他命的塑料袋——都用胶带牢牢绑在自己毛茸茸的大腿上，这样一旦有人来偷，他睡得再熟也会惊醒。

　　安非他命和睡眠。二十年来，约翰尼·美洲狮就靠这两样东西活着。二十世纪七十年代，人们发明了许多疾病来解释年轻人为什么会终日参加派对而不肯工作，终日四处斗殴而不肯买房结婚，终日嗑药而不肯戒毒，不愿过那种平淡得要死的生活。这些疾病他确诊了大半。但他确诊的最后一种病却再也没能痊愈。它就是ME①。慢性疲劳综合征。一种长期的疲劳症状。约翰尼·美洲狮居然会累？听到这个消息的人只会一笑置之。他可是约翰尼·美洲狮啊，强壮的举重选手，派对上的灵魂人物，利勒桑最抢手的搬运工，一只手就能搬动钢琴。疼痛最初从臀部开始，止痛药根本不起作用，所以他就尝试了一些效力更强的止痛药，结果它们又太管用了，他吃上了瘾。现在他需要每天长时间地卧床，间或从事一些紧张刺激的活动，比如费尽心机去搞毒品。要么就是搞钱还债，他已经欠了一屁股债，数额大得吓人，债主是伊拉中心最大的毒枭，此人自称可可，是立陶宛人，正在变性。

---

① 即 Myalgic Encephalomyelitis, ME 是其缩写。

约翰尼一眼就看出，窗边这位年轻人再不嗑药就要撑不住了。那持续的、热切的搜寻。那冲动。那挣扎。

"伙计，能麻烦你把窗帘拉上吗？"

对方照做了，房间顿时重归宜人的黑暗。

"你嗑什么，伙计？"

"海洛因。"

海洛因？在中心，大家都管海洛因叫药。要不就是屁、烟、小白，或是粉儿。或是小男孩。或是超级小子，这是一种神奇的新型毒品，能从尼桥的某个人手里买到，那人长得就像《白雪公主》里的小矮人"瞌睡虫"。海洛因是监狱里的叫法。当然，菜鸟也这么叫。不过菜鸟用的一般是大白菜、墨西哥淤泥之类的说法，或是别的什么从电影里听来的词。

"我能帮你搞到海洛因，物美价廉。你不用去外边买。"

约翰尼看见那个处在阴影之中的身影动了。犯了毒瘾的瘾君子光是听到"弄毒品"这三个字就能嗨，他早就见怪不怪了；他记得好像有研究证明，人脑的快感中枢在吸毒前几秒就会出现反应。从 36 室的霍夫丁根那儿进货，再加价四成出售，赚的钱足够约翰尼自己买三四包快速丸，比再洗劫一位新室友划算多了。

"不了，谢谢。要是你想继续睡，我可以出去。"

那个从窗边飘来的声音是如此轻柔细小，约翰尼完全不明白它怎么会盖过伊拉中心终日不绝的嬉闹、尖叫、音乐、争吵和外面汽车的轰鸣，钻进他的耳朵。所以这人想摸清他约翰尼是不是马上就要睡了，对吧？好搜他的身。说不定还会找到约翰尼用胶带绑在大腿上的东西。

"我从不睡觉，只会闭目养神。懂吗，伙计？"

年轻人点点头："我这就出去。"

这位新室敌出去了，门一关，约翰尼·美洲狮就跳下床。不出两分钟就搜遍了对方的衣柜和上铺。一无所获。空空如也。他的新室敌肯定不像表面上那么嫩，还知道把东西都带在身上。

马库斯·恩格赛斯感到害怕。

"怎么，怕了？"两个堵路的男孩中个子较高的那个说。

马库斯摇摇头，吞了口唾沫。

"你就是怕了，都吓出汗了，你这个肥猪。嘿，你闻到了吗？"

"看啊，他快哭了。"另一个男孩哈哈大笑。

他俩十五岁上下，也可能十六。说十七岁都有可能。马库斯不知道他们到底多大，只知道他们比自己高得多，还大了好几岁。

"我们只想借这东西玩玩。"高个儿男孩说着，抓住马库斯的自行车把手，"我们会还给你的。"

"等我们玩够以后。"另一个男孩又大笑不止。

街上一片寂静，马库斯抬头看看街道两旁房屋的窗户。那些漆黑、空洞的玻璃。他一般不喜欢引人注目。他喜欢悄无声息，这样他就能神不知鬼不觉地穿过花园的门，溜进那栋被遗弃的黄房子。可现在，他希望某扇窗户会突然打开，某个大人会呵斥那两个大孩子，让他们走开。回塔森、尼达伦，或别的什么盛产他们这种恶棍的街区去。但街上依然一片阒寂。那种属于夏天的阒寂。现在正值假期，街上别的孩子都去乡间别墅、海边或国外度假了。玩嘛，在哪儿都一样，马库斯总是一个人玩。但个子小的孩子再一落单，就特别容易被欺负。

大个子男孩从马库斯手中夺过自行车，马库斯发现自己连眨眼逼回眼泪的力气都没有。这辆自行车是妈妈给他买的，要不是买它，他们今年夏天就能用这笔钱去某个地方玩了。

"我爸在家。"他指着街对面的红房子说，它就正对着他刚刚去过的黄房子。

"那你怎么还不叫他来呢？"男孩骑在马库斯的车上找感觉；自行车颤

颤悠悠，他好像有点不爽，嫌车胎气不够足。

"爸爸！"马库斯大喊一声，但马上听出自己的声音是多么无力、多么虚假。

两个大孩子捧腹大笑。个子小点的那个已坐上了后架，马库斯看见橡胶车胎开始从轮圈上脱离。

"我看你根本就没有爸爸。"男孩说着，把一口唾沫吐在地上，"快，赫尔曼，蹬呀！"

"我在蹬，可你干吗拉着我。"

"我没有啊。"

三个男孩回过头。

一个男人站在自行车后，抓着后座。他提起后轮，两个男孩在惯性作用下向前扑倒。他们跟跟跄跄地下了车，狠狠瞪着那人。

"你他妈的干吗？"大一点的男孩咆哮道。

那人没说话，只是看着他。马库斯注意到他发型怪异，T恤上有救世军的标志，小臂上满是伤疤。街上静得出奇，马库斯觉得自己能听到贝格区每只鸟儿的叫声。那两个大男孩好像也注意到了这人身上的伤疤。

"我们只想借来骑骑。"大男孩的声调已经变了，变得嘶哑、微弱。

"拿去吧，给你。"另一个男孩立即补充。

那人依然盯着他们。他做了个手势，示意马库斯把车子推走。两个男孩开始后退。

"你们住哪儿？"

"塔森。你……你是他爸爸吗？"

"你说呢。直接回塔森，明白吗？"

两个男孩一齐点头，转身走远，像执行命令一样。

马库斯抬头看看这人，他正低头对他微笑。

在他们身后，他听见其中一个男孩对同伴说："他爸吸毒——你看见他的胳膊了吗？"

"你叫什么名字？"这人问道。

"马库斯。"他回答。

"夏天愉快，马库斯。"那人说着，把自行车还给他，走到对面的黄房子跟前。马库斯屏住呼吸。这栋房子跟街上别的房子没什么区别；方正得像个盒子，并不是很大，外面带一座小小的花园。只不过房子和花园都该刷漆了，还需要用剪草机除个草。尽管如此，它依然是最特别的。那人径直走向通往地下室的楼梯，而不是像马库斯见过的推销员或耶和华见证会的人那样走正门。他知道钥匙就藏在地下室门上的横梁上吗？马库斯每次总是小心翼翼地把它放回原处。

听见地下室的门打开再关上，他得出了结论。

马库斯差点惊掉下巴。记事以来，他从没见过任何人走进那栋房子。诚然，他五岁才开始记事，也就是七年前，但不知为什么，这栋房子似乎就应该没人住才对。毕竟，谁会想住在一栋有人自杀的房子里呢？

好吧，其实还有一个人每年至少会过来两次。马库斯只见过他一次，觉得他大概就是那个初冬来把暖气低低地开着，春天再把它关掉的人。账单肯定是他在付。妈妈说要是没电，房子现在肯定已经破得住不了人了，但她也不知道那人是谁。总之肯定不是现在在房子里的那个人，这一点马库斯可以确信。


马库斯看见那个新来的人的面孔出现在厨房窗户里。黄房子没挂窗帘，所以马库斯每次进去都会远离窗户，免得被人瞧见。这人看着可不像是来开暖气的，那他来这儿干吗？马库斯怎么才能……他想起自己还有望远镜。

马库斯把自行车推进红房子的大门，上楼冲进自己的卧室。他所谓的望远镜——其实不过是一副带底座的普通双筒望远镜——是他爸爸离开时唯一没带走的东西。这也可能只是他妈妈的说法。马库斯用望远镜对准黄房子，拉近焦距。那人不见了。他在房子外墙上移动望远镜圆形的视野，一个窗户一个窗户地找过去。找到了。在那家儿子的卧室。那个瘾君子从前的房间。马库斯在这栋房子里探过险，熟悉每个犄角旮旯。包括主卧那块松动的地板下的暗格。但即使没人在里面自杀，他也不愿在黄房子里住。在它被永久弃置之前，死者的儿子曾住在那里。这家的儿子是个瘾君子，把屋里搞得乱七八糟，而且从来不打扫卫生，也不做任何修缮，所以每次下雨屋顶就会漏水。马库斯出生后不久，那家的儿子就消失了。马库斯的妈妈说他进了监狱。因为杀人。马库斯不知道这房子是不是对住在里面的人下了什么邪恶的诅咒，让他们不是自杀就是杀人。想到这儿，马库斯吓得打了个哆嗦。但这也是他喜欢这栋房子的原因——因为它有股邪气，他可以幻想在里面发生过的怪事。只不过今天他根本不用幻想，房子里真的有怪事发生。

这人打开卧室窗户——不用说，这地方自然需要通风。尽管如此，马库斯还是最喜欢那个房间，虽说床单很脏，地板上还有针头。这人背对窗户，在看马库斯喜欢的那些照片。那张全家福上的三个人都笑得很开心。在另一张照片上，儿子穿着摔跤服、父亲穿着运动服，两个人一起举着奖杯。此外还有父亲穿警服的那张照片。

这人打开衣柜，取出一件灰色帽衫和一只红色运动包，上面用白色字母写着"奥斯陆摔跤俱乐部"的字样。他往包里塞了几样东西，但马库斯看不清都是什么。然后他走出卧室，消失在视野中。不一会儿他又出现在书房，那是个很小的房间，窗前摆着一张书桌。马库斯的妈妈说那就是他们发现尸体的地方。这人在窗边找来找去。马库斯知道他在找什么，但对这儿不熟的人是永远也不可能找到的。这人好像在拉书桌抽屉，但他放在书桌上的运动包挡住了马库斯的视线。

这人应该是找到了想要的东西，要么就是放弃了，因为他拎起运动包走出了房间。他下楼之前先去了一趟主卧，然后就消失在马库斯的视野里。

过了十分钟，通往地下室的后门开了，这人拾级而上。他穿上了帽衫，兜帽拉过头顶，运动包扛在肩上。他走出院门，沿原路离开。

马库斯一跃而起，冲到门外。他看到那个戴着兜帽的背影，然后马库斯越过栅栏来到黄房子跟前，飞快地奔过草坪，冲下通向地下室的台阶。他浑身颤抖，上气不接下气，手指在横梁上摸索。钥匙被放回原处了！他长舒一口气，打开门。他并不害怕，不怎么害怕，在某种程度上，黄房子就是他的。那个陌生人才是不速之客。除非……

他冲进书房，径直走向码放整齐的书架。他找到第二层的《蝇王》和《他们焚烧蓟花》①，把手指伸进两本书之间，那里藏着书桌抽屉的钥匙。不过那人找到它了吗？用它打开抽屉了吗？他望着书桌，把钥匙插进锁孔一拧。木头桌面上有一团深暗的污迹。或许是经年累月留下的油渍，但在马库斯脑中，那无疑就是曾经倒在这里的头颅留下的血迹，它就倒在这里，浸在血泊中，血迹飞溅到墙上，像马库斯在电影里看到的那样。

马库斯朝抽屉里张望，吓得倒抽一口气。那东西不见了！一定是他。是那个儿子。他回来了。别人不可能知道抽屉的钥匙在哪儿。再说他的胳膊上还有针眼呢。

马库斯走进那个儿子的卧室。那是他最喜欢的房间。他环视四周，一眼就看出少了什么。父亲穿警服的照片不见了。还有 CD 随身听。以及那四张 CD 中的一张。他看看另外三张。少的是赶时髦乐队②的《叛逆之人》。马库斯听过这张 CD，并没觉得它有什么特别。

马库斯坐在房间中央，确保没人能从街上瞧见他。他倾听着窗外夏日的宁静。那个儿子又回来了。马库斯用想象为照片上那个少年编织了整个人生，唯独没想到人会长大。现在他又回来了。回来取书桌抽屉里的东西。

---

① 《他们焚烧蓟花》（*They Burn the Thistles*）是土耳其作家亚沙尔·凯末尔 1969 年创作的一部小说，是《瘦子麦麦德》三部曲的第二部。

② 赶时髦乐队（Depeche Mode）是英国的一支电子乐队，于 1980 年成立。

接着，马库斯听到汽车引擎的轰鸣声打破了寂静。

"你确定门牌号方向没错？"卡丽问，同时费力地瞧车窗外那些简陋的木屋，想找个门牌号做参考，"咱们要不问问那边的那人吧。"

她冲路边的人行道点点头，一个路人正迎面走来，穿着帽衫，低着头，肩上扛着一只红色的包。

"房子就在小山后头。"西蒙说着，踩了一脚油门，"相信我。"

"这么说你认识他父亲？"

"嗯。关于那少年，你查到什么了吗？"

"斯塔滕监狱那些愿意开口的人都说他很安静，话很少，但很受欢迎。他没什么真正的朋友，喜欢独处。我没找到任何亲属。据我所知，这是他最后一个地址。"

"你有那栋房子的钥匙吗？"

"钥匙跟他的其他随身物品一起存放在监狱。我不用另外申请搜查令——之前调查越狱的时候已经批了一份。"

"所以已经有警官来过了？"

"嗯，只是来看看桑尼有没有回家。不过没人相信他真有那么傻。"

"没有朋友，没有亲人，还没有钱。他的选择不多。你马上就会看到罪犯往往蠢得可以，这是规律。"

"我知道。但用那种方法越狱，傻子可干不出来。"

"可能吧。"西蒙承认。

"绝对干不出来。"卡丽斩钉截铁，"桑尼·洛夫特斯是个优等生。还是全挪威同年龄段最好的摔跤手之一，靠的不是强壮的身体，而是机智的战术。"

"看来你没少下功夫。"

"算不上。"她说，"我只是在谷歌上搜了他的名字，看了点 PDF 版的旧报纸，又打了几个电话。这又不是航天科技。"

"就是那栋。"他说。

西蒙停好车，两人从车上下来，卡丽推开花园的大门。

"这房子现在很破败啊。"他感慨道。

西蒙掏出警用左轮手枪，趁卡丽还没敲门，他先检查了枪有没有打开保险栓。

西蒙举着枪走在前头。他停在走廊，侧耳倾听。他按下电灯开关，一盏壁灯亮了。

"啊喔。"他小声说，"空房有电，这还挺少见的。看样子最近应该有人——"

"并不是。"卡丽说，"我查过。洛夫特斯入狱后，这里的水电费一直由一个开曼群岛账户支付，查不到户主是谁。这笔金额不大，但这——"

"——很奇怪。"西蒙接过话茬，"不错，我们搞刑侦的就喜欢未解之谜，对吧？"

他带头穿过走廊，进入厨房。他拉开冰箱，发现它没插电，虽说里面有一盒孤零零的牛奶。他冲卡丽点点头，她疑惑地看看他，很快明白了他的意思。她嗅嗅那盒开过的牛奶。什么味儿也没有。她晃晃盒子，曾是牛奶的硬块发出哗哗的响声。她跟在西蒙身后穿过客厅。登上楼梯，来到二楼。他们查看了每个房间，最后走进一间卧室，显然是那少年过去的房间。西蒙嗅着屋里的气味。

"是他们一家。"卡丽指着墙上的一张照片说。

"对。"西蒙回答。

"他妈妈——长得很像某个歌手还是演员，对吧？"

西蒙没答话；他在看另一张照片，少掉的那张。确切地说，他看的是墙纸上褪色的方形印记，那是之前挂照片的位置。他又嗅嗅屋里的气味。

"我想办法联系上一个教过桑尼的老师。"卡丽说，"他说桑尼当年很想以父亲为榜样，当个警察，但父亲去世后他就走上了邪路。在学校闯了祸，拒绝别人关心，故意孤立自己，还出现了自毁倾向。他母亲也因为他父亲的死而精神崩溃，她——"

"海伦妮。"西蒙说。

"啊？"

"她叫海伦妮。死于安眠药服用过量。"西蒙环顾房间，目光落在积了厚厚一层灰的床头柜上，他听见卡丽拖长的声音在某处响起：

"桑尼十八岁时承认了两项谋杀指控，进了监狱。"

灰尘中有道痕迹。

"在那之前，警方调查的方向完全不同。"

西蒙轻快地迈出两步，来到窗前。午后的阳光洒在红房子前一辆倒地的自行车上。他顺着来时的路望去。路上已是空无一人。

"有时候看问题不能只看表象。"他说。

"你是指？"

西蒙闭上眼睛。旧事重提？他做得到吗？

他深吸一口气。

"在警署，所有人都认定阿布·洛夫特斯就是内奸。阿布死后，内奸就不再活动，不再有难以解释的突袭失败，证据、证人、嫌疑人也不再突然人间蒸发。他们觉得这就足以证明。"

"但是？"

西蒙耸耸肩。"阿布是这样一个人，他以这份工作和警队为荣。他不想发财，只关心他的家人。但内奸无疑确有其人。"

"所以？"

"所以还是需要有人来揪出这个内奸。"

西蒙又吸了吸鼻子。汗味。他闻出了汗味。不久前有人来过。

"这个人会是谁呢？"她问。

"一个年轻又足智多谋的人。"西蒙看着卡丽。目光越过她的肩膀。在衣柜门附近。他嗅到了汗水。还有恐惧。

"这地方没人。"西蒙高声说，"好了。咱们下去吧。"

下楼下到一半，西蒙停在楼梯上，示意卡丽继续往前走。他在原地等了一会儿。一边倾听，一边握紧枪柄。

没有声音。

然后他跟上卡丽。

他回到厨房，找到一支笔，在一张黄色便笺纸上写了点什么。

卡丽清清嗓子："弗兰克说你是被严重欺诈办公室踢出来的，他是什么意思？"

"咱们还是别谈这个吧。"西蒙撕下便笺纸，贴在冰箱门上。

"跟赌博有关？"

西蒙犀利地瞟了她一眼，转身走了。

她读起那张便条。

> 我是你父亲的老朋友。他是个好人，他对我应该也有同样的评价。请跟我联系，我向你保证，我会将你安全、妥当地移交警方。
>
> 西蒙·凯法斯，电话：550106573，simon.kefas@oslopol.no

读完，她跑出去找他。

马库斯·恩格赛斯听见汽车发动，顿时松了口气。他蹲在衣架上挂的衣服底下，脸贴着衣柜后壁。他这辈子从没这么害怕过；他都能闻到自己T恤上的味道，它浸透了汗水，黏在他身上。不过这也非常刺激。就像在福格纳大厦的跳水池纵身一跃，从十米跳台上自由坠落，想着要是运气不好，自己说不定会死。不过说真的，死其实也没那么可怕。

# 15

"阁下今日有何贵干？"托尔·约纳松说。

他一向这样招呼顾客。托尔二十岁，他的顾客平均二十五岁左右，店里的商品都在五年内生产。所以这种复古的措辞才显得别出心裁，反正托尔·约纳松是这么想的。但这位顾客似乎没领会他的幽默——不过也很难说，因为这人把兜帽拉得很低，几乎遮住了整张面孔。话音就从这片黑暗地带传来。

"我想买部手机，要那种不能被追踪的。"

他肯定是个毒贩。这还用说。只有这类顾客才想要这种手机。

"这部 iPhone 可以屏蔽主叫人信息。"托尔说着，从小店的一个架子上取下一只白色手机，"对方不会在手机上看到你的号码。合约也很划算。"

潜在顾客切换了身体重心，开始调整肩上那只红色运动包的背带。托尔决定盯紧他，直到他远远离开商店。

"不，我不要合约机。"那人说，"我要完全不能被追踪的。连运营商都追踪不到的那种。"

也可能是警察，托尔·约纳松想。"你说的是即用即弃手机吧。《火线》[①]里那种。"他大声说。

"抱歉，什么意思？"

"《火线》啊，那部电视剧。这样缉毒处就查不到机主的身份。"

---

① 《火线》(The Wire) 是美国的一部犯罪题材电视剧，于 2002 到 2008 年间播出，反映马里兰州巴尔的摩市警方与犯罪团伙之间的交锋。

托尔意识到这位顾客根本不知道他在说些什么。老天啊。一个会说抱歉的毒贩，而且居然连《火线》都没看过。

"那是在美国，咱们挪威没有这种东西。从 2005 年开始，手机一律得凭证件购买，即使只是一部预付费的 SIM 卡手机。手机必须实名注册。"

"实名？"

"对，必须注册在你名下。或者你父母名下，要是想送手机给他们。"

"行。"那人说，"那就给我一部你们这儿最便宜的手机。带预付费 SIM 卡的。"

"悉听尊便。"柜员说，省去了"阁下"二字。他收起那只 iPhone，拿出一只略小的手机，"它或许不是最最便宜的，但它能上网。一共一千二百克朗，含 SIM 卡。"

"上网？"

托尔又瞥了对方一眼。这人看着也没比他大几岁，却像真没听懂似的。托尔把披肩长发别到耳后。他在看完《混乱之子》①第一季之后就养成了这个习惯。

"这张 SIM 卡能让你用手机上网冲浪。"

"上网去网吧不就得了？"

托尔·约纳松笑了。也许这人终究还是懂他的幽默。"我老板告诉我，这家店好几年前就是一家网吧。极可能是全奥斯陆最后一家……"

那人好像慌了神。然后他点点头。"我买了。"他说着，把一沓现金放在柜台上。

托尔收起钱。钞票硬邦邦的，扑满灰尘，像在哪儿存放了很久。"我说过了，我得看看你的证件。"

---

① 《混乱之子》（*Sons of Anarchy*）是美国的一部犯罪题材电视剧，于 2008 到 2014 年间播出，围绕一个摩托车俱乐部展开。

那人从兜里掏出一张身份证递给他。托尔看了一眼，明白自己想错了。还错得很离谱。这人不可能是毒贩，恰恰相反。赫尔格·瑟伦森。他把这个名字输入电脑，找到相应的地址，然后把证件跟找零一起还给那人。现在他知道了，对方是一位狱警。

"你们这儿也卖这玩意用的电池吗？"那人举起一台银色的设备。

"那是什么？"托尔问。

"CD 随身听。"那人回答，"我看你这儿也卖它用的耳机。"

托尔茫然地盯着店里的耳机，有头戴式，有入耳式，都挂在几台 iPod 上方。"有吗？"

托尔掀开那台老古董的后盖，取出老旧的电池。他找到两截三洋 AA 充电电池放进机器，按下"播放"键，听见耳机里传来嘈杂的嗡嗡声。

"这种电池可以充电。"

"所以不会像老电池那样没电？"

"哦，会的，不过它们能起死回生。"

托尔好像在那张阴影笼罩的脸上看到一丝笑容。那人把兜帽往上一推，戴起耳机。

"是赶时髦乐队。"他说着，粲然一笑，付了电池钱，然后转身走出商店。

兜帽之下那张迷人的面孔让托尔·约纳松有些惊讶。他走到另一名刚进来的顾客跟前，问阁下有何贵干。直到午饭时间，托尔才意识到那张脸为何让他难以平静。不是因为对方长得有多好看，而是因为他长得完全不像身份证上那张照片。

一张脸为什么会让人忍不住想看？望着接待窗口外的那位年轻人，玛莎暗自思忖。或许只是因为他的谈吐吧。大多数人来前台都是为了讨要三明治或咖啡，或是吐露自己的困难，有些是真的，有些纯属幻想。再不然就是带一大把用过的注射器来上交，这样他们才能领到消过毒的干净注射器。可这位新住户来这儿却是为了告诉她，她在入住面谈时提出的那个问题他思考过了。关于他将来的打算。没错，现在他有打算了。他打算找份工作。不过要找工作，他就必须穿得正式点，得弄套西装。之前他看见衣物储藏室里有一些，所以他是不是可以借来——

"当然可以。"玛莎说着，站起来领他过去。她步伐轻快，感觉自己好像已经很久没有这样了。诚然，他或许只是心血来潮，一受挫折就会退缩，但这至少有点意义，能给人带来希望，让人暂时摆脱一味的堕落，不至于一坠到底。

在狭小的储藏室门外，她坐在一把椅子上，看他对着斜靠在墙上的镜子套上西裤。这是他试的第三套西装。市议会的一批议员有一次来中心考察，想证实奥斯陆收容机构提供的生活的品质相当不错。参观储藏室时，其中一位议员问中心为什么储备了这么多西装，暗指这种服装不适合中心所面向的人群。对此，政客们各抒己见，直到玛莎笑盈盈地答道："这是因为我们的住户参加葬礼的频率远比诸位高。"

这个年轻人很瘦，却比她想象中结实。他抬起胳膊，穿上她找来的一件衬衫。她看见他的肌肉在皮肤下勾勒出起伏的线条。他没有文身，但苍白的皮肤上针眼密布。连膝盖后侧都有，还有大腿内侧、两条小腿和脖子两侧。

他穿上西装上衣，照照镜子，然后转过身来给她看。那是一件条纹西装，前主人没穿过几次就过时了，于是就——怀着满心的慈悲、带着不凡的品位——把它连同去年所有的衣物一起捐给了中心。年轻人穿着只稍稍大了一点。

"完美。"她笑着拍手。

他脸上也绽开笑容。笑容蔓延到他的眼角时，一股暖意荡漾开来，像有人打开了电暖器。这样的笑容能让紧张的肌肉松弛、受伤的心灵痊愈。

这样的笑容正是同情心疲劳的人最需要的。可是她绝不能放任自己去拥有它——她直到这时才想到这点。她避开他的目光，上卜打量着他。

"可惜我没法给你找双漂亮的鞋。"

"这双就挺好。"他用蓝色运动鞋的鞋跟点点地。

她笑了，这次没抬头，"你还得剪个头发。来吧。"

她在他身后登上楼梯，回到前台，给他找了张椅子让他坐下，围上两块毛巾，又找来一把厨房剪刀。她用厨房的自来水沾湿他的头发，用自己的梳子给他梳头。前台的另外几个姑娘在那儿评头论足，提着建议，与此同时，少年的头发一绺一绺地落地。几个住户站在前台窗外张望，抱怨说他们可从没享受过理发的待遇，这个新来的凭什么搞特殊？

玛莎挥挥手把他们打发走，专心干活。

"你打算去哪儿找工作？"她望着他后颈上细密的白毛说。这得用电推子推。一次性刮胡刀也行。

"我认识一些人，但我不知道他们住在哪儿，所以我打算在电话本上查他们的地址。"

"电话本？"一个女孩不屑地说，"上网搜不就得了。"

"真的吗？"年轻人问。

"你不是吧。"她哈哈大笑，笑声大得夸张。玛莎看见她眼睛都亮了。

"我买了一部能上网的手机。"他说，"可我不知道怎么——"

"我教你！"女孩走到他面前，伸出手。

他取出手机递给她。她熟练地按键。"在谷歌里搜索他们就行。名字？"

"名字？"

"嗯。他们的名字啊。比如我的名字叫玛丽亚。"

玛莎温和地瞪了她一眼。这女孩年纪小，刚来这儿工作。她学的是社会科学，但没有任何实践经验。所谓实践经验，就是指一个人在跟住户交往时能分清哪些关心是工作性质的，哪些是私人性质的，知道那条看不见的界线在哪儿。

"伊弗森。"他说。

"这个姓太普遍了，会搜出很多结果。你知道他们的名字吗？"

"告诉我怎么搜就行，剩下的我自己来。"年轻人说。

"好吧。"玛丽亚按了几个键，把手机还给他，"在这儿输入姓名。"

"非常感谢。"

玛莎已经剪完了头发，只剩后颈的绒毛了，她突然想起今天清理一个房间时在一扇窗户上被塞进了一片刀片。她把刀片——明显是吸可卡因前切毒品用的——放在厨房台子上，想等下一只注射器盒送来之后装在里面安全地扔掉。她划亮一根火柴，把刀片放在上面炙烤几秒。然后她用自来水冲洗刀片，用拇指和食指捏住。

"千万别动啊。"她说。

"嗯。"年轻人说，他正忙着在手机上打字。

看着纤薄的不锈钢刀片在他后颈柔软的皮肤上游走，她心头一震。她眼看头发被刮下来，落到地上，心里不由得冒出一个念头：这实在太容易了。生死与悲喜都只在一线之间。意义与虚无也是。她剪完头发，越过他的肩膀望去，恰好看见了他正在输入的那个名字，看见搜索光标白色的尾巴不停地打转。

"好了。"她说。

他抬起头，仰望着她。

"谢谢你。"

她抽走毛巾，快步走进洗衣房，免得把碎发洒得到处都是。

约翰尼·美洲狮在黑暗中面朝墙壁躺着，忽然听见他的室敌走进来，轻轻关上房门。室敌轻手轻脚地穿过房间。但约翰尼已经绷紧了弦。这人要是胆敢动他的存货，他美洲狮保准会铁拳问候。

但他的室敌并没靠近他；约翰尼倒是听见衣柜门开了。

他在床上翻过身。室敌打开的是自己的衣柜。还好，约翰尼认定此人肯定已经趁他睡着时翻过他的衣柜了，没找到一样值钱的东西。

窗帘缝中透进一道阳光，落在那年轻人的身上。美洲狮顿时不寒而栗。

刚才少年从那只红色运动包里取出一样东西，约翰尼这下看清那是什么了。少年把它放进运动鞋的空鞋盒，盒子之前一直放在搁架最顶上。

他关上衣柜，回过身，约翰尼迅速闭上眼睛。

见他妈的鬼了，约翰尼心想。他努力把眼睛闭紧。但他知道自己是睡不着了。

马库斯打了个哈欠。他凑近望远镜，观察黄房子上空的月亮。然后他把镜头对准房子。它这会儿静悄悄的，没再有什么动静。但那个儿子还会回来吗？马库斯希望他会。或许他会想好该怎么处置那件东西，那个旧物，它之前就躺在抽屉里，光泽闪耀，散发着机油和金属的气息，很可能就是那个父亲用来……

马库斯又打了个哈欠。真是跌宕起伏的一天。他知道自己今晚肯定会睡得很香。

# 16

阿格妮特·伊弗森四十九岁，但她皮肤光滑，明眸皓齿，身材苗条，看上去不过三十五岁。不过人们大都认为她比实际年龄大，因为她头发花白，穿着总是那么保守、古典、隽永，措辞极尽考究，甚至有古旧之嫌。当然，人们对她有这种印象，也跟伊弗森一家在霍尔门科伦山上过的那种生活密不可分。他们就像来自另一个更古早时代的人。阿格妮特是个家庭主妇，请了两名帮佣帮她料理家务、照管花园，并满足阿格妮特本人、她丈夫伊弗尔和儿子小伊弗尔的一切需求。

即使在这一带众多的大宅当中，伊弗森家的住宅也堪称出众。不过尽管规模不小，这里的家务依然不算繁重，帮佣（或者用小伊弗尔略带讽刺的称谓——"员工"；从学校毕业后，他学会了一整套更具民主社会主义色彩的新说法）可以中午十二点才来上班。这意味着阿格妮特·伊弗森是家里第一个起床的人，她早早去她家地界边缘的林子里散步，采一筐牛眼菊，再回来给两个男人做早餐。她会坐在那里，捧着茶杯，看他们把她亲手做的营养又健康的食物吃完，准备迎接办公室里漫长而劳累的一天。饭后，小伊弗尔会跟她握手，感谢她准备这份早餐，这是伊弗森家延续了几代的传统。她会把桌子擦干净，在一条白围裙上抹干双手，然后立即把围裙扔进脏衣筐。她会随他们一起走上门前的台阶，在两人脸上各吻一下，目送他们走进双门车库，看着他们坐进那辆保养得当的奔驰老爷车、把车开到灿烂的阳光下。小伊弗尔暑期在家族企业见习，希望能从这段经历中学到奋斗的意义，理解世上没有免费午餐这个道理，认识到继承家族财富既是福分，也是责任。

父子俩驾车驶上大路，砾石在轮胎下嘎嘎作响，而阿格妮特就站在台阶上挥着手目送他们。接着，就像听见有人说这画面活像二十世纪五十年代的电视广告似的，她会哈哈一笑，暗暗赞同，然后就不再去想它。因为阿格妮特·伊弗森过的就是她想要的生活。她终日照料两个心爱的男人，好让他们专心管理家族资产与社会财富——还有什么比这更有成就感呢？

厨房里，收音机在播报新闻，她能勉强听出播音员说的是奥斯陆吸毒过量的案例激增、卖淫比例上升，还有一名囚犯越狱，在逃已经两天。她脚下那个世界充满了不幸。有太多东西失灵，缺乏秩序与平衡，而这些本该是人们的永恒追求。正当她站在那里为自己完美的生活——为她的家庭、住宅和这美好的一天——陶醉时，她发现侧门开了，那是供帮佣进出的门，开在两米高的齐整树篱中。

她抬手遮挡阳光。

那个走在石板小路上的少年看着跟小伊弗尔年纪相仿，她起初还以为他是儿子的朋友。她抚平围裙。不过在他走近之后，她发现他应该比儿子稍长几岁，那身打扮也不像小伊弗尔的朋友：他穿着一套过时的棕色条纹西装，脚蹬蓝色运动鞋。他肩上扛着一只红色运动包，阿格妮特·伊弗森本想问他是不是耶和华见证会的人，又想到他们总是成对出现。他也不像推销员。他走到台阶前。

"我能为你做些什么吗？"她热心地说。

"请问这里是伊弗森家吗？"

"是的。不过你要是想找小伊弗尔或我丈夫，那真不凑巧，他们刚走。"她指着花园另一侧的大路。

那少年点点头，把左手伸进运动包，从里面掏出一样东西。他用它指着她，向左跨出半步。阿格妮特从没见过这种场面，反正在现实中没有。但她视力很好，一向很好，他们全家的视力都很不错。所以她丝毫不觉得是自己看花了眼，而只是倒吸一口气，不由自主地退向身后敞开的门。

那是一把手枪。

她继续后退，眼睛紧盯着那少年，但武器挡在前面，她看不到他的目光。

一声闷响传来，她像挨了一拳又被当胸猛推了一把，整个人连连后退，跌跌撞撞地退进室内，她身体麻木，四肢不听使唤，但依然勉强站立着退过走廊；她张开双臂保持平衡，感觉手指碰到了墙上的画。直到踉跄穿过厨房门，她才跌倒在地，几乎没意识到自己的后脑勺磕到了厨房台面，撞倒了上面的一只玻璃花瓶。不过当她躺在地上、背靠橱柜最下面那层抽屉时，她看见了那些花，那些牛眼菊，它们散落在碎玻璃里。有个东西在她的白色围裙上绽放，像鲜红的玫瑰。她朝门口望了一眼，看见那少年的侧脸出现在门外，看见他走向石板路左侧那几株枫树。接着他弯下腰，消失在她视野里。她祈祷上帝，希望他是真的走了。

她试着站起来，却无法动弹；她的身体仿佛已经脱离了大脑的控制。她闭上眼体会那痛楚，那种前所未有的痛楚。这痛楚向她的全身蔓延，好像要把她的身体撕成两半，但同时她又感到浑身麻木，几乎有种置身事外的感觉。新闻播报完了；收音机继续播放刚才的古典音乐。是舒伯特。是他的《菩提树》。

她听见轻柔的脚步声。

运动鞋落在石地板上的声音。

她睁开眼。

那少年向她走来，不过一直盯着他手上的什么东西。是一枚弹壳；他们一家秋天去哈当厄高原的度假屋打猎时，她见过这东西。他把弹壳扔进红色背包，又从里面掏出一双黄色清洁手套和一块擦脸毛巾。他蹲下来，戴上手套，把什么东西从地上抹掉。是血。她的血。然后他又用毛巾擦拭自己的鞋底。阿格妮特意识到他是在清除脚印，清理运动鞋，像职业杀手那样。这个人不想留下任何证据。或是人证。她应该害怕才对。但她并不害怕，她没有任何感觉——只能观察、记忆和推演。

他跨过她，回到走廊，走进卫生间和卧室，没关厨房门。阿格妮特艰难地转过头。那少年打开她放在床上的手提包——她本来要去趟城里，去费纳尔·雅各布森百货买条裙子。他打开她的钱包，取出钱，扔掉其余的东西。他走到她的五斗柜前，拉开抽屉，先是顶层，然后是第二层，她知道他会在那里找到她的首饰盒。找到她从祖母那儿继承的那对美丽绝伦、价值难以估量的珍珠耳坠。好吧，严格来讲，它的价值也并非不可估量，她丈夫请人鉴定过，这对耳坠价值二十八万克朗。

她听见珠宝叮叮当当地落入运动包。

他又走进主浴室，出来时手里拿着他们的牙刷，有她的、伊弗尔的，还有小伊弗尔的。他不是穷疯了就是发疯了，或者两者皆是。他走到她身边，弯下腰，把手放在她的肩膀上。

"疼吗？"

她竭尽全力地摇头。她才不想让他得逞。

他的手在动，她感到橡胶手套在她脖子上游走。他的大拇指和食指按着她的动脉，难道他想把她勒死？不，他并不是很用力。

"你的心脏很快就会停止跳动。"他说。

然后他站起来，回到门口。他用那块毛巾擦去门把手上的印迹。出去后，他关上门。不久，她听见花园的门也关了。随后，阿格妮特·伊弗森感觉那东西来了，那股寒意，它先从手脚开始，逐渐向头部蔓延，一直没过她的头顶。它从四面八方包围她的心脏。然后，黑暗降临了。

地铁里，萨拉望着那个从霍尔门科伦站上来的人。他坐在另一节车厢，她刚才本来也在那儿，但沃克森利亚站上来三个反戴棒球帽的小混混，所以她就挪了地方。早高峰已过，又正值暑期，车上只有零星几个乘客，这节车厢就只有她一个人。现在，这几个小混混也开始骚扰那个人了。她听

独立作

猎头游戏　　　　　雪地之血　　　　　夜行之子

   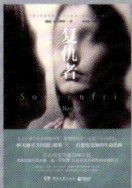 

1.蝙蝠　　　2.蟑螂　　　3.知更鸟　　　4.复仇者　　　5.五芒星

6.救赎者　　　7.雪人　　　8.猎豹　　　9.幽灵　　　10.警察

  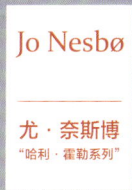

11.焦渴　　　　12.刀锋

Jo Nesbø

尤·奈斯博
"哈利·霍勒系列"

见最矮的那个——显然是带头的——骂那人屌丝，嘲笑他穿的运动鞋，让他滚出车厢，还往他面前的地上吐唾沫。愚蠢的小混混。现在，他们其中一个——一个眉清目秀的金发小伙，很可能是个没人疼的富家少爷——掏出了一把弹簧刀。老天，他们不会真要……小混混突然把刀伸向那人。萨拉差点没叫出声。车厢里爆发出一阵狂笑。刀子扎进了那人膝盖间的座椅。那个带头的说了句什么，要那人在五秒之内滚蛋。那人站起来，迟疑片刻，像在考虑还手。没错，好像真是这样。但最终，他还是紧紧抱着那只红色运动包，来到她这节车厢。

"他妈的尿包！"他们用 MTV 音乐台式的挪威语在他身后大喊。然后狂笑不止。

地铁上只有他俩和那三个小混混。在车厢连接处，那人停下来想稳住身体，遇上了她的目光。她并没在他眼中看到恐惧，但她知道，恐惧就在那里。弱者和堕落之人特有的恐惧，这类人总是一味退让，一味逃避，只要有人露出獠牙或威胁动武，他们就拱手让出自己的地盘。萨拉看不起他，看不起他的软弱，也看不起他身上那份明白无误的善意。从某种角度讲，她甚至巴不得他们揍他一顿，让他对仇恨有点概念。她希望他能看到她轻蔑的目光，希望他能如坐针毡。

而他却冲她笑笑，嘟哝了一句"你好"，隔着两排座位坐下来，出神地望着窗外，好像刚才什么也没发生。老天啊，看看我们都堕落到什么地步了？简直成了一群可怜兮兮的老太太，根本不知道为自己害臊。她气得自己都想往地上吐唾沫了。

# 17

"谁说挪威没有社会上层？"西蒙·凯法斯说着，抬起橙白相间的警戒带让卡丽·阿德尔进去。

在双门车库前，一名穿制服的警官把他们拦住，这位警官气喘吁吁，额头上闪烁着汗珠。他们亮出警官证；他看看照片，示意西蒙摘掉墨镜。

"谁发现她的？"西蒙问，被强烈的阳光刺得睁不开眼。

"清洁工。"警官说，"他们中午十二点来上班，打了急救电话。"

"有人看到或听到什么吗？"

"没有目击证人。"警官说，"不过我们问过一位邻居，她说听到一声巨响。她还以为是汽车爆胎呢。住这种社区的人听不出枪声。"

"谢谢你。"西蒙说，他又戴上墨镜，在卡丽前面登上台阶，台阶上有个穿白色连体服的犯罪现场调查员在按照惯例检查前门，手里握着一把小小的黑毛刷子。地上插着小旗，标出调查员清理过的区域，从门口一直通向厨房地板上的尸体。一道阳光透进窗户，洒在石板地上，把地上的积水和牛眼菊周围的玻璃碎片照得晶莹闪亮。一个穿西装的男人蹲在尸体旁，正跟法医交头接耳，西蒙认出了那位法医。

"不好意思。"西蒙说，那个穿西装的男人抬起头。他的头发油光锃亮，显然抹过好几种东西，鬓角经过精心梳理，纤细狭长。西蒙不禁好奇他是不是意大利人。"您是哪位？"

"我也正想问您呢。"对方回答，并没有要站起来的意思。西蒙猜他大概三十岁出头。

"我是凯法斯总督察，凶案处的。"

"很高兴认识您。我是奥斯蒙德·比约斯塔德，克里波警监。看样子没人告诉您，这案子得由我们接管。"

"谁说的？"

"巧了，就是您本人的上级。"

"总警司吗？"

西装男摇摇头，指指天花板。西蒙注意到比约斯塔德的指甲。他肯定做过美甲。

"警署总长？"

比约斯塔德点头。"他联系了克里波，要我们尽快赶到。"

"为什么？"

"大概是觉得你们迟早需要我们帮忙吧。"

"好让你们神气活现地闯进来接管案子，像现在这样？"

奥斯蒙德·比约斯塔德笑了一下："不好意思，我做不了主。不过克里波每次奉命协助调查谋杀案，都要求全权负责取证调查，无论在技术方面还是战术方面。"

西蒙点点头。这他当然知道；奥斯陆警署凶案处跟国家犯罪调查局——也就是克里波——又不是第一次狭路相逢。他也明白自己其实应该感谢他们帮忙分担了一宗命案，然后回办公室专心查沃兰的案子。

"这样吧，我们来都来了，还是四处看看吧。"西蒙说。

"何必呢？"比约斯塔德毫不掩饰自己的烦躁。

"比约斯塔德，我绝对相信一切尽在你掌握之中，不过我还带着一位刚入职不久的警员，要是她能观察我们怎么查看真实的犯罪现场，一定会受益匪浅。你说呢？"

克里波警监不情愿地看看卡丽，然后耸了耸肩。

"太好了。"西蒙说着蹲下来。

直到这时，他才第一次去看尸体。他刚才一直有意避开它，想等机会来了再仔细观察。毕竟，第一印象的机会只有一次。白色围裙中央那团近乎对称的血迹，让他一下想到日本国旗。只不过这女人的红日已经落下，不再升起，她用没有生命的目光瞪着天花板，这种眼神西蒙至今没能习惯。他认为这眼神是人的躯体与完全非人的神态的结合，意味着生命活力的消逝，意味着人沦为物。他听说死者名叫阿格妮特·伊弗森。他可以断定她是胸部中枪。一枪毙命，至少看上去是这样。他看看她的手。指甲完好，没有挣扎的痕迹。左手中指的指甲油略有破损，不过也可能是倒地时碰掉的。

"有闯入的痕迹吗？"西蒙问，示意法医翻转尸体。

比约斯塔德摇头。"门可能是开着的——死者的丈夫和儿子刚去上班。门把手上也没找到任何指纹。"

"一个都没有？"西蒙扫视厨房台面的边缘。

"没有。如您所见，她持家有道。"

西蒙仔细查看死者背上的子弹出口。"一枪打穿，没有拐弯。子弹好像只穿过了软组织。"法医闭紧双唇，噘起嘴，耸耸肩，表示西蒙说的不无道理。

"子弹在哪儿？"西蒙问，在台面上方的墙面上搜寻。

奥斯蒙德·比约斯塔德不情愿地指指更高处。

"谢谢。"西蒙说，"弹壳呢？"

"还没找到。"警监说着掏出一只手机，手机壳是金色的。

"哦。所以克里波的初步判断是？"

"判断？"比约斯塔德笑笑，耳朵贴着手机，"这还用说。当然是劫匪闯进来，在这儿击中了死者，洗劫了所有能找到的贵重物品，然后逃之夭夭。应该是预谋抢劫，最终导致意外谋杀。她可能反抗了，或者呼救了。"

"那你认为——"

比约斯塔德抬起一只手，示意对方他接起了电话。"嘿，是我。能不能帮我把所有已知的暴力抢劫犯列个名单？再迅速核对一下其中哪些人在奥斯陆。把持枪抢劫的放前面。谢了。"他把手机揣进衣兜，"听着，老兄，我们还有很多事要做，我恐怕得请您——"

"没问题。"西蒙说着，摆出他最灿烂的笑容，"不过要是我们保证不添乱，是不是能再四处瞧瞧？"

克里波警员狐疑地望着这位上了年纪的同行。

"我们保证不踏进旗子里面。"

比约斯塔德慷慨地答应了。


"他找到了想要的东西。"卡丽观察后说道。此时他们正站在窗前，踩在厚厚的卧室地毯上，地毯铺满了整间主卧。床单上放着一只手提包，还有一只摊开的空钱包和一只带红色天鹅绒衬垫的首饰盒，盒子也是空的。

"也许吧。"西蒙说着，在床边蹲下来，就跟没看见那面旗子似的。

"他应该就是站在这儿，从提包和首饰盒里往外倒东西。你觉得呢？"

"应该是，因为所有东西都散落在床上。"

西蒙仔细查看地毯。他刚要起身又停下来，再弯下腰。

"怎么啦？"

"有血迹。"西蒙说。

"他把血流到地毯上了？"

"不像。印子是矩形的，可能是鞋印。假如你在这样的富人区抢劫一栋房子，你觉得保险箱会在哪儿？"

卡丽指指衣柜。

"正是。"西蒙说着，站起来打开衣柜。保险箱嵌在墙里，跟微波炉差不多大。西蒙按下把手。锁着。"除非劫匪事后还专门把它锁了，否则他应该根本没碰过它——而他却掏空了首饰盒跟钱包，这就显得很奇怪了。"西蒙说，"走，咱们去看看尸体检查得怎么样了。"

回厨房的路上，西蒙去了趟洗手间，出来时眉头紧锁。

"怎么啦？"卡丽问。

"你知道在法国，四十个人里才有一个有牙刷吗？"

"那只是传言，数据也过时了。"她说。

"可我本来就是个老人嘛。"西蒙说，"总之伊弗森家一把牙刷都没有。"

他们回到厨房，发现阿格妮特·伊弗森的尸体暂时无人问津了，西蒙正好可以心无旁骛地检查。他看看她的手，仔细观察子弹出入伤口的角度。他站起来，请卡丽背对厨房台面，站在死者脚前。

"我得提前说一声对不住了。"他说着走到她身旁，用一根手指按住她干瘦的胸脯当中的某处，这是子弹射入阿格妮特·伊弗森体内的位置，他又用另一根手指抵着她的肩胛骨之间，那是子弹的出口。他仔细推敲两点之间的角度，再抬头看看墙上的弹孔。接着，他弯腰拾起一支牛眼菊，单膝跪上台面，伸手把花插进弹孔。

"过来。"他跳下台面，进入走廊，走向前门。他停在一幅挂歪的绘画前，凑近，指着画框一角的一个红点。

"是血吗？"卡丽问。

"是指甲油。"西蒙说，把左手手背贴在画上，扭头回望尸体。然后他继续朝前门走，走到一半停下来，蹲在门槛上。他俯身查看一块泥土，上面已经插了一面小旗。

"别碰那个！"他们身后响起一个声音。

他们抬起头。

"啊，是你啊，西蒙。"那个男人说，他穿一身白衣，用手指抹抹红胡子深处湿润的嘴唇。

"嗨，尼尔斯。好久不见。克里波的人对你还好吗？"

对方耸耸肩："哦，挺好的。不过也可能是因为我老了、不中用了吧，大家看我可怜。"

"你真这么想？"

"是啊。"那位调查员叹息一声说，"现在都是 DNA 探案了，西蒙。DNA 和电脑建模，全是咱们这种人弄不懂的玩意。时代变了。"

"我可不觉得咱们落伍。"西蒙边说边观察前门的锁扣，"代问你老婆好，尼尔斯。"

那个小胡子男人愣在那儿："我还没有——"

"那就代问你的狗好。"

"我的狗死了，西蒙。"

"看来咱们只能省去这些寒暄了，尼尔斯。"西蒙说着走到门外，"卡丽，你数到三，然后尽量大声尖叫。叫完就出来，到台阶上待着。行吗？"

她点点头，他关上门。


卡丽瞧瞧尼尔斯，见他摇摇头后走开了。然后她开始撕心裂肺地大叫。喊的是"前面当心！"，这是她打高尔夫球时学的，表示她要打左曲球或右曲球了，提醒前面的人注意躲避，虽然这种情况很少。

她打开门。

西蒙正站在门口的台阶下，用食指瞄准她。

"动一动。"他说。

她照做了，看见他微微向左侧身，眯起一只眼睛。

"他肯定是在这儿开的枪。"西蒙说，食指依然指着她。她回过头，看见了厨房墙上的白色牛眼菊。

西蒙向右看，走到枫树旁，扒开树枝。卡丽明白他在找什么。是弹壳。

"啊哈。"他嘟囔着，拿出手机，举到面前，她旋即听见数字模拟的快门声。他用拇指和食指从地上捻起一撮泥土，撒在地上。然后他走出来，给她看刚才拍的照片。

"是个脚印。"她说。

　　"凶手的脚印。"他说。

　　"哦?"

　　"好了,教学时间结束,凯法斯。"

　　他们转身。是比约斯塔德。他满面怒容,身边站着三名调查员,包括红胡子尼尔斯。

　　"马上就好。"西蒙说,想再回到室内,"我觉得我们可以——"

　　"我看就到此为止吧。"比约斯塔德说着,叉开腿、抱着胳膊拦住他们的去路,"我的弹孔里居然插了朵花,简直岂有此理。今天就这样吧。"

　　西蒙耸耸肩:"行,反正目前的观察已经够我们自己得出结论了。伙计们,祝你们好运,早日抓获杀手。"

　　比约斯塔德嗤笑一声:"所以你为了让年轻的学徒觉得你了不起,就把这说成是暗杀?"他转向卡丽,"不好意思,现实中的案件并不像这位老男孩想的那么刺激。这只是一次普通的谋杀。"

　　"你错了。"西蒙说。

　　比约斯塔德叉着腰说:"我父母从小就教育我尊老爱幼。我再尊重你十秒,请你在十秒之内消失。"一名调查员忍不住笑了。

　　"你父母人真好。"西蒙说。

　　"九秒。"

　　"邻居说她听见一声枪响。"

　　"那又怎样?"

　　"这里的院落都很大,他们隔得比较远,房屋都相对独立。声音要是来自室内,邻居肯定是听不清的。不过要是在户外嘛……"

　　比约斯塔德扬起头,似乎想换个角度打量西蒙:"你想说什么?"

　　"伊弗森太太跟卡丽身高相仿。如果她以站姿中枪,子弹又从这儿进入体内——"他指着卡丽胸口——"再从她背后的这个地方出来,最终打在墙上我插牛眼菊的地方,那么唯一说得通的角度,就是凶手站在低处,而且两人都离厨房墙壁很远。也就是说，死者当时就站在我们这里，枪手则站在台阶下的石板小道上。所以邻居才会听见枪响。但他们没听见任何叫声或动静，我们也没找到挣扎和反抗的痕迹，所以我猜，事情应该发生得很快。"

比约斯塔德忍不住回头瞟了一眼自己那帮同事。他把重心换到另一只脚。"然后他把她拖进厨房，你是这个意思？"

西蒙摇头。"不是。我觉得她是自己跌撞着退进来的。"

"你的依据是？"

"你说得没错，伊弗森太太持家有道。房子里只有一幅画挂歪了，就是这幅。"大家顺着西蒙指的方向看过去，"另外，画框靠近前门的一侧沾了一点指甲油。这说明她在踉踉跄跄退回屋里时碰到了它；这也跟她左手中指上那块碰掉的指甲油相符。"

比约斯塔德摇摇头："如果她真是在门口中枪再退回房里，子弹射出的伤口一定会血流如注，走廊上应该全是血迹才对。"

"之前的确有。"西蒙说，"但已经被凶手擦掉了。你自己不是都说了嘛，门把手上没有指纹。连这家人自己的指纹都没有。这并不是因为阿格妮斯一等丈夫和儿子出门就开始做春季大扫除，把他们刚碰过的门把手擦得干干净净，而是因为凶手不想留下任何证据。我敢说，他擦掉地上的血迹是因为脚踩到了它，而他不想留下鞋印。所以鞋底他也擦过。"

"这样啊？"比约斯塔德说。他依然昂着头，但笑容渐渐消失了，"这都是你瞎猜的吧？"

"擦拭鞋底并不能擦掉花纹凹处的血迹。"西蒙看看表说，"但血迹会在人踩上某些东西，比方说，厚地毯的时候印出来，地毯上的纤维会伸进花纹凹处，吸收血液。你会在卧室地毯上找到一块矩形的血迹。比约斯塔德，你们的血迹鉴定师应该会同意我的说法。"

随即是一阵沉默，卡丽听见警察在路上拦下了一辆汽车。几个人激动的声音传来，其中有个年轻人。是死者的丈夫和儿子。

"随你怎么说。"比约斯塔德假装满不在乎，"反正死者在哪儿中枪又不重要，这就是一次失控的抢劫，不是暗杀。而且看来很快就有人能证实他们丢失了哪些珠宝。"

"珠宝是挺好的。"西蒙说，"不过如果我是劫匪，我就会把阿格妮特·伊弗森押进屋里，逼她告诉我真正值钱的东西在哪儿。逼她交出保险箱密码。再笨的劫匪都知道这种房子里肯定有保险箱。可他却在邻居能听见地方直接给了她一枪。这可不是因为他慌了神——他清除证据的手法体现了他超凡的冷静，而是因为他明白自己不会在房子里逗留太久，等警察赶到时，他早就逃之夭夭了。因为他不是来偷东西的，懂吗？他偷的东西不多也不少，恰好能误导一个父母人很好却缺乏办案经验的警员，好让他草草认定这只是一次失控的抢劫，这样他就不会再追究真正的动机。"

比约斯塔德哑口无言，脸颊突然涨得通红。西蒙必须承认，他对此相当得意。西蒙·凯法斯这个人其实非常简单直接，但他并不记仇。尽管很想，但他还是没在临走时对年轻的同行撂下那句狠话："教学时间结束，比约斯塔德。"

假以时日，在累积了足够的经验之后，奥斯蒙德·比约斯塔德很有希望成长为一名出色的警员。而谦虚也是好警员必须学习的品质。

"很有意思的推测，凯法斯。"比约斯塔德说，"我记下了。不过时间不早了……"他匆匆一笑，"……你是不是该走了？"

"你为什么留了一手？"卡丽问，西蒙正驱车驶离霍尔门科伦山，小心翼翼地转过下山的急弯。

"什么留了一手？"西蒙假装无辜。卡丽扑哧一笑。西蒙又在扮演怪老头了。

"你明知道弹壳落在花坛里了。你没找到弹壳，但找到了鞋印。你还拍了照片。那儿的泥土不也跟走廊上的泥土吻合吗？"

"说得对。"

"那你为什么没告诉他？"

"因为他是个雄心勃勃的警员，自尊心太强，团队精神不足，所以我还是把这些留给他自己发现的好。只有把这些视作自己的发现而不是我给的提示，他们才会更积极地搜寻那个穿四十三码鞋、还从玫瑰花床上捡走一枚弹壳的人。"

他们停在斯塔约街等红绿灯。卡丽忍住一个哈欠。"你怎么知道比约斯塔德这样的警员会怎么想？"

西蒙笑了。"很简单。因为我也年轻过，也曾雄心勃勃。"

"但时间消磨了雄心？"

"嗯，的确消磨了一些。"西蒙微微一笑。卡丽觉得这一笑很伤感。

"这就是你离开严重欺诈办公室的原因吗？"

"为什么这么说？"

"你进入过管理层。作为总督察，你领导过一支很大的队伍。而在凶案处，尽管他们让你保留了头衔，但你手下就只有我一个人而已。"

"对喽。"西蒙说着，驶过路口，开向斯梅斯塔德，"过多的薪水，过多的资历，多余的人。或者只是来日无多的人。"

"所以是怎么回事？"

"你不会想知道——"

"不，我想。"

他们在沉默中驱车前进，卡丽觉得沉默对她有利，所以也一言不发。不过西蒙还是沉吟良久，等他开口的时候，他们都快开到马约斯图亚了。

"我发现有人在洗钱。数额特别巨大。涉及高层人士。跟我共事的资深警官把我和我的调查都视作巨大的风险。我手上没有足够的证据，如果继续调查却无法真正定罪，我们部门就可能被边缘化。我说的可不是一般的歹徒，这个案子的嫌疑人全都有权有势，能利用法律手段还击警方。我的同事担心即使我们赢了，将来也要付出代价，遭到反扑。"

又是长时间的沉默。等车子开到维格朗公园，卡丽终于忍不住了。

"所以他们把你踢走，只是因为你启动了一个有争议的调查？"

西蒙摇头。"我有个毛病。爱赌。用术语说就是赌博成瘾。我炒股，炒得不大。可要是你在严重欺诈办公室工作……"

"……你就能得到内幕消息。"

"我从没低价买过有内幕消息的股票，但这依然是违规。结果他们就揪住这点大书特书。"

卡丽点点头。他们在车流中闪转腾挪，驶向市中心和易卜生隧道。"然后呢？"

"然后我就戒赌了。也不再给任何人添麻烦。"又是那种伤感而无奈的微笑。

卡丽想到今晚可以做什么了。去健身。去跟公婆吃晚饭。去法格堡看场电影。她听见自己提了个问题，它一定是从她脑中另一个区域、从那些更靠近潜意识的区域冒出来的："凶手为什么要带走弹壳呢？"

"每枚弹壳上都有序列号，但我们很少能用它锁定凶手。"西蒙说，"凶手也许是怕弹壳上留有指纹吧，但我认为这次这个凶手早就考虑到了这一点，给枪上膛时一定会戴上手套。我们或许可以得出结论，他的枪支型号可能比较新，是近几年生产的。"

"哦？"

"最近十年，所有的枪械制造商都必须按规定把序列号刻在撞针上，这样它每次撞上弹壳帽，都会在上面留下一个独特的痕迹，就像指纹。我们只需要在枪支登记中查找弹壳上的序号，就能锁定枪支所有者。"

卡丽伸了伸下唇，缓缓地点点头。"好吧，我懂了。但我不明白他为什么要把现场伪装成抢劫案的样子。"

"跟害怕遗落弹壳同理，他怕我们一旦得知他真正的动机，就能锁定他的身份。"

"好吧，那就说得通了。"卡丽嘴上这么说，心思却飘到法格堡的房产广告上，它说这套公寓有两个阳台，一个朝东，一个朝西。

"哦?"西蒙说。

"是她丈夫干的。"卡丽说，"每个丈夫都知道自己会是头号嫌疑人，除非他能让人相信妻子的死另有原因。比如入室抢劫。"

"那真正的原因会是什么呢?"

"嫉妒，爱啊恨啊什么的。还不就是这些?"

"是啊。"西蒙说，"也只有这些了。"

# 18

那天下午，奥斯陆下了场倾盆大雨，天气却未见凉爽。灼人的烈日刺透重云，用耀眼的白光炙烤着这座首都，仿佛要弥补被雨水挤占的时间，烤得屋顶和街道水汽升腾。

路易斯醒来时已是黄昏时分，太阳低垂在空中，光束阳光直击他的眼睛。他半眯着眼观察这世界，看行人和汽车在他和他的乞讨碗跟前来来往往。以前这行当还挺有赚头，直到几年前，罗马尼亚吉普赛人来到挪威。先是零星几个，渐渐越来越多，最后变成乌泱泱一大片。这群盗窃、乞讨、行骗的蝗虫。他们也应该像害虫一样，被不遗余力地清除。按照路易斯朴素的想法，挪威的乞丐——像挪威的航运企业一样——在面临外来竞争时也应该得到政府的保护。现在嘛，他只能靠盗窃糊口了，这活不但很累，还很丢人。

他举着一块牌子，用脏兮兮的手指指他的乞讨碗，听见有东西落入碗中。不是硬币。是钱吗？那他最好赶紧把它揣起来，免得被吉普赛人顺走。他低头瞧瞧那只碗，眨巴两下眼睛，捞起那东西。是一只手表，像女式腕表。是劳力士，明显是假货，不过掂起来很沉。非常沉。真会有人喜欢把这么沉的东西戴在手上吗？据说这种表能在五十米深处防水，游泳的时候戴应该很方便。这不会是……不过这附近的确什么怪人都有。路易斯环视街道。他在斯托廷斯街一角认识一个钟表匠，是他的老同学。他是不是应该……

路易斯颤颤悠悠地站起来。

欣妮站在她的购物车旁抽烟。绿灯亮了，行人纷纷穿过马路，只有她依然留在原地。她改主意了。今天不过马路了。她站在那儿，抽着烟。这辆购物车是她老早以前从宜家顺出来的。她推着它出了商场，进了停车场，上了那辆面包车。就这么简单。她载着它和一张汉尼斯床、一张汉尼斯餐桌和几只毕利书架一起驶向那个她以为象征着他们未来的地方。或者说她的未来。他先装好家具，又给他俩一人装好一份毒品。而现在，他已经死了，她依然活着。毒也戒了。她过得挺好，只是已经很久没睡过那张汉尼斯床了。她踩灭烟头，抓住宜家购物车的把手。她发现有人——大概是路人吧——把一只塑料袋扔在推车里那张脏兮兮的羊毛毯上。她气不打一处来，一把抓起那袋东西——这已经不是第一次有人把这辆装着她全部家当的购物车当成垃圾桶了。她转过身；她对奥斯陆每只垃圾桶的位置都了如指掌，闭着眼睛都能找到，所以知道自己身后就有一只。但她愣住了。袋子里的东西沉甸甸的，她有点好奇。她打开袋子，伸手去摸，掏出里面的东西，拿到午后的阳光下。那东西流光溢彩。是珠宝。有几条项链和一枚戒指。吊坠上镶着钻石，戒指由黄金打造。纯正的黄金，真正的钻石。欣妮几乎可以确定——毕竟她又不是没见过黄金和钻石。她小时候，家里摆的可不是自组装的廉价家具。

约翰尼·美洲狮瞪大眼睛，在床上翻了个身，感觉毛骨悚然。他刚才没听见有人进来，现在却听见有人在喘息、呻吟。是可可吗？不对，这声音听着更像是交欢的喘息，而不像是来讨债的。中心以前曾收容过一对情侣；院方大概觉得他俩太过难分难舍，才打破了只收男性的惯例。那男的确实离不开那女的——她把每个房间的住户都挨个睡了一遍，用赚来的钱供他俩吸食海洛因，直到院方出手制止，把她轰了出去。

是那个新来的在喘息。他背对约翰尼趴在地上，耳机里隐隐传出节奏鲜明的合成乐和机械、单调的歌声。那少年在做俯卧撑。约翰尼巅峰时期能一口气做一百个俯卧撑，还是单臂。这少年无疑也很强壮，不过他耐力有限，后背已经开始下陷。阳光从窗帘缝里透进来，打在墙上，约翰尼看见一张照片，应该是这少年钉在墙上的，上面是个穿警服的男人。他还看见一样东西在窗台上。是一对耳坠，很贵重的样子。他好奇这少年是从哪儿偷的。

这东西要是真像看上去那么贵重，那它或许能帮约翰尼一解燃眉之急。可可好像明天就要搬出收容所了，他手下那些跟班正忙着四处讨债。约翰尼只剩几小时可以筹钱了。他也想过到毕斯雷特去找栋房子干一票，因为很多人都出门度假去了。挨家按门铃，看哪家没人。不过他得先鼓足勇气。拿走这对耳坠可比盗窃容易多了，也安全得多。

他思忖着要不要偷偷溜下床，神不知鬼不觉地把耳坠顺走，但很快打消了这个念头。无论对方耐力如何，挨揍的风险总是有的。其实偷东西这个想法本身就非常可笑。但他依然可以转移那个新人的注意，找个借口把他骗出去再下手。突然间，约翰尼意识到自己正直视着那少年的眼睛。他已经翻过身，在做仰卧起坐。他露出笑容。

约翰尼打了个手势，表示自己有话要说，少年摘下耳机。约翰尼开口前听见里面传来"……我已洗心革面"。

"能扶我去趟餐厅吗，伙计？你自己锻炼完也得吃点东西。知道吗，要是体内没有足够的脂肪和碳水化合物，运动就只会消耗肌肉。你的努力就白费了。"

"多谢提醒，约翰尼。我得先洗个澡，不过你先做好准备。"少年站起来。他把耳坠放进衣兜，出门走向公共浴室。

哎呀！约翰尼闭上眼。他能行吗？不行也得行。他只有两分钟时间。他倒数计时。然后从床上坐起。下床。站起来。他从椅子上抓起裤子。还没穿上就听见有人敲门。肯定是那少年忘带钥匙了。约翰尼蹦跳着过去开门。"这都多少回了——"

一只戴指节铜套的拳头砸在约翰尼·美洲狮的额头上，打得他仰面倒下。

房门轰然洞开，可可带着两名手下走进来。那两人架着约翰尼的胳膊，好让可可用头撞他，撞得他的后脑勺重重地磕在上铺。等他再抬起头，眼前已是可可那双涂着厚厚睫毛膏的丑陋眼睛，还有一个亮闪闪的高跟鞋跟。

"我，大忙人，约翰尼。"可可的挪威语不大利索，"其他人有钱，不给我。你没钱，我知道。所以拿你开刀，吓唬他们。"

"开——开刀？"

"我讲理，约翰尼。给你留一只眼睛。"

"可是……求你了，可可……"

"别动，不然取出来，眼睛碎了。我拿去给其他混蛋看，让他们知道是真东西，好吧？"

约翰尼正要尖叫，却立即被一只手捂住了嘴。

"约翰尼，放轻松。眼睛神经少，不会疼，我保证。"约翰尼心想自己都怕到这地步了，也该有力气反抗了，可他的力气似乎已经耗尽。约翰尼·美洲狮，一个曾经能举起汽车的人物，现在只能眼巴巴地看着鞋跟一点点靠近。

"多少钱？"

说话的那个声音很轻，几乎像在耳语。他们望向门口。没人听见他进来。他只穿了牛仔裤，头发还湿着。

"滚出去！"可可恶狠狠地说。

少年纹丝不动。"他欠你多少钱？"

"快滚！想挨刀子？"

新来的依然没动。那个负责捂嘴的人放开约翰尼，向新来的走去。

"他……他偷了我的耳坠。"约翰尼说，"是真的！东西就在他兜里。我本来想用它还债的，可可。搜他！你搜了就知道了！求你，求你了，可可！"约翰尼听见自己带着哭腔,但他已经顾不了那么多了。而可可就跟没听见似的,死死瞪着那少年。说不定可可正流口水呢,这个死变态。可可做了个手势让手下住手,自己咯咯一笑。

"约翰尼小子说的是真话吗,帅哥?"

"你可以来找呀。"少年说,"不过我要是你,我就直接说他欠了多少钱,这样会省事很多。场面也不至于太难看。"

"一万二。"可可说,"你为什么——"

他说到一半突然停下来,只见那少年把手伸进衣兜,掏出一小卷钞票,开始一张一张地大声数。数到十二,他把钞票递给可可,把剩下的揣回兜里。

可可迟疑了,好像认定这钱肯定不干净。他随即放声大笑。张开嘴,露出金牙,那是他拔了好几颗完好的白牙换上的。

"见了鬼了,见了鬼了。"

他又把钱数了一遍。抬起头。

"两清了?"少年问,完全不像那些电影看多了的年轻毒贩那样面无表情,他反而笑了。就像那些服务生,约翰尼心想,在他还经常出入高级餐厅的时候,他们会冲他的背影微笑,问他饭菜合不合口味。

"两清了。"可可咧嘴一笑。

约翰尼一头倒在床上,闭上眼睛。可可和手下关上门,消失在走廊上,但在他们走后很久,约翰尼依然感觉可可的狞笑犹在耳边。

"没关系。"少年说。约翰尼能听见他在说话,尽管他很想屏蔽他的声音,"换成是我也会那么说。"

可你并不是我,约翰尼想着,感觉眼泪还哽在他的咽喉与胸膛之间。你从没做过约翰尼·美洲狮。也从没不再是他。

"咱们去餐厅吧,约翰尼?"

书房里唯一的光线是电脑屏幕的荧光。屋里鸦雀无声，即使有声音也是从外面传来的，因为西蒙给房门留了一条缝。那是厨房里收音机的低吟，还有艾尔莎四处走动的声音。她从小在农场长大，整天都有东西要打扫、清洗、归类、搬运、播种、缝补、烘焙。总有干不完的活。不管你头天干了多少活，第二天也总会排得满满当当。所以你只能慢慢来，不能急，急着赶工只会累坏自己。那是忙得快活而充实的人舒缓的哼鸣，是平稳的脉搏，满足的声音。其实在某种程度上他挺羡慕她的。不过他同时也留意着别的声音：踉跄的脚步声或东西落地的声音。每当听到这种声音，他就会先等上一小会儿。看她能不能自己搞定。要是听到她没事了，他就不再多问，好让她以为他没发现。

他登入凶案处的内网，读关于佩尔·沃兰案的报告。卡丽是真能写，工作很卖力。但他读着读着，却总觉得缺了点什么。热爱工作的警员写的报告，即使是最官僚、最例行的警务报告，也总会透出难以掩饰的热情。卡丽的报告却像教科书一样标准，腔调也是警务报告该有的——客观、实在。没有主观的看法或偏见。了无生气，冷若冰霜。他浏览目击者证词，想在沃兰接触过的人中找到几个他感兴趣的名字。但一无所获。他盯着墙壁。想到两个词。内斯特、调查暂停。然后他开始用谷歌搜索阿格妮特·伊弗森。

屏幕上出现了关于谋杀案的新闻标题。

《知名地产商惨遭杀害》。

《她在家中遭遇抢劫、枪杀》。

他点开一个标题。文章引用了奥斯蒙德·比约斯塔德警监在布伦区召开克里波新闻发布会时的发言："克里波调查组发现，尽管阿格妮特死在厨房，但她遭到枪击的位置很可能是在门口。"西蒙继续往下拖动，"有证据表明这是一次抢劫，不过在后续调查中，我们并不排除其他动机。"

西蒙滚动鼠标，拉到早前的新闻。报道几乎全部出自财经媒体。阿格妮特·伊弗森的父亲是奥斯陆最大的地产商之一，她本人从美国费城的沃顿商学院获得了 MBA 学位，在很年轻的时候就经营过家族的地产项目。但嫁给同为经济学家的伊弗尔·伊弗森后，她就隐退了。一名财经记者把她描述成总指挥、提炼者和高超的管理者，能提高项目效率，让它盈利。相比之下，她丈夫的策略则更加大胆，他频繁地抛售，风险更高，收益也更大。另一篇两年前的文章刊登了一张他们的儿子小伊弗尔的照片，标题是《富豪之子在伊维萨岛的奢靡生活》。照片上的小伊弗尔黝黑、快乐、笑容灿烂，眼睛被闪光灯照成红眼，身上大汗淋漓，应该是刚跳完舞，他一手端着香槟，一手搂着一位同样大汗淋漓的金发美女。在三年前的一篇财经专栏文章里，照片上的老伊弗尔正跟奥斯陆市议会的头头脑脑握手，宣布伊弗森地产决定斥资十亿克朗收购市议会资产。

西蒙听见书房门开了。一杯热气腾腾的茶放到他面前。

"你怎么不多开点灯？"艾尔莎说着，把手搭在他肩上，也不知是为了给他揉肩还是怕自己摔倒。

"我还等着付下一笔款呢。"西蒙说。

"下一笔什么款？"

"就是医生说的那个啊。"

"可是我在电话里都跟你说了呀——你糊涂了吗，亲爱的？"她轻笑一声，亲吻他的头。柔软的双唇紧贴着他的头顶。他觉得她大概是真的爱他。

"你说他无能为力。"西蒙回答。

"对啊。"

"但是？"

"什么但是？"

"我了解你，艾尔莎。你没把他的话说完。"

她离远了些，只留一只手在他肩头。他等着她开口。

"他说美国有种新手术。将来的人有福了。"

"将来？"

"将来这种手术和设备都会变成标配。可这只有很多年后才能实现。现在嘛，这种手术还非常困难，得花一大笔钱。"

西蒙在转椅上猛地转身，弄得她只得后撤一步。他双手交握。"可这真是太好了啊！要多少钱？"

"反正不是一个拿残疾福利的女人和一个拿警察工资的男人付得起的。"

"艾尔莎，听我说。咱们没有孩子，而且有房，也很少花钱。咱们过得很节俭——"

"别说了，西蒙。你明知道咱们没钱。房子也全部抵押出去了。"

西蒙咽了口唾沫。她没直接说出那个词——赌债。她还是一如既往地体贴，不想让他记起这些，他们还在偿还他过去的罪孽。他捏捏她的手。

"我想想办法。我还有能借钱的朋友。相信我。要多少钱？"

"你有过朋友，西蒙。可现在你跟他们都不联系了。我不是一直都说嘛，你得跟他们保持联系，不然朋友就疏远了。"

西蒙叹了口气，耸耸肩："我有你啊。"

她摇头："只有我是不够的，西蒙。"

"够了。"

"我不想成为你的全部。"她弯腰亲吻他的前额，"我累了，想进屋躺会儿。"

"去吧，可是手术要多少……"

但她已经走了。

西蒙看着她走远。他关掉电脑，拿出手机，拖动联系人列表。老友。宿敌。有几个还能派上点用场，大多数都没什么用处。拉到最后，他拨出一个人的号码。是个敌人。但有用。

正如西蒙所料，弗雷德里克·安斯加尔接到电话十分诧异，但他假装很惊喜，同意见面，都没推说很忙。西蒙挂上电话，坐在黑暗中凝视手机。

他想到自己的梦。想到他的视力。想到自己愿意把眼睛给她。过了一会儿，他才意识到自己在盯着手机看什么。是那张照片，玫瑰花床上的鞋印。

"真好吃啊。"约翰尼擦着嘴说，"你不吃点吗？"

少年笑着摇头。

约翰尼四下瞧瞧。食堂是个独立的房间，带一间开放式厨房，还布置了取餐台和自助餐区，摆了餐桌，每张桌子上都坐满了人。食堂一般在午餐后关闭，但最近它延长了营业时间，因为"汇合点"，就是教会城市使命团①在希佩尔街开设的那家专门接待瘾君子的餐厅正在重新装修，这也意味着在座的食客并不全是中心的住户。不过他们大都在这儿住过，所以约翰尼每个人都认识。

他又啜饮了一口咖啡，观察着那些横眉怒目的瘾君子。他们依然像平时一样，无时无刻不疑神疑鬼、寻寻觅觅、窃窃私语；这地方就像大草原上的水塘，大家都聚在这里，时而捕猎，时而任人宰割。只有那少年除外。他一直显得轻松自在。直到刚才为止。约翰尼顺着他的目光望向厨房，看见玛莎走出工作间。她披上大衣，显然是要回家。约翰尼看见少年的瞳孔放光。对瘾君子而言，观察别人的瞳孔几乎是种习惯动作。这人有毒瘾吗？嗑嗨了吗？危不危险？同理，他们也会留心别人的手。那些手可能会偷你的东西，也可能摸出一把刀。或是在危险之中不由自主地护住藏毒品和钱的地方。现在，少年手插衣兜，就是放耳坠的衣兜。约翰尼又不傻。也不是不傻，但不是事事都傻。玛莎一进来，少年就瞳孔放光。还有那对耳坠。少年倏地站起来，热切地注视着她，椅子刺耳地刮过地板。

约翰尼清清嗓子："斯蒂格……"

但来不及了，少年已经转身向她走去。

---

① 教会城市使命团（Church City Mission）是挪威一家教会执事基金会，提供面向弱势群体的社工服务，并从事一些宗教活动。

这时前门开了，一个男人走进来，气质跟周围的人截然不同。他穿着黑色的短款皮夹克，深暗的头发剪得很短，肩膀宽阔，神色坚定。他恼火地推开一名挡路的住户，后者正蹲在地上不动，瘾君子常常这样。他向玛莎挥挥手，玛莎也挥手回应。约翰尼看出少年这下明白了。他停下来，仿佛瞬间失去了力量，玛莎则走向前门。约翰尼看见男人把手揣进皮夹克的衣兜，伸出胳膊让她挽住。她也欣然配合。这是长久相处的两个人的默契动作。他们很快消失在门外风声呼啸、寒意乍起的夜色中。

那少年站在房间中央，一脸错愕，仿佛一时难以接受。约翰尼发现餐厅里的人全对这少年侧目而视。他知道他们在想什么。

好一块肥肉。


约翰尼被一阵哭声吵醒。

他起初还以为是那个鬼魂。那个婴儿。以为它来找他了。但他很快意识到哭声来自上铺。他侧过身。床铺开始颤抖。哭声变成了啜泣。

约翰尼下了床，站在床前。他把手放在少年肩头，发现他抖得像风中的树叶。约翰尼打开少年头上那顶嵌在墙里的阅读灯，一眼就看见那少年龇着牙，死死咬着枕头。

"疼吧？"约翰尼这句话不像疑问，倒像陈述。

一张惨白、汗湿、双眼深陷的脸回望着他。

"海洛因？"约翰尼问。

这张脸点点头。

"要不我想办法帮你弄点？"

摇头。

"你要是想戒毒，那你可来错地方了，这你是知道的，对吧？"约翰尼说。

点头。

"我能帮你做点什么？"

少年用发白的舌头舔舔嘴唇，低声说了句什么。

"什么？"约翰尼凑近说。他能闻到少年沉重、腥臭的鼻息。他很难听清少年在说什么。他挺直身子，点点头。

"就照你说的办。"

约翰尼回到床上，盯着上铺的床垫背面。床垫下铺了塑料布，以防体液渗漏。他耳边是中心二十四小时不间断的噪声，追逐声、咒骂声、震天响的音乐声、笑声、敲门声、绝望的叫声、热火朝天的交易声不断从走廊上传来，而他们跟这一切只有一门之隔。但没有哪种声音能压过少年低低的抽噎，还有他轻声说的那句：

"要是我想出去，请你拉住我。"

# 19

"这么说你现在去凶案处了。"弗雷德里克说着，在墨镜后露出微笑。墨镜侧面那个设计师标志很不起眼，只有西蒙这种火眼金睛的人才会注意到，只可惜他不识货，看不出这标志有什么特别。即便如此，西蒙依然看出这副墨镜应该价格不菲，就像弗雷德里克的衬衫、领带、美甲和发型一样。不过说真的，浅灰色西装还能配棕色皮鞋？大概这就是当下的时尚吧。

"是啊。"西蒙说着，眯起眼睛。他坐下来，背对风吹来的方向，也背对着太阳，但阳光依然反射在运河对面那批新建住宅的玻璃外墙上。见面是西蒙的主意，不过许侯门区这家日料店是弗雷德里克选的；"许侯门"的意思是"贼人之岛"，西蒙很好奇这名字跟坐落在此的各大投资公司有没有关系，其中就包括弗雷德里克的公司。"这么说你现在主要帮那些有钱到已经不在乎钱的人搞投资？"

弗雷德里克笑了。"差不多吧。"

侍者给他们一人上了一只小碟，里面的东西看着像一只袖珍的水母。西蒙怀疑那其实是一只小水母。这在许侯门大概再寻常不过——寿司就是有钱人的比萨。

"你怀念过严重欺诈办公室吗？"西蒙说，抿着杯里的水。这水据说是来自沃斯的冰川泉水，先被送到美国，再作为进口货运回挪威，在这个过程中去除了那些人体所需的、能从甘甜洁净的挪威自来水中免费摄取的矿物质。这种水一瓶要卖六十克朗。西蒙早就不再试图去理解市场逻辑、消费心理和权力争夺。但弗雷德里克还没放弃。他深谙其道。他参与其中。西蒙怀疑他其实早在很久以前就参与进去了。他跟卡丽有不少相似之处：

教育背景都太优秀，野心都太大，都太清楚自己的价值，都不甘心当一辈子警察。

"我怀念那批同事，还有那份刺激。"弗雷德里克回答，"但我讨厌那儿的慢节奏和官僚作风。你走也是因为这个吧？"

他说完立刻举起水杯，西蒙来不及从表情判断他是真不知道还是在装傻。毕竟，就在弗雷德里克刚宣布要去许多人眼中的阴暗面之后不久，关于洗钱案的摩擦就爆发了。而且弗雷德里克曾是参与此案的警官之一。不过现在他在警局里应该不认识什么人了。

"差不多吧。"西蒙嘟囔了一句。

"凶杀案才是你的强项嘛。"弗雷德里克说，假装漫不经心地看看表。

"说到我的强项，"西蒙说，"我来找你是因为我想借一笔钱。是我老婆，她得做个手术。艾尔莎——你还记得她吧？"

弗雷德里克边嚼水母边嗯了一声，听不出是肯定还是否定。

西蒙等着他吃完。

"不好意思，西蒙，我们只用客户的资金购买蓝筹股和政府债券，从不向私人放贷。"

"我明白，我来找你是因为我不能走正常渠道。"

弗雷德里克仔仔细细地擦嘴，把餐巾放在餐盘上。"抱歉，我帮不了你。眼科手术？听上去挺严重的。"

侍者过来取走弗雷德里克的餐盘，看到西蒙盘中的食物原封未动，向他投去询问的目光。西蒙授意他把盘子端走。

"不喜欢吗？"弗雷德里克说，然后说了句什么表示结账的话，大概是日语。

"我说不上来，不过我一向不怎么喜欢无脊椎动物。太没骨气了，懂我的意思吧。我不喜欢浪费食物，但这玩意看着像活的似的，所以我希望它能回到水族箱，再活一次。"

弗雷德里克乐了，笑得有点夸张，庆幸他们谈话的第二部分已经结束。账单一到他就抢过来。

"让我来……"西蒙开口了，但弗雷德里克已经把信用卡塞进了侍者带来的刷卡机，都开始按键了。

"再见到你真高兴，很抱歉没帮上你的忙。"侍者走后，弗雷德里克说。西蒙知道弗雷德里克已经准备站起来了。

"你昨天看到伊弗森谋杀案的消息了吗？"

"哦，天哪，是啊，看到了。"弗雷德里克摇着头，摘下墨镜，揉揉眼睛，"伊弗尔·伊弗森是我们的客户。太不幸了。"

"你还在严重欺诈办公室那会儿，他应该就是你客户了吧。"

"你说什么？"

"哦不，是你的嫌犯。你这种人才辞职是很可惜的。有你这样的人在调查组，我们本来很有希望对此案提起诉讼。咱们以前一致认为应该对地产行业进行全面清查，你还记得吗，弗雷德里克？"

弗雷德里克重新戴上墨镜："你的确每次都赌得很大，西蒙。"

西蒙点点头。原来弗雷德里克知道西蒙为什么突然调职。

"说到赌博，"西蒙说，"我只是个笨警察，又没学过金融，不过我看过伊弗森公司的账本，一直想不通这家公司怎么还能维持运转。它买入和卖出的地产项目总是那么无可救药，大多数时候都严重亏损。"

"没错，但物业管理一直是这家公司的强项。"

"幸好有那种能转入下期的亏损。多亏有它，伊弗森过去几年才几乎没为经营利润交过一分钱的税。"

"天哪，瞧你这话说的，就跟你还在严重欺诈办公室似的。"

"我还能用自己的密码登入以前的档案。我昨晚就在自己电脑上看这些东西，看到很晚。"

"是吗？但这么做并不违法，只是合理避税。"

"话是这么说。"西蒙说,用手托着下巴,望着蓝天,"你当然最清楚了,你毕竟曾经调查过伊弗森嘛。说不定阿格妮特·伊弗森就是死在某个愤愤不平的税务官手里。"

"什么?"

西蒙匆匆一笑,站起来说:"一个老家伙跟你开个玩笑罢了。谢谢你的午餐。"

"西蒙?"

"嗯?"

"你别抱太大希望,不过借贷的事,我会到处帮你问问。"

"多谢。"西蒙说着,扣起上衣,"再见。"他不回头都知道,弗雷德里克正若有所思地凝望他的背影。

拉尔斯·吉尔伯格放下报纸,那是他从 7-11 便利店门外的垃圾桶里捡的,准备用来当今晚的枕头。他看见报纸连篇累牍地报道奥斯陆西区那个有钱女人被杀的案子。如果是河边或希佩尔街上的哪个穷屌丝死于针管污染或吸毒过量,报纸估计都登不了几句话。一个克里波大人物,一个什么比约斯塔德,宣布他们将动用一切资源,不遗余力地展开调查。哈,是吗?那干吗不先抓抓那些往毒品里掺砒和耗子药的杀人凶手呢?吉尔伯格从自己的黑暗王国探出脑袋。那个走过来的人穿一件帽衫,看上去像常来河边的慢跑者。但对方看见了吉尔伯格,于是放慢脚步,吉尔伯格觉得他要么是个警察,要么就是来买快速丸的公子哥。直到他走到桥下、抹下兜帽,吉尔伯格才认出他就是那个少年。他满头大汗,气喘吁吁。

吉尔伯格从防潮布上站起来,显得很热情,甚至可以说很开心。"你好啊,小子。知道吗,我一直帮你看着你的东西,它还在这儿。"他朝灌木丛扬扬下巴。

"谢谢你。"少年说,蹲下来摸自己的脉搏,"不过我还想再请你帮个忙。"

"没问题。尽管说。"

"谢谢。你知道哪个毒贩在卖超级小子吗?"

拉尔斯·吉尔伯格闭上眼。糟糕。"别碰那玩意,孩子。别碰超级小子。"

"为什么?"

"因为我知道光是今年夏天就有三个人吸那玩意死了。"

"谁卖的货最纯?"

"纯不纯我是不懂。我不嗑这个。不过卖家很好找,城里只有一个地方卖超级小子。卖家一般两两结伴。一个出货,一个收钱。他们在尼桥附近活动。"

"他们长什么样?"

"人每次都不一样,不过收钱的一般是个脸上有痘坑的矮壮汉子,头发很短。他就是老板,不过他喜欢亲自上街,自己管钱。他是个疑心很重的混蛋,信不过他手下那些毒贩。"

"身材矮壮,脸上有痘坑?"

"嗯,他挺好认的,他的眼皮很特别,像耷拉在眼睛上似的,弄得他看上去没精打采。能想象吧?"

"你说的是卡勒吗?"

"怎么,你认识他?"

少年缓缓点头。

"这么说你也知道他的眼皮是怎么变成这样的?"

"他们几点营业,你知道吗?"少年问。

"他们在那儿从四点待到九点。我知道这个是因为他们最早的一批顾客会提前半小时开始排队。而快到九点的时候,最后一批顾客会慌慌张张地赶过来,生怕买不到了,就跟下水道里的老鼠似的。"

少年重新戴上兜帽。"谢了，兄弟。"

"拉尔斯。叫我拉尔斯。"

"谢了，拉尔斯。你缺什么吗？钱？"

拉尔斯永远缺钱。他摇摇头。"你叫什么？"

少年耸耸肩，意思是"你说呢？"，然后就回去继续跑步了。

他上楼时，玛莎正坐在前台，他径直走过她身旁。

"斯蒂格！"她喊了一声。

他过了好几秒才停下。大概是因为反应能力受损吧。也可能是因为斯蒂格并不是他的真名。他满身大汗，像刚跑过步。但愿不是被人追着跑，她想。

"我有东西要给你。"她说，"等着！"

她拿起一只盒子，告诉玛丽亚她去去就回，然后快步追上他。她轻轻戳戳他的手肘。"来吧，上楼，咱们去你和约翰尼的房间。"

房间里的景象出乎他们的意料。所有的窗帘都敞开着，阳光洒满房间，约翰尼不在，室内空气清新，因为有人开了扇窗——开到锁扣允许的最大限度。理事会要求中心给所有房间的窗户都安装锁扣，因为从中心的窗户里飞出的重物好几次都差点砸中下方人行道上的行人，包括收音机、喇叭、音响，偶尔还有电视机。中心的住户扔过的家电不计其数，但禁令却是有机物触发的。中心的住户普遍严重社恐，往往不喜欢去公用厕所。因此中心允许少数人在房间里使用恭桶，由住户自己定时倾倒——不幸的是他们有时并不能按时做到。其中一个没倒恭桶的人把它放在窗台上，这样他就能开窗驱散恶臭。一天，一位工作人员打开这个房门，穿堂风一下子掀翻了恭桶。当时那家新开的面包房还在装修，一名油漆工恰巧就在那扇窗下。油漆工躲闪及时，没受什么伤，不过玛莎——她第一个赶到现场，去帮助那个吓坏了的人——知道，他心里肯定留下了阴影。

"坐吧。"她指指椅子说,"把鞋脱掉。"

他照做了。她掀开盒盖。

"我不想让其他住户看见。"她说着,拿出一双软底的黑色皮鞋。"这是我爸以前的鞋。"她说着,把鞋递给他,"差不多是你的尺码。"

见他这么惊讶,她感觉脸颊一热。

"总不能让你穿着运动鞋去面试吧。"她连忙补充说。

他穿鞋时,她打量着这个房间。她说不准,不过这房间里好像有股洗涤剂的味道。清洁工今天应该还没来打扫过。她走到一张用图钉钉在墙上的照片前。

"这是谁?"

"我父亲。"他说。

"真的吗?你父亲是警察?"

"是啊。我穿好了,你看看。"

她转向他。他站起来,先放下右脚,再放下左脚。

"感觉怎么样?"

"合适极了。"他微微一笑,"太谢谢你了,玛莎。"

听他叫出她的名字,玛莎心里一震。她并不是不习惯别人这样叫她,其实住户经常对工作人员直呼其名。不过姓氏、住址和家庭成员的姓名都是保密的,毕竟员工每天都会目睹毒品交易。她惊讶的是,他喊出这个名字的语调有些特别。像一次触碰。小心而无邪,却有真实的触感。她意识到自己单独跟他同处一室其实不太合适;她之前还以为约翰尼会在。她想知道那家伙去哪儿了;现在只有毒品、卫生间和食物能让约翰尼下床。排名分先后。但她依然待在这里。

"你在找什么样的工作?"她问道,发现自己听上去有点气喘。

"司法方面的。"他严肃地说。他的诚挚中夹杂着某种可爱。几乎像是少年老成。

"你父亲那样的？"

"不，警察属于行政范畴。我想从事的是司法工作。"

她笑了。他真是与众不同。或许正因为如此，她才总是想到他，因为他跟别的瘾君子都不一样。跟安德斯也完全不同。安德斯向来滴水不漏，这人却坦率而不设防。安德斯对人一向持怀疑和轻蔑的态度，即使他还不认识他们，日后或许还会认可他们；而斯蒂格待人却友好和善，甚至天真。

"我该走了。"她说。

"是的。"他靠在墙上说。他拉开了帽衫的拉链。里面那件 T 恤已经被汗水浸透，贴在他身上。

他正想说什么，她的对讲机就响了。她把它举到耳边。

有人找她。

"你刚才想说什么？"她回复说她知道了，然后问。

"没事，不急。"少年笑了。


又是那个上年纪的警察。

他在前台等她。

"他们直接让我进来了。"他语带歉意。

玛莎向玛丽亚投去责备的目光，后者一摊手，表示"这有什么大不了的。"

"咱们能不能找个地方……"

玛莎把他带进会议室，但没给他倒咖啡。

"你知道这是什么吗？"他举起手机，向她展示上面的照片。

"一张泥土的照片？"

"是个鞋印。你可能看不出这有什么特别，但我一直在想这鞋印怎么这么眼熟。后来我意识到我在很多潜在的犯罪现场见过它。你知道，就是那种发现尸体的地方。这种鞋印一般出现在集装箱码头附近的雪地、贩毒窝点、死在后院的毒贩旁边，还有那种把二战地堡打通改建的靶场。总之……"

"总之就是这儿的住户经常出没的地方。"玛莎叹了口气。

"没错。那些人往往并非死于他杀，但不管怎么说，这个鞋印总是反复出现。这种蓝色的军用运动鞋已经成了全挪威的瘾君子和流浪汉的标配，因为救世军和教会城市使命团把它们四处分发。所以它们算不上什么证据，穿这种鞋的人有案底的实在太多。"

"那您今天为什么来啊，凯法斯总督察？"

"这种运动鞋已经停产，在用的也越来越少。不过仔细观察这张照片，你会发现鞋印上的花纹非常清晰，代表这双鞋很新。我跟救世军确认过，他们说今年三月向你们捐赠了最后一批运动鞋。所以我的问题很简单：你们今年春天以来有没有发放过这种鞋？四十三码的。"

"当然有。"

"给谁？"

"很多人啊。"

"尺码呢？"

"四十三码是西方最常见的男鞋尺码——很巧，在吸毒者中也是。除此之外，我不准备向您透露更多信息。"玛莎望着他，双唇绷紧。

现在轮到警官叹气了："我尊重你对住户的承诺。但这可不是一克快速丸的事，而是一宗谋杀案。这个鞋印是我昨天在霍尔门科伦山找到的，就在那个女人被杀的现场。那位阿格妮特·伊弗森。"

"伊弗森？"玛莎顿时又有些气短。真是怪了。不过话说回来，那个认定她患有"同情心疲劳"的心理医生不是叮嘱她要多留意神经紧张的迹象吗？

凯法斯总督察把脑袋微微一偏。"是的。就是伊弗森。关于这个案子的新闻铺天盖地。在自家门口中枪——"

"啊，对，我看见那些标题了。不过这种报道我从不细读，工作中的负能量已经够多的了。这您能理解吧。"

"当然。她叫阿格妮特·伊弗森。四十九岁。曾是商人，现在是家庭主妇。已婚，有个二十岁的儿子。是当地妇女协会的主席，也是挪威旅游协会慷慨的资助人。这么看，她基本算是社会栋梁了。"

玛莎咳嗽一声："你们怎么知道鞋印是凶手留下的？"

"我们不知道。不过我们在卧室找到半个带死者血迹的脚印，跟这个吻合。"

玛莎又咳了一声。她真该去看医生了。

"可就算我记得每个领到四十三码运动鞋的人都叫什么，你们又怎么知道出现在犯罪现场的是哪一双呢？"

"应该确定不了，不过凶手似乎踩到了死者的血迹，血液渗进了鞋底的花纹。血液凝固后，花纹凹处应该会有残留的血迹。"

"哦。"玛莎说。

总督察凯法斯等待着。

她站起来："但我恐怕帮不了您。当然了，我可以问问别的同事，看他们记不记得有谁穿四十三码的鞋。"

警官依然坐在那儿，像在等她改变主意，透露点什么。然后他也站起来，递给她一张名片。

"谢谢你，非常感谢。你可以随时给我打电话。"

凯法斯总督察走后，玛莎并没有立即离开会议室。她咬紧下唇。

她说的是实话。四十三码。这的确是最常见的男鞋尺码。

"收工。"卡勒高喊一声。现在是晚上九点整，太阳刚刚落到河岸边那一排大厦后头。他把最后几百克朗钞票塞进腰带。他听说在圣彼得堡，携带现金的毒贩经常被抢，所以黑帮只得给他们配备不锈钢的腰带，焊在他们腰间。这种带子有两个装钱用的狭窄凹槽，还带密码锁，密码只有后台的人知道，所以毒贩即使被严刑拷打也不可能把密码告诉劫匪，更不可能铤而走险去偷钱。毒贩必须随时随地带着腰带，无论他们是在睡觉、吃饭、排泄、做爱，这很不可思议，但卡勒还真考虑过这个办法。他受够了夜复一夜地站在这里。

"求你了！"一个瘦骨嶙峋的吸毒女说，她皮包骨头，头皮绷在头上，颇有集中营风格。

"明天再来。"卡勒说着，作势要走。

"我不买不行啊！"

"我的货都卖光了。"他撒了谎，示意他手下的毒贩佩尔维斯快走。

吸毒女号啕大哭。卡勒丝毫不为所动，他必须让这些人知道他们九点整打烊，迟两分钟都不行。当然，他完全可以多待十分钟，甚至一刻钟，卖给那些最后一刻才凑到钱的人。但他想找到工作与生活之间的平衡，想知道自己几点能到家。多卖一会儿又不能提高利润，毕竟他们已经垄断了超级小子业务，这女人只能等他们明天开门再来。

她攀住他的胳膊，卡勒把她甩开。她踉跄着踏上草坪，双膝跪地。

"今天生意不错。"佩尔维斯说，他们正迈着轻快的步伐走在路上，"你觉得赚了多少？"

"你觉得呢？"卡勒没好气地说。这个白痴，都不知道用包数乘以价格。现在这些员工真让人搞不明白。

他在过桥之前回头看看，确认没人跟踪。他很早以前就养成了这个习惯，那时，作为一个携带大量现金的毒贩、一个被抢之后绝对不会报警的人，他有过惨痛的教训。那件事发生在一个夏天，就在河边，他困得睁不开眼，在一张长椅上眯了一会儿，身上带着他替内斯特卖的海洛因，价值三十万克朗。可想而知，等他一觉醒来，毒品已经不见踪影。第二天，内斯特找到他，告诉他老板开恩，给他两个选择。两根大拇指——因为他笨手笨脚。或是两片眼皮——因为他在工作时间打盹儿。卡勒选了眼皮。两个穿西装的男人，一个黑发、一个金发，把他按倒在地，内斯特掀起他的眼皮，用那把丑陋的阿拉伯弯刀割了下来。割完之后，内斯特——同样遵照老板的指示——扔给卡勒一点钱，让他打车去医院。医生说如果要重植眼皮，他们得从他身上别的部位取用皮肤，好在他不是犹太人，没行过割礼。原来人身上最接近眼皮的皮肤就是包皮。总之手术非常成功，只要有人问卡勒眼皮是怎么没的，他就搬出一套标准答案，说什么他被某种酸意外灼伤了，新眼皮移植自腿部的皮肤。是别人的大腿，他会这样解释，假如提问的是某个跟他上床的女人，要看他的伤疤，他还会补充说自己有四分之一的犹太血统，免得她又对另一个伤口好奇。

他有很长时间都以为没人知道这个秘密，直到有一天，在一间酒吧，内斯特雇来接替他的那个家伙走过来，大声问他早起揉眼睛的时候会不会闻到阳具的腥臭。那人和朋友狂笑不止。于是卡勒抄起一只啤酒瓶，在吧台上磕碎捅向那人，然后抽出来再捅，如此往复，直到确信对方再也没有眼睛可揉。第二天，内斯特找到卡勒，告诉他老板知道了这件事，让卡勒继续干原来的活，因为现在这个位置又空出来了，而且他很欣赏卡勒的足智多谋。从那天起，卡勒睡前总要确保一切都万无一失。不过现在，除了那个在草坪上苦苦哀求的女人和一个穿帽衫的慢跑者，他并没看见任何可疑的人。

"二十万？"佩尔维斯大胆猜测。

智障。

他们在奥斯陆东区的中心地带和老城走了十五分钟，穿过街道两旁那些暧昧不明却个性十足的建筑，钻进一道敞开的大门，进入一片废弃的厂区。算账要不了一个小时。除了他们，活跃在这一带的毒贩就只有埃诺克和叙弗两人，分别在埃尔根和托尔布街卖快速丸。算完账，他们还得把明天要卖的毒品切割、混合、打包。做完这些他才能回去找薇拉。她最近老生闷气。他本来答应要带她去巴塞罗那，却因为整个春天都忙着卖货而没能成行，所以改成今年八月带她去洛杉矶。倒霉的是他因为有案底被拒签了。卡勒知道，薇拉这种女人的耐心是有限的，她们还有很多选择，所以为了留住她，他得定期跟她睡觉，还得在她贪婪的杏色眸子跟前晃动亮晶晶的首饰。这件事费时费力，也很费钱，所以他就得干更多的活。现在他真是进退两难。

他们穿过一片空地，地上布满带油渍的砾石和高高的野草，还有两辆被卸掉轮胎的货车长期停放在混凝土块上。然后他们走到一栋红砖楼前，跳上一段卸货匝道。卡勒在控制面板上输入四位密码，门锁嗡的一声开了，他打开那道门。震天的鼓声和贝斯声顿时涌到门外。市议会把这栋两层厂房腾出一层，改成了年轻乐队的排练场。卡勒以低廉的租金在二楼租下一个房间，谎称他们是一家演出经纪公司。他们没给哪怕一支乐队订上过一场演出，不过众所周知，这年头搞艺术可不太容易。

卡勒和佩尔维斯沿着走廊走向电梯，大门在缓冲弹簧的牵引下缓缓关闭。在一片嘈杂声中，卡勒好像隐约听见有人在砾石路上奔跑。

"三十万？"佩尔维斯大胆说道。

卡勒摇摇头，按下电梯按钮。

克努特·施罗德把吉他放到扬声器上。

"我去抽根烟。"他说着，走向门口。

他知道乐队里另外几个人肯定在交换白眼。又要抽烟？他们还有三天就要在青年俱乐部演出了，不幸的是，他们只有拼命排练才能勉强不算垃圾。克努特觉得另外那几个人就跟少年合唱团似的：不抽烟，很少喝酒，大麻更是见都没见过，更别说抽过了。那算哪门子摇滚啊？他出去之后关上门，听见他们在没有他的情况下开始重新排练那首歌。听着倒也不算太烂，只是没有灵魂。而他就不一样了。想到这儿，他笑笑，经过电梯和两旁闲置的排练室，沿着走廊走向出口。

这跟老鹰乐队那场《冰封地狱》演唱会 DVD 中的经典桥段一模一样——这张专辑是克努特秘密的恶趣味——乐队当时正跟伯班克爱乐乐团一起排练，就在团员们皱着眉、忘情地演奏《纽约时刻》时，唐·亨利①却转过来直视镜头，皱起鼻子小声说："……可是他们没有蓝调……"

克努特经过那间总是敞着门的排练室，它的门锁被破坏了，合页也折断了，所以根本关不上门。他停下脚步。排练室里有个人背对他站着。以前总有流浪汉闯进这里，搜寻可以卖钱的乐器或设备，不过自从二楼那家演出经纪公司搬进来之后，这种情况就不再出现，因为他们花钱换了一扇十分坚固的大门，还装了密码锁。

"喂，你！"克努特说。

那人转过身。很难看出他是什么人。

慢跑者？不像。他的确穿着帽衫和田径裤，但脚上穿的却是一双时髦的黑皮鞋。只有流浪汉才会穿得这么混搭。不过克努特并不害怕，有什么好怕的呢？他个子跟乔伊·雷蒙②差不多高，穿的也是雷蒙同款皮夹克。"老兄，你在这儿干吗呢？"

那人笑了。所以他不是摩托车帮会的。"就是来收拾收拾。"

听上去合情合理。公共排练室就是这样，总有设施被损坏或偷走，却从来没人收拾。隔音布依然盖在窗上，但排练室只剩一架破旧不堪的低音鼓，鼓面上用哥特字母涂着"绝望青年"字样。地上有台桌上风扇，矗立在烟头、吉他的断弦、落单的鼓槌和几卷胶带当中，应该是鼓手用来给自己降温的。地上还有一段长长的电缆插头，克努特其实可以看看还能不能用，但不消说，肯定是坏的。算了，电缆插头就是不耐用的消耗品，无线

①　唐·亨利（Don Henley，1947—），老鹰乐队主唱兼鼓手。
②　乔伊·雷蒙（Joey Ramone，1951—2001），美国朋克乐队 The Ramones 的主唱，同时也是演员。身高 1.98 米。

连接才是未来趋势，克努特的妈妈已经答应给他买一套吉他用的无线系统了，条件是他必须戒烟，这还启发他写了首歌——《她真会讨价还价》。

"这个时间干活，对社工来说会不会太晚了点？"克努特说。

"我们打算回来排练。"

"我们？"

"绝望青年。"

"啊，你是他们乐队的？"

"我以前是他们的鼓手。我刚才好像看见另外两个人在前面，不过这会儿又消失了，好像上了电梯。"

"不，他们是演出经纪公司的。"

"啊？咱们能请他们吗？"

"他们应该不打算接新客户。我们去敲过门，结果他们叫我们滚远点。"克努特咧嘴一笑，抽出一根香烟叼在嘴里。这人说不定也抽烟，愿意跟他一起去外面抽一根。他们可以聊聊音乐，或是器材。

"我还是去问问吧。"鼓手说。

这人看着不大像鼓手，倒更像主唱。克努特突然觉得就让他去跟经纪公司的人聊聊也好，他身上似乎有某种……某种魅力。那些人要是给他开了门，那克努特自己没准一会儿也能顺道过去看看。

"我带你去。"

对方面露难色，然后点点头。"谢谢你。"

巨大的货梯运行缓慢，慢到克努特甚至有时间解释梅萨布基的扬声器究竟好在哪里，为什么特别适合摇滚乐。

他们走出电梯，克努特向左转，指指一道蓝色的金属门，那也是这层唯一的一扇门。那人敲敲门。过了几秒，一扇与视线齐平的小窗开了，露出一双血丝密布的眼睛。克努特上次自己来时也是这样。

"你们想干吗？"

那人凑近小窗，大概想看看里面的人身后有什么。

"你们愿意帮'绝望青年'接活吗？我们是一支乐队，在楼下排练。"

"滚开，别再来了。懂吗？"

但那人依然凑在小窗前，克努特看见他的眼睛在东瞟西瞟。

"我们乐队挺棒的。你们喜欢赶时髦乐队吗？"

充血的眼睛背后传来一个声音："谁呀，佩尔维斯？"

"一个什么乐队。"

"靠，把他们轰走！回来干活，我十一点前得到家。"

"你听见老板的话了。"

小窗啪的一声关了。

克努特迈出四步，回到电梯前，按下按钮。门艰难地开了，他走进轿箱。但另一个人却站着不动。他看看经纪公司在墙壁高处装的镜子，就在出电梯右手边。镜子里映着他们那扇金属门，天知道他们为什么要这么做。诚然，这不是奥斯陆环境最好的城区，但作为一家经纪公司，他们未免也太疑神疑鬼了吧。也许他们办公室里藏着演唱会赚来的大把现金？他听说在挪威，大牌乐队在最高规格的音乐节上出场费能达到好几十万。又有排练的动力了。只要能把那套无线系统搞到手，再换个乐队。有灵魂的那种。或许他可以跟这个新认识的人组队？那人终于走进电梯，但依然把手放在传感器前，不让电梯关门。然后他把手抽回来，盯着天花板上的日光灯。还是算了。克努特跟怪咖组队的时间已经够长了。

他出去抽他的烟，那人回排练室继续收拾。他出来时，克努特正坐在卡车平板上，就是那两辆锈迹斑斑的卡车中的一辆。

"其他人应该是迟到了，但我的手机没电了，联系不上他们。"那人说着，举起一只很新的手机，"所以我准备出去买烟。"

"抽我的吧。"克努特说，把他那包烟递过去，"你们用什么鼓？等等，让我猜猜！你看着挺老派的。是路德维希吗？"

那人笑了。"谢谢你，你真是太好了。不过我只抽万宝路。"

克努特耸耸肩。每个人都有自己喜欢的牌子，无论是架子鼓还是香烟，这他完全理解。可是只抽万宝路？听着就像这辈子只开丰田车似的。

"没事，老兄。"克努特说，"回见。"

"谢谢你帮忙。"

他看着那人穿过砾石地走到门口，又转身回来。

"我刚想起密码在我手机上。"他有点难为情地笑笑，"结果……"

"结果手机没电了。密码是 666S。我猜你也会问。你知道这密码什么意思吗？"

那人点点头。"那是亚利桑那州警方的代号，表示自杀。"

克努特眨了好几下眼睛。"真的吗？"

"是啊。S 代表自杀。我爸告诉我的。"

克努特看着那人消失在门外，走进夏日清新的傍晚，这时一阵风吹来，门外的高草随风招摇，就像台下的观众随着动人的情歌忘情舞动。自杀。该死，这可比"666 撒旦"酷多了啊！


佩勒瞧瞧后视镜，揉揉那只跛脚。今天诸事不顺，生意清淡，心情低落，后座乘客刚刚给他的地址——伊拉中心，也很糟糕。所以现在他把车停在老城的出租车位上一动不动，那地方可以说是佩勒的固定车位。

"是那个收容所吗？"佩勒问。

"对，但我们现在管它叫……好吧，就是收容所。"

"不预付车钱的话，我是不会载人去收容所的。对不住，但我有过前车之鉴。"

"理解，理解。是我欠考虑了。"

佩勒看着他的乘客，准确地说是潜在乘客在口袋里翻找。佩勒已经在出租车里一连待了十三个小时，但他还得再过几小时才能把车开回自己在舒维加兹街的公寓，停好车，拄着他收在座位底下的折叠拐杖一瘸一拐地上楼，然后倒头就睡。最好不要做梦。不过这其实取决于会梦到什么。梦境有时是天堂，有时是地狱，你永远也说不准。乘客递给他一张五十克朗的钞票和一小把零钱。

"这才一百出头，不够。"

"一百都不够？"这个乘客真的有些惊讶，现在他差不多已经可以算乘客了。

"你很久没打车了吧？"

"可以这么说。我只有这么多了，但你是不是可以把我送到能去的地方？"

"没问题。"佩勒说着，把钱塞进手套箱，因为这人似乎并不打算开出租车发票，然后他踩下油门。

玛莎独自待在 323 房间。

之前她在前台看见斯蒂格和约翰尼先后出了门。斯蒂格一直穿着她送的黑色皮鞋。按照中心规定，在怀疑住户持有武器时，他们可以搜查房间，无须警告，也无须征求住户同意。但规定也说搜查工作一般应由两名工作人员结伴进行。当然了，是一般而言。关键是怎么定义"一般"？玛莎检查了五斗柜。又检查了衣柜。

她先从五斗柜搜起。

里面装着衣服。全是约翰尼的衣服；斯蒂格的衣服她都记得。

她拉开衣柜门。

一层搁板上整齐地叠放着她给斯蒂格的内衣。衣架上挂着他的外套。最高一层搁板上放着一只红色运动包，就是她看见他带回来的那只。她正要伸手去够，却看见了衣柜底部的蓝色运动鞋。她放开运动包，弯腰拾起鞋子。她深吸一口气，托起鞋子。她想看有没有凝结的血迹。她把鞋子翻过来。

她如释重负地舒了口气，心跳好像都停了一拍。

鞋底非常干净。花纹里甚至没沾染灰尘。

“你在干吗？”

玛莎转过身，心开始狂跳不止。她捂住胸口。“安德斯！”她弯着腰，笑出了声，“你吓死我了。”

“我等你好久了。”他噘着嘴，双手插进皮夹克的衣兜，“这都快九点半了。”

“抱歉，我没看时间。我听说有个住户可能在房间里放了武器，必须过来看看，这是我的责任。”慌乱中，玛莎几乎撒谎不打草稿。

“责任？”安德斯嗤之以鼻，“或许你现在该认真考虑什么是你真正的职责了。大多数人说到责任，都会想到亲人和家庭，而不是这种地方的工作。”

玛莎叹息一声。“安德斯，你能不能别……”

但她知道他绝不会服软，他还是像平时一样一点就着。“只要你肯，我母亲的画廊随时欢迎你去。而且我觉得她说得对，在那儿跟有才华的人接触，比在这儿跟一群屌丝混在一起有前途多了。”

“安德斯！”玛莎提高音量，但她知道自己太累了，没力气争辩。她走到他面前，把手搭在他胳膊上，“你不能叫他们屌丝。而且我说过了，你妈妈和她那些客户根本就不需要我。”

安德斯抽回胳膊。“这儿的人需要的并不是你，而是国家停止给他们兜底。这些该死的瘾君子简直是挪威最得意的政绩工程。”

“我不想再谈这个了。要不你开车走吧，我忙完了自己打车回去。”

但安德斯抱着胳膊靠在门框上。“那你想谈什么，玛莎？我一直想让你选个日子——”

“别说了。”

"不，我偏要说！我妈在安排她夏天的日程，况且——"

"我让你别说了。"她想把他推开，但他毫不让步，伸手拦住她的去路。

"你这是什么态度？如果是他们出钱——"

玛莎钻过他的胳膊进入走廊，打算离开。

"喂！"她听见门砰的一声关了，身后传来安德斯的脚步声。他抓住她的胳膊，把她扳过来面向自己、拉到身旁。她闻到了他昂贵的须后水味，那是他妈妈送他的圣诞礼物，但玛莎很讨厌这味道。她望着他空洞的黑色眼眸，心脏差点停止跳动。

"你休想一走了之。"他咆哮道。

她抬手护住脸颊，却发现他一脸错愕。

"你这是干吗？"他压低声音，语气却极其强硬，"你以为我会动手？"

"我……"

"两次。"他从牙缝里挤出这个词，她感觉他灼热的鼻息扑面而来，"九年里只有两次，玛莎。你弄得好像我是个该死的……该死的家暴男似的。"

"安德斯，放开我，你弄——"

她听见身后有人咳了一声。安德斯松开她的胳膊，愤怒地盯着她身后，挤出一句：

"毒虫，你到底过不过去？"

她回过头。是他。斯蒂格。他在那儿驻足等待。他平和的目光从安德斯身上移到她身上。像在询问什么。她也点头作答：一切都好。

他点点头，从他们身旁走过。两个男人互相怒目而视。他们身高相仿，但安德斯更结实，肌肉更发达。

玛莎看着斯蒂格在走廊上走远。

然后她看看安德斯。他正歪着脑袋，凶巴巴地瞪着她，最近他越来越爱摆出这副表情，她却告诉自己他只是工作不顺，觉得自己怀才不遇。

"那他妈的是什么啊？"他说。

他以前也很少骂骂咧咧。

"什么什么啊？"

"你俩就像……在交流似的。那人是谁？"

她长舒了一口气。几乎有些如释重负。这至少是她熟悉的主题。嫉妒。从他们还是高中情侣时起，他就无时无刻不在嫉妒，她对此已经驾轻就熟。她把手搭在他肩上。

"安德斯，别犯傻了。跟我来，咱们去拿我的外套，然后回家。今晚咱们不吵架，回家做饭。"

"玛莎，我——"

"嘘。"她明白自己已经掌控了局面，"我洗澡的时候你做晚饭，好不好？婚礼的事咱们明天再谈。好吗？"

她看出他想反对，但她竖起一根手指放在他嘴唇上。那两片让她坠入情网的丰厚嘴唇。她的手指滑下来，滑过精心修剪的黑色胡茬。还是说她一开始爱上的正是他的善妒？她已经记不清了。

上车时，他已经平静下来。他开的是一辆宝马。他不顾她的反对买下这辆车，以为她一旦感受过那种舒适，尤其是长途旅行中的舒适，她就会慢慢喜欢上它。还有那种可靠。他发动汽车时，她又瞥见了斯蒂格。他刚出大门，正快步穿过街道，向东走去。他的肩上扛着那只红色运动包。

# 20

西蒙驱车驶过运动场，拐进他家所在的街道。他看见邻居又在办烧烤派对。他们在灼热的阳光下爆发出一阵阵仿佛被啤酒浸透的欢笑，洪亮的笑声衬得夏天的街道愈发宁静。很多房子都空着，路边只停了一辆车。

"咱们到家了。"西蒙说着，把车停在车库前。

他不知道自己为什么要说出来。艾尔莎当然能看出他们在哪儿。

"谢谢你陪我看电影。"艾尔莎说着，把手放在他握挡把的手上，就好像他只会陪她走到家门口、道声晚安就走似的。我才没那么傻呢，西蒙思忖，然后冲她笑笑。他想知道刚才的电影她看进去多少。电影是她要看的。在电影院，他偷瞄了她好几次，很欣慰她至少知道该在哪里笑。不过话又说回来，伍迪·艾伦的幽默主要靠对白而不是滑稽的画面体现。算了，总之这是个美好的夜晚。又一个美好的夜晚。

"但我敢打赌，你肯定很想念米娅·法罗。"她故意逗他。

他笑了。这个笑话只有他俩才懂。他带她看的第一部电影是罗曼·波兰斯基那部非同凡响的《罗斯玛丽的婴儿》，片中米娅·法罗生下一个孩子，却发现那是恶魔之子。艾尔莎被这部片子吓坏了，在很长一段时间里都认定西蒙是想暗示他不打算生儿育女——特别是他还坚持要再看一遍。直到后来——在看过四部由米娅·法罗主演的伍迪·艾伦电影之后——她才明白他迷恋的不是恶魔的后裔，而是法罗。

西蒙下车走向家门口，看见一道光在街上一闪而过，像灯塔旋转的光芒。是路边那辆车。

"那是谁？"艾尔莎问。

"不知道。"西蒙边开门边说，"帮我弄点咖啡好吗？我去去就来。"

西蒙离开她，穿过马路。他知道那辆车不属于他们的邻居，也不属于附近的住户。在奥斯陆，一般只有使馆、皇室或政府部门才使用加长豪华轿车。这样的人他只认识一个，那人喜欢车上有覆膜的窗户和充足的腿部空间，还必须由自己的司机驾驶。一位司机走下车，为西蒙打开后侧车门。

西蒙俯下身，但并没上车。车上那位乘客有张红润的圆脸，脸上镶嵌着尖尖的鼻头，长相可以用"快活"来形容。他身上那件蓝色西装缀着金制的纽扣——那是二十世纪八十年代挪威银行家、船主和情歌王子最心仪的装束——每次见到这种打扮，西蒙总会好奇，不知它是不是代表着每个挪威男人心底难以磨灭的船长梦。

"晚上好，凯法斯总督察。"小个子男人的嗓音愉悦而热情。

"你来我家这儿干吗，内斯特？这里没人要买你那些破玩意。"

"少安毋躁，少安毋躁。还是当年那个刚正不阿的正义斗士，嗯？"

"只要抓到把柄，我一定会逮捕你。"

"我看没这个必要吧，除非雪中送炭也算违法。凯法斯，不如你上来坐坐，咱们排除干扰，好好聊聊。"

"我看不出我为什么要这么做。"

"这么说你的眼睛也不好使了？"

西蒙注视着内斯特。他胳膊短粗，上身敦实。但他的上衣袖子依然短到露出了那对"HN"造型的袖扣①。胡戈·内斯特自称乌克兰人，但根据他们掌握的资料，他生长在弗卢勒②，来自一个渔民家庭，改名前本姓汉森。他几乎从没在国外生活过，只在瑞典伦德短暂地念过一阵子经济，还没读完。天知道他那奇怪的口音是从哪儿学的，但反正不是乌克兰口音。

---

① HN 是胡戈·内斯特（Hugo Nestor）的首字母缩写。
② 弗卢勒（Florø）是挪威西南部港口城市，渔业发达。

"我不知道你那位娇妻能不能看见电影里都有谁,凯法斯。不过相信她应该听出来了,艾伦本人并没参演。那个犹太佬喋喋不休的聒噪可真烦人啊。我对单个的犹太人完全没有意见,我只是同意希特勒对这个种族的看法而已。斯拉夫人也一样。虽说我自己就是东欧人,不过我必须承认,他对斯拉夫人的评价还挺有道理,他们的确是一盘散沙。我指的是种族层面啊。对了,这个艾伦,他不是恋童癖吗?"

警方的资料还显示,胡戈·内斯特是奥斯陆最大的毒贩和人口贩子。从没被定罪,从没被起诉,永远有嫌疑。他太狡猾,也太谨慎了,这只老狐狸。

"这我可不知道,内斯特。我只听说你派人做掉了监狱牧师。怎么,他欠你钱吗?"

内斯特霸气地一笑:"像你这样的人,听信传闻难道不丢人吗,凯法斯?跟你那些同事相比,你一向还算有点品位。但凡证据充足——譬如证人愿意出庭作证之类的——你早就抓人了。我没说错吧?"

老狐狸。

"言归正传,我想给你和你妻子一笔钱。数目嘛,应该刚好能负担一次昂贵的眼科手术。"

西蒙咽了口唾沫;他开口时听见自己的嗓子哑了:"是弗雷德里克告诉你的?"

"他是你在严重欺诈办公室的前同事?这么说吧,我听说你有了困难。你跟他提这个事,不就是为了把话传到我这样的人耳朵里吗?对吧,凯法斯?"他笑笑,"总之呢,我有个双赢的办法。你不如上车吧?"

西蒙握住门把手,看见内斯特不假思索地挪到一旁,给他腾地方。他集中精力,稳住呼吸,免得声音因愤怒而颤抖:"说下去,内斯特。让我有理由逮捕你,拜托了。"

内斯特询问似的扬起眉毛:"那会是什么理由呢,凯法斯总督察?"

"贿赂公职人员未遂。"

"贿赂？"内斯特干笑一声，"不如叫商业提案吧，凯法斯。你会看到，我们可以……"

接下来的话西蒙一个字也没听见，因为加长轿车显然隔音很好。他头也不回地走了，遗憾自己刚才摔车门时没再使点狠劲。他听见汽车发动了，车轮把柏油路上的砾石压得嘎嘎响。

"亲爱的，你怎么闷闷不乐的。"他刚坐到厨房桌上的咖啡杯前，艾尔莎就问，"那是谁呀？"

"走错路的人。"西蒙说，"我给他指了方向。"

艾尔莎端着咖啡壶走过来，西蒙眺望窗外。街上空空荡荡。突然，他感到一阵灼烧的剧痛在大腿上蔓延。

"哎呀！"

他打落她手中的咖啡壶，就在它砰的一声落地时，他嚷道："妈呀，女人，你把滚烫的咖啡洒了我一身！你是不是……是不是……"他大脑中的某个区域预见到他要说什么，正竭力阻止他说出那个字眼，可这就跟狠狠摔上内斯特的后车门一样：他不想处在那个位置，他拒绝了，他很想破坏点什么，宁愿给自己一刀，也给她一刀。

"……你是不是瞎了？"

厨房顿时安静下来；他只听见咖啡壶盖碌碌地滚过油毡地板，渗出的咖啡咕嘟冒泡。不！他不是有意这么说的。他不是。

"对不起。艾尔莎，我……"

他站起来想抱抱她，她却向水槽走去。她拧开冷水龙头，打湿一条茶巾。"把裤子脱下来，西蒙，让我……"

他从背后抱住她，额头贴着她的颈窝，呢喃道："对不起，对不起。原谅我好吗？我……我只是不知道该怎么办。我该帮你，可我……我却一筹莫展，我不知道，我……"

他没听见她的哭声，只感觉她的身体在抽动，而他也随之颤抖。他哽咽了，竭力忍住眼泪，但他不知道自己有没有做到，只知道他俩都在颤抖。

"该道歉的人是我。"她抽抽搭搭，"你本来可以找个更好的人，一个不会……烫伤你的人。"

"可这世上哪还有比你更好的人呀。"他在她耳边低语，"知道吗？就算你把滚烫的咖啡洒得我浑身都是，我也不会放手。好吗？"

他知道她相信这句话。她知道他愿意为她做任何事、承受任何痛苦、牺牲任何东西。

……你不就是为了把话传到我这样的人耳朵里吗……

但他终究还是做不出来。

他把泪如雨下的她拥在怀里，听见远处的黑暗中传来邻居纵情的欢笑。


卡勒看看时间。十点四十。今天生意不错；卖掉的超级小子比平常一个周末都多，所以清点账目和备货花的时间也比平常时长。他摘下薄纱口罩，在这间简陋的办公室，他们在工作台上切割和混合毒品时是一定要戴口罩的，这个房间有二十平方米，既是办公室又充当毒品工厂和金库。毒品在交到他们手上之前显然是切割过的，尽管如此，超级小子依然是他在贩毒生涯中见过的纯度最高的毒品。不戴口罩的话，他们不仅会嗑嗨，还会在切割和摆弄这种浅褐色粉末的过程中因吸入粉尘而死。他把口罩存放在保险箱，放在成堆的钞票和毒品包前面。他该给薇拉打个电话说要晚点回去吗？还是应该借机立立威风，让她知道谁才是一家之主和养家之人，可以来去自由、不必随时解释自己的行踪？

卡勒让佩尔维斯去走廊上看看。电梯就在右侧，离办公室的铁门只有几米。走廊尽头有一道门，门后是一段楼梯，但他们用铁链缠住了那道门——罔顾防火规定——确保它彻底封死。

"卡修斯，去检查停车场。"卡勒用英语喊道，同时锁上保险箱。其实这间办公室非常安静，只能隐约听见排练室的声响，但他就是喜欢大声嚷嚷。卡修斯是全奥斯陆最高大的非裔。他缺乏线条的身躯是如此庞大，让人很难分清哪里是哪里。但凡身上有百分之十是肌肉，他都能所向无敌。

"停车场没车，也没人。"卡修斯说，一边透过窗上的铁条向外张望。

"走廊安全。"佩尔维斯说，也透过门上的小窗向外望。

卡勒转动密码锁，感受着上过机油的齿轮微弱的阻力，欣赏着那轻柔的哒哒声。他把密码记在心里，只在心里，没写在任何地方，密码也没有任何意义，不是任何人的生日或类似的东西。

"下班。"他站起来说，"你们两个把枪准备好。"

那两人看了他一眼，一头雾水。

卡勒没告诉他们，刚才从小窗外向里张望的那双眼睛好像不大对劲。他知道那人看见他坐在桌前。好，就算真是某个破乐队来找经纪人，但那张桌子上堆积的钱和毒品未免也太多了一点，足以让任何盯上他们的蠢货起歹心。希望那人也看到了桌上那两把枪，一支是卡修斯的，一支是佩尔维斯的。

卡勒走向门口。门可以从里面反锁，只有他的钥匙能开。这意味着如果卡勒不得不暂时离开，那他可以把任何在这儿工作的人锁在里面。窗上的铁条很牢固。简而言之，卡勒的手下绝对没有机会卷走钱或毒品，也不可能放进什么不速之客。

卡勒透过门上的小窗向外张望。不是因为他忘了刚才佩尔维斯已经说过走廊安全，而是因为他自然而然地认定只要有人出价够高，佩尔维斯就会背叛老板，给对方开门。见鬼，换成是卡勒自己也会这么做。他确实也这么做过。

　　小窗外没有一个人影。他看看自己挂在墙上的镜子，确认没人躲在小窗底下或是贴在门上。昏暗的走廊上空无一人。他转动钥匙，推开门，撑着门让同伴出去。佩尔维斯打头，卡修斯紧随其后，卡勒走在最后。他转身锁门。

　　"什么他妈的……"佩尔维斯说。

　　卡勒迅速转身，现在他才看到刚才因为角度问题而没从小窗里看到的情形：电梯门开着。但他还是看不见里面有什么，电梯没开灯。在昏暗的灯光下，他只看见电梯门一侧有个金属物。电梯传感器上缠了牛皮胶带。碎玻璃散落一地。

　　"当心……"

　　但佩尔维斯已经朝敞开的电梯门迈出三步。卡勒先看到枪口在黑洞洞的电梯里迸出火光，然后听见一声枪响。

　　佩尔维斯转了个圈，像被扇了一个耳光。他错愕地望着卡勒，看上去就像颧骨上长了第三只眼睛。随后生命离他而去，他的躯壳瘫倒在地，像一件被脱掉的大衣。

　　"卡修斯！开枪啊，妈的！"

　　慌乱中，卡勒忘了卡修斯不懂挪威语，不过这显然不成问题，因为卡修斯已经举枪瞄准了黑洞洞的电梯，扣动了扳机。卡勒感觉有什么东西击中了自己的胸膛。他还从没被枪口指过，不过现在他终于明白那些被他用枪指着的人为什么会突然可笑地动弹不得，身体像灌了水泥。他胸口的疼痛开始扩散，他感觉呼吸困难，但他必须赶快离开这儿，那扇防弹门背后就是允足的氧气，就是安全，他可以给它上锁。他的手就是不听使唤，钥匙怎么也对不准锁孔，就像在梦里，像在水下行走。幸运的是，卡修斯庞大的身躯挡在他前头，前者还在连续射击。终于对准了，卡勒转动钥匙，推门一跃而入。接下来那声闷响听上去不像枪声，他觉得那肯定是电梯里传来的声音。他转身用力关门，可卡修斯却卡住了门缝，半个肩膀和一条大腿那么粗的胳膊都夹在里面。该死！卡勒想用力推开他，但卡修斯却好像要把四肢都往办公室里挤。

"那就赶紧进来吧，你这个死肥佬！"卡勒恶狠狠地说，打开了门。

那个非洲人像发酵的面团一样挤进来，庞大的身躯瘫倒在门槛和室内的地板上。卡勒低头看着他呆滞的表情。他双目圆睁，像一条刚被捕获的深海鱼，嘴巴还在一张一翕。

"卡修斯！"

没人回答，他只听见一个湿漉漉的声音，噗的一声，那是一个巨大的粉色泡泡在非洲人的嘴唇间破裂。卡勒蹬着墙，想把这座黑色的肉山推出去再关门，却只是徒劳，他又弯下腰，设法把他拖进来。他太沉了。对了，那把枪！卡修斯倒地时压住了自己的胳膊。卡勒跨坐在尸体上，绝望地把手伸到他身下去掏，他摸到那么多肥肉，却怎么也摸不到枪。听见门外响起脚步声，他更是把整条小臂都伸进了肥肉堆。他知道接下来会发生什么，也设法逃跑，但太迟了，他的头被门板猛撞了一下，失去了知觉。

醒来时，卡勒发现自己仰面躺在地上，上方有个穿帽衫的人，那人戴一双黄色橡胶手套，枪口冲下指着他。他转过头，但谁也没瞧见，只看见卡修斯半个身子卡在门外。从这个角度，卡勒能看见卡修斯身下那把手枪，枪管从他肚皮底下伸出来。

"你想干吗？"

"我想让你打开保险箱。你有七秒钟时间。"

"七秒？"

"我在你醒之前就开始数了。六。"

卡勒爬起来。他脑袋昏昏沉沉的，但还是找到了保险箱。

"五。"

他转动密码锁。

"四。"

再转一位，保险箱就开了，钱就会被抢走。他就得自掏腰包把钱补上，这是规矩。

"三。"

他犹豫了。要是他能把卡修斯的枪弄到手呢？

"二。"

这人真会开枪吗，还是在虚张声势？

"一。"

这人已经杀了两个人，连眼都不眨，估计也不在乎多制造一具尸体。

"好了。"卡勒说完后让到一旁。他不敢看里面那一沓沓钞票和一包包毒品。

"把东西全装进来。"那人下令，一边递给他一只红色运动包。卡勒完全顺从。他装得不紧不慢，只是边装边不由自主地计数。二十万克朗。二十万哪……

等他装完东西，那人又让他把包扔在面前。卡勒依然配合。就在这时，他意识到对方要是真打算开枪杀他，那现在就是最好的时机。在这儿就行。对方已经不需要他了。卡勒向卡修斯迈出两步。他得把枪弄到手。

"只要你不碰它，我就不开枪。"那人说。

什么啊？他难道会读心术？

"手放在头上，出去，到走廊上去。"

卡勒迟疑了。这是不是代表对方会饶他一命？他跨过卡修斯。

"靠在墙上，双手举过头顶。"

卡勒照做了。他回头，看见那人已经拾起了佩尔维斯的枪，现在正蹲在卡修斯身旁，伸手在他身下摸索，眼睛却没离开卡勒。卡修斯的枪也被他收走了。

"能请你把墙上那枚子弹抠出来吗？就在那边。"那人指着一个地方说，卡勒意识到自己好像在哪儿见过他。在河边，他就是那个慢跑者。他肯定暗中跟上了他们。卡勒抬头，看见一枚变了形的子弹头卡在灰泥墙上。墙上还有一道细小的血迹，引向子弹飞来的方向：佩尔维斯的头。子弹速度并不快，卡勒用手指就能把它抠出来。

"给我。"那人说，用空着的手接过子弹，"现在，麻烦你帮我找找另外两枚子弹，还有两枚弹壳。我给你三十秒。"

"万一子弹在卡修斯体内呢？"

"不会。二十九。"

"可是瞧瞧那堆肥肉，老兄！"

"二十八。"

卡勒跪下来，开始四处搜寻。他骂自己当时为什么不多花点钱，买盏亮点的灯。

数到十三时，他找到了卡修斯的四枚弹壳，还有一枚是那个人的。数到七时，他找到了那人射出的第二发子弹，它应该是直接穿透了卡修斯的身体，又被金属门弹开了，因为门上出现了一道凹痕。

那人数完三十，他还没找到最后一枚弹壳。

他闭上眼，祈祷上帝让他再多活一天，感觉到紧紧的眼皮刮擦着角膜。他听见了枪响，却不觉得疼。他睁开眼，发现自己依然伏在地上，四肢着地。

那人用佩尔维斯的枪指着卡修斯，正移开枪管。

上帝啊！那人又用佩尔维斯的枪给卡修斯补了一枪，确保他必死无疑！现在他走向佩尔维斯，用卡修斯的枪对准第一发子弹射入的位置，调整角度，扣动扳机。

"操！"卡勒惊叫道，听见自己的声音充满恐惧。

那人把两名死者的枪装进红色运动包，用自己的枪指着卡勒。"快。进电梯。"

电梯。碎玻璃。就是这儿了。他必须在电梯里动手。

他们进入电梯，卡勒借着走廊的灯光看见电梯地板上散落着更多的碎玻璃。他相中一块长条形碎片，它看上去很适合充当武器。等电梯门一关，里面就会一片漆黑，他只需弯下腰、抓起碎片用力一挥，整个动作一气呵成。他必须……

电梯门关了。那人把枪揣进裤兜。太好了！这会像杀鸡一样简单。四周越来越暗。卡勒弯下腰。手指触到那块碎片。他站起来，却发现自己无法动弹。

卡勒不知道那是什么手法，总之他完全瘫痪了，一根手指都动不了。他试着挣脱，却像解错了绳结，反而被绑得越来越紧，脖子和胳膊都钻心地疼。肯定是某种武术技巧。玻璃碎片从他手中滑落。电梯动了。

电梯门开了，他们听见贝斯无休止的低吟，那人松了手。卡勒张开嘴大口喘气。枪又抵着他的头，示意他顺着走廊往前走。

卡勒被押进一间空置的排练室，按要求坐在地上，背靠暖气片。他一动不动地坐在地上，对着那架涂有"绝望青年"字样的低音鼓，任那人用一根长长的黑色缆线把他绑在暖气片上。反抗毫无意义，袭击他的人并不打算杀他，否则他早就死了。再说了，钱和毒品都能补上。当然，他得自掏腰包赔偿损失，但他最关心的却是怎么面对薇拉，怎么跟她解释他俩最近可能没法去某座世界名城购物了。那人从地上拾起两条吉他弦，把较粗的那条套在他头上，绕着鼻梁，细的那条绕着下巴。他应该是把琴弦绑在卡勒身后的暖气片上了；卡勒感觉细金属丝勒进他的皮肤，挤压他的下牙龈。

"动动头。"那人说。走廊另一头的音乐太嘈杂了，他不得不提高音量。卡勒试着转动脑袋，但吉他弦绑得太紧。

"很好。"

那人把一台电风扇架在椅子上，打开电扇对准卡勒的脸。卡勒闭上眼睛躲避气流，感觉汗水正从皮肤上蒸发。再次睁眼时，他看见那人把一包未经混合的超级小子放在椅子上，是一公斤装的，就放在电扇前面。然后他戴上兜帽，捂住口鼻。他到底想干什么？就在这时，卡勒看见了那块碎玻璃。

他感觉仿佛有只冰冷的手攥紧了他的心。

他知道接下来会发生什么。

那人用碎玻璃轻轻一划。卡勒告诉自己挺住。玻璃尖触到塑料袋，把它划开，空气中霎时充满了白色粉末。它们钻进卡勒的眼睛、嘴巴和鼻子。他闭上嘴。却不得不张嘴咳嗽。他又闭上嘴，感觉黏膜上有粉末挥之不去的苦味，黏膜开始刺痛、灼烧，毒品已渗入血液。

仪表盘左侧夹了一张佩勒与妻子的合影，就在方向盘和车门之间。佩勒用手指抚过照片光亮的表面。他又把车开回了老城的固定位置，却根本拉不到活，现在正值暑期淡季，屏幕上闪过的订单都不是从这里出发的。但他依然抱有一线希望。他看见一个人走出旧厂房大门，步伐决绝而迅速，这表示他知道自己要到哪儿去，打算拦下出租车站上唯一一辆车，生怕它随时会熄灭顶灯，驶离停车场。但过了一会儿，他突然停下来，扶着墙，弯下腰。他恰好站在路灯下，佩勒能清晰地看到他的呕吐物泼洒在柏油路上。他可别想坐佩勒的车。他依然弯着腰，继续呕吐。类似的经历佩勒自己也有过许多次，光是看着这场面，他仿佛都能尝到嘴里那股腐味。吐完之后，那人用帽衫袖子一抹嘴，直起腰，再次把背包甩到肩头，继续向佩勒走来。直到他走近，佩勒才认出这就是他一小时前载来的那人。那个想打车去收容所但钱不够的人。现在他向佩勒表示他还想打车。佩勒按下全车落锁键，只把车窗打开一条缝。他等待着，直到那人走到车旁，伸手去拉车门却没拉开。

"不好意思，兄弟，这趟我不拉。"

"拜托了。"

佩勒看着他，看着泪水淌下他的脸颊。天知道刚才发生了什么，但这跟他佩勒无关。那人或许真有什么苦衷，但作为一名奥斯陆出租车司机，你要是每次都敞开大门帮别人收拾烂摊子，那你绝对干不了太久。

"听着，我看见你刚才在吐。你要是吐在车上，那你就得赔我一千克朗，而且我还会失去一天的收入。况且你上次打车的时候还身无分文呢。所以这次我就不拉了，行吗？"

佩勒升起车窗，目不斜视地盯着红灯，希望那少年自讨没趣默默走开，不要惹事，同时准备在必要时把车开走。上帝啊，今天晚上他的脚真够疼的。他用余光瞥见那少年打开包，掏出一样东西按在车窗上。

佩勒稍稍侧过头。是一张千元大钞。

佩勒摇了摇头。但那人依然站在原地，等在那里。佩勒倒不是特别担心，这人来时也没惹什么麻烦。计价器跳到所付金额时，佩勒就停车让他下去，这人跟大多数没带够车钱的人完全不同，非但没有跟佩勒软磨硬泡，非要他往前多开一段，还感谢了佩勒。他那么诚恳，诚恳到佩勒都快为没能把他送到收容所而自责了——毕竟他们离那儿只有两分钟车程而已。佩勒叹了口气，按下解锁键。

那人钻进后座。"谢谢你，非常感谢。"

"客气了。你去哪儿？"

"请你先去贝格区。我得放点东西，如果你能等等，我会感激不尽。然后去伊拉中心。当然，车钱我会先付。"

"不用。"佩勒说着，发动引擎。他妻子说得没错，他人太好了，这世界配不上他。

# 第三部

她看着他。她车速太慢，没能逃脱。无论她想逃离什么，现在都已经来不及了。

"好啊。"她说。

# 21

　　玛莎停好她那辆敞篷高尔夫。现在是上午十点，太阳早已照耀着瓦尔德马·特拉内斯街。她下了车，迈着轻快的步伐经过伊拉中心食堂门口那家面包房。她注意到男人们都在盯着她看——就连女人们也是。这原本不足为奇，不过她今天好像格外引人注目。大概是因为她兴致很高吧，她想，但她也说不清自己为什么这么开心。她跟未来的婆婆争执婚期的事，跟收容所经理格蕾塔争执排班的事，跟安德斯争执每一件事。也许她只是为休假高兴而已，安德斯跟母亲都去乡间小屋度周末了，她有整整两天可以自由支配，独享这美好的阳光。

　　她走进餐厅，看见那些疑神疑鬼的脑袋全都齐刷刷地抬了起来，只有一个人除外。大家纷纷跟她打招呼，她笑着挥手回应，走到餐台里那两个女孩身旁，把钥匙交给她们中的一个。

　　"你们可以的。扛一扛就过去了。记住，你们要互相帮助。"

　　那女孩点点头，却面无血色。

　　玛莎给自己倒了杯咖啡。她背对餐厅站着，意识到自己的声音好像太大了。她回头，正好与他四目相对，于是微微一笑，似乎有点惊讶。他一个人坐，她走到他桌旁。她把咖啡杯举到唇边，越过它说话。

　　"今天起这么早？"

　　他扬起一道眉毛，她意识到自己这话问得真傻——现在都十点多了。

　　"这儿的人一般都起得很晚。"她立刻补充道。

　　"没错，确实。"他笑了。

　　"那个，我想为昨天的事道歉。"

"昨天的事？"

"对。安德斯平时其实挺好的，可他有时候吧……唉，算了，反正他不该那么跟你说话。管你叫毒虫，还……唉，你知道。"

斯蒂格摇摇头："你不用道歉，你又没做错什么。你男朋友也是，我本来就是毒虫。"

"我车技还很差呢。但这也不代表别人可以当面这么说我。"

他笑了。她看见笑容把他的面容变得柔和，加重了他的少年气。

"可你还不是照开不误。"他冲窗外扬扬下巴，"你的车？"

"嗯，我知道它很破，但我喜欢它带来的独立和自由。你不会开车吗？"

"我不知道，我从没开过车。"

"从来没有？真的假的？"

他耸耸肩。

"那也太可惜了。"她说。

"可惜？"

"什么也比不上开着敞篷车在阳光下驰骋的感觉。"

"即使是……"

"是啊，即使是嗑药也比不上。"她哈哈大笑，"相信我，那绝对是你这辈子最幸福的旅程。"

"要是你哪天能带我兜风就好了。"

"行啊。"她说，"今天怎么样？"

她看到他眼中闪过一丝惊讶。她是一时冲动才脱口而出，完全不假思索。她知道别人都在看着他们。但那又怎样？她跟那么多住户都可以一连几小时坐在一起，听他们倾诉生活的烦恼而不引起任何闲言碎语；再说了，这就是她的本职工作。况且今天她放假，她想怎么过就怎么过，不是吗？

"好啊。"斯蒂格回答。

"我时间不多，只有几小时。"玛莎说着，感觉自己的声音有一丝慌乱。

难道她已经后悔了？

"让我试试就行。"他说，"试试开车。看着很好玩。"

"我知道有个地方可以练车。来吧。"

他们离开时，玛莎感觉所有人的目光都粘在她身上。

斯蒂格聚精会神的模样让她忍俊不禁。厄克恩有座停车场，周末几乎没车，他趴在方向盘上，紧紧握着它，在停车场上绕着大圈，车速慢得让人百爪挠心。

"很好。"她说，"现在试着开8字形。"

他照做了，稍稍加了一点速，但车速刚一上去，他又本能地松开了油门。

"警察那天来了，"玛莎说，"想知道我们有没有发过新运动鞋。因为伊弗森谋杀案，这案子你听说了吧。"

"嗯，我听说了。"他说。

她看看他。他读报，这她非常欣赏。中心的住户大多一个字都不读，不吸收任何新闻，不知道首相是谁，也不知道911事件是什么意思。但他们却能准确地说出任何一个地方的快速丸售价、海洛因纯度，以及任意一种新毒品的活效成分配比。

"说到伊弗森，那个能帮你找工作的人不就叫这个名字吗？"

"对。我去找了他，但他没活给我干。"

"哦，真可惜啊。"

"是啊，但我是不会放弃的，现在我的名单上又多了好几个人。"

"太好了！你还列了名单呢？"

"对啊。"

"要不要试试学着换挡？"

两小时后，他们飞驰在莫塞路上。开车的是玛莎。一侧窗外，奥斯陆峡湾在阳光下泛着粼粼波光。他学东西很快，学换挡和踩离合的时候失败了几次，不过一旦掌握了技巧，他就好像更改了大脑的设置，输入了每个正确的动作，不断重复，形成习惯。他只试了三次就能在不拉手刹的情况下成功坡起。一理解侧方停车的几何原理，他就掌握了这项技术，娴熟得几乎让人嫉妒。

"你在听什么？"

"赶时髦乐队。"他说，"你喜欢吗？"

她听着那首歌，两部和声，单调的节奏。

"喜欢。"她说着，调高 CD 机的音量，"听上去很……英式。"

"没错。你还听出了什么？"

"唔，比较欢快，是反乌托邦风格。就像他们觉得自己那些伤感都没什么大不了似的，懂我的意思吧。"

他开怀大笑。"我懂。"

她在高速上开了一小段，然后驶下高速，直奔内索唐根半岛。道路变得狭窄，车辆愈发稀少。她把车停在路边。

"准备好上路了吗？"

他点点头。"嗯，准备好了。"

他热烈的语气让她不禁怀疑他不仅是指开车。他们下车，交换座位。她看着他坐在驾驶座上，抱着方向盘，双眼目不转睛地直视前方。他松开离合，挂挡。然后小心翼翼、略带迟疑地踩下油门。

"后视镜。"她自己也在查看车后的情况。

"安全。"他说。

"指示灯。"

他拨动指示灯开关，蹦出一句"开启"，然后轻轻松开离合。他们缓缓上路。引擎转速有些快。

"手刹。"她说，抓住他俩当中的操纵杆，把它放下。她看见他也伸手想拉手刹，但一碰到她的手就立刻缩了回去，像被什么烫了一下似的。

"谢谢你。"他说。

他们在沉默中行驶了十分钟，让一个赶时间的司机超到前面。一辆半挂式卡车迎面驶来。她屏住呼吸。心里明白换成是她，在这么窄的路上，她一定会毫不犹豫地靠边停车——即使她明知道路宽度足以容纳两辆车同时通行。但斯蒂格却一点也不怕大车。而奇怪的是，她也相信他的判断。男性的大脑天生对空间敏感。她看见他的手镇定地握着方向盘，认定他并不像她那么容易怀疑自己。她凝视他手臂上细密的血管，意识到他的心脏正有条不紊地把血液输送到身体各处，送到他的指尖。错车时，卡车掀动的气流冲击着车身，她看见他迅速向右打轮，但幅度并不大。

"哇哦！"他激动地大笑，转过来看她，"你感觉到了吗？"

"嗯。"她说，"感觉到了。"

她指挥他把车开到内索登半岛北端，驶上一条砾石车道，他们把车停在一排低矮的房屋背后，每栋房子背面都开着小小的窗户，临海的一面都有宽大的景观窗。

"这些都是经过翻修的五十年代度假屋。"玛莎介绍说，她走在他前面，沿着高草丛中的小路前进，"其中一栋是我小时候的家。这里是我们看日出的秘密据点……"

他们来到一处岩石密布的地方。下面就是大海，他们能听见孩子们在互相泼水，快快地尖叫。不远处有座码头，从那儿能乘渡轮去北面的奥斯陆，天气好的时候，城市看上去近在咫尺，好像只有几百米远。这段距离其实是五公里，但在首都上班的人更愿意坐渡轮，而不是开四五十公里的车绕过峡湾。

她坐下来，深深吸进咸咸的空气。

"我父母和他们的朋友管内索登叫'小柏林'。"玛莎说，"因为艺术家都住在这儿。在这儿弄一栋通风良好的小房子，比住奥斯陆便宜多了。要是气温太低，远远低于零度，大家就会聚在一栋相对不那么冷的房子里，也就是我们家。那时他们会待到很晚，通宵喝葡萄酒，家里的床垫不够，不是所有人都有地方睡。然后我们所有人会一起吃一顿早餐。"

"真美好。"斯蒂格坐到她身旁。

"是挺美好的。这儿的人总是互相关照。"

"如同田园诗。"

"倒也不尽然。他们经常为钱争吵，也看不上彼此的作品，还睡彼此的男女朋友。不过这地方充满活力，让人兴奋。我妹妹和我还真以为我们生活在柏林呢，直到我父亲拿出一张地图，把真正的柏林指给我们看。他说真正的柏林很远，离我们有一千多公里。不过我们总有一天会开车到那儿去。去看勃兰登堡门和夏洛滕堡宫，我和妹妹会享受公主的待遇。"

"后来你们去了吗？"

"去真正的柏林吗？"玛莎摇摇头，"我父母一直不富裕。也没活很大年纪。他们去世那年我十八岁，还得照顾妹妹。但我一直梦想着能去柏林。都快分不清那地方到底是幻想还是真实存在了。"

斯蒂格缓缓点头，闭上眼，仰面躺进草丛。

她看着他："要不咱们再多听几首你的歌吧？"

他睁开眼，眯起眼睛。"赶时髦乐队吗？可 CD 在车上的 CD 机里。"

"把手机给我。"她说。

他交出手机，她开始摆弄。很快，手机小小的喇叭就响起了有节奏的呼吸声。随后，一个淡漠的歌声响起，提出要带他们一起旅行。斯蒂格震惊的表情让玛莎忍俊不禁。

"这叫声破天。"她说，把手机放在他俩之间，"可以在线听音乐。你之前没见过吗？"

"监狱里不能带手机。"他迫不及待地拿起手机。

"监狱？"

"对，我坐过牢。"

"因为贩毒？"

斯蒂格用手遮挡阳光。"没错。"

她点点头。露出笑容。她以为呢？她可是内行啊。她难道指望他，一个海洛因成瘾者，还是个遵纪守法的好公民？他也别无选择，像其他人一样。

她拿过手机，给他演示 GPS 定位功能，告诉他怎样定位自己的所在地，怎样计算从一处地方到另一处地方的最短车程。她用相机给他拍了张照片，然后按下"录音"键，举起手机，让他说点什么。

"今天天气真好。"他说。

她停止录音，把声音放给他听。

"那居然是我的声音？"他诧异地问，明显有些窘迫。

她按下停止键，把音频又放了一遍。扬声器中的声音听上去拘束而细小。"那居然是我的声音？"看见他的表情，她大笑。他从她手中夺过手机，她笑得更厉害了，他找到录音键，说现在轮到她了，她必须说点什么，不，她得唱歌。

"不要！"她抗议，"我宁可被拍照。"

他摇头："声音比照片好。"

"为什么？"

他做了个动作，像要把头发别到耳后似的。一个习惯动作，她想，属于那种蓄发太久、忘了头发已经剪短的人。

"人可以改变外貌，但不能改变声音。"

他眺望着大海，她循着他的目光望去，却只望见远处波光粼粼的海面，还有海鸥、岩石和几艘帆船。

"的确，有些声音是不会变的。"她说着，想到那个婴儿。对讲机里那个嘤嘤声。它从没变过。

"你喜欢唱歌。"他说,"但不喜欢当众唱。"

"为什么这么说?"

"因为你喜欢音乐。可是我刚才让你唱歌,你一下就愣住了,表情就跟餐厅里那个女孩从你手中接过钥匙的样子一样。"

她心里一惊。难道他知道她在想什么?

"她在害怕什么?"

"没什么。"玛莎说,"她和另外那个女孩得负责把阁楼里的文件碎掉再重新整理。大家都不喜欢去那儿。每次必须去那儿的话,中心的员工就轮流上去干活。"

"阁楼怎么了?"

玛莎注视着一只海鸥,它在海面之上高高翱翔,偶尔轻微地左右倾斜。高处的风应该比地面上强劲得多。

"你信鬼神吗?"她轻声问。

"不信。"

"我也不信。"她半躺在地上,用胳膊支起身体,这样她得转头才能看见他,"伊拉中心看着像十九世纪的建筑,对吧?但它其实建于二十世纪二十年代,最早只是一栋普通的膳宿公寓——"

"大楼正面那几个铸铁字母。"

"没错,就是那时候建的。但在二战期间,德国人把这儿改成了专供未婚妈妈携子女居住的公寓。那个年代发生了太多悲剧,都在楼里留下了痕迹。有个住在这儿的女人生了个小男孩,号称自己是处女生子——在那个年代,女孩子在发现自己有了麻烦之后常常这么说。所有人都怀疑同一个男人,一个已婚男人,可想而知,他根本不承认自己是孩子的父亲。当时,关于他有两则传闻。一个说他加入了抵抗运动,另一个说他是潜入抵抗运动内部的德国间谍,所以德国人才会安排那女人住进公寓,也没逮捕这男的。总之有一天早上,这个疑似是孩子父亲的男人被人枪杀了,就在奥斯陆市中心一趟拥挤的电车上。凶手一直没找到。抵抗运动宣布清除了一个叛徒，德国人则说他们除掉了一个抵抗分子。为了平息怀疑，德国人把尸体吊在卡夫林根灯塔顶上。"

她指着对岸。

"水手白天经过灯塔，会看见尸体被海鸥啄得残缺不全，晚上则能看见它在水面上投下长长的阴影。直到有一天，尸体突然消失了。有人说是被抵抗组织的人运走了。但从那天起女人就疯了，说那男人的冤魂缠着她不放，夜里会来她的房间，俯身查看婴儿床，她尖叫着驱赶他，他就转过来看着她，眼窝里没了眼珠，只剩两个黑漆漆的洞。"

斯蒂格扬起一道眉毛。

"反正格蕾塔是这么跟我讲的，她是伊拉中心的经理。"玛莎说，"总之那孩子哭个不停，每次有其他住户嫌吵、要那女人哄哄孩子，她就说孩子是在为他们母子俩哭泣，而且会一直哭下去，直到永远。"玛莎顿了顿。她最喜欢的部分来了，"有传言说，那女人并不知道孩子的父亲效忠于谁，却因为他不承认是孩子的父亲而心生怨恨，存心报复。于是她跟德国人说他属于抵抗运动，又对抵抗组织说他是间谍。"

一股强劲的冷风突然刮来，玛莎打了个寒战，她坐起来，抱住膝盖。

"一天早上，那女人没下来吃早餐。他们发现她死在阁楼，吊在屋顶的大横梁上。现在你还能在木头上看到一道浅浅的痕迹，那多半就是她系绳子的地方。"

"所以她就在阁楼上阴魂不散？"

"这我就不知道了。我只知道那地方不宜久留。我不信鬼神，但谁在那座阁楼上都待不了太久。在那儿，你几乎能感觉到那股邪气。人们会头疼，会感觉有人在赶他们出去。而且干杂活的一般都是新人和临时工，都是不知道这个故事的人。绝缘层里也没有石棉之类的东西。"

她观察着他的反应，但他并没像她暗暗期待的那样，流露出怀疑或是淡淡一笑。他只是静静倾听。

"但事情并没到此结束。"她继续讲下去,"还有那个孩子。"

"对。"他说。

"对?你猜到了?"

"孩子不见了。"

她惊讶地望着他:"你怎么知道?"

他耸耸肩:"你让我猜的啊。"

"有人认为那位母亲在上吊前一晚把孩子交给了抵抗组织的人。另一些人觉得她把孩子杀了,埋在花园,这样就没人能从她手里把他夺走。总之呢……"玛莎深吸一口气,"孩子一直下落不明。而且奇怪的是,现在我们还会在对讲机里听到一个声音,不知是从哪儿来的。不过我们觉得那听上去像是……"

她觉得他好像也猜到了。

"婴儿的哭声。"她说。

"婴儿的哭声。"他重复了一遍。

"很多人,尤其是新人,都被这声音吓坏了,不过格蕾塔跟他们解释了,就说对讲机有时会捕捉到附近居民家中婴儿监控器的信号。"

玛莎迟疑了:"也许她是对的。"

"但是?"

又一阵狂风吹来。乌云涌现在西面的天空。

玛莎后悔没带外套。

"我在伊拉中心工作了七年。你刚才说声音是不会变的……"

"嗯?"

"我敢说那绝对是同一个婴儿。"

斯蒂格点点头。他什么也没说,没解释,也没下判断。他只是点点头。这让她十分受用。

"你知道那些云意味着什么吗？"他站起来，终于问道。

"意味着快下雨了，咱们也该回家了？"

"不。"他说，"意味着咱们应该立刻跳到海里游泳，这样一会儿就能在阳光下晒干了。"

"同情心疲劳。"玛莎用英语说。她仰面躺着，凝望天空，嘴里依然带有海水的咸味，感觉温暖的岩石在湿透的内衣下紧贴着她的皮肤，"意思是我失去了关心别人的能力。真难想象挪威照护产业竟然没用本国语言为它造个术语。"

他没说话。但这不要紧，她并不是在向他倾诉，只把他当作自言自语的对象。

"我想那应该是一种自我保护机制，在同情心泛滥时及时抽离。也可能是我的同情心枯竭了吧，爱心已经耗尽。"她斟酌片刻，说，"不，不是这样。我还有很多……只是不再……"

玛莎看见天空掠过一朵云彩，形状酷似英国地图。云彩在掠过她头顶的树梢时，突然化作一头猛犸象。这感觉就像躺在心理医生的沙发上。现在坚持使用沙发的心理医生已经不多了，她的那位医生就是其中之一。

"安德斯是全校最勇敢、最友善的男孩。"她望着云彩说，"还是校足球队的队长。别问我他是不是学生会主席。"

她停下来。

"他是吗？"

"是。"

两人哈哈大笑。

"你那时爱上他了吗？"

"超爱。现在也爱。嗯，我爱他。他是个好人。而且不光是人好、身材好。我很幸运，能跟安德斯在一起。你呢？"

"我什么？"

"你交过几个女朋友？"

"一个都没有。"

"一个都没有？"她用胳膊肘支起身体，"你这么帅，我才不信。"

斯蒂格脱下 T 恤。他的皮肤是那么苍白，在阳光下晃得她差点睁不开眼。

"真的假的？"她说。

"我吻过几个女孩……"他用手轻抚身上残留的针眼，"但这才是我唯一的爱……"

玛莎看着那些针眼。她也想用手指轻抚它们。让它们消失。

"我最早给你做入住面谈的时候，你说你已经戒了。"她说，"我不会告诉格蕾塔。暂时不会。但你知道……"

"……中心只接收没戒断的吸毒者。"

她点点头。"你觉得自己能做到吗？"

"你是说考下驾照吗？"

他俩相视一笑。

"总之我今天没吸。"他说，"明天又是新的一天。"

乌云还远在天边，但她听见远处传来隆隆的雷声，预示着风雨即将来临。太阳也像知道似的，投下更耀眼的光芒。

"把手机给我。"她说。

玛莎按下"录音"键，唱了她父亲曾用吉他给母亲弹唱的歌。那时，每到夏天，他们家总有数不清的聚会，每当人群散去，他就喜欢唱这首歌。当时他就坐在他俩现在所在的位置，抱着斑驳的吉他轻轻弹拨，声音是那么轻柔，得很仔细才能听见。那是莱昂纳德·科恩的歌，唱道他一直是她的情人，渴望与她同行，无论她走到哪里他都愿意追随，他知道她对他深信不疑，因为他的心灵曾触动她无瑕的身体。

她唱着歌，嗓音细小而娇柔。她的歌声总比平时的嗓音要柔弱许多。她有时会怀疑这才是真正的她，而另外那个声音，她用来保护自己的强悍嗓音，其实并不属于她。

"谢谢你。"她唱完了，他说，"真好听。"

她并不为尴尬感到奇怪。她奇怪的是，自己居然并不尴尬。

"该回去了。"她笑笑，把手机还给他。

她明白把车上那副朽烂的旧顶棚放下来是自讨苦吃，但她就是想边开车边呼吸新鲜空气。他俩巧劲与蛮力并用，费力折腾了起码一刻钟才终于放下了它。她也知道这顶棚恐怕再也拉不起来了，除非零件齐全，还有安德斯帮忙。她上车时，斯蒂格给她看自己的手机。他在 GPS 中输入了柏林。

"你父亲是对的。"他说，"小柏林离大柏林有一千零三十公里。预计行驶时间十二小时十五分钟。"

回程是她开车。开得很快，好像他们很赶时间，或是想要逃离。她扫了一眼后视镜，看见峡湾上空堆叠的层云如同一位新娘，正迈着坚决而不可阻挡的步伐向他们走来，身后拖着列车做成的长长头纱。

他们堵在三环路上时，最初的骤雨袭来，她立刻明白他们输掉了赛跑。

"从这儿下主路。"斯蒂格指着某个地方说。

她照做了，突然意识到他们驶进了一片居民区。

"前面右转。"斯蒂格说。

雨越下越大。"我们这是在哪儿？"

"贝格区。看见那栋黄房子了吗？"

"看见了。"

"我认识那家的主人，房子没人住。把车停在车库外面吧，我来开车库门。"

五分钟后，他们坐在停泊的车里，四周是布满蜘蛛网的锈蚀工具、破旧轮胎和园艺家具，他们就这样坐着，看敞开的车库门外大雨滂沱。

"看来这雨一时半会儿停不了。"玛莎说,"我觉得顶棚真是一场灾难。"

"确实。"斯蒂格说,"想来杯咖啡吗?"

"哪有咖啡?"

"厨房。我知道钥匙在哪儿。"

"可是……"

"这就是我家。"

她看着他。她车速太慢,没能逃脱。无论她想逃离什么,现在都已经来不及了。

"好啊。"她说。

## 22

西蒙理了理棉纱口罩，仔细查看尸体。他感觉这情景似曾相识。

"这地方归市议会所有，也由他们经营。"卡丽说，"他们以极低的价格把排练室租给年轻的乐队。在歌里唱黑帮，总比开车在街上瞎转悠、真的加入黑帮强。"

西蒙想起来了。眼前的景象很像《闪灵》里杰克·尼科尔森被冻死的那场戏。这电影他是一个人看的。在她之后。遇见艾尔莎之前。大概是雪的缘故吧。这个死人看着就像躺在雪堆里似的。海洛因粉末在尸体上盖了薄薄一层，几乎铺满整个房间。在尸体的口、鼻、眼附近，粉末接触到液体，开始板结。

"一支乐队在走廊另一头排练，收工时发现了他。"卡丽说。

尸体是昨晚发现的，但西蒙第二天一早上班时才得知发生了一起三重谋杀案，案子由克里波查办。

换言之，是局长要克里波协助办案——相当于把案子拱手让给了他们——都没提前跟警署直属的凶案处商量。当然，估计商不商量都是这个结果，但问问总是好的。

"他叫卡勒·法里森。"卡丽说。

她在看初步评估报告。西蒙给局长打了个电话，要来了这份报告，还要求立即进入凶案现场。凶杀案毕竟还是他们的地盘。

"西蒙。"局长在电话中说，"去看看就行，千万别掺和。咱们都老了，没法跟年轻人比。"

"老的是你。"西蒙这样回答。

"别逼我再说一遍，西蒙。"

西蒙有时会琢磨这件事。当初他们谁最前途无量，其实不言自明。可他们是什么时候走上不同道路的呢？上天是在哪一刻决定谁会坐上哪把交椅？谁会坐上局长办公室的高背椅，谁又会被折断羽翼，坐上凶案处破旧的办公椅？而他们中最优秀的那个竟会死在自家书房的椅子上，被自己的手枪射穿了头颅。

"他头上的吉他弦是降 E 和降 G 调的，品牌是老鹰牌。电缆插头是芬德牌。"卡丽说。

"电扇和暖气片的牌子呢？"

"什么？"

"没什么。说下去。"

"电风扇开着。法医的初步结论是卡勒·法里森死于窒息。"

西蒙仔细研究缆线打结的方式。"看样子卡勒是被迫吸入了吹到他脸上的毒品。你觉得呢？"

"同意。"卡丽说，"他屏住了呼吸，但只坚持了很短时间，最终还是憋不住了。吉他弦绑得他转不开脸。但他试过，所以才会被那根较细的弦勒伤。海洛因最终进入了他的鼻腔、胃部和肺部，渗入了血液，他逐渐神志不清，开始呼吸。但他的气息十分微弱，因为海洛因会抑制呼吸。最终，他完全停止了呼吸。"

"典型的吸毒过量案例。"西蒙说，"这曾发生在他的好几个买主身上。"他指指线缆。"打结的是个左撇子。"

"咱们总这么碰面，算怎么回事啊。"

他们回过头。奥斯蒙德·比约斯塔德站在门口，面带嘲讽的笑容，身后站着两个抬担架的人。

"我们得把尸体挪走，所以要是你们已经看完……"

"我们看得差不多了。"西蒙说着，费力地站起来，"你不介意我们再四处转转吧？”

"当然不介意。"克里波警监说，依然似笑非笑，颇有绅士风度地给他们指路。西蒙有些惊讶，冲卡丽翻了个白眼，后者扬起眉毛，意思是这人的态度怎么变了。

"有目击证人吗？"西蒙在电梯里问，低头看着那些玻璃碴。

"没有。"比约斯塔德说，"不过发现尸体的乐队有位吉他手，他说当晚早些时候有个人来过这里，自称属于绝望青年乐队，但我们查过，那支乐队早就解散了。"

"他长什么样？"

"证人说他穿一件帽衫，挡住了脸。这年头很多年轻人都这么穿。"

"这么说他很年轻？"

"证人这么认为。他说那人年龄在二十到二十五岁之间。"

"他的帽衫是什么颜色？"

比约斯塔德翻开笔记簿："应该是灰色的。"

电梯门开了，他们小心翼翼地跨过警戒线和调查员插的小旗。现场有四个人。两个活的，两个死的。西蒙冲活人中的一个点点头。那人留着浓密的红胡子，正伏在一具尸体上方工作，手握一支钢笔大小的手电。死者一只眼睛下有个巨大的伤口。地上有一摊暗红的血迹，像光环一样环绕着他的头颅。光环顶端血迹飞溅，构成的图案形似泪滴。西蒙曾试着向艾尔莎解释犯罪现场为什么也可以很美。他只试过一次。

另一名死者块头要大得多，他躺在门口，上半身卡在门里。

西蒙习惯性地扫视墙壁，找到了墙上的弹孔。他注意到门上有扇小窗，墙上靠近天花板处装了面镜子。他后撤一步，回到电梯，举起右手瞄准。他想了想，又换成左手。他向右迈出一步，寻找符合子弹运行轨迹的角度，子弹从死者的头部穿过，射进墙上的灰泥——前提是子弹进入颅骨之后没有发生偏移。他闭上眼睛。不久前他也处在同样的位置。在伊弗森家门外的台阶上。用右手瞄准。在那儿，他同样得调整姿势，寻找角度。当时他不得不让一只脚落在石板外，踩在松软的泥土上，就是灌木丛四周那种泥土。但石板一侧并没有留下脚印。

"女士们，先生们，可否请各位移步室内继续参观？"比约斯塔德给他们撑着门，等卡丽和西蒙都跨过尸体进入房间之后才进去，"市议会把这个房间租出去了，以为租户是一家演出经纪公司。"

西蒙瞟了一眼空空如也的保险箱。"你觉得是什么情况？"

"黑帮火并。"比约斯塔德说，"他们在厂区关门前袭击了这儿。第一名死者是在倒地后被枪杀的——我们在地上找到了子弹。第二名死者是倒在门槛上中弹的——那儿的地上也有一枚子弹。凶手胁迫第三个人打开了保险箱。卷走了钱和毒品，然后在楼下将他杀害，以此告诉对手谁才是老大。"

"这样啊。"西蒙说，"那弹壳呢？"

比约斯塔德脸上掠过一丝笑容："我就知道。夏洛克·福尔摩斯侦探嗅到了本案与伊弗森谋杀案之间的关联。"

"没有空弹壳吗？"

奥斯蒙德·比约斯塔德的目光从西蒙移向卡丽，又回到西蒙身上。随后，带着魔术师变戏法似的笑容，他从上衣口袋里掏出一只塑料袋，提着它在西蒙面前晃荡。里面装着两枚空弹壳。

"抱歉破坏了你的推理，老哥。"他说，"另外，死者身上的弹孔表明，这次的枪支口径比我们在阿格妮特·伊弗森身上发现的要大得多。导览到此结束。希望你们喜欢。"

"我再提三个问题就走。"

"请讲，凯法斯总督察。"

"你们是在哪儿找到这些空弹壳的？"

"就在尸体旁边。"

"死者的武器在哪儿？"

"他们没有武器。你还剩一个问题。"

"是局长让你配合我们，还给我们当导游的？"

奥斯蒙德·比约斯塔德笑了。"他应该是联系了我在克里波的上司。上司的话我们总得听吧，嗯？"

"得听。"西蒙说，"要想往上爬，就得这么干。谢谢你带我们参观。"

比约斯塔德继续留在房间里，卡丽则跟着西蒙出去。她在西蒙身后停住脚步，因为西蒙并没径直走进电梯，而是向那位大胡子调查员借来手电，走近墙上的弹孔。

"尼尔斯，你把子弹取走了？"

"应该是个旧弹孔，我们在那儿没找到子弹。"尼尔斯说，同时用一只放大镜查看尸体周围的地面。

西蒙蹲下来，沾湿指尖，把手指按在弹孔下的地板上。他举起手指给卡丽看。她看见指腹上粘了细小的灰泥颗粒。

"谢谢你的手电。"西蒙说，尼尔斯则抬起头，微微颔首，接过手电。

"你刚才是在干吗？"电梯关门后，卡丽问。

"容我想想，一会儿再告诉你。"西蒙说。

卡丽有点恼火。这倒不是因为她怀疑上司有所隐藏，而是因为自己跟不上他的思路。她不习惯这种感觉。门开了，她走出电梯，然后转身疑惑地看着西蒙，他还留在轿厢里。

"能不能借你的弹子一用？"他问。

她叹了口气，把手伸进衣兜。西蒙把这枚小小的黄色大理石弹子放在电梯地板中央。它起初滚得很慢，随后速度越来越快，滚到电梯前部，从那儿掉进了电梯内外门之间的缝隙。

"哎呀。"西蒙说，"走，咱们去地下室找找。"

"无所谓。"卡丽说，"我家里多的是。"

"我不是指弹子。"

卡丽又匆匆跟上他，还是保持着两步的距离。至少两步。她想到一件事。想到另一份工作，她原本可以去那儿上班，那样的话，她现在说不定正在那儿工作。那儿的工资更高，也更有机会独当一面。没有奇怪的上司和臭烘烘的死尸。但时机会成熟的，而现在，她只需保持耐心。

他们找到楼梯井、地下室的走廊和电梯门。与楼上相比，这只是一扇简陋的金属门，上面有一扇杂色斑驳的玻璃窗。门上贴了个标志，上面写着"电梯操控，请勿入内"。西蒙扳动门把手。锁了。

"回楼上的排练室一趟，看能不能找条电缆。"西蒙吩咐。

"哪种——"

"随便哪种。"他说着，往墙上一靠。

她强压着不满，回到楼上。

过了两分钟，她带回来一条插头电缆。她看着西蒙拧下插头，剥掉包裹电缆的塑料皮。然后他把电缆弯成 U 字形，从门把手的高度塞进门缝。他们听见一个响亮的咔嚓声，看见火花四溅。他打开门。

"老天。"卡丽说，"你这都是跟谁学的？"

"我小时候可是问题少年。"西蒙说。他下到电梯井底部，那里比地下室地板低了半米。他抬头望着电梯井，"要不是当了警察……"

"这有点危险吧？"卡丽说，感觉头皮发麻，"电梯下来了怎么办？"

但西蒙已经跪在地上，开始用手摸索水泥地面。

"需要亮光吗？"她问，希望他没听出她很紧张。

"要。"他笑了。

卡丽听见轻微的碰撞声，看见沾满油污的粗大电缆开始移动，吓得轻轻叫了一声。但西蒙迅速站起来，手扶地下室地板回到走廊上。"跟我来。"他说。

她小跑着跟他上了楼梯，穿过出口大门，穿过布满砾石的空地。

"等等！"眼看他就要上车，她说道。他们刚才把车停在那两辆废弃的卡车之间。西蒙停下脚步，越过车顶看她。

"我懂。"他说。

"懂什么？"

"搭档我行我素，不告诉你这一切到底是怎么回事，这的确很让人抓狂。"

"没错！所以你打算什么时候——"

"但我不是你的搭档，卡丽·阿德尔。"西蒙说，"我是你的上司兼导师。我想说的时候自然会说。明白吗？"她望着他。看着微风来回拨动他为数不多的几根可笑的头发。看着他原本友善的目光迸出火花。

"明白。"她说。

"接住。"他张开手掌，把什么东西扔过车顶。她双手扣住两样东西。她望着它们，一颗黄色的弹珠，一枚空弹壳。

"变换视角和方位能带给你意想不到的发现。"他说，"任何盲点都能弥补。咱们走。"

她坐进副驾，他发动汽车，驱车穿过砾石场，驶到门口。她一直没说话，在等他开口。他停下车，花了很长时间左看右看，看得非常仔细，然后才把车子开上大路，就像那些行事谨慎、上了年纪的老司机。卡丽一向认为，这是因为这个年龄的男人睾丸激素水平偏低。但现在她猛然意识到，一切理智都建立在阅历之上——对她而言，这不啻为一种新知。

"至少有一枪是在电梯里开的。"他驱车跟在一辆沃尔沃后面。

她还是一言不发。

"你不同意？"

"这跟证据有出入。"卡丽说，"现场只有让死者毙命的子弹，也都在他们身下找到了。死者被射杀时肯定是躺在地上的，如果射杀他们的人是在电梯里开的枪，这角度也不对呀。"

"不是这样，况且那个头部中枪的人的皮肤还被火药灼伤了，另一名受害者枪伤周围的衬衫上也有烧焦的棉纤维。这表示？"

"表示他们是躺在地上被近距离射击的。所以我们才会在他们身旁找到空弹壳，在地板上找到子弹。"

"对。但你不觉得蹊跷吗，两个人倒在地上被射杀？"

"会不会是因为他们看到枪很害怕，慌了神，绊倒在地。要么就是凶手在动手前命令他们躺下。"

"想法不错。但你有没有发现靠近电梯的那具尸体身旁的血迹有点异样？"

"血特别多？"

"正是。"他的口吻让她感觉事情没这么简单。

"血从死者头部流出来之后，汇成一摊血泊。"她说，"这表示他中枪后没有被移动。"

"没错，可是血泊边缘有喷溅的痕迹。像洒出来的一样。换言之，流出来的血覆盖了之前从他头部喷洒出来的血迹。从血迹喷溅的长度和范围判断，死者肯定是站着中枪的。所以尼尔斯才会用放大镜仔细查看，他不明白血迹证据为什么与案情不符。"

"但你知道是怎么回事？"

"知道。"西蒙言简意赅，"凶手在电梯里开了一枪，击穿了死者的头部，在墙上留下一个弹孔，也就是你看到的那个。弹壳落在电梯地板上时——"

"顺着倾斜的地板滚进缝隙，掉下了电梯井？"

"正解。"

"可是……地板上那枚子弹……"

"凶手近距离补了一枪。"

"子弹入口的枪伤……"

"克里波那位小伙伴以为凶手用了口径更大的子弹，但他要是更懂弹道学，就会发现那几枚空弹壳来自小口径的子弹。所以大号的伤口其实是两个叠加的小伤口，凶手想把它们伪装成一个伤口。第一枚子弹留在了墙上，所以他才会取走那枚子弹。"

"这么说调查员想错了，那不是旧弹孔。"卡丽说，"所以弹孔下的地板上才会有新掉下来的灰泥。"

西蒙嘴角上扬。卡丽看出他对她的表现很满意。她没想到的是，自己对此还挺得意。

"看看弹壳上的型号跟序列号。这是另一种子弹，不是我们在二楼找到的那种。这意味着凶手在电梯里开枪时使用的枪支不是后来补射用的。我想弹道学分析应该能证明补射的子弹来自死者自己的枪。"

"他们自己的枪？"

"你应该比我更了解毒贩，阿德尔，但我很难相信三个出现在贩毒窝点的人会手无寸铁。凶手带走了他们的枪，这样我们就不会发现他用过那两把枪。"

"你说得对。"

"当然了，真正的问题，"西蒙说着，在一辆电车后踩下刹车，"在于他为什么一定要确保我们找不到第一颗子弹和它的弹壳。"

"这不是明摆着吗？撞针留下的印痕会暴露枪支的序列号，我们很快就能通过持枪登记查到——"

"错误。看看弹壳背面。什么标记都没有。他用的是以前的枪。"

"行吧。"卡丽说着，暗暗决定再也不用"明摆着"这个词了，"那我就不知道是怎么回事了。但我有一种强烈的感觉，你会告诉我……"

"说对了，阿德尔。你手中的弹壳，跟射杀阿格妮特·伊弗森的弹药型号相同。"

"我懂了。但你的意思是……"

"我想凶手是想掩盖他还杀害了阿格妮特·伊弗森。"西蒙说着，突然在黄灯前踩下刹车，后面的车愤怒地按喇叭，"他从伊弗森家捡走空弹壳并不是因为我之前猜测的那个原因，不是因为撞针会在上面留下印痕。真正的原因是他已经计划要再次杀人，想尽量不让我们把两个案子联系起来。我敢打赌，凶手从伊弗森家带走的弹壳跟你手上这枚是同一个型号。"

"相同的弹药，但这种弹药相当普遍啊，不是吗？"

"的确。"

"那你为什么这么肯定两案必有关联呢？"

"我并不肯定。"西蒙盯着红绿灯，仿佛它是个定时炸弹，"但左撇子在人口中只占百分之十。"

她点点头，本想自己推理，但还是想不出来。她叹息一声："算了，我放弃。"

"卡勒·法里森是被一个左撇子绑在暖气片上的。阿格妮特·伊弗森也是被一个左撇子枪杀的。"

"前半句我懂，但后半句……"

"这我早该想到的。从门口到厨房墙壁的角度问题。如果打死阿格妮特·伊弗森的子弹出自右手，而且凶手是在我判定的位置开的枪，那他势必要踏出石板，而柔软的泥土上就会留下他的一只鞋印。当然，正确答案是他其实两只脚都站在石板上，因为他是用左手开的枪。没早点想到这点，算我失职。"

"我来猜猜，看能不能猜对。"卡丽说着，双手托腮，"阿格妮特·伊弗森与这三名死者之间存在某种关联。凶手费尽心机去掩盖这关联，想方设法不让我们知道，是因为怕自己因此暴露身份。"

"真不错，阿德尔警官。你学会了转换视角和位置，所以你看到了。"

听见有人愤怒地按喇叭，卡丽重新睁开眼睛。"绿灯亮了。"她说。

## 23

雨下得比刚才小了，但玛莎还是用上衣挡着头，看斯蒂格摸索钥匙打开地下室的门。地下室也像车库一样堆满杂物，诉说着一个家庭的过往：帆布包，帐篷桩，还有一双红色踝靴，看上去像为某种运动特制的，大概是拳击；一只雪橇，一台手动除草机，后来被车库里那台烧汽油的除草机取代；一台硕大的长方形冰柜，宽阔的置物架，上面摆着蛛网密布的酒瓶和果酱罐；一枚挂钉上挂着一把钥匙，上面贴有褪色的标签，想必曾标示着钥匙的用途。玛莎停在那排滑雪板前，板上面还带着某次复活节滑雪之旅留下的泥土。其中最长最宽的那对从中间劈裂。

进了屋，玛莎立刻意识到这地方应该有年头没住人了。或许是因为屋里的气味和尘土吧，又或许是因为时间无形的覆盖。走进客厅，她更确信了。屋里没有一样东西是近十年生产的。

"我去弄点咖啡。"斯蒂格说着，走进一侧的厨房。

玛莎看了看壁炉台上的照片。

有一张结婚照。真像啊，尤其跟新娘。

另一张照片是夫妇俩跟另外两对夫妇的合影——可能比上一张晚拍几年。玛莎凭直觉感到他们聚在一起是因为那几个男人而不是女人，因为他们身上有某种相似之处。姿势同样扭捏做作，笑容同样自信，还有他们占据空间的方式，如同三个朋友——三个直男——在松弛地划定地盘。而且实力相当，她想。

她来到厨房。斯蒂格正站在那儿，背对着她，俯身查看冰箱。

"找到咖啡了吗？"她问。

他转向她，飞快地从冰箱门上撕下一张便利贴塞进裤兜。

"找到了。"他说着，打开水槽上方的橱柜，把适量的咖啡粉放进滤纸，往咖啡机里倒水，然后打开咖啡机，整套动作熟练而迅速。他脱下外套挂在厨房的椅背上。不是离他最近的那张椅子，而是靠近窗口的那张。那是他的椅子。

"这儿以前是你家。"她认定。

他点点头。

"你真像你妈妈。"

他无奈地笑笑："以前大家都这么说。"

"以前？"

"我父母都不在了。"

"你想他们吗？"

她立刻发觉他的表情变了。发觉这个简单到可谓平淡的问题像楔子一样插进了一道他忘记封印的裂痕。他眨眨眼，闭上嘴，仿佛那疼痛过于突然，令他瞠目结舌。他点点头，转向咖啡机，调整咖啡壶，假装它在加热板上摆得不够端正。

"你父亲的照片显得很威严。"

"他是挺威严的。"

"是好的那种吗？"

他转向她："嗯，好的那种。他把我们照顾得很好。"

她点点头，想到自己的父亲恰恰相反。

"你还需要照顾？"

"对啊，"他脸上掠过一丝笑容，"我也需要照顾。"

"怎么了？你是不是想到了什么？"

他耸耸肩。

"是什么？"她追问。

"呃，我刚才看见你在打量那对坏掉的滑雪板。"

"它有什么来历吗？"

他恍惚地盯着咖啡，汁液已经开始往壶里渗。"我们以前每年复活节都会去莱沙斯库格看我爷爷。那儿有座小山，可以做跳台滑雪，我父亲当时是那儿的最佳纪录保持者。那年我十五岁，整个冬天都在练习，想刷新父亲的纪录。可惜那年复活节来得晚，天气已经回暖，我们到爷爷家的时候，山上的雪都化得差不多了，山谷的阳面都露出了树枝和岩石。但我无论如何都得试试。"

他抬头飞快地瞥了玛莎一眼，她点点头，示意他说下去。

"我父亲知道我有多想尝试，但他不准我去，因为太危险了。我却阳奉阴违，说服附近农场上的一个男孩给我当见证人，帮我测量距离。他帮我在预估的落点附近多铺了点雪，然后我就跑上山顶，踩着爷爷传给我父亲的滑雪板出发了。山坡滑得令人难以置信，我开头滑得很好。好过头了。我飞速前进，觉得自己就像一只雄鹰，把一切都抛在脑后，因为这才是真谛，这才是人生的精髓，没有什么能与之相比。"玛莎看见他两眼放光，"我最后的落点比铺雪的地方远四米左右。滑雪板滑过稀泥，一块尖锐的石头劈开了右边的板子，像劈香蕉皮似的。"

"那你自己呢？"

"我滑过雪地，在雪泥里留下一道深沟，一直滑到雪堆外很远。"

玛莎手按锁骨，显得很担忧："老天，你受伤了吧？"

"摔得又青又紫，浑身湿透，不过没有伤筋动骨。而且就算伤了，我肯定也不觉得疼，因为我满脑子都在想父亲会怎么说。我忤逆了他，做了他不允许的事，还弄坏了他的滑雪板。"

"那他怎么说？"

"没说太多，只让我自己选该怎么受罚。"

"你怎么说？"

"我说那就关我三天禁闭吧。但他说复活节还没过完，关两天就行。父亲过世后，母亲告诉我在我关禁闭时，父亲让农场上那个男孩把我的落点指给他看，还让他把事情的前因后果讲了好几遍。但母亲要他发誓不告诉我，说那只会鼓励我做更出格的事。所以他只把摔坏的滑雪板带回家，说要把它修好。但我母亲说那不过是借口，那副滑雪板成了他最心爱的收藏。"

"我能再看看它吗？"

他在两只杯子里添了点咖啡，他们端着杯子走进地下室。她坐在冰柜上望着他，他向她展示滑雪板。那是一副沉重的白色滑雪板，斯普利凯牌的，底面有六道凹槽。她想今天真是神奇的一天。又是艳阳高照，又是风雨交加。又是灿烂的海面，又是阴冷的地下室。还有这个好像认识了一辈子的陌生人。如此遥远，又如此靠近。如此对味。又如此错误……

"你当时的感觉是对的吗？"她问，"真的再没有什么能跟这相比了？"

他若有所思地一歪脑袋。"第一次吸毒吧。感觉比这强烈。"

她用鞋跟轻轻磕碰冰柜。寒意或许就从那儿来。她突然意识到冰柜很可能还在运转——冰柜把手和门锁的钥匙孔之间亮着一盏小小的红灯。这很反常，鉴于房间里别的物品显然都已经尘封多年。

"好吧，至少你刷新了纪录。"她说。

他笑着摇摇头。

"没有？"

"摔倒的话，成绩是不作数的，玛莎。"他说完啜了一口咖啡。

他并不是第一次这样叫她。她却感觉像第一次有人呼唤她的名字。

"所以你还得再跳，因为男孩总跟父亲比，就像女孩总跟母亲比。"

"是这样吗？"

"儿子都盼着有朝一日能像父亲一样，不是吗？所以看到父亲的缺点，他们才会失望至极，因为这相当于他们自己的失败，他们未来必经的挫折。

有时他们会被这冲击打垮，还没开始就已经放弃。"

"你就是这样吗？"

玛莎耸耸肩。"我妈根本不该留在我爸身边。但她选择了将就。有一次我甩出这句话，当时我们正在吵架，起因好像是她不准我做某件事吧，我忘了是什么事了。我扯着嗓子嚷嚷，说她自己不幸福就见不得我幸福，这根本没道理。我这辈子从没这么为自己说出的话后悔过，我永远忘不了她说话时受伤的眼神，她说：'因为我要是走了，就会失去我最大的幸福，那就是你。'"

斯蒂格点点头，望向地下室的窗外。"我们有时自以为了解父母真实的一面，但其实我们并不了解。也许他们并不软弱。也许是某种迹象给你造成了错误的印象。要是他们其实非常坚强呢？要是他们为了拯救所爱的人，不惜死后身败名裂、丧失一切荣誉、背负所有的罪责呢？如果他们是坚强的，那你也应该是坚强的。"

他的声音微微颤抖，几乎难以察觉。玛莎等到再次与他四目相对才问："所以他做了什么？"

"谁？"

"你父亲。"

她看到他的喉结上下滑动，眼睛眨得更频繁了，嘴巴抿得紧紧的。她看出他话在嘴边，正一步步接近起跳点。他完全可以倒向一旁，而不是纵身一跃。

"为了救我妈和我，"斯蒂格说，"他在被枪杀前写了一封绝笔信。"

他继续往下讲，而玛莎只觉得一阵眩晕。是的，的确是她把他推向悬崖，可是她自己也跟他一起跳了下去。而现在，他们都已不能回头，她再也不能让他收回刚刚讲述的一切。说真的，她到底知不知道自己在做些什么？她真的想加入这次荒野漂流，跟他一起自由坠落吗？

　　那个周末，斯蒂格跟母亲去利勒哈默尔①参加摔跤比赛了。他父亲以往都会陪他们一起去，但那天他却坚持要待在家里，说自己有重要的事。斯蒂格拿了同量级的冠军，一回到家就兴冲冲地跑进父亲的书房报喜。当时他父亲背对他坐在椅子上，头枕着书桌。斯蒂格起初还以为父亲是工作时睡着了。接着，他看见了那把枪。

　　"之前，那把枪我只见过一次。我父亲以前会在书房里写日记，日记本封面是黑色的皮革，纸页有些发黄。我小时候，他说那就是他的'忏悔录'。那会儿我还以为忏悔就是写字的意思，直到十一岁那年，我才从宗教老师那儿学到忏悔就是向别人倾诉自己的罪孽。那天放学后，我悄悄溜进他的书房，找到书桌抽屉的钥匙——我知道他把日记放在哪儿。我想知道父亲到底有什么罪孽。我打开抽屉……"

　　玛莎深深吸气，好像她才是讲故事的人。

　　"但日记不在那儿。我没找到日记，只找到一把黑色的老式手枪。我锁上抽屉，把钥匙放回原位，蹑手蹑脚地溜出书房。我惭愧极了。想到自己竟想监视父亲，打算揭发他犯下的罪。这件事我没跟任何人讲，也没再去找他的日记。但那个周末，就在我走进书房、走到父亲身后时，我又想起这一切。这一定是上天在惩罚我的所作所为。我把手放在他脖子上，想把他推醒。他的身体不仅没有温度，反而透着寒意，散发着僵硬的死亡气息，像弹珠一样冰冷。我知道这都怪我。然后，我就看到了那封信……"

　　他讲到他读了那封信，而玛莎一直望着他颈部的静脉。他说他看见母亲站在门口，本想逼自己撕掉那封信，假装它不存在，但就是做不到。警察来后，他把信交给了他们。他们的眼神告诉他，他们也很想把这封信撕个粉碎。他颈上的静脉明显地凸起，像个缺乏经验的歌手，或是一个很少说这么多话的人。

---

① 挪威内陆城市，曾举办1994年冬奥会和2016年冬季青奥会。

　　他母亲开始服用医生开的抗抑郁药，还会自己找药吃。然而，用她的话说，什么都不如酒精管用，能立竿见影。她开始酗酒，早中晚都要来点伏特加。他尽力照顾她，试着帮她戒掉药瘾和酒瘾。为此，他不得不放弃摔跤和别的课外活动。老师们来他家敲门，想知道这个曾经的学霸怎么会逃学，他把他们全赶走了。他母亲每况愈下，精神状况越来越差，开始出现自杀倾向。十六岁那年的一天，他打扫母亲卧室时在一大堆药物中找到一支注射器。他知道那是什么，至少知道它的用途。他第二天就去车站广场买了第一包毒品。六个月后，他已经把家里值钱的东西都卖光了，把他那个无助的母亲洗劫一空。他对什么都不在意了，最不在意的就是他自己，但他需要用钱来抵御痛苦。鉴于他未满十八岁，还不能进成人监狱，他开始替年长的囚犯顶罪，承认那些轻微抢劫罪、盗窃罪是自己所为，用换来的钱满足毒瘾。但过了十八岁，这种机会就越来越少，变得可遇而不可求，赚钱的压力却有增无减，于是他同意承认两起谋杀罪，条件是能在牢里吸毒。

　　"所以现在你刑满释放了？"她说。

　　他点头。"我自己的刑期肯定是服满了。"

　　她跳下冰柜，走向他。她没有思考，已经来不及思考了。她伸手抚摸他脖子上的静脉。他用大大的眼睛望着她，黑幽幽的瞳孔几乎覆满整个虹膜。她扶住他的腰，他搂住她的肩，他俩就像一对舞伴，不知该由谁来领舞。他们就这样站了一会儿，然后，他把她拉到身旁。他的身体发烫，一定是在发烧。或者发烧的会不会是她？她闭上眼，感觉他的嘴唇和鼻子抵在她的发间。

　　"咱们上去吧。"他在她耳边说，"我有东西要给你。"

　　他们回到厨房。外面天已放晴。他从挂在厨房椅上的外套里掏出一件东西。

　　"送你的。"

这对耳坠美得无与伦比，她一时无言以对。

"你不喜欢？"

"这太美了，斯蒂格。可你是怎么……这是偷来的吗？"

他失神地望着她，没有回答。

"抱歉，斯蒂格。"她头脑一片混乱，泪水涌上眼眶，"我知道你已经戒毒了，可我还是能看出这对耳坠应该属于某个——"

"她已经去世了。"斯蒂格打断她的话，"这么美的东西，该配最美的人。"

玛莎疑惑地眨眨眼。随即恍然大悟。"这曾是……是……"她抬头望着他，泪水模糊了视线，"是你母亲的东西。"

她闭上眼，感受着他的呼吸。他抚摸着她的脸，她的咽喉，她的脖颈。她另一只手放在他肋下，想把他推开，又想把他拉近。她知道他们早已在幻想中吻过对方，至少吻过几百次了，就从他们认识的那天起。可是，当两人真正碰到彼此的嘴唇，那感觉却与想象中截然不同，她身上掠过一道电流。她全程双眼紧闭，感受着他柔软的双唇，感受着他滑过她后腰的双手，感受着他的胡楂、他的气息、他的味道。她渴望这一切，不想错过一分一毫。但他的抚摸也惊醒了她，把她拽出那个美梦，她刚才一直任由自己沉醉其中，因为幻想不会造成任何后果。直到这一刻。

"我不能这样。"她颤抖着低语，"我得走了，斯蒂格。"

他放开她，她迅速转身。她打开门，但在离开前又停下脚步。

"都怪我，斯蒂格。我们以后绝不能再这样见面了。明白吗？绝不能。"

没等他回答，她就走出去，关上身后的门。太阳已经驱散重云，黑色的沥青路微光闪烁、水汽蒸腾。她走到门外，踏入潮湿的暑热之中。

马库斯透过望远镜看见那女人匆匆钻进车库，发动他们来时开的那辆高尔夫汽车，她把车子倒出来，顶棚依然敞着。她开得太快，他总是对不上焦，但她看上去好像在哭。

　　然后他又把视野重新对准厨房窗户，放大画面。男人站在那儿，目送着她。他双手紧握，下巴紧绷，太阳穴上青筋凸起，好像非常痛苦。马库斯很快就明白了原因。男人伸直胳膊，把手按在厨房窗玻璃上，五指张开。有什么东西在阳光下闪烁。是那对耳坠。它们陷在他的掌心，一边一个，两道细细的血迹顺着他的手腕流淌。

# 24

办公室里洒满夕阳的余晖。有人下班前关掉了所有的灯，大概以为自己是最后走的人吧，不过西蒙并没吭声，反正夏天的傍晚天总是很晚才黑。何况他还配了个新键盘，带背光的，连台灯都不用开。光是办公楼的这一层，每年就要消耗二十五万千瓦电。要是能减到二十万千瓦，省下来的电费肯定够他们再添置两辆应急车辆。

他上网找到了霍威尔诊所的网站。这家眼科诊所展示的照片完全不同于别的美国诊所。那些诊所看上去都像五星级酒店，照片上有笑眯眯的病人，信誓旦旦的推荐语，影星或飞行员似的医生。而这家诊所只放了几张照片，还有几段清醒的文字，介绍了员工资历、治疗结果、权威期刊文章、诺贝尔奖提名。此外还有最重要的——艾尔莎亟须的那项手术的成功率。手术有百分之五十的概率失败——不过其实比他想象中要低。另一方面，这个并不夸张的成功率也足够可信。网站上没列价目表，但他并没忘记手术价格。那个高昂的数字也足够可信。

他感觉黑暗中好像有什么在动。是卡丽。

"我给你家打过电话。你妻子说你在这儿。"

"对。"

"这么晚还在加班？"

西蒙耸耸肩。"要是一天下来带不回什么好消息，人有时就会推迟回家，直到非走不可。"

"你指什么？"

西蒙就跟没听见似的。"你有什么事？"

"我照你说的，查遍了所有的线索，想找到伊弗森案和三重谋杀案之间任何可能或不可能的关联。但我一无所获。"

"当然你肯定知道，这并不意味着它们之间没有关联。"说话间，西蒙点进网站的下一页。

卡丽拉过一把椅子坐下："这么说吧，就算有关联我也找不到。我找得可仔细了。我想——"

"你在思考，这很好。"

"真相说不定就是这么简单：同一名劫匪发现了两个目标——伊弗森家和一个藏匿毒品和钞票的窝点。他从第一次抢劫中汲取了经验，杀人之前一定要问出保险箱密码。"

西蒙从电脑上抬起头："一个劫匪，在先杀两人的情况下挥霍半公斤市价五十万克朗的超级小子，只为置第三个人于死地？"

"比约斯塔德认为这跟黑帮仇杀有关，这是在给对手捎信。"

"黑帮不用花五十万克朗的邮资也能给对手捎信，阿德尔警官。"

卡丽扬起头，长叹一声："阿格妮特·伊弗森肯定跟贩毒无关，跟卡勒·法里森那种人也扯不上什么关系，这点我们可以确定。"

"但关联肯定存在。"西蒙坚称，"我不明白的是，我们都已经看出他想掩盖两案之间的关联，却还是不知道这关联是什么。要是这联系真这么隐晦，那他干吗要大费周折地掩盖两案同属一人所为呢？"

"说不定他费力掩盖并不是为了误导我们。"卡丽打了个哈欠。

看见西蒙盯着她两眼放光，她顿时闭上了嘴。

"难怪。你说得对。"

"是吗？"

西蒙站起来又坐下去。他一拍桌子，说："他才不怕警方知道他的身份。这一切都是针对另一个人的。"

"他怕另一个人找到他？"

"对。或是不想打草惊蛇。不过话又说回来……"西蒙手托下巴，嘀咕了一句脏话。

"把话说完好吗……"

"事情比这复杂。因为他并不完全处在暗处。他用那种方式杀死卡勒，的确是为了给某人捎信。"西蒙烦躁地踢了一脚，踢得椅子向后翘起。两人沉默地坐着，丝毫没意识到夜色渐浓。是西蒙打破了沉默。"我觉得卡勒的死法可能跟他的某个主顾一样。吸毒过量导致呼吸衰竭。这凶手就像某种复仇天使。你想到什么了吗？"

卡丽摇头："没有，不过这个逻辑并不适用于阿格妮特·伊弗森；据我所知，她从没用枪打中过任何人的胸口。"

西蒙起身走到窗前，俯瞰楼下的街灯。他听见两只滑板隆隆地滚过。两个少年滑过他面前，都穿着帽衫。

"啊，我差点忘了。"卡丽说，"我倒是找到了一个关联。关于佩尔·沃兰和卡勒·法里森。"

"哦？"

"我联系了缉毒处的一位总督察。他说他觉得很奇怪，两个认识的人竟会在短时间内相继死去。"

"沃兰认识法里森？"

"嗯。很熟。太熟了，用那位总督察的话说。还有，我查过卡勒的档案。他曾在几年前的一桩谋杀案中被反复审讯，甚至被收监过。死者的身份一直没得到确认。"

"这么久都没确认？"

"我们只知道死者是一名年轻的亚裔女性。根据牙医鉴定，她的年龄在十六岁左右。一位证人在一座后院看到有个男人用针管给她注射什么东西，然后在一众嫌犯中指认了卡勒。"

"啊哈。"

"但另一个人认罪后，卡勒就获释了。"

"这家伙真走运。"

"是啊。巧的是，认罪的人恰恰就是刚从斯塔滕监狱越狱的人。"

西蒙站在窗前一动不动，卡丽望着他的轮廓。她不确定他刚才有没有听见她的话；她刚想再说一遍，就听见他用祖父般慈祥的沙哑嗓音说：

"卡丽。"

"嗯？"

"帮我调查阿格妮特·伊弗森生活的方方面面，要做到巨细靡遗。看看她有没有跟任何枪击案扯上关系。什么都不要放过——明白吗？"

"好。这么说你有思路了？"

"我在想……"他嗓音中那份慈祥消失了，"如果……只是如果……那么……"

"那么什么？"

"那么一切才刚刚开始。"

## 25

马库斯关掉卧室的灯。在明知对方不会察觉的情况下偷窥别人，会给人一种奇特的感觉。尽管如此，每次儿子把目光投向窗外、正对着望远镜的方向，马库斯还是会吓一大跳，感觉一股电流传遍全身。就跟对方知道有人在暗中窥视自己似的。儿子现在在他父母的卧室，坐在那只粉色毛毯箱上，这箱子马库斯很熟悉，里面空空荡荡，只有几床被套和床单。这房间没挂窗帘，还点着一盏带四个灯泡的吊灯，从外面很容易看清。而且，由于黄房子的地势比马库斯家要低，加上马库斯又把上下铺拖了过来，坐在上铺，所以他能清晰地看见那个儿子在做什么。但他其实没做什么；只是久久地坐在那里，把耳机插在手机上听着什么。

应该是一首很好听的歌，因为他每隔三分钟就会按一下手机，像怎么也听不够似的。而且他每次听到同一个位置都会嘴角上扬，尽管刚才那女孩可能让他有点难过。他们接了吻，然后她就以最快的速度匆匆离开了。他真可怜。马库斯在想要不要过去敲门，请儿子来家里吃饭。他妈妈应该也会赞成。不过儿子看上去情绪低落，也许只想一个人静静。明天还有机会。明天马库斯可以早点起床，去按门铃，给他带点新烤好的面包卷。行，就这么定了。马库斯打了个哈欠，他脑中也回响着一首歌。不，不算是歌，只是一句简短的话。但它一直回荡在马库斯脑中，就从那个塔森来的恶棍问儿子是不是马库斯的爸爸那一刻开始。"你说呢。"

你说呢。啊！

马库斯又打了个哈欠，准备睡觉。毕竟他明天还得早起热面包卷呢。但他刚要放下望远镜就出现了新情况。儿子站了起来。马库斯又举起望远镜。儿子移开地毯，抬起松动的地板。是那个秘密暗格。他正往里面放什么东西，是那只红色的运动包。他打开包，取出一袋白色粉末。马库斯一下就知道那是什么，那种包裹他在电视上见过。是毒品。突然，儿子抬起头，像在倾听；他竖起耳朵，就像《动物星球》里聚在水洞边的羚羊。随后马库斯也听见了那个声音。是引擎的轰鸣。有车来了。现在正值暑期，他家所在的这条街道一般很少有车经过。儿子坐在那里一动不动，四肢像麻痹了似的。马库斯看见车灯照亮了柏油路。一辆黑色的大车停在两栋房子之间的路灯下，是辆 SUV。车上下来两个男人。马库斯从望远镜里观察他们。那两人都穿着黑色西装。让人想起电影《黑衣人》。这个系列的第二部最好看。不过两人中较矮的那个长着一头金发，这就不太像了。而高个子虽说发型跟威尔·史密斯一样，都是黑色的卷发，但他头上秃了一大块，皮肤白得跟粉笔似的。马库斯见他们理理西装，眼睛始终盯着黄房子。秃头男指指亮灯的卧室窗户，两人快步走向前门。终于有客人来拜访儿子啦！

　　他们也像马库斯一样翻过栅栏，而不是走大门。像他一样，他们也发现走草坪动静会比走石子路小得多。马库斯又把望远镜对准卧室。儿子已经不见了。他大概也看到他们了，准备下楼给客人开门。马库斯把望远镜对准前门，两名来客已经登上台阶。天色太暗，马库斯没看清究竟是怎么回事。但他听到有什么被砸坏了，接着门就开了。马库斯屏住呼吸。

　　他们……竟然破门而入。是贼！

　　他们应该听别人说过这房子没人住吧。总之马库斯必须提醒儿子——他们如果是坏人怎么办？马库斯跳下床。该把妈妈叫醒吗？还是该打电话报警？打通了该说什么？难道说他用望远镜偷窥邻居？要是他们为了抓贼去那儿采集指纹，他们就会找到马库斯的指纹！还会找到那家儿子的毒品，那样他就会坐牢。马库斯站在房间中央不知所措。然后他发现对面楼的卧室里有了动静。他又举起望远镜。是那两个人，他们进了卧室，在里面东翻西找，扫荡了衣柜和床底。他们……居然带着枪！马库斯下意识地后撤一步，因为那个高个子的卷发男人走到窗前，检查窗户有没有关紧，同时望向窗外，目光恰好与马库斯相接。儿子肯定躲起来了，但他躲在哪儿呢？他好像已经把装毒品的包裹放回了暗格，但那地方可容不下一个人。哈！他们才不可能找到儿子呢，他对自己家可比他们熟悉多了，就像越南士兵比美国人更熟悉丛林。他唯一要做的就是保持安静，像老鼠一样安静，像马库斯自己一样安静。儿子会平安无事的。他可不能出事啊！亲爱的上帝啊，请保佑他平安。

西尔维斯特把卧室扫视一遍，挠挠裸露的头皮，这块头皮呈月牙形，掩映在黑色的卷发当中。"该死，博，他肯定在这儿！我敢说昨天这儿的窗户都没亮灯。"他跌坐在粉色的毛毯箱上，把枪插进肩头的皮套，点起香烟。

小个子金发男人站在房间中央，依然枪不离手。"我感觉他就在这儿，藏在某个地方。"

西尔维斯特挥舞着香烟。"别激动，他应该是来过又走了。两个卫生间和另一间卧室我都检查过了。"

金发男子摇摇头。"不，他就在房子里的某个地方。"

"别傻了，博，他又不是鬼魂，只是个走运的菜鸟而已。到现在还算走运。"

"可能吧。但我可不会低估阿布·洛夫特斯的儿子。"

"那是谁，很有名吗？"

"那是很久以前的事了，西尔维斯特。阿布·洛夫特斯是全城最厉害的警察，比别的警察强一大截。"

"你怎么知道？"

"你傻吗，因为我见过他啊。九十年代那会儿，我跟内斯特在阿尔纳桥卖货，恰巧撞上洛夫特斯跟另一个警察开车经过。洛夫特斯立刻看出这是毒品交易，但他跟搭档没叫增援，而是想直接拿下我们。阿布·洛夫特斯单枪匹马撂倒了我们四个人，然后我们才把他打倒。不瞒你说，那可不容易啊，他可是个摔跤手。我们本想当场把他毙了，但内斯特怕了，担心杀警察会影响以后做生意。就在我们争论的时候，那家伙一直躺在地上嚷嚷'来呀！'，就跟《巨蟒与圣杯》里那个自欺欺人的骑士似的——你记得吧？他们把他的胳膊和腿都砍掉了，但他还是不肯认输。"

博讲着讲着，自己笑了。笑得像在重温什么珍贵回忆似的，西尔维斯特想。这人病得不轻，喜欢死亡，喜欢残体断肢，会躺在沙发上在线观看一整季的《糗事集锦》，因为里面全是一些人自残的镜头，程度还都不轻，绝不仅仅是被什么绊了一下或是扭伤手指之类的家庭趣味录像而已，不是那种能逗全家人发笑的东西。

"你不是说他们有两个人吗？"西尔维斯特抬杠道。

博哼了一声。"他那个搭档当场就服软了。很愿意配合，跪地求饶，这种人你见过的。"

"见过。"西尔维斯特说，"就是那种尿货呀。"

"那可不是。"博说，"这种人才是赢家。这叫情商。而且那人做得比想象中更绝一点。好了，不说了。咱们再搜搜房子。"

西尔维斯特耸耸肩，他都快走到门口了才发现博并没跟在身后。他转身看着自己的搭档，后者还待在原地，盯着西尔维斯特刚才坐的地方。那只毛毯箱。他在嘴唇上竖起一根手指，指指箱子。西尔维斯特掏出枪，拨开保险。他的感官好像变敏锐了：光线似乎更强烈了，声音也变得更清晰，颈部的脉搏怦怦地搏动。博不声不响地来到毛毯箱左侧，免得挡住西尔维斯特开枪。西尔维斯特握紧手中的枪，来到近处。博示意他掀开盖子。西尔维斯特点点头。

他屏住呼吸，博则用手枪指着毛毯箱，把左手指尖伸进箱盖边缘，他等待片刻，听听动静，然后一把掀开箱盖。

西尔维斯特感觉自己的食指把扳机越扣越紧。

"该死！"博咬牙切齿。

毛毯箱里除了床单什么也没有。

博跟西尔维斯特一起搜查了剩下的房间，把灯开了又关，却一无所获。最后他们又回到卧室，那儿还跟他们刚才离开的时候一样。

"你错了。"西尔维斯特说，他语速缓慢，口齿清晰，因为他知道这样最能激怒博，"他已经走了。"

博扭扭肩膀，像衣服不合身似的。"要是那小子没关灯就走了，说明他可能还想回来。如果他回来的时候咱们早就在这儿守株待兔了，这活肯定比强行闯入轻松得多。"

"可能吧。"西尔维斯特说。他知道对方在打什么算盘。

"内斯特想让我们尽快抓住他。知道吧，他危害很大。"

"可不是嘛。"西尔维斯特皱起眉头。

"那你今晚就待在这儿，免得他突然回来。"

"为什么每次都是我干这种脏活？"

"因为那个 S 打头的词。"

资历。西尔维斯特叹了口气，暗暗希望有人能一枪崩了博，这样他就能换个搭档了。某个资历比他浅的人。

"我建议你在客厅里等，这样能同时盯着前门和地下室的门。"博说，"这家伙可不见得像牧师那么好弄。"

"你已经说过了。"西尔维斯特说。

马库斯看见那两个人走出灯火通明的卧室，金发小个子不久就离开了，钻进 SUV 开车走了。儿子还在里面，藏在某个地方，但他会藏在哪里呢？他也许听见了引擎声，知道汽车开走了，但他知不知道有个人留下了呢？

马库斯把望远镜对准黑洞洞的窗口，但什么也没看见。儿子也可能从屋后溜了，但马库斯不这么认为；他刚才一直坐在窗边听外面的动静，儿子跑了他肯定能听见。

马库斯感觉有什么在动，他把望远镜对准卧室，整栋房子依然只有这个房间亮着灯。他知道自己猜对了。

是床，它在动，或者说是床垫在动，它被推到一旁。他就在那儿，藏在床板条和又宽又厚的双人床垫之间，马库斯可喜欢躺在那上面了。幸好儿子很瘦；如果他是个胖子，像妈妈担心马库斯有一天会变成的那样，那他肯定就被发现了。儿子小心翼翼地走向松动的地板，抬起它，从红色运动包里取出几样东西。马库斯把视野放大，对焦。然后倒吸了一口气。

西尔维斯特把扶手椅调到能同时看见房子前门和院门的角度。街灯照亮了院门，不过有人走近的话，他反正也能及时听到；因为博离开时，他听见他把砾石踩得咔咔响。

这也许会是个漫长的夜晚，所以他得想点能让他保持清醒的东西。他查看了书箱，找到了想要的东西：一本家庭相册。他打开一盏阅读灯，放在远离窗户的地方，免得有人从外面看见光线。他开始翻看照片。这一家人看着很幸福，跟他自己的家庭截然不同。或许这就是他特别喜欢看别人家照片的原因。他喜欢看着它们，想象当时的情景。他当然知道这些家庭照片并不完全真实，但它们至少部分真实。西尔维斯特停下来端详一张三人合影，大概是在哪年复活节假期拍的。照片上的人都站在一座石冢前，面带微笑，皮肤黝黑，那个女人站在当中；西尔维斯特从别的照片上看出，她就是这家的母亲。她左边那人就是父亲，那个阿布·洛夫特斯。他右边有个戴无框眼镜的男人。"三人组与我一同旅行。拍摄者：跳水健将"，下方的说明这样写着，像女性娟秀的笔迹。西尔维斯特抬起头，他刚才是不是听见了什么？他瞧瞧外面的院门。一个人也没有。声音也不是从前门和地下室传来的。但的确发生了某种变化，比如空气的浓度、黑暗中的某种实体。说到黑暗，他一直有点怕黑，这是他父亲有意灌输的。西尔维斯特的注意力又回到照片上。他们看上去多幸福啊。谁都知道，人不该害怕夜间出没的鬼怪。

那声音听上去像他爸爸的皮带在响。

西尔维斯特盯着那张照片。

现在上面出现了一个洞，溅满了鲜血，相簿直接被射穿了。某种白色的东西飘落下来，落在血中。是羽毛吗？肯定是从椅垫里掉出来的。西尔维斯特觉得自己一定是吓坏了，因为他完全不觉得疼。疼痛还没袭来。他看看自己的枪，它已经滑落在地，他够不着了。他等着枪声再次响起，但它没响。对方大概以为他已经死了。这样他只要装死就还有机会生还。

西尔维斯特闭上眼睛，屏住呼吸，听见有人进屋的脚步声，感觉有一只手在他外套胸前摸索，摸到了他的钱包和驾照，拿走了它们。两只手抱住他的腰，把他拖下椅子，扛在肩头，然后少年开始往前走。他肯定很强壮。

西尔维斯特听见开门声，听见开灯的声音和踉踉跄跄下楼的脚步声，呼吸到阴冷的空气。他被扛进了地下室。

他们下了楼。他听见某个密封圈打开的声音。然后西尔维斯特就倒在地上，但落地时不像他担心的那么重。他感觉耳膜承受着气压，四周也变暗了。他睁开眼。看不到一点光亮。他什么也看不见，感觉自己正躺在某种箱子里。他不怕黑。世界上哪有什么怪物。他听见脚步声来来回回，直至消失。地下室门被重重关上。只剩他一个人了；那少年没察觉有什么异样。现在他只需要保持冷静，不要轻举妄动。等那少年睡下。然后他就可以跑了。或是给博打个电话，让他带几个手下过来接他，干掉那少年。奇怪的是他还没感觉到疼，只感觉温热的鲜血滴在他手中。但他很冷。极冷。西尔维斯特试着动动腿，但做不到，他的腿肯定麻木了。他设法把手伸进外衣口袋，取出手机，按下它。显示屏的光驱散了黑暗。

西尔维斯特屏住呼吸。

怪物就在面前，用暴突的眼睛瞪着他，眼睛底下是嘴，里面长满细小的尖牙。

是鳕鱼吧，用保鲜膜包着。它旁边有几个冰袋，几盒福洛诺尔牌海鲜，还有鸡排、猪肘和浆果。他手机屏幕的光照亮了雪白墙壁上的冰晶。这是一只冰柜。


马库斯抬头望着房子，默数着时间。

刚才他打开窗户，听见黄房子里传来乒乒乓乓的响声，看见一道亮光闪过。然后一切又归于平静。

马库斯敢肯定那是一声枪响，但是谁开的枪？

亲爱的上帝，但愿这一枪是儿子开的。请保佑他不死。

有人打开卧室门时，马库斯已经数到了一百。谢谢你，上帝，谢谢你；是他！

儿子把枪放回运动包，移开那块松动的地板，把一袋袋白色的粉末往运动包里塞。装完后，他把包往肩头一甩，没关灯就走了。

不久，前门砰的一声关了，马库斯看见儿子走向院门。他停下来，左右张望，然后消失在街上，从马库斯看见他来的方向离开。

马库斯扑倒在床上，呆呆地盯着天花板。儿子还活着！他把坏人打死了！因为，嗯……他们肯定是坏蛋，不是吗？当然是了。马库斯兴奋异常，他知道他今晚肯定一分钟都睡不着了。


西尔维斯特听见前门关了。冰柜隔热做得太好，他没怎么听见声音，但有人用力摔了一下门，那震动他感觉到了。机会终于来了。当然，在地下室的冰柜中，他的手机完全不能收发消息，他试了三次就放弃了。西尔维斯特现在开始觉得疼了，也越来越昏昏欲睡，只是因为寒冷才没有睡着。

他把手放在冰柜盖上，用力一推。它没有立刻打开，他心中掠过一丝恐慌。他又用力推了一把。冰柜岿然不动。他想起塑料密封条的响声，想着它们如何粘在一起，他只要再用点力就能推开。他顶住盖子，用尽全力。一点用都没有。他这才意识到，那少年把冰柜锁了。

这一次，恐惧不再像刺痛那么轻微，而像锁喉一样不留余地。

西尔维斯特的呼吸变得急促，但他迫使自己镇定，免得堤防溃决，让黑暗，彻底的黑暗，奔涌而入。动动脑子。不要慌张，保持思路清晰。

他还可以用腿啊。他怎么早没想到呢？他知道腿比胳膊有力气多了。做腿部推举的时候，他轻轻松松就能举起二百多公斤的重量，而卧推只能举起七十公斤。再说这不过是个冰柜锁而已，只是为了防止有人偷吃肉和浆果，而不是为了锁住一个走投无路、一心只想出去的大块头。他跟盖子之间有足够的空间，所以他只要曲起膝盖，用脚去蹬盖子……

但他的膝盖不听使唤。

它们完全拒绝服从他的命令。他的膝盖麻得要命，以前从没有过。他又试了一次。没有反应；膝盖就跟断了似的。他捏捏小腿，又捏捏大腿。堤坝开始出现裂痕。动动脑子。不，别去想它！已经太晚了。他想起相册上的枪眼和鲜血。子弹肯定打断了他的脊椎。这大概就是他感觉不到疼痛的原因。西尔维斯特摸摸肚子，那里也浸透了鲜血。但他就像在摸别人的身体。

他瘫痪了，腰部以下完全失去了知觉。他用拳头砸冰柜盖子，但这起不了任何作用，只会打开他心中的水闸。他曾经学过，大坝绝对不能出现缺口。那是他父亲教给他的。而现在，大坝已经开裂，西尔维斯特明白自己必死无疑，像噩梦中那样。被锁在某处。孤身一人。死在黑暗之中。

## 26

"今天天气真好，好一个星期天早晨。"艾尔莎望着车窗外说。

"是啊。"西蒙说着瞟了她一眼，挂上低挡。他在想她究竟能看到多少，要是她真能看见经过昨天那场暴雨的洗礼，皇家庭园有多么翁郁葱茏。或者只是看见他们的车正经过皇家庭园。

到贺维古登来看夏加尔画展是艾尔莎自己的主意，西蒙也觉得挺好。不过他得顺道去找一位老同事，那人住在斯基莱贝克，就在去美术馆的路上。

老德拉门路两旁的停车位很多。假期里，古老的贵族公馆和附近的公寓楼几乎都人去楼空。偶尔有一面使馆旗帜在微风中飘扬。

"我马上回来。"西蒙说。他下了车，走向一扇门，这地址还是他在网上搜到的。他要找的那个名字在一列门铃的最上方。

西蒙按了两下门铃都没人应答，正要离开，喇叭里却传来一个女人的声音。

"您好？"

"弗雷德里克在吗？"

"呃……您是哪位？"

"西蒙·凯法斯。"

对方沉默片刻，但西蒙能听见手掌蒙住话筒的沙沙声。然后她说："他这就下来。"

"好。"

西蒙等待着。时间还早，大多数人还没起床，他在这条街上只看见一对与他年龄相仿的夫妇，应该在做星期天早晨例行的散步，在附近兜圈子。那男的戴一顶粗花呢帽，穿不起眼的卡其色裤子。人老了就会这么穿。雕花的橡木大门窗玻璃上映着西蒙自己的身影，他盯着它看。粗花呢平顶帽配墨镜。卡其色裤子。标准的星期天着装。

人迟迟没有下来；西蒙感觉自己大概打扰了弗雷德里克的好梦。或是他妻子的好梦。或者不管她跟他是什么关系吧。西蒙看了一眼街对面的汽车，看见艾尔莎正瞧着这边。他挥挥手。她没反应。这时，大门开了。

弗雷德里克来了，穿着牛仔裤和 T 恤。他还不慌不忙地洗了个澡——浓密的湿发被梳到脑后。

"稀客啊。"他说，"是什么风把你——"

"咱们出去散个步？"

弗雷德里克看看他那只沉甸甸的手表："你看，我还得——"

"内斯特和他手下的毒贩来找我了。"西蒙说得很大声，好让附近那对夫妇听见，"不过我很乐意上楼谈谈这事，到你的公寓去，正好你的……妻子也在。"

弗雷德里克看着西蒙。然后他走出来，关上门。

他们沿着人行道散步。弗雷德里克的拖鞋在沥青路上啪啪直响，脚步声在街道两侧的墙壁间回荡。

"他想给我钱，就是我跟你谈过的那笔钱，弗雷德里克。而我只跟你一个人提过。"

"我没联系过什么内斯特。"

"还'什么内斯特'，你不用装得这么生分。你我都知道这名字你再熟悉不过。你尽可以假装不知道他别的事，但名字不行。"

弗雷德里克停下脚步："别傻了，西蒙。你明知我不可能从客户那儿帮你弄到贷款。所以我就向某个第三方转达了你的困难。你不就想让我这么做吗，嗯？你说实话。"

西蒙没有回答。

弗雷德里克长吁一口气。"你看，我只不过想帮你个忙。这没什么坏处，最坏的情况也就是对方会开出一个你无法拒绝的价码而已。"

"这么做最大的坏处，就是让一群卑鄙小人自以为抓住了我的把柄。他们肯定在想，西蒙也有今天。因为他们以前根本拿我没辙，弗雷德里克。你，小菜一碟，而我，他们想都别想。"

弗雷德里克靠在栏杆上："这大概就是你最大的问题，西蒙。这就是你仕途不顺、没能走上高位的原因。"

"因为我不为金钱折腰？"

弗雷德里克笑了。"因为你脾气暴躁，处世不圆通，甚至会作贱想帮助你的人。"

西蒙低头望着脚下废弃的铁轨。

这段铁轨是旧西部火车站在用时遗留下来的。不知为什么，这铁轨让他既感伤又激动，他很想看看地上的路堑还在不在。"你在报纸上看到老城那场三人谋杀案了吧？"

"当然看到了。"弗雷德里克说，"报纸上就没有别的消息。克里波几乎被全员抽调了，反正我觉得是这样。他们还带你玩吗？"

"他们还那样，喜欢把最好的玩具留给自己。死者之一叫卡勒·法里森。这名字你听着耳熟吗？"

"我应该没听过。但既然凶案处不能插手，那你干吗要——"

"因为我们一度以为是法里森杀了这个女孩。"西蒙掏出一张照片，是他从存档文件里打印的，他把照片递给弗雷德里克，看着他打量照片上那张煞白的亚洲面孔。单从这张脸就看得出来，她已经死了。

"她死在一座后院；现场被伪造成她不小心吸毒过量的样子。她十五岁吧。也可能十六。她没有合法证件，所以我们一直查不出她的身份。也不知道她从哪来，怎么进的挪威。大概是钻进一只集装箱，从越南乘船来的吧。唯一有价值的线索就是她怀孕了。"

"这样啊，等等，我记得那个案子。好像有人认罪了吧？"

"对。那是后话，而且让所有人大跌眼镜。总之我想问你的是：卡勒·法里森跟你最喜欢的客户伊弗森有关系吗？"

弗雷德里克耸耸肩，摇摇头，目光越过峡湾。西蒙顺着他的目光望过去，看到船坞里桅杆林立，停满游艇，如今，这座船坞里所谓的"游艇"只比战舰略小一点。

"那个承认杀了这女孩并为此坐牢的人越狱了，你知道吗？"

弗雷德里克又摇摇头。

"祝你早餐愉快。"西蒙说。


西蒙靠在贺维古登美术馆更衣室的曲线形柜台上。这里的一切都是曲线形的，属于新表现主义风格。就连分隔房间的落地玻璃都是曲线形的，很可能也是这种风格。他瞧瞧艾尔莎。她在欣赏夏加尔的画。她站在那里，显得那么娇小。比夏加尔画中的人物还小。大概是因为曲线的缘故吧，因为它们制造出某种艾姆斯房间 ① 错觉。

"你跑去见这个弗雷德里克，就为了问这一个问题？"卡丽站在他身旁说。她在接到他电话二十分钟后赶来，"所以你想说的是……"

"我想说我早知道他不会承认。"西蒙说，"但我得看着他，这样我才知道他说的是不是实话。"

"虽说有这类电视剧吧，但要准确判断人有没有说谎其实非常困难。这你是知道的吧？"

"弗雷德里克可不是随便哪个人。我见过他撒谎，能看出他的破绽。"

"这么说弗雷德里克·安斯加尔是个臭名昭著的骗子？"

---

① 艾姆斯房间是美国心理学家阿德尔伯特·艾姆斯进行的知觉演示，原理是借助视觉对深度的错觉，导致大脑对物体的大小做出误判。

"不是。他只在必要时撒谎，而不是因为天生会撒谎或喜欢这么干。"

"好吧。这你是怎么知道的？"

"我原来也不知道，直到有一次，我们在严重欺诈办公室一起查一宗地产大案。"他发现艾尔莎好像有点晕头转向，于是咳嗽一声，好让她知道他在哪里，"要证明弗雷德里克撒谎并不容易。"西蒙继续说，"他是调查组唯一的审计专家，我们很难去核实他说的每一句话。一开始是一些小小的差错和奇怪的巧合，但如果真是巧合，金额又未免太大。他隐瞒了一些东西，另一些则是明目张胆的误报。全组只有我一个人起疑。过了一段时间，我就能分辨他什么时候是在说谎了。"

"怎么分辨？"

"很简单。从他的嗓音。"

"嗓音？"

"撒谎会引起情绪波动。弗雷德里克撒谎时的措辞、逻辑和肢体语言都没破绽。唯有嗓音超出了他的掌控，他找不到真正自然的语调，而会使用一种专门用来撒谎的语调，他自己也听得出来，知道这很可能会出卖他。所以每次被问到简单的是非问题，他都不敢出声，因为他信不过自己的声音。所以他就会点头或摇头。"

"你问他卡勒·法里森跟伊弗森之间是否存在关联的时候，他是怎么回答的呢？"

"他只是耸耸肩，表示他不知道。"

"所以他是在撒谎？"

"没错。而且我问他知不知道桑尼·洛夫特斯越狱的事，他的回答是摇头。"

"这么判断有点太草率了吧？"

"是有点，但弗雷德里克没什么花花肠子，只是碰巧把乘法表背得比较熟而已。好了，帮我做件事。我想请你把桑尼·洛夫特斯所有的罪名过一遍。看看是否每个案子都有别的嫌犯。"

卡丽点点头。"太好了，反正我这周末也没什么安排。"

西蒙笑了。

"那个严重欺诈办公室，"卡丽说，"主要是做什么的？"

"反欺诈。"西蒙说，"反偷漏税，涉案金额都很大，查的都是要人。而且说实在的，这个部门能扳倒知名的巨富和政客，还能让我们顺藤摸瓜，找到幕后的大人物。"

"大人物？是谁？"

"双子。"

卡丽打了个寒战："我得说，这外号真够诡异的。"

"它的来历更诡异。"

"你知道双子的真名吗？"

西蒙摇摇头："他的名字有好几个。有这么多名字，就等于没有名字。刚到严重欺诈办公室那会儿，我还天真地以为大人物肯定是最显眼的。我当然错了，其实越重要的人物反而会越隐蔽。双子又从我手里跑了。就因为弗雷德里克的谎言。"

"你觉得内奸会不会就是弗雷德里克·安斯加尔？

西蒙用力摇头。"内奸出现那会儿弗雷德里克还没当警察呢。我觉得他不过是个小角色而已，不过他要是再往上爬，肯定就会造成更大的破坏。所以我断了他的仕途。"

卡丽瞪大眼睛。"你向局长告发了弗雷德里克·安斯加尔？"

"没有。只给他提了个条件。要么他自己安安静静地走人，要么我就把手头掌握的这些把柄捅到上头去。这些证据或许还不足以让上头调查他，或是把他开除，但足以折断他的翅膀，让他一时半会儿升不上去。最后，他选择了离开。"

卡丽的前额上鼓起一根青筋："你……就这样轻易放过了他？"

"我们清除了害群之马，也没把整个警局拖下水。所以没错，我就这样轻易放过了他。"

"你怎么能放过这种人呢？"

他听出了她的愤怒。这是好事。

"弗雷德里克只是个小角色，而且，就像我刚才说的，他很可能不会受到惩罚。他欣然接受了我的条件，都懒得假装反对。其实他还觉得自己欠我一个人情呢。"

西蒙转向卡丽。他刚才故意激她，也成功了。但她的怒火一纵即逝。现在她看上去好像又找到了一条尽快离开警队的理由。

"双子的外号是怎么来的？"

西蒙耸耸肩："他应该有过一个同卵双胞胎兄弟。他十一岁那年曾连续两晚梦见自己杀了兄弟。最后，因为他们是同卵双胞胎，所以他认定兄弟也做了同样的梦。做出这个决定之后，他要做的就只剩动手把对方打死了。"

卡丽望着西蒙。"把对方打死。"她重复了一遍。

"我失陪一下。"西蒙说着，大步迈向艾尔莎，她差点撞上一面落地玻璃。


菲德尔·拉埃先看见车，然后才听见声音。新车就是这样，几乎没什么噪声。如果风从大路上来，掠过沼泽吹向农场，或许他还能在汽车驶上山丘时听见轮胎碾压砾石、司机换挡或引擎飞转的声音，但现在，菲德尔只能靠眼睛去捕捉可疑的迹象。当然，这迹象特指汽车。人或动物又是另一回事了——他有全世界最可靠的安保系统。九只杜宾犬，关在同一只笼子里。七只母狗每年能产一窝崽，幼崽能卖一万二——每只。这些杜宾犬是他这座狗场的主营业务，他给狗崽植好芯片，把它们交给买主，为潜在残疾购买保险，去挪威名犬俱乐部认证犬只血统。

而狗场的地下业务隐藏在密林深处。

两只母狗，一只公狗。都没在任何地方注册。犬种是阿根廷獒犬。杜宾犬在它们面前会吓得魂飞魄散。这种狗重达五十五公斤，既是猛兽又是忠臣，它们身上长满雪白的短毛，所以菲德尔起的名字里都带一个"魔"字：两只母狗叫机械魔和圣魔，公狗叫驱魔者。当然，买家可以随意更改它们的名字，只要他们肯付钱。十二万克朗。昂贵的价格体现了这种狗是何等稀有，在挪威和好几个国家，这个犬种都在禁养之列。鉴于卖家一般对价格并不敏感，也不太在意挪威法律，菲德尔看不出这种狗的价格有走低的趋势，反而可能飙升。因此，菲德尔今年把阿根廷獒犬的犬舍又往林子深处挪了一些，这样在农场上就不会听到它们的叫声。

那辆车的目的地肯定是农场，这条路只能到那儿，于是菲德尔悄然走向一直关着的农场大门。这道门时刻紧闭，不是因为怕杜宾犬逃跑，而是为了防止有人闯入。任何不是顾客的人都属于闯入者，菲德尔准备了一把毛瑟 M98 步枪，放在一座背靠狗场的小木棚里，就在大门附近。他在房子里还有更好的武器，不过他反正随时可以说这把毛瑟枪是用来打驼鹿的，沼泽上的确偶有驼鹿出没，只要风从另一侧吹来，而不是来自阿根廷獒犬的犬舍那边。

菲德尔走到门口，那辆车也刚好抵达，车身上带着出租车公司的标志。菲德尔听见换挡时齿轮响亮的撞击声，这司机肯定没怎么开过这种车，停车之后，他还一板一眼地关掉了前车灯和雨刮器，最后熄了火。

"你有什么事吗？"菲德尔观察着那个站在车前的男人。他穿帽衫和一双棕色皮鞋。是个城里人。他们偶尔会独自前来，也不提前预约，但这种情况很少。菲德尔这里不像别的狗场，没在网上张贴广告。那人走到门前，菲德尔完全不打算开门。

"我想买狗。"

菲德尔把帽檐抬过额头。"抱歉，你恐怕白跑一趟了。除非有介绍人，否则我不会跟买主谈生意。这是规矩。杜宾犬可不是那些家养的萌宠，买主事先必须对自己要买的狗有个概念。星期一再给我打电话吧。"

"我不是来买杜宾犬的。"那人的目光越过菲德尔肩头，越过农场，越过关着九只合法雌犬的笼子，投向远处的树林，"还有，我的介绍人是古斯塔夫·罗弗。"他举起一张名片。菲德尔瞟了一眼，上面写着"罗弗摩托车修理铺"。罗弗。菲德尔很擅长记忆人脸和名字，因为他一天到晚见不了几个人，也听不到几个名字。是那个修摩托车的，还镶了颗金牙。他跟内斯特来买过一只阿根廷獒犬。

"他说你的狗会看守那些白俄罗斯来的清洁工，免得她们逃跑。"

菲德尔从刚才起一直在挠他手腕上的一个痦子。然后他打开门。这人肯定不是警察，警察无权钓鱼执法，不能诱使他出售非法犬只，那会损害整个调查的合法性。反正他的律师是这么告诉他的。

"你有没有带……"

那人点点头，把手伸进帽衫的衣兜，掏出一捆钞票。全是千元大钞。

菲德尔打开枪械柜，取出毛瑟枪。

"我每次去看它们都得带上这个。"他解释说，"万一哪只跑出来……"

他们走了十分钟，来到犬舍。

这十分钟里，他们有五分钟都能听见愤怒的狂吠，而且越来越响。

"它们以为马上就能有肉吃了。"菲德尔说，但没补充说：你的肉。

看到有人来了，几只大狗猛扑向铁丝网。它们退后时，菲德尔感觉地面都在震颤。他知道栅栏桩子插得有多深，只希望这能让栅栏足够坚固。犬笼从德国进口，地板是金属的，这样梗犬、腊肠犬和猎犬就没法掘地逃跑，笼子顶部是波纹状的铁皮屋顶，以保持内部干燥，同时确保所有犬只都无法越过栅栏，包括最强壮的那只。

"它们成群结队的时候最可怕了。"菲德尔说，"它们都追随头犬驱魔者。

就是最大的那只。"

买主什么也没说，只是点点头。菲德尔明白他肯定吓坏了。血盆大口、淡粉色牙龈上那一排排亮闪闪的利齿。妈呀，连他自己都害怕。他只有在单独带一只狗的时候才有信心镇住它，而且最好是只母狗。

"在狗面前，你必须尽快树立自己的权威，并保持下去。记住，任何的善意，像是宠溺和原谅，都会被它们视作软弱。错误的行为必须受到惩罚，这就是你的职责。明白吗？"

买主转向菲德尔。他说话时，那双笑盈盈的眼睛不知为什么显得有些缥缈，他重复道："我的职责是惩罚错误的行为。"

"很好。"

"那只笼子怎么空着？"买主指着一只离獒犬不远的笼子。

"以前我有两只公狗。我要是把它俩放在一起，有一只必然会死。"

菲德尔掏出一串钥匙。"来看看狗崽吧，它们在单独的笼子里，就在那边——"

"在那之前，我想问你……"

"嗯？"

"放狗去咬一个女孩的脸，能算正确的行为吗？"

菲德尔停在半路。"嗯？"

"在一个不想当奴隶的女孩逃跑时，放狗去咬掉她脸上的肉，这是正确的行为，还是应该受到惩罚？"

"听着，狗只不过是按本能行事，你不能怪它，因为它——"

"我指的不是狗。是狗的主人。你觉得他们应该受到惩罚吗？"

菲德尔紧盯着这位买主。所以他到底还是个警察？

"呃，要是真出了这种意外，那——"

"我怀疑那并不是意外。狗主人事后割开了女孩的喉咙，抛尸森林。"

菲德尔攥紧了毛瑟枪。"还有这种事，我可不知道。"

"我知道。那位狗主人叫胡戈·内斯特。"

"行了，你到底想不想买狗？"菲德尔把步枪的枪管抬高了几寸——之前它一直垂向地面。

"他那只狗就是从你这儿买的。他在你这儿买过好几只狗，因为你的狗能干这种事。"

"你知道什么？"

"我知道的多了。我有十二年都坐在铁窗里听别人讲故事。你想尝尝被关在笼子里的滋味吗？"

"听着——"

"你马上就能尝到了。"

菲德尔还来不及举起步枪，那人就从背后擒住了他，把他的胳膊紧紧按在身侧，压得菲德尔呼哧呼哧地喘气。被举起来时，这位狗场老板几乎没注意到疯狂的犬吠。那人举起他，往后一仰，把他高高摔过肩头。菲德尔落在地上，脖子和肩膀着地，但那人并没放过他，而是跳起来，压在菲德尔身上。菲德尔大口喘息，挣扎着想摆脱。但突然间他停下来，看见一只枪口正指着自己。


四分钟后，菲德尔望着那人远去的背影，在雾霭中穿过沼泽，如同行在水上。菲德尔紧紧抓住网状的栅栏，旁边是巨大的挂锁。他被锁进了那只空着的笼子。与他一笼之隔的驱魔者正趴在地上，懒洋洋地望着他。那人在菲德尔的笼子里放了注满的水碗和四盒生狗粮。他拿走了菲尔德的手机、钥匙和钱包。菲德尔放声大叫。那几只白色的魔鬼用嚎叫和狂吠回应。在这座处于深山老林之中的犬舍里，没人能看见他们，或听见他们的声音。

他妈的！

那人走了。四周奇怪地变得安静了。一只鸟喳喳地叫着。菲德尔听见雨点开始敲打锈蚀的铁皮屋顶。

# 27

早上八点零八分，西蒙迈出电梯，走向凶案处办公室，一路上都在思考三个问题。第一个问题是今天早些时候，艾尔莎在主卫里洗眼睛，完全没意识到西蒙就在卧室里看着她。第二个问题是今天是星期天，他给卡丽安排的工作好像有点太多了。第三个问题是他讨厌这间办公室的布局，尤其是他之前还听艾尔莎的一位建筑师朋友说过，所谓的开放式办公室能节省每位员工所占空间的说法完全是个悖论，开放式办公室嘈杂的环境会迫使人们辟出无数的会议室和缓冲带，即使它真能节省开支，那些钱也都被用在这些额外花销上了。

他走到卡丽桌旁。

"这么早。"他说。

她扬起一张迷迷糊糊的脸。"你也够早的，西蒙·凯法斯。"

"辛苦了。查到什么了吗？"

卡丽倒向椅背。她哈欠连天，但西蒙还是从她脸上读到了某种满足。

"一开始，我主要从伊弗森和法里森的关联入手。接着我又查了桑尼·洛夫特斯的罪名和本案的其他嫌疑人。洛夫特斯被指控杀害一名身份不明的女子，死者很可能来自越南，死于吸毒过量，警方最开始怀疑的就是卡勒·法里森。不过洛夫特斯还有另一宗命案在身。他杀死了奥利弗·乔维克，一个毒贩，科索沃塞尔维亚人，正准备进军贩毒市场，却被发现死在史丹斯巴肯公园，喉咙里被插了一只可乐瓶。"

西蒙做了个鬼脸："被割喉了？"

"不，不是割喉。是被人把一只可乐瓶整个塞进了喉咙。"

"塞进喉咙？"

"先塞入瓶颈。这样比较容易。然后一直往里塞，直到瓶底抵住后槽牙。"

"你怎么会知道……"

"我看过照片。缉毒处认为这是个警告，为了让人知道不自量力的人在可卡因市场上会有什么下场。"她抬头飞快地瞟了西蒙一眼，补充说，"可乐是指可口可乐。"①

"哦，我知道。谢谢你。"

"警方启动了调查，但没有任何进展。其实这起案件一直没被彻底搁置，但在桑尼·洛夫特斯因谋杀亚裔女孩入狱之前，调查几乎陷入停滞。他承认乔维克也是他杀的。根据讯问记录，他说他跟乔维克约在公园见面，要偿清一笔债务，洛夫特斯没带够钱，乔维克就用枪指着他。于是洛夫特斯袭击了他，把他打倒在地。警方大概觉得这合情合理，洛夫特斯毕竟练过摔跤。"

"嗯。"

"有意思的是，警方从瓶身上提取到一枚指纹。"

"然而？"

"然而不是洛夫特斯的。"

西蒙点点头："洛夫特斯是怎么解释的？"

"他说这只瓶子是他在附近一个垃圾桶里捡的。还说他这种瘾君子经常在垃圾桶里翻饮料瓶，拿去索要押瓶费。"

"但是？"

"瘾君子才不会捡破烂呢。要赚够当天的毒资，这么做根本就是杯水车

---

① 可口可乐简称"coke"，与可卡因简称相同，实际上二者都含有提取自"古柯"（coca）这种植物的成分。

薪。报告还显示指纹是从瓶底提取的，属于一根大拇指。"

西蒙知道她想说什么，但并不准备抢她的话，免得扫她的兴。

"咳，谁喝饮料的时候会把大拇指按在瓶底上啊？但如果你想把瓶子往某人喉咙里塞……"

"你认为警方当时没想到这点？"

卡丽耸耸肩。"我想警方对毒杀案并不重视。他们没在数据库里找到能匹配那根大拇指的指纹。所以，一有人主动承认自己犯下了他们一直没破的命案，他们就……"

"他们就感激涕零，赶紧把案子结掉，接着查别的案子？"

"你们不就是这么干的吗？"

西蒙叹了口气。你们。他在报纸上读到过，在前些年的丑闻平息后，警方的公众形象有所改观，但警察的美誉度也只是略高于铁路系统而已。你们。她说不定已经开始庆幸自己很快就要离开这间开放式办公室了。

"所以桑尼·洛夫特斯承认了两项谋杀罪，但两者都可能是毒贩所为。你是想说他专门替人顶罪？"

"你不觉得吗？"

"有可能。但现在还是没有任何证据显示他跟法里森或阿格妮特·伊弗森存在联系。"

"还有第三起谋杀案呢。"卡丽说，"杰斯缇·莫尔桑德。"

"船主之妻。"西蒙说，不过现在他的思绪飘向了咖啡和咖啡机，"那是比斯克鲁德警局的案子。"

"对。她的头顶被锯掉了。桑尼·洛夫特斯也是这起案件的嫌疑人。"

"那不可能，对吧？案发时他还在服刑。"

"不对，他在外面，那天是放风日。他就在附近。他们甚至在犯罪现场找到了他的毛发。"

"不是吧。"西蒙说，顿时把咖啡忘得一干二净，"报纸上应该会登啊。

犯罪现场的证据指向臭名昭著的杀人惯犯——还有比这更劲爆的新闻吗？"

"比斯克鲁德警局那位负责本案的警官决定不对外公布案情。"卡丽说。

"为什么？"

"你自己问他吧。"

卡丽用手一指，西蒙看见一个高大健壮的男人从咖啡机那边走来，手里端着一只马克杯。尽管是夏天，但他还是穿了件厚厚的套头羊毛衫。

"我叫亨里克·韦斯塔。"那人伸出手说，"我是比斯克鲁德警局的警监。杰斯缇·莫尔桑德的案子由我负责。"

"我请亨里克早上开车过来聊聊。"卡丽说。

"从德拉门那么远的地方专程开车过来？还是在早高峰时段？"西蒙说着，跟对方握握手，"太感谢了。"

"应该说是在早高峰之前。"韦斯塔说，"我们六点半就到这里了。我想我对这项调查没有太多可说，不过您这位同事的工作真是细致入微啊。"

他冲卡丽点点头，坐到她对面的椅子上。

"你们为什么不公开宣布犯罪现场找到的毛发属于一个已定罪的杀人犯呢？"西蒙说着，艳羡地望着韦斯塔举到唇边的咖啡，"这几乎就等于宣布案子破了。警方一般不会对好消息秘而不宣。"

"这话不假。"韦斯塔说，"而且毛发的主人在我们第一次讯问时就承认人是他杀的了。"

"所以问题出在哪里？"

"出在莱夫身上。"

"莱夫是谁？"

韦斯塔缓缓地点了点头："讯问结束后，我们本可以用搜集到的信息直接发布新闻稿，但是有些地方好像怎么也说不通。嫌疑人的……态度好像不大对劲。所以我决定按兵不动。他在我们第二次问讯的时候翻供了，拒不认罪，说他有不在场证明。那人叫莱夫，开一辆蓝色沃尔沃，车上面贴了一张

'我❤德拉门'的贴纸，洛夫特斯不知怎么看出他心脏不好。于是我们就去找德拉门的沃尔沃店调查，还问了比斯克鲁德中心医院的心血管科。"

"结果呢？"

"莱夫·克洛格内斯五十三岁，住在德拉门的科内吕德。他看到我出示的照片，一眼就认出了嫌疑人。他在一个路边停车区见过他，就在一条跟德拉门路平行的老路边上。你知道，就是那种带野餐椅、野餐桌，供人在户外小憩的地方。莱夫·克洛格内斯趁天晴出来兜风，却不得不靠边停车，在这个休息区坐了好几个小时，因为他不知为什么感觉异常疲惫。我觉得这条路上车应该不多，大家更喜欢走那条新路，再说那条路上还有个池塘，能钓小鱼。总之呢，那天还有两个人坐在另一张野餐桌上。他俩就干坐在那儿，一连几小时都没说话，好像在等什么。过了一会儿，其中一个人看看表，宣布他们该走了。两人从克洛格内斯桌前走过时，另一个人弯下腰，询问克洛格内斯的姓名，还叮嘱他去看医生，说他的心脏出了问题。他刚说完就被前面那人拽走了；克洛格内斯觉得他应该是某个出来放风的精神病患者。然后那两人就开车走了。"

"但这段插曲一直在他脑中挥之不去。"卡丽说，"所以他就去看了医生。结果医生发现他的心脏的确有问题，立即安排他住院。所以莱夫·克洛格内斯才会记得这个人，尽管他们只在德拉门河边老路上的停车区有过一面之缘。"

德拉门河，西蒙想。

"没错，"韦斯塔说，"莱夫·克洛格内斯说那人救了他的命。但这不是重点。重点在于法医报告显示，杰斯缇·莫尔桑德的死亡时间恰好是那两人坐在停车区的时候。"

西蒙点头。"那撮头发呢？你们没查查它是怎么跑到犯罪现场的？"

韦斯塔耸耸肩："我说了，嫌犯有不在场证明。"

西蒙注意到韦斯塔一直没提那少年的名字。他清清嗓子："照这么说，头发就是有人放在那儿栽赃他的。如果真有人特意安排桑尼·洛夫特斯出来放风、制造他是凶手的假象，那斯塔滕监狱肯定有狱警参与了这件事。这就是警方不公开案情的原因？"

亨里克·韦斯塔把卡丽办公桌上的咖啡推到远处，大概是喝腻了。"我奉命保密。"他说，"上面有人明确命令我的头儿别再插手这个案子，等以后有机会再详查。"

"他们想把情况再核实一遍，趁还没爆出丑闻。"卡丽说。

"真是这样就好了。"西蒙轻声说，"既然上面让你闭嘴，那你又为什么要告诉我们呢，韦斯塔？"

韦斯塔又耸耸肩："一个人憋在心里太难受了。我一听卡丽说她在跟西蒙·凯法斯工作……咳，大家都说你很正直。"

西蒙瞧瞧韦斯塔。"你知道这就等于说我这个人很难搞，对吧？"

"知道。"韦斯塔说，"我并不想惹麻烦。只是不想当唯一的知情人。"

"因为你觉得说出来比较安全？"

韦斯塔第三次耸肩。坐下之后，他好像缩水了。尽管穿着毛衣，但他似乎依然很冷。


长条形的会议室里鸦雀无声。

胡戈·内斯特集中精力盯着桌首那张椅子。

那张白色野牛皮的高背椅背对着他们。

椅子上的那个人要他们给个解释。

内斯特的目光越过椅背，盯着墙上那幅画，画上有一副十字架。画面奇诡血腥，细节繁复。十字架上的人长着一对犄角，两眼发红，目光如炬。除去这些细节，两人惊人地相似。有传言说这位画家在给高背椅上那个男人画像之前，曾因欠债而被他剁掉两根手指。这是真的，内斯特本人当时就在现场。还有传言说这幅画只在画家的画廊里展出了十二个小时就被椅子上的男人摘掉了。同时被摘掉的还有画家的肝脏。但事实并非如此。其实这幅画只展出了八小时，而且被摘除的是脾脏。

而那张野牛皮，据说来自椅子上那人花一万三千五百美元猎杀的一头白野牛，内斯特不知道这是真是假。白野牛是拉科塔苏族印第安人心目中最神圣的动物，据说椅子上那人用弓弩射中了它，见它两箭穿心依然不死，就骑到这只重达半吨的动物身上，用肌肉发达的大腿夹断了它的脖子。不过内斯特觉得这故事挺可信的。这人的体重比那动物轻不了多少。

胡戈·内斯特把目光从画上移开。房间里除了他和那个坐在白色野牛皮座椅上的男人，还有另外三个人。内斯特扭扭肩膀，感觉西装里的衬衫粘在背上。他一般不太出汗。不仅因为他尽量避开日光浴、劣质羊毛衫、运动、性爱和一切消耗体能的活动，更因为——医生说——他的体温调节功能存在障碍，这种机能在正常情况下能让人出汗。所以即使做了运动，内斯特也不会出汗，但有体温过高的风险。这种基因病证实了他一直以来的猜测：他不是父母的亲生儿子，而他那个梦——梦见自己躺在摇篮里，周围环境就像他曾在照片上见过的二十世纪七十年代的基辅——也不见得纯属想象，而很可能是他最初的童年记忆。

但现在他却浑身冒汗。尽管他带来的是好消息，汗水还是直往外渗。

椅子上的人还没发火。还没为卡勒·法里森办公室里失窃的钱和毒品发飙。也没扯着嗓子质问西尔维斯特怎么会失踪，或是咆哮着呵斥他们怎么还没找到洛夫特斯那小子。毕竟，他们都知道放任那家伙在外游荡有多危险。现在有四种假设，三种都不乐观。一是桑尼杀死了阿格妮特·伊弗森、卡勒和西尔维斯特，还会继续绞杀跟他们共事的人。二是桑尼被捕、认罪，供出他顶替的真凶。三是桑尼拒不认罪，英韦·莫尔桑德因杀妻被捕，由于顶不住压力而向警方和盘托出。

莫尔桑德最初跟他们说自己想杀死出轨的妻子时，内斯特还以为他想买凶杀人。但莫尔桑德却坚持要享受亲手杀死妻子的快感，只想让他们找个人顶罪而已，因为警方第一个怀疑的肯定就是他这个戴绿帽的丈夫。只要价格能谈拢，没有什么是不能卖的。这次交易的价格是三百万克朗。对于终身监禁，这个时薪相当合理，内斯特这样坚称，莫尔桑德表示赞同。后来莫尔桑德跟他们说起他杀人的经过，说自己当时是怎么把那个水性杨花的婊子绑起来，用电锯抵着她额头，在锯开她的脑袋时一直注视着她的眼睛，内斯特听着，感觉后颈汗毛倒竖，心里既嫌恶又激动。他们跟阿里尔德·弗兰克把一切都安排妥当：包括让那少年出来放风，指定他要去的地点，再让弗兰克的一位心腹、一个拿了不少好处的腐败狱警带他出去。这名狱警来自考邦，平时深藏不露，嗜好肉感的女人，把钱都用在吸食可卡因、还债和嫖娼上了，他找的那些娼妓又胖又丑，让人不禁觉得付钱的应该是她们才对。

唯一比较理想的情形是第四种，它非常简单，就是找到那少年，把他杀掉。想来这应该没什么难度，早就该办妥了。

而现在，那男人还在用低沉的嗓音平静地喃喃低语。正是这声音让内斯特汗如雨下。它从那张白色的高背椅上传来，要求内斯特解释清楚。仅此而已。只要给个解释。内斯特清清嗓子，竭力掩藏自己嗓音中的恐惧，他每次跟老板同处一室，这恐惧总是伴随着他。

"我们回那栋房子里找西尔维斯特。但只找到一张扶手椅，靠背上有个弹孔。我们找过安插在挪威电信运营中心的人，但从昨晚开始，他们所有的基站都没捕捉到西尔维斯特的手机信号。所以洛夫特斯肯定毁了他的手机，要么就是把它藏在某个没信号的地方了。总之，我认为西尔维斯特的确有毙命的风险。"

桌首的椅子缓缓旋转，椅子上的男人终于现身。他身体健壮，发达的肌肉撑满了他西装的每一道缝线，他前额很高，留着老派的小胡子，眉毛十分浓密，底下那双眼睛让人误以为他睡眼惺忪。

胡戈·内斯特试着正视他的目光。内斯特杀过女人、男人和孩子，杀人时往往还会盯着对方的眼睛，连眼都不眨一下。非但不眨，他还会仔细观察他们，想在对方眼中寻找一样东西——对死亡的恐惧、必死无疑的预感、死到临头才有的领悟。就像那个白俄罗斯女孩，当时别人都不肯动手，他站出来，割断了她的喉咙。他凝视着她恳求的眼神，似乎对那种丰富的感受欲罢不能，那就是他对他人的愤怒，对那女孩的顺从与软弱的愤怒。把一条生命攥在手里，决定它是否——更确切地说是何时——会结束，这种刺激让他亢奋。他可以把她的生命延长一秒。两秒。三秒。或是让它戛然而止。全看他的心情。他想这大概就是他最接近人们口中那种性快感的时刻吧，但对他而言，两性的结合只是一种不太舒适的体验，一种令人难堪的尝试，只是为了向所谓的正常人靠拢。他不知在哪里读到过，每一百个人里就有一个性冷淡。这只说明他与众不同，并不代表他不正常。没了这些烦恼，他反而可以把心思花在真正有意义的事情上，一心一意地去构筑他的生活与声望，去享受他人的崇敬与恐惧，而不为那种奴役了那么多人的性瘾浪费精力。这想必是合情合理的吧，所以也完全正常？他是个正常人，他不怕死，反而对死亡充满好奇。况且他还有好消息要告诉老板呢。但内斯特只跟老板对视了五秒就不得不移开目光。因为他看见的东西比死亡与湮灭还要寒冷、还要空洞。那就是毁灭。它断言你有灵魂，而它注定要被夺走。

"不过有人向我们报告了那小子可能藏身的地点。"内斯特说。

大块头扬起一道眉毛，他的眉毛长得很有特色。"谁报告的？"

"可可。一个毒贩，不久前还住在伊拉中心。"

"那个穿细高跟鞋的变态，是这样吧？"

内斯特始终不明白老板的消息都是从哪儿来的。没人在街上见过他。内斯特没见过任何人敢自称跟他说过话，更别说见过他了。但他什么都知道，他一向如此。在内奸活跃的年代，这并不稀奇，那时他老板对警方的一举一动都了如指掌。但后来，他们赶在阿布·洛夫特斯暴露内奸身份之前把他做掉了，内奸的活动似乎也就此停止。这已经是将近十五年前的事了，内斯特早就接受了一件事——或许他这辈子都不会知道内奸是谁。

"他说伊拉中心有个年轻人出手阔绰，居然帮室友还了毒债。"内斯特用精心排练的口吻说，带着他自己脑补的东斯洛伐克卷舌音，"一万二千克朗，还是现金。"

"伊拉中心的人从不帮别的瘾君子还债。"沃尔夫发话了，他是个上了年纪的男人，负责贩卖女孩。

"说得正是。"内斯特说，"但那个年轻人偏偏就这么干了——不顾室友曾告他手脚不干净，偷了一对耳坠什么的。所以我想——"

"你意思是他用了卡勒保险箱里的钱？"大块头说，"还有伊弗森被盗的珠宝，是这样吧？"

"是的。所以我去见了可可，把照片拿给他看。他立刻认出是他，桑尼·洛夫特斯。我连他的房间号都查到了。323号房间。现在的问题是，我们怎么才能……"内斯特指尖相对，响亮地嘬着嘴唇，仿佛在品尝那些代表"杀了他"的词都是什么味道。

"我们进不去。"沃尔夫说，"至少不能神不知鬼不觉地进去。那儿的大门会上锁，而且到处是工作人员和摄像头。"

"找个住户去干呗。"沃斯说，他曾是一家安保公司的高管，后来被解雇了，因为他涉嫌走私和贩卖合成代谢类固醇药物。

"这种事哪能交给瘾君子去办。"沃尔夫说，"洛夫特斯不仅从咱们的人——还是素质过硬的人——手里逃脱了，很可能还杀了其中一个。"

"那我们该怎么办？"内斯特说，"在伊拉中心外面守株待兔？在对面楼上布个狙击手？在中心放火，堵住消防通道？"

"现在不是开玩笑的时候，胡戈。"沃斯说。

"你应该知道，我从来不开玩笑。"内斯特感觉脸颊开始发烫。烫归烫，但他并没出汗，"要是我们不能赶在警察之前抓到他——"

"好主意。"这三个字说得非常轻，很难听见。但它们在这间屋子里却犹如惊雷。随后是一阵沉默。

"什么好主意？"内斯特终于问。

"让警方先抓到他。"大块头说。

内斯特环顾四周，想看是不是只有自己没听懂，然后才问："您是指？"

"就是字面意思。"大块头轻言细语，目光落在房间里唯一没说过话的人身上，"你懂我的意思，对吧？"

"我懂。"那人回答，"这样那小子就会被送回斯塔滕监狱。他可能会自杀——像他父亲一样？"

"很好。"

"我会放出口风，让警察知道那小子在哪儿。"那人说着扬起下巴，稍稍松开绿色制服的衬衣领，它把他的脖子勒得太紧了。

"不必。我来对付警察。"大块头说。

"您亲自上阵？"阿里尔德·弗兰克惊讶地问。

大块头转过身，向所有人发问："德拉门那个证人怎么样了？"

"他在医院，心血管科。"胡戈·内斯特听见有人说，他自己则盯着那幅画。

"我们怎么处置他？"

内斯特依然瞪着眼睛。

"该怎么处置就怎么处置。"老板回答。

内斯特盯着吊在十字架上的"双子"。


上吊。

玛莎坐在阁楼里。

凝视那根横梁。

她告诉同事她想上来看看档案整理得如何。其实档案肯定没问题，她根本不关心这个。最近她什么都不关心了。满脑子只想着他，斯蒂格，这简直俗套又可悲。她爱上他了。而她还一直以为自己产生不了这么强烈的情感呢。当然，她以前也有过喜欢的人，还为数不少，但她从没有过这种感觉。以前她只会觉得忐忑不安，把那当成一场刺激的游戏，能让人变得敏感，让人脸红心跳。但这次这种感觉却像……一种病。像某种东西侵入了她的身体，控制了她的每个动作、每个念头。她被思念打败了。就像被疾病与厄运打败一样。这样形容再恰当不过。这感情让她无力招架。它来势迅猛，简直要把她撕成碎片。

那个在这座阁楼里上吊的女人——她也有过同样的感受吗？她是不是也爱上了一个她明知道、打心底里知道自己不该爱的人？她是不是也曾被爱情蒙蔽双眼，心中天人交战，试着为这美丽的疾病发明一套全新的道德？或者她是否也是在深陷之后才明白自己的爱，就像玛莎一样？在早餐时间，玛莎回到 323 房间，又把那双运动鞋检查了一遍，发现它们散发着消毒水味。要不是想隐瞒什么，谁会去清洗运动鞋的鞋底呢？为什么这会让她如此沮丧，沮丧到不得不躲进阁楼？上帝啊，她根本不想爱上他呀。

她注视着那根横梁。

但她不会效仿那个死去的女人，不会去揭发他。她做不到。他这么做肯定是有原因的，只是她不知道罢了。他不是那种人。在这份工作中，她听过太多谎言、借口和各执一词的所谓真相，早已不会相信任何人的一面之词。她只确信一件事：斯蒂格绝不是个冷血杀手。

她确信，是因为她爱他。

玛莎双手掩面，眼泪直往上涌。她坐在那儿，沉默地颤抖。他本想吻她。她也想吻他。现在依然渴望。就在这里，就是现在，直到永远！她渴望迷失在爱情那美妙而温暖的浩瀚海洋中。她想服下这毒品，不再挣扎，按下针管上的活塞，去享受那极致的快乐，去感激，去堕落。

她听见一阵啜泣，感觉胳膊上汗毛倒竖。她紧盯着对讲机。里面传来婴儿稚气的呜咽。

她本想关掉对讲机，却又没关。这次的哭声似乎稍有不同。那孩子听上去像被吓坏了，哭喊着向她求救。但她知道这依然是同一个孩子，从头到尾都是。那女人的孩子。消失的孩子。他被困在虚空之中，四周一片空茫，只想找到回家的路。但没有任何人能够，或是想要帮助他。也没人敢帮他。因为他们不知道他是什么，人对未知的事物总是充满恐惧。玛莎侧耳倾听。哭声变得尖细、剧烈。接着，她听见对讲机猛地噼啪一响，一个声音歇斯底里地喊道：

"玛莎！玛莎！你快来呀……"

玛莎愣住了。出什么事了？

"玛莎！他们突然搜查伊拉中心！还带了武器！老天啊，你人呢？"

玛莎拾起对讲机，按下通话键。

"玛丽亚，出什么事了？"她松开通话键。

"这些人穿黑衣、戴面罩，还带了盾牌和枪，人数很多！你得赶紧下来！"

玛莎起身冲出房门，噔噔噔地跑下楼梯。她一把推开通往三楼走廊的门，立刻看见一个黑衣男子转过身来，用一把猎枪或是机枪指着她。她看见 323 房间门口还站着另外三个人。其中两人合力提着一把短粗的破门锤，正在撞门。

"你们这是——"玛莎开口了，却没把话说完，因为那个持机枪的人一步跨到她面前，竖起一根手指，她猜手指后面就是他面罩之下的嘴唇。她呆立片刻，意识到自己停下来只是因为忌惮他手中那件愚蠢的武器。

"请立即出示搜查令！你们无权——"

撞门锤在门锁下方击中了门板，发出一声巨响。第三个人把门打开一条缝，往里扔了什么东西，看上去像两枚手榴弹。然后他背过身，捂住耳朵。老天，他们难道想……门内发出耀眼的闪光，照得三名警官在开着灯的走廊上都投下了影子，剧烈的爆炸声震得玛莎的耳膜嗡嗡直响。接下来，他们冲入房间。

"退后，女士！"

她前面这名警官的声音听上去有些模糊。他好像在大声喊话。但玛莎只是呆望着他。他也像同伴一样，穿着戴尔塔小队①的黑色制服和防弹背心。玛莎退到门外，退进楼梯间，靠在墙上，在衣兜里摸索。那张名片还在她的上衣口袋，好像她早知道自己会用得上似的。她拨出姓名下方那个号码。

"你好？"

那声音就像某种温度计，有着莫名的精确。西蒙·凯法斯的声音听上去疲惫而焦躁，却没有执行突击搜查、重大逮捕时那种兴奋。她还听出他并不在某条街上，也不在伊拉中心的任何一个房间，而是置身一片开阔的室内空间，身边还有别人。

"他们在这儿。"她说，"他们扔了手榴弹。"

"什么意思？"

"我是玛莎·利安，伊拉中心的。这里来了一组武装特警。我们被突然搜查了。"

在接下来的停顿中，她听见背景里有人宣读了什么，像个名字，吩咐某位医生去查看术后留观病房。总督察在医院。

"我这就赶过去。"他说。

玛莎挂了电话，推门回到走廊。她听见警用对讲机发出哔哔声和刺啦声。警官用枪指着她说："喂，没听见我说话吗？"

他的对讲机里传来一个金属质感的声音："我们要把人带出来了。"

---

① 挪威警察应急部队（Delta Force），是挪威的特种警察部队兼主要反恐单位，主要应对危险情况，如高风险逮捕和人质营救。

"来呀，开枪呀，这地方可是我说了算，我还没看到你们的搜查令。"玛莎凛然宣称，大步越过他身旁。

接着，她看见几个人走出 323 房间。他们抓获的人戴着手铐，跟在两名警官身后，身上除了一条偏大的白裤衩，什么也没穿，而且奇怪的是，他显得十分虚弱。尽管上身肌肉发达，但他整个人却消瘦、干瘪、绝望。一道鲜血流出他的耳朵。

他抬起头，与她四目相对。

然后他们就经过她身旁，走远了。一切都结束了。

玛莎长吁一口气，感觉如释重负。

贝蒂敲了两下门，掏出万能钥匙，进入套房。今天她也像平时一样，在门口稍稍多等了一会儿，这样即使客人在里面，也有充足的时间整理仪容，避免尴尬。广场饭店规定：凡是不该知道的，员工一律要做到不看、不听。但贝蒂不吃这一套。她妈妈总说，贝蒂的好奇心总有一天会给她惹祸。而且没错，其实它早就给她惹过祸了，还不止一次。不过对一名前台接待员而言，好奇心也有它的好处，贝蒂是全酒店眼睛最尖的人，一眼就能看出谁是骗子。她特别擅长揭发那些打算来酒店蹭吃蹭喝、最后拒不付账的人，这几乎成了她独门绝技。而且她工作积极，从不掩饰自己的上进心。在上次年度的表现评估中，老板称赞她既机警又审慎，时刻把饭店的利益放在第一位。她将来肯定前途无量，对于她这样的人，前台的工作只是跳板而已。这间套房是饭店里最大的一间，能俯瞰整个奥斯陆的景致。房间带一个吧台、一间小厨房和一个客卫，卧室还带主卫。她听见主卫传来哗啦啦的淋浴声。

入住登记显示，这位客人名叫菲德尔·拉埃，显然不在乎钱。她送来的这件西装是瑞典虎牌的，今天早些时候刚从玻克塔路购买，立刻就送去给裁缝加急修改，然后用出租车送到酒店。在夏季，饭店一般都会雇一位门童干跑腿的活，但今年夏天生意实在清淡，只好改由前台来送。贝蒂立即自告奋勇，这倒不是因为她真有什么理由怀疑这位客人。她给他办理入住时，他预付了两晚的房费，骗子可不会这么干。但他好像在隐瞒什么。他并不像住顶层套房的那种人，有点怯生生的，办手续时异常专心，就像从没住过酒店、只听说过这种地方似的，生怕自己犯错。还有，他用现金付账。

贝蒂打开衣橱，发现里面已经挂了一条领带和两件衬衫，也都是瑞典虎牌的，大概是在同一家商店买的。地上有一双崭新的黑皮鞋。她在鞋垫上看到"瓦斯"字样。她把西装挂在一只带滚轮的长形软壳行李箱旁。那箱子差不多跟她一样高，她以前见过这种箱子，是用来装滑雪板或冲浪板的。她很想拉开箱子的拉链，但最终只是戳了戳它。布料凹陷下去。箱子是空的——反正没装滑雪板。箱子旁边摆着衣橱里唯一一件旧物，一只红色的运动背包，上面有"奥斯陆摔跤俱乐部"字样。

她关上衣橱，走到敞开的卧室门前，对着洗手间门大声说："拉埃先生！打扰一下，拉埃先生！"

她听见里面的人关上水龙头，不久，一个把湿发拢在脑后、满脸都是剃须泡的男人出现了。

"我把您的西装挂进衣橱了。我是不是得取一封信，再盖戳寄出？"

"啊，对。太感谢了。能稍等我一下吗？"

贝蒂走到客厅窗前，面向新歌剧院和奥斯陆峡湾。新建的大厦鳞次栉比，像篱笆上的木桩。埃克伯格山、邮局大楼、市议会。在她脚下的奥斯陆中央车站，通向全国各地的铁路从西面八方汇集到一起，如同一束神经。她注意到宽大的书桌上有一本驾照。不是拉埃的。驾照旁有把剪刀，还有一张拉埃的照片，是护照尺寸的证件照，照片上的拉埃戴着硕大的方框眼镜，就是她在给他办理入住时见他戴过的那副。桌上还放着两只一模一样的公文包，显然是新买的。其中一只包里露出塑料袋的一角。她打量着它。

哑光质地的透明塑料袋，里面隐约透出什么白白的东西。

她后撤两步，好看到卧室里的情形。洗手间的门敞开着，她看见客人背对她站在镜子前。他在腰间缠了条浴巾，正专心刮脸。所以她还有一点时间。

她试着去掀那只装有塑料袋的公文包。是锁着的。

她看看密码锁。小小的金属齿轮显示着 0999。她看看另一只公文包。上面是 1999。两只包密码相同吗？如果相同，那密码应该就是 1999。是个年份。可能代表某人出生那一年，或是王子①那首歌。如果她猜得没错，那另一只公文包应该没锁。

贝蒂听见客人拧开了浴室水龙头。应该在洗脸。她知道自己不该这样做。

她掀开第二只公文包的盖子，倒吸一口气。

公文包被成捆的钞票塞得满满当当。

很快，她听见脚步声从卧室里传来，于是飞快地合上盖子，迅速跳出三步，停在走廊门口，心怦怦直跳。

他走出卧室，微笑地望着她。但他好像哪里变了。可能是没戴眼镜吧。或是因为一只眼睛上方有张带血的纸巾。突然，她明白了。他剃掉了眉毛，所以才变了样。什么样的人会剃掉眉毛啊？当然了，除非是《墙》②里的鲍勃·吉尔道夫。但他演的可是个疯子啊。或是装疯。她面前这人也疯了吗？不会，疯子只会幻想自己带着塞满钞票的公文包，而不会真的带着它。

他拉开书桌抽屉，取出一只棕色信封递给贝蒂。

"能麻烦你确保今天寄出吗？"

---

① 即普林斯·罗杰斯·尼尔森(Prince Rogers Nelson,1958—2016)，艺名王子(Prince)，是美国音乐家、演奏家、作曲家、音乐制作人兼演员。

② 《墙》(The Wall)是一部 1982 年上映的英国音乐心理片，改编自 1979 年平克·弗洛伊德的专辑《墙》。

"好的，一定。"她希望他没看出她的不安。

"多谢你，贝蒂。"

她眨眨眼。这没什么可大惊小怪的——酒店的胸牌上有她的名字。"祝您愉快，拉埃先生。"她微微一笑，手扶门把。

"等等，贝蒂……"

她感觉自己的笑容凝固了。他肯定发现她去开公文包了，他马上要——

"也许，嗯……这种服务是不是该付小费啊？"

她松了口气："完全不用，拉埃先生。"

直到走进电梯，她才意识到自己出了一身汗。她怎么就是管不住这份好奇心呢？而且她还不能跟别人说自己乱翻客人的东西。不管怎么说，在公文包里装满现金哪里犯法了？如果他是警察，这就更合情合理了。因为那只棕色信封上就是这么写的。格兰斯莱达街44号，警察总署。西蒙·凯法斯收。

西蒙·凯法斯站在323号房间里环顾四周。

"所以戴尔塔小队突袭了这个房间？"他说，"带走了下铺那个人，那个约翰尼——什么来着？"

"美洲狮。"玛莎说，"我打电话给你，是因为我以为你说不定……"

"没有。这次行动与我无关。约翰尼的室友是谁？"

"他自称斯蒂格·贝耶。"

"唔，那他人在哪里？"

"我不知道。没人知道。警察把这儿的人都问了个遍。好了，如果不是你，那我想问下令突然搜查的是谁。"

"我也不知道。"西蒙说着，打开衣橱，"只有局长能授权出动戴尔塔小队，你去问他吧。这些就是斯蒂格·贝耶的衣物？"

"应该吧。"

他直觉感到她在说谎,她明显知道这些衣物就是他的。他举起衣橱底部的蓝色运动鞋。四十三码。他把鞋放回原位,关上衣橱,一眼就看见衣橱一侧墙上钉的那张照片。这完全打消了他的疑虑。

"他叫桑尼·洛夫特斯。"西蒙说。

"什么?"

"另一名住户。他叫桑尼,这张照片上的人是他父亲阿布·洛夫特斯。他父亲以前是警察。儿子却成了杀人犯。截至目前他已经杀了六个人。你尽可以向局长投诉,不过依我看,出动戴尔塔小队的理由很充分。"

他注意到她面部的线条突然变得僵硬,瞳孔开始收缩,仿佛突遇强光。这里的员工也许对内情略知一二,但想到自己庇护过一个身负多起命案的杀人犯,他们还是会吓一大跳。

他蹲下来,发现床底下有什么东西。他把它掏出来。

"那是什么?"她问。

"闪光弹。"他托起那枚橄榄绿的东西说,它看上去就像自行车龙头上的橡胶把手,"它能瞬间迸发强光,发出巨大的爆炸声,达到一百七十分贝左右。这东西并不危险,但能让人在好几秒钟时间里看不见也听不见、感觉头晕眼花,能给戴尔塔小队争取充足的时间。他们没拉开这枚闪光弹的保险栓,所以它没爆炸。这很正常,人在压力之下总会犯错。你说是吧?"

他看看运动鞋,又抬头看看她。但等到他们四目相对,她的目光已经变得从容而坚决。他看不出任何破绽。"我得回医院了。"西蒙说,"要是他回来了,你能给我打个电话吗?"

"你身体可好?"

"应该不怎么样。"西蒙说,"不过病人其实是我妻子。她快失明了。"

他低头注视自己的双手,很想再加一句:其实我也一样。

# 28

胡戈·内斯特特别喜欢佛蒙特。这地方是少数几家兼营餐厅、酒吧和夜店，还每样都做得可圈可点的综合体之一。这里的客人有的既美丽又富有，有的富有但不美丽，有的美丽但不富有，客群覆盖三教九流，从社会名流到小有成就的金融界人士，再到昼伏夜出的娱乐业、夜生活从业者。还有飞黄腾达的犯罪分子。二十世纪九十年代，正是在佛蒙特，特维塔黑帮[1]和那些涉嫌洗钱、抢银行、抢邮局的罪犯曾一瓶接一瓶地开唐·培里侬香槟王，还因为嫌当时的挪威脱衣舞娘不够档次而专程从哥本哈根飞脱衣舞娘过来，只为让她在包厢里跳一支短短的艳舞。这些人曾用吸管把可卡因吹进舞女身上的各个部位，再吸入自己体内，与此同时，服务员会给他们呈上牡蛎、黑松露和鹅肝，而他们对自己做的事跟那些被取肝的鹅的遭遇相差无几。总而言之，佛蒙特是个有些腔调也有些年头的地方。在这里，胡戈·内斯特每晚都会跟手下坐在他们那几张用警戒线围住的桌子上，欣赏周遭的世界如何堕入地狱。佛蒙特也是个谈生意的地方，银行家、金融家可以跟罪犯谈笑风生而不必担心那些经常光顾这里的警察多心。

有鉴于此，他们桌上这人提的条件也不算特别离谱。这人走进佛蒙特，四下张望，挤过人群，径直向他们走来，还试图越过划定他们地盘的红色警戒线，不过被博拦了下来。博跟他交谈几句，来到内斯特身边，凑在他耳旁说："他想要个亚洲女孩，说他是代表一位客户来的，那人愿意付任何价格。"

---

[1]　奥斯陆著名黑帮，活跃于二十世纪八九十年代。

内斯特扬起头，呷了一口香槟。以前双子有句口头禅，现在已经被他据为己有：有钱就有香槟美酒。"你看他像警察吗？"

"不像。"

"我觉得也是。给他加把椅子。"

那人穿一身名贵的西装，衬衣刚刚熨过，脖子上打着领带。他戴着一副巨大的高档眼镜，镜框上方是淡淡的眉毛。不，应该说，他没有眉毛。

"女孩年龄不能超过二十。"

"我都听不懂你在说什么。"内斯特说，"你有何贵干？"

"我的客户是伊弗尔·伊弗森的朋友。"

胡戈·内斯特仔细打量对方。除了没有眉毛，他的眼睑上也没有一根睫毛。他大概也得了普秃病，就像胡戈那个——所谓的——兄弟一样，他兄弟身上连一根体毛都没有。这么说来，这人的头发肯定也是假的。

"我的客户从事航运业。他会用现金和从海运渠道进来的海洛因支付。那种海洛因纯度有多高，你应该比我清楚。"

停靠的次数越少，中饱私囊的中间商就越少。

"让我给伊弗森打个电话。"内斯特说。

那人摇摇头："我的客户要求绝对保密，不能让任何人知道，包括伊弗森在内。伊弗森要是蠢到能把自己那档子事告诉熟识的朋友，那是他自己的问题。"

也很可能是我们的问题，内斯特心想。这家伙到底是谁？他看着不像个跑腿的。是某人的门徒吗？深受信赖的家族律师？

"当然了，我完全理解你们要求直接上门的生人提供额外担保，确保交易顺利。所以我的客户和我愿意支付一笔订金，以表诚意。你看怎么样？"

"那就四十万吧。"内斯特说，"我就是随口一说。我还是听不懂你在说什么。"

"明白。"那人说，"没问题。"

"什么时候？"

"今晚怎么样？"

"今晚？"

"我在奥斯陆只待到明天早上，然后就飞回伦敦。钱在我广场饭店的套房里。"

内斯特跟博交换了一个眼神。然后端起盛香槟的笛形高脚杯，一饮而尽。

"先生，你说的话我一句都听不懂。除非你是想请我们去你的套房里喝一杯。"

那人脸上掠过一丝笑容："我正有此意。"

一到停车场，他们就搜了那人的身。博抓着他，内斯特检查他身上有没有武器和麦克风。那人任他们搜查，完全没有反抗。他什么都没带。

博把加长轿车开到广场饭店，一行人走出室内音乐厅背后的停车楼，进入广场饭店高耸的棱锥形大厦。他们在观光电梯里俯瞰城市，内斯特感觉这如同一个隐喻——他升得越高，底下的人就越是渺小。

那人打开套房的房门，博掏出手枪。其实他们遭遇突袭的概率很小，内斯特已经没有活着的对手了，除非是他不知道的。生意上的纠纷都已解决，要是警察想来抓他，那他悉听尊便，但他们不会找到任何把柄。尽管如此，他还是莫名有些担忧。他把这归结为一种职业性的警觉，准备全程保持警惕，这一点很值得他的同行学习。内斯特能有今天绝非浪得虚名。

套房很棒。他承认，这里视野极佳。那人把两只公文包放在茶几上。趁博检查其他房间时，那人走进吧台，开始调酒。

"请自便。"他伸手示意那两只公文包。

内斯特坐到茶几前，依次打开两只公文包。里面的钱远远不止四十万克朗。必然如此。

要是另一只包里的毒品真有这人说的那么纯，那这些东西都够买下一个村的亚洲女孩了。

"介意我打开电视吗？"内斯特拿起遥控器说。

"请便。"那人说，他正忙着调酒；他的动作看上去好像不太熟练，但至少还知道给那三杯金汤力切几片柠檬。

内斯特打开付费频道，跳过儿童片和合家欢电影，进入成人频道，把音量调高。他踱到吧台前。

"这女孩十六岁，会在明天午夜送到鲸滩海滨浴场的停车场。你得把车停在场地中央，在车上等。我的人会去跟你接头，到后座上点钱。他点完就会把钱带走，由另一个人送女孩过来。听明白了吗？"

那人点点头。

内斯特没提到的是，送女孩的车跟取钱的车不是同一辆——因为这无须赘言。钱被带离交易地点后，另一辆车才会把女孩送来。跟毒品交易一个规矩。

"价格是……"

"再加四十万。"内斯特说。

"行。"

博走出卧室，停下来看电视屏幕。

他好像很爱看这个。大多数人都爱看。内斯特觉得成人片唯一的用处只是能发出可以预见、节奏规律的呻吟声，足以扰乱房间里任何可能存在的窃听器。

"那么明天午夜，鲸滩海滨浴场见。"内斯特重复了一遍。

"咱们喝一杯庆祝庆祝吧。"那人说着，举起两只玻璃杯。

"谢谢。不过我得开车。"博说。

"这样。"那人笑了，一拍额头，"可乐怎么样？"

博耸耸肩，那人打开一罐可乐，倒进杯中，又切了一片柠檬。

他们举杯庆祝，坐到桌边。内斯特使了个眼色，博就从公文包里取出一捆钞票，大声地数起来。他把钞票装进从车上带来的提包。他们从不用顾客的包，因为里面说不定装了传感器，能追踪钱的去向。直到听见博数错了数，内斯特才发觉不对劲。但他不知道哪里不对。他四下瞧瞧，难道墙壁变了颜色？他低头看看手中的空杯，再看看博的空杯，又看看那个律师的杯子。

"你杯里怎么没有柠檬？"内斯特问。他的声音听上去十分遥远。对方的回答也显得同样缥缈。

"我对柑橘类水果不耐受。"

博不再数钱，脑袋在钞票上方耷拉下来。"你给我们下药了。"内斯特说着，去摸绑在腿上的匕首。在看见一只台灯底座飞过来之前，他还来得及意识到自己摸错了腿。然后，一切就陷入黑暗。

胡戈·内斯特一向喜欢音乐。不是一般人称为音乐的噪音，不是那些笨拙的音符，而是那种为成年人、有思想的人创作的音乐。理查德·瓦格纳。半音阶。十二个半音，频率是二的十二次方根。干净而纯粹的数学，和谐与德国式的秩序。但他现在听见的声音却是音乐的反义词。这声音极不和谐，音符间毫无关联，完全是一片混乱的杂音。醒来后，他发现自己在一辆车上，被塞进了一只巨大的口袋。他感觉恶心、晕眩，某种强韧的绳索捆住了他的手脚，深深勒进他的皮肤——估计是塑料扎带，他有时会用它绑那些女孩。

车子停了，他被拖下车，感觉自己应该是被装进了一只带滚轮的软袋。他时而平躺、时而站立，被人连推带拽地运过一片崎岖不平的地带。他听见拖袋子的人喘着粗气，不知那人是谁。内斯特冲他喊话，让他放人，提出可以付钱，但对方无动于衷。

随后，他听见了那个声音，那种刺耳、杂乱的喧哗，感觉它越来越近。

就在装他的袋子被放倒那一刻，他认出了这个声音，他仰面躺着，感受着身下地面的震颤，意识到渗进袋子、渗入他西装的凉水来自沼泽——他已经知道自己身在何处了。是那些狗。那是阿根廷獒犬短促而起伏的犬吠。

但他并不明白那人为什么会带他来这儿。也不知道对方是谁，这一切为什么会发生在自己身上。是为了争夺地盘吗？劫持他的这个人就是杀死卡勒的凶手吗？但他为什么要采取这种手段呢？

行李袋被拉开了，手电光迎面而来，照得内斯特眯起眼睛。

一只手揪住他的脖子，拉他站起来。

内斯特睁开眼睛，看见一把手枪在手电照射下泛着幽光。犬吠戛然而止。

"谁是内奸？"手电背后那个声音说。

"什么？"

"谁是内奸？警方原来以为是阿布·洛夫特斯。"

胡戈·内斯特眯起眼睛，躲避光线："我不知道。开枪吧，我不知道。"

"谁知道？"

"没人知道。我们都不知道。也许警方那边有人知道吧。"

对方放低手电，内斯特认出这就是那个律师模样的人。他只是摘了眼镜。

"你必须受到惩罚。"他说，"受罚之前，你想先忏悔吗？"

他在说什么啊？口气跟个神职人员似的。这是因为那个被他们杀掉的牧师吗？可那人不过是个堕落的恋童癖而已——应该不会有人想替那家伙报仇吧？

"我没什么可忏悔的。"内斯特说，"赶紧动手吧。"

不知为什么，他感觉心如止水。大概是药物的副作用吧。或是因为他早已在心里设想了太多次，认定自己多半会这样死去，被人一枪爆头。

"你对那个女孩也没有愧疚吗？你先放狗咬她，然后割开她的喉咙，用的就是这把刀？"

内斯特眨眨眼，看着手电的光游走在弯曲的刀刃上。是他自己那把阿拉伯匕首。

"别……"

"你把那些女孩关在哪里，内斯特？"

女孩？难道这就是他想要的？想接管贩卖人口的生意？内斯特设法集中精力。但这很难，他头脑一片混乱，如坠云里雾里。"我要是说了，你能保证不开枪吗？"他问，尽管他明白，对方的许诺就像一九二三年的德国马克，可靠性堪忧。

"我保证。"那人说。

那内斯特为什么还是愿意相信他呢？这人从踏入佛蒙特那一刻起，除了撒谎就没干别的。但内斯特为什么还是宁愿相信对方不会一枪崩了他呢？大概是他疯狂的大脑拼命想抓住最后一根救命稻草吧。因为他没有任何别的东西可以依靠，在这座夜幕下的林中狗场，这点愚蠢的希望就是他仅有的一切：他只希望这个劫持者说话算数。

"在恩纳豪格路 96 号。"

"非常感谢。"那人说道，把手枪插进裤腰带。

非常感谢？

那人掏出手机，对照着一张黄色便笺纸往里输了什么，多半是个电话号码。屏幕的荧光照亮了他的脸，内斯特觉得他没准还真是个牧师。一个不会骗人的牧师。当然，这种说法显然站不住脚，但他相信世上真有这样的牧师，从不觉得自己是在骗人的那种。那人还在按手机，是在编辑消息。他按下最后一个键，发送消息，然后把手机揣进衣兜，望着内斯特。

"你做了件善事，内斯特，现在她们有机会得救了。"他说，"我觉得你应该知道这个，趁你还没……"

趁我还没什么？内斯特咽下一口唾沫。这人答应不杀他的！他保证过……。他保证不会对他开枪。手电光打在犬舍的挂锁上。那人把钥匙插进锁孔。这下内斯特能听见狗的声音了。不是洪亮的犬吠，而是一个和谐的低音，几乎难以察觉。一种微弱的咕噜声，来自它们辘辘的饥肠，这声音越来越大，抑扬顿挫，像瓦格纳的对位法音乐一样宁静而克制。这下什么药物也抑制不住他的恐惧了。他感觉像被人用刺骨的冰水冲刷。他多想被这水流带走，但那条水管却不在外面，而在他的体内，从内部冲洗他的大脑和身体。他无处可逃。因为握着水管的人，就是胡戈·内斯特自己。

菲德尔·拉埃坐在黑暗中，双目圆睁。他不再挣扎，也不再呼喊。他只是蜷起身子，好让自己暖和一点，让身体不再发抖。他认出了那两个人的声音。一个是那个不知打哪儿冒出来的人，那人把他关在这里已经超过二十四小时了。菲德尔几乎没碰那些狗粮，只喝了点水。他冷得发抖。虽然是夏天，夜晚的寒意依然会侵入人体，让身体发僵，逼得人无处可逃。他扯着嗓子喊救命，直喊到嗓子冒烟，声嘶力竭，直喊到润湿他喉咙的不再是唾液，而是鲜血，而喝水根本无法缓解干渴，只会像酒精一样灼痛喉咙。听见有汽车驶来，他又试着大叫，却抽噎起来，因为他发现自己已经哑然失声，声带只能像生锈的引擎那样轧轧作响。

他从狗的反应看出有人来了。他盼望过，祈祷过。终于看见一个剪影出现在夏日的夜空下，是那个人回来了。此人昨天曾步履轻盈地涉过沼泽，现在却弯着腰，吃力地拖着什么东西。是一只行李袋，里面装着一个活人。那人立在里面，双手被反绑在身后，双脚并拢，被带到菲德尔所在的犬舍跟前时显然有些站立不稳。

是胡戈·内斯特。

那两人离菲德尔所在笼舍不过四米远，但他还是听不清他们在说些什么。那人打开挂锁，手按内斯特的额头，同时沉默不语，像在给他祝福。然后他在内斯特头上轻轻一推。那个西装笔挺的胖子短促地一叫，仰面倒下，撞到向内开启的笼门。狗群开始骚动。那人迅速把内斯特的脚推进笼

中，关上门。几只狗迟疑片刻。然后驱魔者似乎灵光一闪，开始出击。菲
德尔眼看那几只大白狗扑向内斯特。它们的动作如此之轻，他甚至能清晰
地听见咔咔的咀嚼声和撕扯血肉的声音，还有那种堪称狂喜的低吼和内斯
特的尖叫。一个颤抖的单音带着难以解释的纯净划过北欧明净的夜空，菲
德尔能看见昆虫在空中飞舞。然后，那声音戛然而止，菲德尔看见另一种
东西喷向天空，仿佛一群人正向他扑来，同时感觉身上落满了温热细密的
水滴，他知道那是什么，他曾在一次狩猎时亲手割断过一头鹿的动脉。菲
德尔用衣袖擦擦脸，别过脸去。他看见那个站在笼外的人也把脸别到一边，
肩膀在抽动，像在哭泣。

29

"夜深了。"医生揉揉眼睛说，"要不你回去睡会儿吧，凯法斯，咱们明天再说？"

"不。"西蒙说。

"听你的。"医生说，昏暗的走廊上有一排靠墙的椅子，医生示意西蒙去那儿坐坐。医生坐到他身旁，沉吟片刻，然后凑近西蒙，他顿时感觉事情不妙。

"你妻子没多少时间了。要是你们还想让手术有机会成功，那她这几天就必须开刀。"

"你就没有别的办法了？"

医生叹息一声。"在正常情况下，我们一般不会劝病人去国外的私立诊所接受昂贵的治疗——尤其是手术还不一定成功。但这次……"

"你的意思是我得立刻把她送到霍威尔诊所去？"

"我可没这么说。很多盲人身患残疾也能过得很好。"

西蒙点点头，用手指摩挲衣兜里那枚闪光弹。他尽力去消化这个消息，却发现自己的大脑似乎想要逃避，想躲到别的念头里，一直在琢磨"残疾"这个字眼是否存在政治不正确的嫌疑。他想，现在的新说法应该是"能力有别"。或者这个词会不会也已经政治不正确了——就像"收容所"一样？时代变化太快，他都跟不上了，涉及身体健康和社会关怀的术语简直比牛奶还容易过期变质。

医生清了清嗓子。

"我……"西蒙刚要开口，却听见自己的手机响了。他握住它，庆幸自已终于可以喘一口气。他没认出发件人是谁。

内斯特的俘虏被关在恩纳豪格路 96 号。速往。儿子

儿子。

西蒙在手机上打出一个电话号码。

"听着，西蒙。"医生说，"我可没时间再——"

"这没问题。"西蒙说着，举起一只手示意医生安静，同时听见电话那头那个睡意蒙眬的声音接起电话："我是法尔凯。"

"你好啊，斯维特，我是西蒙·凯法斯。我想请你们派戴尔塔小队突击检查这个地址：恩纳豪格路 96 号。你们最快什么时候能到？"

"现在可是大半夜。"

"你没回答我的问题。"

"三十五分钟吧。局长批准了吗？"

"我没联系上篷提乌斯。"西蒙撒了谎，"不过你放心，我们目前有充分的理由执行这次突击。事关人口贩卖。我们必须分秒必争。去吧，出事由我来扛。"

"但愿你知道自己在做什么，西蒙。"

西蒙挂上电话，望着医生："谢谢你，医生，我会考虑的。现在，我得回去干活了。"

贝蒂和同伴来到顶层，刚跨出电梯就听见交欢的声音。

"不是吧。"贝蒂皱皱眉头。

"是付费电视。"跟她一起来的保安说。他们收到附近几个房间的投诉，按照规定，贝蒂在前台的夜班记录中这样写道："凌晨两点十三分，4 号套房噪声投诉。"她给 4 号套房打了电话，但没人接。然后她就通知了保安。

他们使劲敲门，不顾门上挂着"请勿打扰"的牌子。他们停下来稍等片刻，然后继续敲门。贝蒂不断变换重心，从左脚换到右脚。

"你干吗这么紧张。"保安说。

"我觉得这个客人好像……在做什么坏事。"

"坏事？"

"吸毒之类的吧——我哪知道？"

保安松开短棍上的按钮，挺起身子，看着贝蒂把万能钥匙插进锁孔。她打开门。

"拉埃先生？"

客厅里空无一人。交欢的呻吟声来自电视上一个穿红色紧身皮胸衣的女人，她还戴着一只白色的十字架，大概表示她是个护士。贝蒂一把抓起茶几上的遥控器，关掉电视，保安则进入卧室。公文包不见了。贝蒂注意到那几只空玻璃杯，还看见吧台上有半只柠檬。柠檬已经干瘪，果肉奇怪地变成了褐色。贝蒂打开衣橱。西装、大行李袋和红色运动包都不见了。这是玩消失最古老的套路，把"请勿打扰"挂在门上，再打开电视，让人以为客人还在房间。但拉埃先生的房费是预付的。而且她查过，这个房间的客人在餐厅和酒吧都没有额外消费。

"洗手间里有个人。"

她回头，看见保安站在洗手间门口。

她跟着他进去。

洗手间地板上有个人，初看上去像在拥抱马桶。再一看，他是被绑在马桶上的，手腕上缠着胶带。这人金发，穿着一身黑色西装，看上去不怎么清醒。像是嗑药嗑嗨了，或是药劲已过。他对他俩眨着沉重的眼皮，显得昏昏欲睡。

"给我松绑。"他说，她都不知道这是哪个国家的口音。

贝蒂冲保安扬扬下巴，保安掏出一把瑞士军刀，割断了塑料胶带。

"这是怎么回事？"她问。

那人颤颤悠悠地站起来。在他们面前摇晃。他竭力让游离的双眼聚焦。"我们玩了个愚蠢的游戏。"他嘟哝着，"我得走了……"

保安堵在门口，想拦住他。

贝蒂扫视房间，没看出有什么损坏。房费已经结清。他们只不过接到一个关于电视音量的投诉，却要冒被警察找麻烦的风险，还很可能招来负面新闻，留下藏污纳垢的恶名。老板夸过她办事审慎，始终把酒店的利益放在第一位。他还说她前途无量，对于她这样的人，前台的工作只是跳板而已。

"让他走吧。"她说。


拉尔斯·吉尔伯格被树丛的窸窣声吵醒，在枝叶间看见一个身影。有人要来偷那少年的东西。拉尔斯钻出肮脏的睡袋，爬起来。

"喂！你！"

对方停下来，转过身。那少年变样了。不但穿了西装，模样也变了，好像有点浮肿。

"谢谢你帮我看东西。"少年说，点头示意腋下的包裹。

"唔。"拉尔斯说着，把脑袋往前凑，觉得这样也许更能看清少年有什么变化，"你没惹上麻烦吧，啊，小伙子？"

"哎，没错，我惹上麻烦了。"少年笑了。但这笑容好像不太对劲，显得有些苍白。他的嘴唇在瑟缩，他好像哭过。

"需要我帮忙吗？"

"不用，不过谢谢你这么问。"

"嗯。我应该不会再见到你了，对吧？"

"对，应该见不到了。好好过日子，拉尔斯。"

"我会的。你也……"他上前一步，把一只手放在少年肩头，"你要长命百岁啊。答应我好吗？"

少年匆匆点点头。"去看看你枕头底下。"他说。拉尔斯习惯性地瞧瞧他铺在桥洞底下的床。等他再回过头，那少年已经只剩一个背影了，随后很快消失在夜色中。

拉尔斯回到睡袋旁，看见枕头底下露出一只信封。他拿起它。上面写着"给拉尔斯"。他打开信封。

拉尔斯·吉尔伯格这辈子从没见过这么多钱。


"戴尔塔小队不是应该已经到这儿了吗？"卡丽问，边打哈欠边看表。

"没错。"西蒙说着，望向车窗外。他们把车停在恩纳豪格路中段，96号在街对面，位于他们前方五十米处。那是一栋两层的木质小楼，外墙刷着白漆，在二十世纪六十年代，恩纳豪格路上许多美丽的房屋都遭到拆除，好给四栋高楼腾出地方，这栋小楼是幸存的建筑之一。在这个夏夜，小楼看上去格外静谧，让西蒙很难想象有人会被囚禁在这里。

"我们略感愧疚。"西蒙说，"但我认为，钢筋水泥更适宜今人的需求。"

"你在说什么？"

"我在引用 OBOS 建筑公司首席执行官的话，是他在一九六〇年说的。"

"是吗？"卡丽说着，又打了个哈欠。西蒙有点好奇，她是不是指望他为大半夜把她拉到这儿来感到愧疚。她完全可以说这种突击根本不需要她现场督战。"戴尔塔小队怎么还没到？"她又问。

"不知道。"西蒙说，就在这时，他的手机收到一条信息，手机就放在他俩之间，荧幕顿时照亮了车厢。他扫了一眼那个号码。

"不过原因马上就会揭晓。"他说着，缓缓把手机举到耳边，"哪位？"

"西蒙，是我。戴尔塔小队不会来了。"

西蒙调调后视镜。心理学或许能解释他为什么会这么做，不过对他而言，这已经成为一种习惯，每次听到那个人的声音，他都会不由自主地调整后视镜。西蒙盯着镜子，观察后方的情形。

"为什么？"

"因为突击的理由不充分，我们不能证明这次行动绝对必要，而且你根本不打算走申请戴尔塔小队行动的正规程序。"

"你可以批准啊，篷提乌斯。"

"我可以。但我没有。"

西蒙在心里咒骂一声。"听我说，这——"

"不，你听我说。我已经命令法尔凯解除戒备，让他和他的人回去睡觉。所以你到底在搞什么鬼，西蒙？"

"我有理由相信有人在恩纳豪格路 96 号被非法拘禁。说实话，篷提乌斯，这——"

"还知道说实话，很好嘛，西蒙。下次给戴尔塔小队的队长打电话之前，你最好也记得说实话。"

"我没工夫跟你解释。该死，马上就来不及了。你以前那么相信我的判断。"

"以前，这个词用得非常准确，西蒙。"

"这么说你现在不相信了，是这个意思吗？"

"还记得吗？你赌博输得倾家荡产。连你妻子的钱都输光了。你说我在知道这些以后，还怎么相信你的判断？"

西蒙咬紧牙齿。曾有一个时期，他俩总是不分伯仲，很难说谁会在争吵中获胜，谁会考得更好，谁会跑得更快，谁能约到最美的女孩。唯一能确定的是，他俩总会在第三个好朋友的带领下一致对外。而现在，那个人已经不在了。尽管那个人一直是三人中最聪明、最强壮的，但篷提乌斯·帕尔却一向有个无可比拟的优势：他往往想得最远。

"我们明天一早再行动。"局长说，语带那种自信的笃定，如今，这种态度总是给人一种感觉，好像只有他篷提乌斯·帕尔才最有发言权。就连他自己都这么觉得。"既然你收到密报说有人涉嫌在这里贩卖人口，那这些人总不会一夜之间就消失吧。回去睡吧。"

西蒙开门下车，示意卡丽待在车上。他关上门，沿路走出几米，对着电话飞快地说。

"等不了了。情况紧急，篷提乌斯。"

"为什么？"

"因为那条密报。"

"你从哪儿得到的线索？"

"我收到一条信息……匿名信息。我要自己进去。"

"什么？想都别想！马上停手，西蒙。听见了吗？你在听吗？"

西蒙把手机拿下来看了一眼，又放回耳边。"由警官在现场做出评估。还记得咱们学过这个吗，篷提乌斯？记不记得咱们还学过，现场评估总比远程判断来得准确？"

"西蒙！奥斯陆已经够乱的了。就因为之前那几起谋杀案，市议会和媒体已经揪着我们不放了。你这次就别再火上浇油了。西蒙！"

西蒙挂断电话，关掉手机，掀起后备厢。他打开枪械柜的锁，取出猎枪、手枪和好几盒弹药，又拿出两件扔在后备厢的防弹背心，回到车上。

"咱们进去。"他说着，把猎枪和一件防弹背心递给卡丽。

她看着他。"刚才局长跟你说的就是这个？"

"正是。"西蒙说着，检查那把格洛克17手枪的弹夹是否装满，然后把弹夹推回枪托，"把手套箱里的手铐和闪光弹给我好吗？"

"你居然有闪光弹？"

"伊拉中心那次突袭的意外收获。"

她把那只皮亚力士牌手铐和闪光弹递给他。"他批准我们进去了？"

"他知情了。"西蒙说着，穿上防弹背心。

卡丽扳起撞针，娴熟地装上弹夹。

"我九岁就开始打松鸡了。"见西蒙面露诧异，她解释道，"不过比起猎枪，我更喜欢用步枪。咱们怎么行动？"

"我数三声。"西蒙说。

"我是说咱们怎么靠近——"

"三。"西蒙说着，打开车门。

俾斯麦旅馆号称地处奥斯陆中心，这也的确不假。这座小旅馆坐落在奥斯陆城的发源地克瓦达突伦区中央，夹在毒品市场和红灯区之间。受地理位置影响，旅馆提供钟点房，并提供经过高温烫洗而发僵发硬的毛巾。现任老板接手后，这里的房间已经十六年没翻新过了，但由于磨损和老化，旅馆每隔两年会更换一批床铺。

所以，在那天凌晨三点零二分，当欧拉（老板的儿子，从十六岁开始在前台帮忙）从电脑上抬起头、看见一个男人出现在柜台前时，他很自然地以为对方来错了地方。那人不但穿一身考究的西装、拎着两只公文包和一只红色运动包，而且连女伴或男伴都没有。但那人却坚持要预付一周的房费，接过毛巾时还说了声"谢谢"，语气近乎谦卑，然后就消失在二楼。欧拉回到电脑前，继续读《挪威晚邮报》网页上的报道，报上说奥斯陆近期发生了好几起谋杀案，不知是否爆发了帮派斗争，也不知是否与从斯塔滕监狱越狱的杀人犯有关。他盯着那张照片看了一会儿。然后点开另一个页面。

西蒙在屋前的台阶前停下来，对卡丽做了个手势，示意她把枪准备好，盯住二楼的窗户。然后他登上三级台阶，用指节轻轻敲门，小声说"警察"。他看看卡丽，确保她能证明他遵循了正规程序。他又敲了一下门，小声说"警察"。然后他握住手枪枪管，侧身捅破门旁那扇窗户的玻璃，另一只手握着准备好的闪光弹。他已经想好该怎么做了。他当然想好了。算是想好了吧。俗话说得好，出其不意，乃兵家之胜。把所有的鸡蛋都放在同一个篮子里是他一贯的做法。而这，正像那位年轻的心理医生说的，是一种病。研究证明，人总是夸大自己遇上小概率事件的几率，例如死于飞机失事、子女在上学路上遭遇强奸或绑架，或是那匹你押上妻子全部存款的马会有史以来头一次赢得比赛。那位心理医生说西蒙潜意识中有种超越常识的东西，他把这归结为自我认知问题，说西蒙必须跟这个病态而疯狂的暴君对话，这暴君威胁着他的生活，也摧毁了他的生活。他必须扪心自问，他生命中还有没有比这暴君更重要的东西。他爱它胜过赌博。他发现有，就是艾尔莎。而且他已经成功了，他跟野兽对话，最终驯服了它。他没再破戒，一次都没有。直到现在。

他深吸一口气，正要用枪管去撞玻璃，门就开了。

西蒙转过身，举起手枪，但动作不如过去敏捷了。差距还不小。要是开门的人手持武器，他就完了。

"你好。"那人只说了这么一句。

"晚上好。"西蒙说着，设法恢复镇定，"我是警察。"

"您有何贵干？"那人完全打开了门。他穿戴整齐，上穿 T 恤衫，下穿紧身牛仔裤，脚是光的。他身上没有藏枪的地方。西蒙把闪光弹揣回衣兜，拿出搜查证："我得请你出来，靠墙站着。快。"

那男人镇定地一耸肩，照他说的做了。

"除了那些女孩，你们在这栋房子里还有多少人？"西蒙边问边简单地搜身，确认此人没带武器。

"什么女孩？这里只有我一个人。你想干吗？"

"告诉我她们在哪儿。"西蒙给那人戴上手铐，把他推到前头，示意卡丽跟上。那人嘟哝了一句什么。

"你说什么？"西蒙问。

"我在跟你同事说她也可以进来。我问心无愧。"

西蒙还站在那人身后，盯着他的后颈，看见他的皮肤微微抽搐，像精神紧张的马那样。

"卡丽。"西蒙高喊。

"怎么啦？"

"你留在外头。我自己进去。"

"好。"

西蒙把一只手放在那人肩头。"往前走，不要突然乱动，我的枪顶着你的背呢。"

"你这是干什——"

"你得允许我暂时把你当罪犯对待，可能还会对你开枪；事后我会好好向你道歉的。"

那人不再抗议，进入走廊。西蒙下意识地四下看看，寻找线索。地上有四双鞋。这人并不是一个人住。厨房门边有个塑料水碗，还有一块毯子。

"你的狗呢？"西蒙问。

"狗？"

"你难道用那个碗喝水？"

那人没有回答。

"陌生人走近时，狗一般会叫。所以要么它不是一只合格的看门狗，要么就是——"

"它在犬舍。咱们去哪儿？"

西蒙环顾四周。窗户没钉铁条，前门只有一把锁，得从里面用钥匙上锁。女孩们没被关在这里。

"去地下室。"西蒙说。

那人耸耸肩，继续沿走廊向前走。看着那人打开地下室的门，西蒙明白自己中奖了。门上有两把锁。

一走下楼梯，西蒙就闻出了那种气味，证明他猜得没错。有人被关在这里，而且为数不少。他握紧了手枪。

但里面空无一人。

在经过一排用铁丝网而不是用墙壁隔开的隔间时，西蒙问："这是干吗用的？"

"用处不大。"那人说，"我们把狗养在这儿。还用来存放床垫，这你也看到了。"

气味变得更加浓烈刺鼻。那些女孩肯定不久前还被关在这里。见鬼，他们来晚了。但他们肯定能从床垫上提取 DNA 吧。可那又能说明什么呢？说明某人用过一块如今存放在地下室的床垫。而他们要是没法在用旧的床垫上找到任何 DNA，那就更匪夷所思了。他们无凭无据。只得到一次突击检查的机会，还是未授权的。见鬼，真是见鬼。

西蒙注意到一扇门边的地板上有一双码数很小的运动鞋，鞋带被拆掉了。

"那扇门外面是哪儿？"

"车道而已。"

而已。他想淡化这扇门的重要性。就像他刻意强调想让卡丽一起进来。

西蒙打开那扇门，发现面前赫然是一辆白色面包车的侧面，面包车就停在屋外的柏油路上，在这栋房子和邻居家的栅栏之间。

"这辆车你平时做什么用？"西蒙问。

"我是电工。"那人回答。

西蒙后撤几步，蹲下来，从地上拾起运动鞋。三十八码左右。比艾尔莎的脚小。他把手伸进去。鞋子还带着余温。它应该刚被主人扔下不久，最多只有几分钟而已。就在这时，他听见一个声音。一个被捂住、被压抑的声音，但准确无误。那是一声呼喊。西蒙盯着那辆面包车，正要起身，却被人从侧面踢了一脚，摔倒在地。同时他听见那人大喊："开车！快开车！"

西蒙艰难地翻过身，用枪指着那人，但对方已经双膝跪地，双手抱头，彻底放弃了抵抗。引擎启动了，转得飞快，快到嘎吱作响。西蒙滚到另一侧，看见了汽车前部的一颗颗脑袋；这些女孩刚才显然躲在车子后部。

"停车！警察！"西蒙挣扎着站起来，但身上剧痛难忍，那人肯定打断了他的肋骨。西蒙还来不及举枪，面包车就开动了，驶出了他手枪的射程。该死！

这时传来一声巨响，伴随着玻璃碎裂的声音。

引擎陷入沉寂，不再嘎吱作响。

"不许动。"西蒙说，同时呻吟着爬起来，跌跌撞撞地走出那扇门。

面包车已经停了。他能听见车里传来震天的尖叫声和疯狂的犬吠。

不过西蒙想让自己铭记在心的，是面包车前的景象。卡丽·阿德尔穿一件长款的黑色皮衣，站在车灯的光束中，而车子的挡风玻璃已经完全碎裂。她把猎枪的枪托扛在肩上，手握冒烟的枪管。

西蒙走到面包车一侧，推开驾驶室的滑动车门说："警察！"

里面的人毫无反应，只是自顾自地直视前方，像是受了惊吓，鲜血从他的发际线往下滴，他腿上全是玻璃碴。西蒙顾不得疼痛，把那人掀下车，按在地上："趴在地上，双手抱头！快！"

然后他绕过车前，对同样呆若木鸡的副驾驶如法炮制。

西蒙和卡丽来到面包车的侧门前。他们能听见里面传来狗的嚎叫和狂吠。西蒙抓住门把，卡丽站到门前，举起猎枪。

"这东西听上去体型很大。"西蒙说，"你是不是再往后退点？"

她点点头，照做了。他拉开车门。

一只白色的怪兽冲出车厢，张着血盆大口跃向卡丽。一切发生得太快，她根本来不及开枪。那东西重重跌落在她面前的地上，不再动弹。

西蒙盯着手中冒烟的手枪，仿佛不敢相信。"谢谢。"卡丽说。

他们转身回到面包车上。一张张惊恐而双目圆睁的脸从车里望着他们。

"我是警察。"西蒙说。他从听者的表情中看出这算不上什么好消息，于是补充道："我是好人。是来救你们的。"

　　然后他掏出手机，拨出一个号码。他把手机贴在耳边，抬头看看卡丽。

　　"你能给警署打电话，叫他们派几辆巡逻车过来吗？"

　　"那你又是在给谁打电话呢？"

　　"媒体。"

# 30

　　恩纳豪根的夜空眼看就要破晓，而媒体还在拍照、在采访那些女孩，有人给她们递了毛毯，卡丽还在厨房里给她们泡了热茶。三名记者把西蒙团团围住，想榨出更多细节。

　　"不，我们不知道除了今晚逮捕的这些人，这件事是否还牵涉到更多的人。"西蒙重申，"是的，我们的确是根据匿名人士举报突袭此地的。"

　　"你们一定要杀死那只无辜的动物吗？"一位女记者问，冲死狗扬扬下巴，卡丽刚才从屋里拿出一条毯子盖住了尸体。

　　"它攻击我们。"西蒙说。

　　"攻击你们？"她嗤之以鼻，"两个成年人会怕一只小狗？你们应该能设法制服它。"

　　"生命的消逝总是令人伤感。"西蒙说，他明白自己不该再多说什么，却又按捺不住，"但狗的寿命其实跟体型呈反比。你但凡掀开毯子看一眼，都会知道这狗剩下的日子反正也不多了。"

　　从事犯罪报道的资深记者斯塔尔斯伯格咧嘴一笑，他就是西蒙打电话通知的第一个人。

　　一辆警用 SUV 出现在山头，停到巡逻车后，车顶上的蓝色警灯还在闪烁，闪得西蒙心烦。

　　"不过我建议你们，与其追着我问，不如直接去问头儿吧。"

　　西蒙朝 SUV 一扬下巴，所有的记者都看向那边。下车的男人身材修长，稀疏的头发拢在脑后，戴无边方框眼镜。他挺直身子，诧异地看着争先恐后拥向自己的记者。

"祝贺您完成这次抓捕,帕尔局长。"斯塔尔斯伯格说,"看来你们终于在打击贩卖人口方面取得了突破,您能不能谈谈您的感受?您认为这称得上是一次突破吗?"

西蒙抱起胳膊,看见篷提乌斯·帕尔正冷冷地盯着他。局长冲他微微点点头,动作几乎难以察觉,然后转向提问的记者:"在警方与贩卖人口罪行的斗争中,今天的行动当然是至关重要的一步。我们此前就曾强调,这个问题必须得到重视,而现在,你们可以看到,这就是重视的结果。另外,我们想向凯法斯总督察和他的同事们表示祝贺。"

他们一起向停车的方向走,路上帕尔揪住西蒙的胳膊。

"你他妈的知道自己在干什么吗,西蒙?"

这就是老朋友最让西蒙困惑的一点:他的声音怎么从没变过,从音色到音调都一如从前。无论他是兴奋还是愤怒,他的声音都没有丝毫变化。

"我在工作啊。抓坏蛋呗。"西蒙顿了顿,把一片口含烟塞进上唇下方,向帕尔递去烟罐,被帕尔翻了个白眼。西蒙对这个玩笑乐此不疲:帕尔这辈子都没吸过一片口含烟或一支香烟。

"我是说你演的这场好戏。"帕尔说,"你违抗命令擅自进入房间,又把媒体全都招来。为什么?"

西蒙耸耸肩:"我只是觉得咱们也该制造点正面新闻了。对了,也不是所有媒体都来了,来的只是值夜班的那拨。我很高兴我们都同意行动应该以警官的临场判断为准。否则我们应该就找不到这些女孩了——她们差点就被转移走了。"

"我很好奇你是从哪儿知道这地方的。"

"我说过了,我收到一条信息。"

"谁发的?"

"匿名信息。用的是那种一次性手机。"

"让电信公司去查啊。赶紧查清这人是谁，把他带来问话，挖掘更多的线索。要是我没想错，从抓到的这几个人嘴里我们大概什么也问不出来。"

"哦？是吗？"

"他们只是小喽啰，西蒙。他们知道必须闭紧嘴巴，否则就会被大人物生吞活剥。但我们想抓的是大人物，不是吗？"

"那当然。"

"很好。听着，西蒙，你了解我，也知道我有时会高估自己的判断力，而且……"

"而且什么？"

帕尔清清嗓子，脚后跟前后摇晃，像随时准备拔腿就跑似的。"而且今晚你对形势的判断比我准确。干净利落。下次工作评估的时候，我会记得你的功劳。"

"谢了，篷提乌斯，不过等到下次工作评估的时候，我应该早退休了。"

"还真是。"帕尔笑了，"不过你是个好警察，西蒙，一直都是。"

"这话不假。"西蒙说。

"艾尔莎好吗？"

"谢谢关心，她还好。或者说……"

"怎么？"

西蒙深吸一口气。"或者说还算好吧。这事咱们改天再聊。回去睡吧？"

帕尔点点头。"睡了。"他拍拍西蒙的肩膀，转身走向 SUV。西蒙望着他的背影，弯起食指，抠出口含烟。这烟味道不对。

# 31

西蒙是早上七点到的办公室。他勉强睡了两个半小时，喝了一杯半咖啡，又吃了半片止痛药缓解头疼。有些人不怎么睡觉也没事。但西蒙不是这种人。

不过卡丽也许是。她大踏步地走过来，精神奕奕得让人惊讶。

"怎么样？"西蒙陷入他的办公椅，撕开那只棕色信封，之前它一直在文件格上等他来拆。

"昨晚逮捕的三个人都不肯开口。"卡丽说，"半个字都没说。连名字都不说。"

"他们人真好。咱们有他们的记录吗？"

"哦，有的。便衣认出了他们。他们有过案底，三个都有。大半夜的，他们的律师没提前通知就突然冒出来，打断了我们的讯问，弄得我们什么都没问出来。那人叫艾纳·哈内斯。我追踪了这个什么'儿子'的手机。机主是一个叫菲德尔·拉埃的人。开了家狗场。他没接电话，不过基站信号显示手机就在他的农场上。我们已经派了两辆巡逻车过去。"

西蒙终于明白她看上去为什么不像刚起床的样子了——跟他恰恰相反。因为她根本没费那个工夫，她工作了一整夜。

"还有你让我找的那个胡戈·内斯特……"她继续说。

"他怎么了？"

"他不在家，不接电话，也不在他的办公室，不过这些地址也许都是假的。我唯一的线索是有个便衣警察说昨晚在佛蒙特见到了内斯特。"

"嗯。我有口气吗，阿德尔警官？"

"我没闻到。不过话说回来，我们还没——"

"所以你没听出我的言外之意？"

西蒙举起三把牙刷。

"看着像用过的。"卡丽说，"你从哪儿搞到的？"

"问得好。"西蒙说着，眯起眼睛朝信封里看。他抽出一张纸，顶端印着广场饭店的标识，但没有寄件人信息。里面只有一张简短的字条：

请进行 DNA 检测。S

他把条子递给卡丽，打量着那几把牙刷。

"这是有人在恶作剧吧。"卡丽说，"对于这几起凶杀案，法医那边已经有足够的证据证明——"

"直接把牙刷拿上去检测。"西蒙说。

"什么？"

"是他寄的。"

"谁？"

"S。是桑尼。"

"你怎么知道——"

"让他们加急。"

卡丽盯着他。西蒙的手机响了。

"好。"她说着，转身离开。

她正在等电梯，西蒙赶过来，站在她身旁。

他穿上了外套。

"你得先跟我来。"他说。

"怎么了？"

"电话是奥斯蒙德·比约斯塔德打来的。他们又找到一具尸体。"

一只林中鸟藏在云杉树间，不知从哪儿发出空洞的呜呜。

奥斯蒙德·比约斯塔德面色苍白，身上的傲气荡然无存。他挂上电话就直接赶过来了。"我们需要帮助，凯法斯。"

西蒙跟克里波警监和卡丽站在一起，透过兽笼的网眼向里张望，看见里面有一具遗骸，根据死者身上的几张信用卡，警方初步判定遗体属于胡戈·内斯特。但他们得等牙科鉴定结果出来之后才能确定。从他这个角度，西蒙能看见暴露在外的牙齿上有补牙的填料，断定死者生前看过牙医。警犬巡逻队派来两名警官，带走了那几只阿根廷獒犬，他们认为尸体被咬成这样的原因很简单："这些狗饿坏了。有人忘了喂食。"

"内斯特以前是卡勒·法里森的老板。"西蒙说。

"我知道。"比约斯塔德幽怨地说，"要是被媒体知道就糟了。"

"你们是怎么找到拉埃的？"

"农场上有两辆巡逻车在追踪一个手机信号。"比约斯塔德说。

"是我派他们来的。"卡丽说，"我们收到一条匿名信息。"

"他们先是找到了拉埃的手机。"比约斯塔德说，"它被放在大门的门框上，像有人故意留在那儿等人追踪它、找到它似的。不过他们搜查了房子，却没找到拉埃。就在他们准备离开时，警犬有了反应，要到林子里去。他们就在那儿找到了……这个。"他摊开两只手。

"拉埃怎么说？"西蒙问，朝那个哆哆嗦嗦的男人努努下巴，那人正蜷缩在一条毛毯里，坐在他们身后的一根树桩上。

"他说凶手用枪威胁他。把他锁在旁边那只笼子里，拿走了他的手机和钱包。拉埃被关了三十六小时。他目睹了整个过程。"

"他交代什么了吗？"

"他彻底崩溃了，可怜的家伙，一直在絮絮叨叨。拉埃贩卖非法犬只，内斯特是他的顾客。但他根本说不清凶手长什么样。不过这很常见，很多证人都记不清威胁自己生命的人长什么样。"

"啊，他们当然记得。"西蒙说，"他们这辈子都会记得那些人的脸。只是他们会以另一种方式记忆，跟他们的所见不同，所以才往往描述得不对。在这儿等着。"

西蒙走向那人，坐到他身旁的一截树桩上。

"他长什么样？"西蒙问。

"我已经说过了——"

"像这样吗？"西蒙说着，从内兜掏出一张照片给他看。"想象他刮了胡子、剪了头发的样子。"

那人长时间地凝视那张照片，然后缓缓地点点头。"这眼神。他眼睛里有这种神态，就好像他完全是无辜的。"

"你确定？"

"百分之百。"

"谢谢你。"

"他一直在重复这句话。谢谢你。狗咬死内斯特的时候他还哭了。"

西蒙把照片收进衣兜。"最后问你一件事。你跟警察说他用枪指着你。他用哪只手持枪？"

那人眨了几下眼睛，就跟从没往那儿想过似的。"左手。他是左撇子。"

西蒙站起来，回到比约斯塔德和卡丽身边。"是桑尼·洛夫特斯干的。"

"谁？"奥斯蒙德·比约斯塔德问。

西蒙盯着这位警监端详了好一会儿。"我还以为是你带着戴尔塔小队闯入伊拉中心，打算逮捕他的？"

比约斯塔德摇头。

"总之呢，"西蒙又掏出那张照片，"我们得发布嫌犯画像和通缉令，向广大公众求助。我们得把照片发给 NRK 和 TV2 电视台，让他们在新闻中播放。"

"我很怀疑任何人能单凭这张照片认出他。"

"我们最快什么时候能让他们播放照片？"

"相信我，他们会马上腾出时间插播这条新闻的。"比约斯塔德说。

"那就在十五分钟后的早间新闻摘要里播吧。"卡丽说着拿出手机，打开相机功能，"把照片举起来，拿稳。你在 NRK 认识谁？我们可以直接把照片发给那个人。"


摩根·阿斯奎正仔细剥着手背上一个小小的结痂，就在这时，公交车司机突然猛踩刹车，弄得摩根一不小心把疤揭掉了。血顿时涌上来。摩根立刻别过脸去，他见不得血。

摩根在斯塔滕最高警戒监狱站下车，他已经在这儿工作了两个月。他跟在几名狱警身后向前走，这时，有个穿狱警制服的人突然赶上来，跟他并肩而行。

"早啊。"

"早。"摩根不假思索地回答，他看看对方，却不知道那人来自哪个部门。但那人依然跟他并肩前进，就跟认识他似的，或是有兴趣认识他。

"你不是 A 区的人。"那人注意到，"你是新来的吗？"

"我在 B 区，"摩根说，"来了两个月了。"

"哦，这样啊。"

这人比别的那些痴迷制服的家伙都要年轻。上下班都穿制服的狱警一般年龄偏大，好像很为这身制服自豪似的。副典狱长弗兰克本人就是这样。摩根觉得要是坐在公交车上被人盯着瞧、被问在哪儿工作，他一定会觉得自己像个傻瓜。在斯塔滕工作。在监狱。还是算了吧。

他看看那位年轻人制服上的名牌。他叫瑟伦森。

他们并肩经过保卫室，摩根冲里面的警卫点头致意。

他们走到入口附近，那人掏出手机，稍稍落在后面；大概是在发信息吧。

前面那拨人进去后，门关上了，摩根不得不掏出自己的钥匙。他打开门。"太谢谢你了。"那个叫瑟伦森的人说着，抢在他前面钻了进去。摩根跟在后面，不过中途改变了方向，朝更衣柜走去。他看见那人跟其他工作人员一起拥入通向监狱两翼的密闭闸。

贝蒂踢掉鞋子，一头倒在床上。好一个晚班啊。她累得筋疲力尽，虽然知道自己一时半会儿肯定睡不着，但还是决定试试。为了睡着，她得首先摆脱那种愧疚——她总觉得自己应该向警察报告4号套房里的情形。跟保安一起查看过客房、确认了物品的受损情况后，贝蒂清扫了房间。就在准备扔掉那半只柠檬时，她在垃圾桶里找到一支用过的一次性注射器。她很自然地就把这两样东西联系在一起：变色的果肉和用过的注射器。她刚才用手指摸过柠檬皮，摸到上面有几个小孔。她把一滴柠檬汁挤在手上，发现汁液色泽浑浊，像掺了粉笔灰似的。她小心翼翼地用舌头碰了碰那滴柠檬汁，想尝尝味道。除了那股压倒性的酸味，她还在柠檬汁里尝出一丝苦涩的药味。她必须做出选择。有哪条法律禁止客人携带味道奇怪的柠檬吗？一次性注射器呢？万一客人恰好患有糖尿病或别的疾病呢？有哪条法律禁止客人在房间里跟来访的友人玩奇怪的游戏吗？于是她把垃圾桶里的东西带下楼，拿到前台扔了。然后，她在日志中简短地记录了4号套房的噪声和被绑在马桶上的人。那人自己都不以为意，她又能做什么呢？

她打开墙上的电视，脱掉衣服，走进洗手间，卸了妆，刷了牙。她听见TV2新闻台的节目发出均匀的嗡鸣。她一般会开着它，把音量调得很小，这能帮助她尽快入睡。大概是因为播音员和缓的嗓音能让她想到父亲吧。即使是在播报国家覆灭的消息，这声音依然能安抚她的心。但现在，她单靠电视已经无法入睡了。她开始服用安眠药。诚然，她服用的剂量不大，但服药就是服药。医生建议她申请不再值夜班，看这样会不会有帮助。但躲清闲可不能让她平步青云，她必须全力以赴。伴随着哗哗的水流声和她自己的刷牙声，她听见一个声音宣布警方正在搜寻一名嫌疑人，因为昨晚在一家狗场发生了一起谋杀案，此外他们还认为此人涉嫌谋杀阿格妮特·伊弗森，并且与发生在老城的三人命案有关。

贝蒂漱了口，关了水龙头，回到卧室。走到门口，她停下来，盯着电视上那个通缉犯的照片。

是他。

照片上的他蓄着胡须和长发，但贝蒂的职业素养让她能除去伪装，比对人脸和照片，广场饭店和别的国际大酒店都在系统中存有臭名昭著的骗子的照片，这种人迟早会出现在酒店前台。所以电视上的人就是他。是她接待的那个人，只不过没戴眼镜，眉毛也还在。

她盯着床头柜上的手机。

热心，但审慎。始终把酒店的利益放在第一位。前途无量。

她再次闭上眼睛。

妈妈说得没错。她这该死的好奇心啊。


阿里尔德·弗兰克把目光投向办公室窗外，看见刚下夜班的狱警纷纷走出监狱大门。他暗暗提醒自己注意哪些人上早班迟到了。迟到让他恼火。不能胜任工作的人让他恼火。比如克里波和凶案处。警方接到了突击伊拉中心的线报，却还是让洛夫特斯从他们手里跑了。这就是不能胜任工作。而现在，他们得为警方的无能付出代价。胡戈·内斯特昨晚被杀死了。在一座狗场。真难想象，一个单枪匹马的人、一个瘾君子竟能造成这么大的破坏。而警方的屡次失职，也让弗兰克内心那个遵纪守法的好公民怒不可遏；有时他甚至恨铁不成钢，搞不懂警方为什么始终没揪出他这个腐败的副典狱长。他从西蒙·凯法斯的眼神中看出对方起了疑心，但凯法斯没这个胆量，不敢追查下去，那个胆小鬼有太多顾虑。只有面临金钱损失，西蒙·凯法斯才会变得无所畏惧。该死的金钱。弗兰克原本指望用它来换取什么呢？换自己的半身胸像？换社会栋梁的美名？金钱这东西，一旦染指就会像海洛因一样容易成瘾，银行户头里的数字也不再是工具，而成了目的本身，因为所有的目标都失去了意义。他也像瘾君子一样心知肚明，却无能为力。

"一位名叫瑟伦森的狱警要来见您。"他的秘书在前面的办公室里说。

"别让他——"

"他直接越过了我，说他就待一分钟。"

"不是吧？"弗兰克皱起眉头。瑟伦森是想在休完病假前来汇报一下、表示他还能胜任工作吗？挪威的劳工一般不会这么做。他听见身后的门开了。

"怎么，瑟伦森，"阿里尔德·弗兰克说，依然背对着他，"你是不是忘了敲门？"

"坐下。"

弗兰克听见门咔嗒一声锁上了，他惊讶地转过身，转向声音传来的方向。看见那把枪，他停下来。

"要是你敢出声，我就一枪打穿你的脑门。"

如果你用枪指着某人，对方一般会只注意枪，过一会儿才会去看持枪的人。不过就在那少年抬起一只脚把一把椅子推过房间，推到副典狱长跟前时，弗兰克认出了他。少年回来了。

"你变样了。"弗兰克说。他原本想让自己听上去更威严些，嗓子却干得厉害，发不出他想要的声音。

枪口略微抬起，弗兰克迅速跌进那把椅子。

"把手放在扶手上。"少年说，"我会按下你对讲机的按钮，你得吩咐伊娜去面包房买些点心回来。快。"

少年按下按钮。

"您好。"他们听见伊娜热情的声音。

"伊娜……"弗兰克绝望地绞尽脑汁，思考自己能怎么办。

"您说。"

"去……"弗兰克看见少年把扳机扣得更紧了，猝然打消了脑中的念头，"……去面包房给我买点新鲜点心好吗？快去。"

"好的。"

"谢谢你，伊娜。"

少年松开扳机，放下枪，从外衣口袋里掏出一卷胶带，走到弗兰克的椅子前，开始往他的小臂上缠胶带，把他绑在扶手上。他在弗兰克胸前也缠了一圈胶带，把他绑在椅背上，又把他的脚绑在椅子的支柱和脚轮上。他重新拿起枪。弗兰克冒出一个奇怪的想法：自己应该更害怕才对。这少年杀了阿格妮特·伊弗森，还有卡勒、西尔维斯特和胡戈·内斯特。他难道不知道自己死到临头了吗？唯一的不同大概是现在他们是在斯塔滕监狱，在他安全无虞的办公室，况且还是大白天。再说他是看着这少年在这座监狱里长大的，他从没表现出任何暴力倾向——除了跟哈尔登冲突那次——他也不像会施暴的人。

少年翻遍了弗兰克的衣兜，掏出钱包和车钥匙。

"保时捷卡宴。"少年对着车钥匙大声念道，"这车对公务员来说可不便宜啊，不是吗？"

"你想干什么？"

"我想让你回答三个简单的问题。如果你照实说，我就留你一条命。如果你撒谎，我恐怕就只能把你杀了。"他听上去几乎带着歉意。

"第一个问题，内斯特给你把钱打到哪个账户？要户名和账号。"

弗兰克想了想。没人知道这个账户的任何情况，他完全可以瞎编，随便说个账号，反正也没人核实。弗兰克张开嘴，却被少年打断了。

"我要是你，就想清楚再说。"

弗兰克凝视着枪管。这是什么意思？没人能证实或否认那个账户的存在，除了曾往里面打钱的内斯特。弗兰克眨眨眼。难道这少年杀内斯特之前把这事问出来了？这是在试探他吗？

"账户名是一家公司，"弗兰克说，"丹尼斯有限公司，注册在开曼群岛。"

"账号呢？"少年举起一样东西，看上去像一张泛黄的名片。他是把内斯特给他的账号记在上面了吗？但即使他是虚张声势又怎么样呢？弗兰克就是把账号给他，他也取不了钱。弗兰克一口气报出那串数字。

"慢点。"少年盯着那张名片，"说清楚。"

弗兰克照做了。

"现在只剩两个问题了。"少年在他报完之后说，"我父亲是谁杀的？谁是那个给双子效过力的内奸？"

阿里尔德·弗兰克眨眨眼。他的身体感觉到了。现在它有了感觉，汗水渗出每个毛孔。它知道害怕了。少年再次放下枪，却抽出一把刀。是胡戈·内斯特那把骇人而致命的弯刀。

弗兰克放声大叫。


"现在我明白了。"西蒙把手机放回口袋说，他驱车驶出隧道，驶入碧悠维卡和奥斯陆峡湾的万家灯火。

"明白什么了？"卡丽问。

"广场饭店的一个前台刚刚给警察打来电话，说那个通缉犯在他们的套房住过一晚，是用菲德尔·拉埃的名字登记的。一些客人投诉那个房间噪声太大，随后，他们在套房里发现有个男人被绑在马桶上。那人一被松绑就直接走了。酒店还查看了入口的摄像头，看到洛夫特斯曾跟胡戈·内斯特，还有后来找到的那个人一起走进酒店。"

"你还是没说你明白了什么。"

"哦，对。我明白恩纳豪格路那三个人是怎么知道我们要来的了。根据饭店当晚的夜班日志，那个被绑住的人离开饭店的时间恰好是我们在人贩子窝点盯梢的时间。他打了电话，提醒所有人内斯特被绑架了，于是他们就开始撤离可能暴露的地点，免得被内斯特供出来。他们都知道卡勒的事，不是吗？不过在用面包车转移那些女孩的过程中，他们发现我们已经等在那儿了。他们就决定等咱们先走，或是进去，这样他们就能神不知鬼不觉地把车开走。"

"琢磨这个费了你不少心思吧，嗯？"卡丽说，"一直在想他们怎么知道咱们要来。"

"随你说。"西蒙说着，拐向警察总署，"反正我已经想明白了。"

"你只是推测了事情的经过。"卡丽纠正他，"你打算告诉我你现在在想什么吗？"

西蒙耸耸肩："咱们一定得在洛夫特斯造成更大的破坏之前找到他。"

"那人挺有意思的。"摩根·阿斯奎跟一位年长的同事说，他们正并肩走在宽阔的走廊上。牢门全都开着，准备接受晨间检查，"他叫瑟伦森。从后面赶上来跟我一起走。"

"肯定不是他。"那位同事说，"咱们这儿只有 A 区有一个瑟伦森，他在休病假。"

"啊，是他。我看见他制服上的名牌了。"

"可是我几天前才跟瑟伦森通过电话——他不久前又住院了。"

"这么说他好得挺快。"

"奇怪。你说他穿着制服？那肯定不是瑟伦森，他最讨厌制服了；他每次都在这儿换装，把制服留在柜子里。所以洛夫特斯才有机会把它偷走。"

"你是说那个越狱的犯人？"

"嗯。你喜欢这份工作吗，阿斯奎？"

"喜欢。"

"好。记得一定要调休，别因为喜欢就一个劲儿加班。"

他们又走出六步，然后停下来，面面相觑。两个人都看见对方瞪大了眼睛。"那人长什么样？"摩根的同事脱口而出。

"洛夫特斯长什么样？"摩根失声大喊。

弗兰克用鼻孔出气。少年把手按在他嘴上，捂住了他的呼喊。少年脱了鞋，拽下袜子塞进弗兰克的嘴里，再用一层胶带封上。

少年把右边扶手上的胶带稍稍割开一点，好让弗兰克握住他递过来的笔，再用笔尖抵住桌沿边的纸。

"回答我。"

弗兰克写下：

不知道。

然后他松开笔。

他听见撕扯胶带的刺啦声，先是闻到内侧粘胶的气味，紧接着就被它蒙住口鼻、阻断了呼吸。弗兰克的身体失控了，开始在椅子上七拧八歪、挣扎抽搐。简直像在给那个该死的少年跳舞助兴！他颅内的压力骤然飙升，脑袋像要爆炸似的。看着少年用笔尖抵住那道封住他口鼻的紧绷胶带，他做好了赴死的准备。

少年用笔尖戳破胶带，一丝空气涌进阿里尔德·弗兰克左侧的鼻腔，与此同时，他脸上流下第一行热泪。

少年把笔递还给他。弗兰克集中精神。

请你开恩。如果我知道内奸是谁，我肯定会告诉你的。

少年读着字条，闭上眼睛，露出痛苦的表情。他又撕下一条胶带。

桌上的电话响了。弗兰克满怀希望地望着它。从屏幕上能看到分机号码。是值班主任戈斯吕。但少年对铃声充耳不闻，用胶带重新封住弗兰克的鼻孔。弗兰克感觉自己恐惧得发抖，几乎分不出自己在哭还是在笑。


"典狱长没接。"盖尔·戈斯吕挂断电话说，"伊娜也不在——一般他要是没接，伊娜总会接。不过趁还没惊动典狱长，咱们先把这件事再捋一遍。你说你碰见的那人自称瑟伦森，而且长得像这个人……"戈斯吕指着电视屏幕，上面显示着一张桑尼·洛夫特斯的照片。

"不是长得像！"摩根坚决地说，"根本就是。还要我说多少遍。"

"别激动。"那位年长的同事说。

"你说得轻巧。"摩根嗤之以鼻，"这人也就杀了六个人，正在被通缉而已。"

"我打伊娜的手机试试，要是她也不知道老板在哪儿，咱们就自己搜查。不过我不希望造成任何恐慌，明白吗？"

摩根瞧瞧同事，又瞧瞧值班主任。他们看上去比摩根还要恐慌。至于他自己，他只觉得兴奋。兴奋至极。一名囚犯闯入斯塔滕监狱，这也太匪夷所思了吧？

"伊娜吗？"戈斯吕几乎是在冲着电话嚷嚷了，摩根看出他松了口气。要指责值班主任玩忽职守其实非常容易，不过中层管理者肯定也不好当，他们得向典狱长直接汇报，"我们找弗兰克有急事！他在哪儿？"

摩根眼看他脸上的释然很快变为惊诧，再变为惊恐。戈斯吕挂掉电话。

"怎么了……"那位年长的同事问。

"她说他在办公室接待一名访客。"戈斯吕说着，站起来走向房间另一头的枪械柜，"一个叫瑟伦森的人。"

"咱们现在该怎么办？"摩根问。

戈斯吕把钥匙插进锁孔一拧，打开枪械柜。"咱们这么办。"他说。

摩根数了，里面有十二把步枪。

"丹、哈罗德，你俩跟我来！"戈斯吕咆哮一声，摩根发现他声音里不再有一丝错愕或惊恐，或是对责任的逃避，"出发！"


西蒙的手机响起时，他和卡丽正站在警察总署的天井里等电梯。

是法医鉴定所打来的。

"关于你送来的那几把牙刷，我们已经拿到了 DNA 检验的初步结果。"

"太好了。"西蒙说，"中场比分是多少？"

"我觉得更像中场哨音吹响前的三十秒。可能性超过百分之九十五。"

"什么的可能性？"西蒙看见电梯门开了。

"我们在数据库里找到一个样本，其 DNA 与来自其中两只牙刷的唾液样本部分匹配。有趣的是，这个样本不属于任何一位已知的罪犯或警官，而是来自一名死者。确切地说，这证明那两只牙刷的主人跟这名死者存在血缘关系。"

"这我料到了。"西蒙说着，走进电梯，"这几支牙刷来自伊弗森一家。命案发生后，我注意到这家人浴室里的牙刷被拿走了。是跟阿格妮特·伊弗森的 DNA 部分匹配，对吧？"

卡丽飞快地瞟了西蒙一眼，他单手举着电话，一脸得意。

"不对。"法医鉴定所的人说，"其实我们还没来得及把阿格妮特·伊弗森的 DNA 上传到数据库呢。"

"哦？那怎么会——"

"这个样本来自一位身份不明的死者。"

"你能证明其中两支牙刷的主人跟一名身份不明的死者是血亲？怎么个身份不明法？"

"就是字面意思。一名女性，年纪非常小，死得很透。"

"有多小？"西蒙问，紧盯着即将关闭的电梯门。

"比我们一般见到的都小。"

"什么意思？"

"是个四个月大的胎儿。"

西蒙绞尽脑汁，竭力想弄懂这句话。"所以阿格妮特·伊弗森不久前堕过胎，对吗？"

"没有。"

"没有？那谁是——妈的！"西蒙闭上眼睛，把前额贴在电梯墙上。

"电话断了？"卡丽问。

西蒙点头。

"没事，马上就出去了。"她说。

少年又在胶带上戳了两个洞，一边鼻孔一个。阿里尔德·弗兰克又吸进几秒宝贵的生命。他一心只想活下去。这是他的身体唯一听从的本能。

"所以，你能说个名字吗？"少年低声问。

弗兰克用力呼吸，巴不得自己的鼻翼能再宽大些，呼吸道再粗壮些，能吸进更多甜美的空气。他竖起耳朵，留意援军的声音，等他们来拯救自己，同时不住地摇头，想用被袜子堵在嘴里的干涩舌头和被胶带封住的嘴唇表示他不知道任何名字，不知道谁是内奸，求少年高抬贵手。放了他。原谅他。

接着，他突然定住了，看着少年走到他面前，举起刀。弗兰克动弹不得，胶带死死绑着他的每一根肋骨。他的整个身体……少年手起刀落。用的就是内斯特那把丑陋的弯刀。弗兰克的头紧靠着椅子的头枕，浑身肌肉紧绷。他眼看着自己的鲜血四射喷涌，想要尖叫，却哑然失声。

# 32

"二。"戈斯吕轻声数道。

几个男人站在那里，长枪在手，仔细聆听副典狱长办公室门里的一片宁静。摩根吁了口气。好，就是现在了。这一刻，他终于可以参与从小就梦寐以求的行动。他会抓住一个人。甚至可能会……

"三。"戈斯吕低语。

然后他抡起撞门锤。它击中了门锁，门框碎片飞溅，与此同时，个子最高的哈罗德已经挤了进去。摩根进了门，把步枪举在胸前，照戈斯吕的吩咐向左迈出两步。房间里只有一个人。摩根盯着椅子上的人，他的胸前、喉咙和下巴全都血淋淋的。天啊，怎么会有这么多血！摩根感觉膝盖发软，像被注射了什么药物。他必须挺住！可血实在太多了！椅子上那人还在颤抖，像坐电椅似的抽搐不止。他瞪着他们，眼神疯狂，眼球突出，像深海的鱼类。

戈斯吕跨出两步，撕下那人嘴上的胶带。

"您伤到哪了，头儿？"

那人把嘴张到最大，却发不出声音。戈斯吕把两根手指伸进他嘴里，抽出一条黑袜。唾液从那人口中喷涌而出，摩根认出了副典狱长阿里尔德·弗兰克的声音，只听他吼叫着："去追他！别让他跑了！"

"我们得知道伤口在哪儿，必须止住——"戈斯吕正要撕开头儿的上衣，却听见弗兰克咆哮道："关上所有的门，他要跑了！他拿走了我的车钥匙！还有我的制帽！"

"头儿，您别激动。"戈斯吕割着一侧扶手上的胶带说，"他出不去的，他过不了指纹传感器。"

弗兰克愤怒地瞪着他，举起那只已经松绑的手。"噢，他绝对过得了！"

摩根后撤几步，不得不靠在墙上。他无法移开视线：曾是副典狱长阿里尔德·弗兰克食指的地方，现在正喷涌着鲜血。

卡丽跟着西蒙走出电梯，穿过走廊，来到开放式办公区。

"所以，"她说着，想厘清事情的来龙去脉，"一个叫'S'的人寄给你三支牙刷，让你送去做 DNA 鉴定？"

"对。"西蒙一边按手机一边说。

"其中两支牙刷上的 DNA 被证明与一个未出生的孩子有血缘关系？一个被列为谋杀案死者的胎儿？"

西蒙点点头，把一根手指举到唇上，表示他要再打一次电话。接通后，他用洪亮而清晰的声音说话，把手机调成了外放模式。

"还是我，凯法斯。那孩子是谁，怎么死的，是哪种血缘关系？"

他把手机举在他俩之间，好让卡丽也听见。"我们不清楚孩子母亲的身份，只知道她死了——或是被杀害了——在奥斯陆市中心死于吸毒过量。她在记录中被列为'身份不明'。"

"我们知道这个案子。"西蒙说着，暗自咒骂，"她是亚裔，很可能来自越南。可能是被卖进挪威的。"

"那是你们部门的工作，凯法斯。这个婴儿，或者说胎儿，是随母亲死去的。"

"懂了。父亲是谁？"

"红色牙刷的主人。"

"……红色那支？"

"对。"

"谢谢你。"西蒙说完挂断电话。

卡丽去咖啡机旁给他俩取咖啡了。她回来时，西蒙已经在打另一通电话，她从他轻柔的语气猜出对方是艾尔莎。挂上电话，他脸上出现了那种神情，它偶尔会在某个特定年龄的人身上流露几秒，仿佛他们错失了什么，随时会当场崩溃。卡丽本想问他还好吗，但还是忍住了。

"那么……"西蒙说，勉强做出振奋的样子，"你猜谁是孩子他爹？大伊弗尔还是小伊弗尔？"

"不用猜。"卡丽说，"我们已经知道了。"

西蒙看着她，一时有些惊讶。他看见她缓缓地摇摇头。他眯起眼睛，低下头，用手摸摸脑袋，仿佛要将顺自己所剩无几的头发。

"哦，当然。"他轻声说，"两支牙刷嘛。我一定是老糊涂了。"

"我去查查我们手上有没有老伊弗尔的把柄。"卡丽说。

卡丽走后，西蒙打开电脑，登入邮箱。

有人给他发了一份音频文件。看样子是用手机发的。

从来没有人给他发过音频文件。他打开它，按下播放键。


摩根望着怒不可遏的副典狱长，后者正站在控制室中央。他在断指处缠了纱布，却没有理会医护人员要求他立即躺下的医嘱。

"所以你们抬了杆子，就这么让凶手大摇大摆地把车开出了大门？"弗兰克暴跳如雷。

"他开的可是您的车。"警卫说，擦掉额前的汗珠，"还戴着您的制帽。"

"可那不是我！"弗兰克咆哮。

摩根不知道是不是因为弗兰克血压比较高的缘故，但那种恶心的红色液体正渗出雪白的纱布，摩根又开始眩晕了。

监控屏幕旁边的一部电话响了。戈斯吕拿起听筒，贴在耳朵上。

"他们找到那截断指了。"他用手捂住话筒说，"我们开车送您去于莱沃尔医院做手术，这样才能——"

"在哪儿？"弗兰克打断他，"他们在哪儿找到断指的？"

"它就直接放在您那辆保时捷的仪表盘上。车跟另一辆车并排停在格伦兰附近。"

"给我找到他！找到他！"

托尔·约纳松紧抓着地铁车厢横杆上的吊环。他撞到了另一个睡意蒙眬的上班族，嘟囔了一句道歉的话。他今天必须卖出五部手机。这是他的目标。等到今天下午站在——或者最好是坐在——地铁上的时候，他就会知道自己有没完成。那会让他感觉……幸福。但愿会。

托尔叹了口气。

他瞧瞧那个穿制服的人，那人背对着他，耳机里传出音乐。耳机线一直延伸到他手里的一只手机上，手机背面贴着手机店的小标志，就是托尔打工的那家店。托尔走到另一个位置，仔细观察那人的侧影，想看得更真切些。这不就是那个要给老古董买电池的人吗？那台 CD 随身听。托尔对它很感兴趣，还专门上网查过。CD 随身听在二〇〇〇年之后就停产了，那时发明了 MP3 随身听。托尔离他很近，近到能透过地铁隆隆的车轮声听见他耳机里的音乐，但在列车转弯、车厢嘎吱作响时，音乐声消失了。

唱歌的有点像个孤独的男声。不过他听出了那曲调：

"你一直是她的爱人……"是莱昂纳德·科恩①的歌。

西蒙盯着音频文件的图标，感到难以置信。音频长度只有几秒钟而已。他再次按下播放键。

毫无疑问，是那个人的声音没错。但他不明白这代表什么。

"你在干吗？选彩票吗？"

---

① 出自莱昂纳德·科恩的歌曲《苏珊》（Suzanne）。

西蒙转过身。西塞尔·托来做晨间清洁，正在倒垃圾桶。

"差不多吧。"西蒙说着，按下暂停键，让她拿走他桌下的垃圾桶，把垃圾倒进推车，"你是在白白扔钱，西蒙，彩票是给走运的人准备的。"

"你是说咱们不属于走运的人？"西蒙盯着电脑屏幕说。

"瞧瞧咱们都把世界糟蹋成什么样了。"她说。

西蒙靠向椅背，揉揉眼睛："西塞尔。"

"嗯？"

"有个年轻女人被杀了，我们发现她其实怀了孕。但我认为凶手忌惮的并不是她，而是她肚子里的孩子。"

"嗯哼。"

一阵沉默。

"你是在问我怎么看吗，西蒙？"

西蒙把头靠在颈枕上："如果你知道自己怀了恶魔的孩子，你还会把孩子生下来吗？"

"这个咱们以前聊过，西蒙。"

"我知道，不过你当时是怎么说的来着？"

她责备地瞟了他一眼。"我当时说只可惜大自然并没给那个可怜的母亲留下任何选择，西蒙。说起来，那个父亲也一样。"

"托先生不是抛弃了你吗？"

"我说的是你，西蒙。"

西蒙又闭上眼睛，缓缓地点点头。"所以我们都是爱的奴隶，而且永远也不知道上天会安排我们爱谁，这也像买彩票一样，得碰运气。你是这个意思吧？"

"这很残酷，但这就是现实。"西塞尔宣称。

"只为博诸神一笑。"西蒙说。

"可能吧。不过依我看呢，这堆脏东西总得有人打扫。"

西蒙听着她的脚步声渐渐远去。然后，他把音频文件从电脑发到自己的手机上，去了趟男洗手间，躲进隔间里又放了一遍录音。

听过两遍之后，他终于知道那串数字代表什么了。

## 第四部

　　"没有什么圣战。"少年说着，小心翼翼
地放下勺子……"只有盲目的信仰。……直
到我们发现世界根本不是那样。发现自己是
个垃圾。是个废物。"

# 33

西蒙和卡丽穿过阳光下的市政广场，此刻，广场显得特别宽阔而空旷，充满夏日特有的宁静。

"根据菲德尔·拉埃的描述，我们找到了那辆租来的汽车。"卡丽说，"车已经还了，幸好还没打扫。法医找到的泥污跟狗场那条路上的泥土相吻合。我之前居然还觉得泥巴能有什么用。"

"每种泥土的矿物成分都是独一无二的。"西蒙说，"车是用什么名字租的？"

"西尔维斯特·特隆森。"

"那是谁？"

"一个三十三岁的男人，在领失业救济。我们在他登记的住址没找到他。他犯过两次伤害罪。警员们认为他跟内斯特有关。"

"知道了。"西蒙停在两家时装店之间的一座大门前。这扇门高大宽阔，喻示着稳固与庄严。他按下三楼的按钮，"还有别的信息吗？"

"伊拉中心的一名住户透露，323 房间那个新来的住户跟副经理好像关系密切。"

"玛莎·利安？"

"那天有人看到他们一起离开伊拉中心。"

"伊弗森家。"门铃上覆盖着一块铜板，一个声音从板上的孔洞中传来。

"我进去跟伊弗森谈话，你最好待在前台。"他们坐电梯上楼时，西蒙说。

"为什么？"

"因为我很可能不会按规矩办事，不想连累你。"

"可是——"

"我很抱歉，但这是命令，只是知会你一声。"

卡丽翻了个白眼，没再说什么。

"我是伊弗尔。"那个年轻人这样介绍自己，他到前台来接他们。他先紧紧握了握西蒙的手，又跟卡丽握了手，"你们是来见我父亲的吧。"

这个年轻人身上有种气质，让西蒙感觉他平时肯定笑眯眯的，个性比较随和，从没体会过这么强烈的痛苦与悲伤，而痛苦与悲伤正是西蒙此刻从他蓬松的刘海下的眼睛里读到的情绪。他想，大概正因为如此，这位年轻人才显得那么怅然若失，茫然无措。

"这边请。"他父亲跟他说来访者是警察，他也像父亲一样，默认他们是来调查他母亲的死。

办公室面向奥斯陆西站和奥斯陆峡湾。门边摆着一个玻璃展示柜，里面陈列着一栋摩天大楼精细的模型，大楼造型很像可口可乐瓶。

那位父亲几乎是儿子的翻版，只是年长一些。两人都留着同样厚重的刘海，皮肤都平滑而健康，眼神都明亮又克制。他身材高大，姿态优雅，下巴紧致，属于那种会直视对方双眼的人，个性友善却又透着某种俏皮的桀骜，少年气十足。他们这类人身上散发着某种毋庸置疑的西奥斯陆气息，西蒙想，就跟一个模子刻出来似的，那些抵抗军战士、极地探险家、"康提基"号①船员，还有局长。

老伊弗尔请西蒙坐下，自己坐到一张书桌后，桌子上方悬挂着一栋公寓楼的黑白照片，绝对是十九世纪末的奥斯陆老照片，不过西蒙一时想不起那是哪里。

一等小伊弗尔走出办公室，西蒙就直奔主题。

---

① "康提基"号（Kon-Tiki）是挪威人类学者、海洋生物学者、探险家托尔·海尔达尔1947年制作的一艘帆船。

"十二年前，有个女孩被发现死在奥斯陆克瓦达突伦区的一座后院。这是她被发现时的照片。"

西蒙把照片放在伊弗森的办公桌上，看着这位地产商端详照片，同时仔细观察他的反应。他没有任何反应。

"一个名叫桑尼·洛夫特斯的少年承认杀了她。"西蒙说。

"这样啊。"依然毫无反应。

"这女孩死时怀有身孕。"

这下有反应了。伊弗森鼻孔张大，瞳孔扩张。西蒙等了几秒，这才发起第二轮攻势。

"从你家牙刷上采集到的DNA证据表明，你家的一位成员是孩子的父亲。"

对方脖子上突然青筋暴突，他的脸色变了，眼睛不自觉地眨动。

"伊弗森，红色牙刷是你的，对吧？"

"怎么会……你们是怎么……？"

西蒙脸上掠过一丝微笑，低头盯着自己的手掌。"我呢，也有个后辈。她就在前台等我。只是她脑子比我快那么一点。是她第一个得出简单而有逻辑的结论，如果在一家三口的牙刷中，只有两把带有与胎儿有亲缘关系的DNA样本，那么孩子的父亲肯定不会是这家的儿子。因为那样的话，他们一家三口都会跟胎儿有血缘关系。所以孩子的父亲只可能是这家的另一名男性。也就是你。"

伊弗尔·伊弗森健康的脸色先是开始消退，然后彻底变得苍白。

"到了我这个岁数，你大概也会经历同样的事。"西蒙安慰他说，"现在这些年轻人啊，脑子真比咱们快多啦。"

"可是……"

"DNA这东西有个特点。它没给人留下什么'可是'的余地……"

伊弗森咧开嘴，习惯性地假装他是在笑。很明显，在对话陷入尴尬时，这通常就是他讲个笑话缓和气氛、说点什么来消除对方戒心的时刻。没错，就是这样，说点什么，让一切不至于那么危险。但他一句话也说不出来。他无言以对。

"而我这个反应慢半拍的老朽呢……"西蒙坐在他对面，用手指敲敲自己的前额，"……多花了点时间琢磨，也多想了一步。我想到的第一件事，就是你这样一个已婚男人，有全世界最显而易见的理由去摆脱一个有孕在身、很可能招来麻烦的女人。不是吗？"

伊弗森没有说话，却感觉喉结已经替自己做出了回答。

"警方在报纸上发布了那女人的照片，征集关于她的身份线索。如果她的情人、她孩子的父亲都像死人一样沉默，连匿名线索都不提供，事情岂不就更可疑了。你说呢？"

"我不知道……"他开口，又打住了。开始懊悔。又为自己懊悔得如此明显而懊悔。

"你不知道她怀孕了？"警官问。

"不知道！"伊弗森抱起胳膊说，"我是说……我根本不知道你在说什么。我现在就要给我的律师打电话。"

"你显然不是完全不知情。不过我还挺愿意相信你说你并不是什么都知道。我想真正了解事情全貌的人，应该是你妻子阿格妮特。你觉得呢？"

凯法斯总督察。他刚才是这么介绍自己的吧？伊弗尔·伊弗森把手伸向电话。

"凯法斯先生，我觉得你没有证据，而且这次谈话结束了。"

"前半句对了，后半句错了。这次谈话还远远没有结束，因为我必须让你知道打这个电话会断了你哪条后路，伊弗森。警方并没掌握你妻子犯罪的证据，不过杀她的人显然掌握了。"

"这怎么可能？"

"因为他在这座城市当了十二年替罪羊，同时也是罪犯们的告解神父。他什么都知道。"凯法斯从椅子上向前探身，每说一个字都用手指戳一下桌子，"他知道是卡勒·法里森杀了那女孩，也知道阿格妮特·伊弗森买凶杀人。因为他正是因为这起谋杀案而坐牢。我相信你或许并不知情的原因只有一个，那就是他到现在还没来找你。好了，你打电话吧，咱们按规矩来。也就是说我以谋杀案从犯的罪名逮捕你，向媒体披露我们所掌握的关于那女孩的一切信息，告诉你的生意伙伴你可能会离开一阵子，再告诉你儿子……对了，你打算怎么跟你儿子解释？"

怎么跟他儿子解释。西蒙停顿片刻。等他消化这句话。这对下一步至关重要。让这句话在他心中挥之不去。给伊弗森时间去理解它的重要性和后果。让他去掂量仅仅在两分钟前还显得不可思议的选项。正如西蒙自己也必须做出抉择一样。这抉择推着他来到这里，做这件事。

西蒙看着伊弗森的手无力地垂下，听见他用颤抖而嘶哑的声音说："你想怎么样？"

西蒙在椅子上挺直身子："把事情一五一十地告诉我。只要我相信你说的是实话，那你很可能并不需要做什么。毕竟，阿格妮特已经受到了惩罚。"

"惩罚？"那位鳏夫眼中射出愤怒的火光，但那火焰一遇上西蒙冷峻的凝视就熄灭了。

"好吧。阿格妮特跟我，我们……我们的婚姻一直不怎么和谐。那方面不和谐。有个生意伙伴那儿有一些女孩。亚裔女孩。我就是这么认识梅的。她……她身上有我需要的东西。不是青春、单纯之类的，而是一种……孤寂，我在她身上看到了自己。"

"她是被拐卖的，伊弗森。她是被人从家中、从亲人身边夺走的。"

地产商耸耸肩："我知道，但我付钱给她赎了身。我给她买了一套公寓，我们就在那儿见面。我们沉浸在二人世界。后来有一天，她告诉我她有好几个月没来月经了。可能是怀孕了。我说她必须把孩子打掉，但她不肯。我不知道该怎么办。所以我问了阿格妮特……"

"你居然问你妻子？"

伊弗森不耐烦地抬起一只手。"这没什么奇怪的。阿格妮特很成熟。她很高兴有人能帮她分担她不愿履行的义务。老实说，我觉得她喜欢的是女人而不是男人。"

"可她给你生了个儿子啊？"

"她的家族非常看重责任。她是个好母亲。"

"她的家族也是奥斯陆最大的地产商，声誉卓著，形象正面，所以闹出亚裔私生子这种丑闻是完全不可想象的。"

"是的，阿格妮特很传统。我去问她，是因为家里的一切都是她说了算。"

"因为这家公司是用她的资金创立的。"西蒙说，"阿格妮特决定解决问题。一次性解决所有问题。"

"这我完全不知情。"伊弗森说。

"对，因为你没有过问。你任由她去物色可以帮你们办事的人。但有目击证人看见某人在后院给那女孩注射毒品，在证人上报警方之后，他们又不得不给自己买了个替罪羊。必须掩盖一切痕迹，费用全由你们承担。"

伊弗森又耸了耸肩。"我没杀过人，我只是按约定把我知道的统统告诉你而已。现在的问题是，你会遵守约定吗？"

"现在的问题是，"西蒙说，"你妻子这样的女人，是怎么找上卡勒·法里森这种社会渣滓的。"

"我从没听说过什么卡勒·法里森。"

"对。"西蒙说着，双手交握放在面前，"但双子你总知道吧。"

有那么一瞬间，房间里鸦雀无声。连窗外的车流都仿佛屏住了呼吸。

"你说什么？"伊弗森终于开口了。

"我在严重欺诈办公室待过好几年。"西蒙说，"伊弗森地产跟双子的公司有业务往来。你们替他洗钱，把贩毒和贩卖人口的收入合法化，而作为回报，他会帮你做假账，用虚假的账面亏损来避税，数额高达数亿克朗。"

伊尔·伊弗森摇摇头。"我恐怕并不认识什么双子。"

"这句话只有'我恐怕'三个字是真的。"西蒙说,"我有证据表明你们合作过。"

"你有吗?"伊弗森说着,把指尖抵在一起,"那严重欺诈办公室怎么还没起诉我呢?"

"因为我在严重欺诈办公室的时候,有人从内部向我施压。"西蒙说,"但我知道双子用他那些血腥钱从你那儿买入商业地产,再加价卖给你。至少在账面上是这样。他制造了盈利的假象,这样他就可以把贩毒的收入存进银行而不被税务机关调查收入来源。而这也为你制造了亏损的假象,让你可以抵消预期收益,避免为社会做贡献。双赢。"

"很有趣的推断。"伊弗森耸耸肩说,"反正我知道的都告诉你了。你还有别的事吗?"

"有。我想见双子。"

伊弗森重重地叹了口气。"我说过了,我不认识什么双子。"

西蒙似乎对自己轻轻点了点头。"你知道吗?这句话我们在严重欺诈办公室听得太多了,多到大家都开始怀疑到底有没有双子这个人了,觉得他或许只是个传说。"

"我觉得事实很可能就是这样,凯法斯。"

西蒙站起来。"我对这种说法也没有意见。只不过传说中的人绝不会常年掌控全城的毒品和性交易,伊弗森。传说中的人不会应生意伙伴的要求对孕妇下毒手。"他俯下身,两只手撑在桌面上,呼出一口气,把自己老迈的气息吐到伊弗森的脸上。"人们不会被一个传说中的人吓得魂飞魄散,甚至愿意跳下悬崖。我知道这个人真实存在。"

西蒙直起身子,挥舞着手机向门口走去。"我一进电梯就要给媒体打电话,开新闻发布会,所以你最好趁现在跟儿子好好聊聊吧。"

"慢着!"

西蒙在门口停下脚步,依然背对着他。

"我……我想想办法。"

西蒙掏出名片，放在那只装着可乐瓶摩天大楼模型的展示柜上。

"我等到六点。"

"在斯塔滕监狱里面？"乘电梯下楼时，西蒙问，"洛夫特斯在弗兰克自己的办公室攻击了他？"

卡丽点点头。"目前我们只掌握了这些情况。伊弗森怎么说？"

西蒙耸耸肩。"没说什么。不出所料，他坚持要先跟律师磋商。我们得明天再跟他谈。"

阿里尔德·弗兰克坐在床边，等待被推进手术室。他身穿医院发的浅蓝色病号服，手腕上戴着手环，用来标明他的身份。他头一个小时一点都不觉得疼，但现在伤口开始剧痛难忍，麻醉师打的那一丁点麻药根本不起作用。他们答应手术前会给他打够剂量，麻醉他的整条手臂。一位擅长手部手术的外科医生来到他的病房给他详细讲解，告诉他目前显微外科手术技术已经非常成熟，断指已经被送到医院，切口状况良好，也很干净，重新接到主人身上后，神经一定能再次连接，所以不出几个月他就能用这根手指'做这做那'了。这或许是个善意的玩笑，但弗兰克没心情说笑。他打断外科医生，问他连接断指得花多长时间，他什么时候才能回去工作。听见医生说这台手术得花几个小时，弗兰克先看看表，然后小声骂了句脏话，让医生惊愕不已。

门开了，弗兰克抬起头。他希望来的是麻醉师，因为现在他不但手指在抽动，脑袋和整个身体也都在怦怦搏动。

但来的并不是穿白大褂或绿色手术服的人，而是一个身材颀长、穿灰色西装的男子。

"篷提乌斯？"弗兰克脱口而出。

"你好，阿里尔德。我就是想来看看你。"

弗兰克眯起一只眼睛，仿佛这样就能看清局长此行的真正目的。帕尔挨着他坐到床上，冲他缠着绷带的手点点头。

"疼吗？"

"会没事的。告诉我，你们已经开始缉捕他了吧？"

局长耸耸肩。"洛夫特斯似乎人间蒸发了。不过我们会抓到他的。你知道他来找你是想干什么吗？"

"想变成通缉犯？"弗兰克用鼻子哼了一声，"谁知道他想干什么？他现在明显是在搞一场疯狂的清算。"

"正是。"帕尔说，"所以我们真正该问的，是他接下来会在什么时间、什么地点出手。他没提示你？"

"提示？"弗兰克呻吟一声，轻轻曲起肘部，"哪种提示？"

"你们肯定谈到了什么吧。"

"只有他在说话。我的嘴被堵住了。他想知道内奸是谁。"

"对，我看到了。"

"你看到了？"

"从你办公室里那几张纸上看到的。至少看到了没被血迹覆盖的部分。"

"你还去了我的办公室？"

"这件案子是重中之重，阿里尔德。那人可是个连环杀手。被媒体追着不放已经够难看的了，现在连政客们也都跑来插手。从现在起，这个案子由我亲自来办。"

弗兰克耸耸肩。"好吧。"

"我有个问题——"

"我要进手术室了，而且我疼得要命，篷提乌斯。你就不能等等吗？"

"我等不了。桑尼·洛夫特斯因涉嫌杀害杰斯缇·莫尔桑德而接受了讯问，但否认自己是凶手。有没有人告诉过他，在现场出现洛夫特斯的毛发之前，我们的首要怀疑对象是死者的丈夫？或者曾有证据指向英韦·莫尔桑德？"

"这我怎么知道？你什么意思？"

"哦，我只是好奇。"帕尔把手搭在弗兰克肩上，弗兰克感觉疼痛直往手心里钻，"别想太多了，安心做你的手术吧。"

"谢谢，但我真没什么可多想的。"

"嗯。"帕尔说着，摘下方框眼镜，"我也觉得没有。"他开始擦眼镜，显得心不在焉，"你只要躺在那里，把一切交给别人就好。"

"是啊。"弗兰克说。

"让别人把缺失的部分装回你身上。重新把你变得完整。"

弗兰克咽了口唾沫。

"所以，"帕尔说着，又戴上眼镜，"你告诉他谁是内奸了吗？"

"你是说我有没有告诉他内奸就是他的亲爹？阿布·洛夫特斯，他认罪了。我要是把这句话写在纸上，那小子非把我的脑袋拧下来不可。"

"那你跟他说了什么，阿里尔德？"

"什么也没说！我还能跟他说什么？"

"我想问的就是这个。我一直在琢磨，那少年怎么会这么确信你知道内情，不惜专门闯进监狱来打探消息。"

"那小子疯了，篷提乌斯。吸毒者迟早会精神失常，这你是知道的。至于那个内奸？老天，那些陈年旧事早就随阿布·洛夫特斯一起烟消云散了。"

"所以你到底跟他说了什么？"

"你什么意思？"

"他只切掉你一根手指，却要了其他人的命。他放过你，肯定是因为你给了他什么。别忘了，我了解你，阿里尔德。"

门开了，两个穿绿色手术服的医院护工微笑着走进来。"准备好了吗？"其中一人笑眯眯地说。

帕尔扶正眼镜。"你没那么大的胆子。阿里尔德。"

西蒙走在街上，低头抵挡从峡湾吹来的海风，他经过阿克尔码头和蒙克达姆路，在楼宇密集、街道收窄的地方转弯，沿着鲁塞勒克路匆匆前行。他在教堂外停下脚步，它被两栋公寓楼挤在中间。这座圣保罗教堂比任何国家首都的圣保罗教堂都要简朴。毕竟是新教国家的天主教堂。它朝西，朝向不好，而且正面那座教堂塔楼造型也不怎么地道。教堂门前只有三级台阶。不过它随时都开着。他知道这个，是因为他曾在一个崩溃的夜晚来过，在短暂的踟蹰之后登上了那三级台阶。当时他刚刚失去一切，也尚未得到艾尔莎的救赎。

西蒙登上台阶，按下铜质把手，推开沉重的大门，走进教堂。他想迅速把门关上，但闭门器上强硬的缓冲弹簧造成了阻力。它上次也是这样吗？他记不清了，当时他醉得厉害。他放开门把手，感觉它在他身后一寸一寸地缓缓关闭。不过他依然记得那气味。那异域的气息。充满异国情调。带有一种神圣。它属于魔法与神秘主义，属于算命先生与巡回马戏团。艾尔莎喜欢天主教，倾心于它的美学而非教义，还告诉他教堂建筑上的每个细节，即使是最不起眼的砖瓦、灰泥和彩色玻璃，都是如何被物尽其用地赋予了牵强到近乎可笑的宗教寓意。不过与此同时，这种简单的象征主义又传达出某种肃穆，某种言外之意，让人感受到历史的厚重与那么多睿智之人信仰的力量，因而不容小觑。教堂内狭小的空间刷着白墙，有着简朴的装饰，摆放着一排排长椅，长椅尽头有一座祭坛，上面是被钉在十字架上的耶稣。以败为胜的代表。左侧，在通往祭坛的半途中，告解室立在墙边。告解室有两个隔间，其中一个隔间挂着一道黑帘，像个照相棚。那晚他来到这里，都不知道哪间才是给罪人坐的，于是他开动被酒精麻痹的脑筋，意识到既然牧师不该看到罪人的面目，那牧师肯定该坐在照相棚那边。他踉踉跄跄地走进没挂帘子的隔间，开始对着中间那块带孔的木板说话。忏悔他的罪行。声音大得毫无必要。与此同时，他既希望又害怕隔壁有人，暗暗期待某个人，任何人，会听见他说话并对他做点什么。宽恕，或是谴责。他什么都愿意接受，唯独受不了这令人窒息的虚空，它让他必须直面自己，直面自己的错误。但他讲完之后却什么也没发生。第二天醒来时，他奇怪地不再像往常那样头疼欲裂，明白生活仍将继续，像什么也没发生一样，而且归根到底，这一切根本没有人关心。自那之后，他再也没有进过教堂。

玛莎·利安站在圣坛旁，身边还有个身穿优雅套装的女人，留的是上了年纪的女人误以为能显年轻的短发，正在气势汹汹地比画。那女人指指点点，讲个不停，西蒙听到"鲜花""婚礼""安德斯""宾客"这类字眼。玛莎·利安转向他时，他几乎都走到她们面前了。他一下就注意到她看上去跟上次完全不同。显得那么失魂落魄。那么孤独。那么可怜。

"嘿。"她木然地说。

另一个女人安静下来。

"抱歉打扰你们。"西蒙说，"我去了伊拉中心，他们说你在这儿。希望我没打扰你们办要紧事。"

"啊，哪儿的话，我们只是——"

"没错，我们其实是在筹备我儿子和玛莎的婚礼。所以您要是不那么着急的话，对了，您贵姓……？"

"我姓凯法斯。"西蒙说，"不好意思，我等不了。我是警察。"

那女人挑起眉毛瞧着玛莎。"我说你的生活太贴近现实指的就是这个，亲爱的。"

"这一切您都不必参与，这位夫人，对了，您贵姓？"

"您说什么？"

"我想请利安小姐借一步说话。因为有保密规定。"那女人蹬着高跟鞋走远了，西蒙和玛莎坐到前排的长椅上。

"有人看见你跟桑尼·洛夫特斯驾车离开。"西蒙说，"你为什么不告诉我呢？"

"他想学开车。"玛莎说，"我把他带到一个停车场，让他在那儿练车。"

"现在全挪威都在通缉他。"

"我从电视上看到了。"

"他有没有说过什么，或者他有没有什么举动能让你想到他会在哪儿藏身？我希望你回答之前先仔细想想。"

玛莎似乎真的仔细想了，然后才摇摇头。

"没有？他说过接下来打算做什么吗？"

"他就是想学开车而已。"

西蒙叹了口气，抚平头发。"你要是帮他隐瞒或给他通风报信，你会被作为从犯起诉的，这你是知道的吧？"

"我为什么要那么做呢？"

西蒙望着她，没有说话。她就要结婚了。可她为什么显得闷闷不乐？

"行吧，行吧。"他说着，站起来。

她留在原地，低头盯着膝盖。

"我只有一个问题。"她说。

"什么？"

"您觉得他会是他们说的那种杀人狂魔吗？"

西蒙把重心从一只脚换到另一只脚。"我觉得不是。"他说。

"不是？"

"他不是杀人狂魔。他是在惩罚某些人。涉及家族世仇。"

"给什么复仇？"

"我想应该跟他父亲有关，他父亲是个警察；在他死后，有人说他被收买了。"

"你说他是在惩罚某些人……"她压低声音，"那他公正吗？"

西蒙耸耸肩。"我不知道。不过他有时会网开一面。"

"网开一面？"

"他曾闯入副典狱长办公室，跟他直接对质。简直是胆大包天。其实去弗兰克家里找他要容易得多，风险也小得多。"

"但是？"

"但是这会危及弗兰克的妻儿。"

"他们是无辜的。他不想伤害无辜的人。"

西蒙缓缓地点头。他看见她的眼神骤然变了，亮起一丝火花，或是一线希望。事情居然真的这么简单？她爱上他了？西蒙挺直身子，抬头看看圣坛上那幅圣画，上面是十字架上的基督。他闭上眼又睁开。不管了。让这些破事都见鬼去吧。

"你知道他父亲阿布以前怎么说吗？"他向上提了一下裤子，一边说，"他说，仁慈的时代已经过去，审判的日子即将到来。既然弥赛亚迟到了，那我们就得替他行道。他是唯一有资格惩罚他们的人，玛莎。奥斯陆警方是腐败的，是恶势力的保护伞。我想桑尼之所以这么做，是因为他想替父亲讨个公道，因为他坚信他父亲是为维护正义而死。那种高于法律的正义。"

他看看那个年长女人，她正在告解室旁跟牧师低声商量着什么。

"那您呢？"玛莎问。

"我吗？我代表法律。我得抓住桑尼。我不得不这么做。"

"那个女人，阿格妮特·伊弗森，她何罪之有？"

"她的事恕我不能透露。"

"我在报上读到她的珠宝被盗了。"

"是吗？"

"其中是不是有一对珍珠耳坠？"

"不知道。这很重要吗？"

她摇摇头。"不，"她说，"不重要。我在努力回想有没有什么能帮到您。"

"谢谢你。"西蒙扣起外套。高跟鞋清脆的声音越来越近，"你有心事，我看得出来。"

玛莎抬起头，飞快地瞟了他一眼。

"咱们改天再聊，玛莎。"

西蒙一出教堂，手机就响了。他看看屏幕。从区号可以看出，电话是从德拉门打来的。

"我是凯法斯。"

"我是亨里克·韦斯塔。"

是负责船主之妻谋杀案的警官。

"我在比斯克鲁德中心医院的心血管科。"西蒙都能猜到他接下来要说什么。

"咱们的证人莱夫·克洛格内斯心脏病发作了。医院本以为他已经脱离了危险，可是……"

"他突然死了。"西蒙接过话茬，叹息一声，捏捏鼻梁，"事发时他独自待在病房，尸检没发现任何异常。你给我打这个电话，是因为你不想成为今晚唯一一睡不着的人。"

韦斯塔没说话。

西蒙把手机揣进衣兜。起风了，他抬起头，目光越过屋顶投向天空。他暂时还看不出什么端倪。但头疼告诉他，一个低压气旋正在形成。


罗弗面前这辆摩托车即将起死回生。这车是哈雷－戴维森软尾系列1989 年款，有着硕大的前轮，是罗弗最心爱的座驾。罗弗刚买下它时，它只是一堆快散架的废铁，排量只有 1340CC，前主人对它既不爱惜又没耐心，更不懂车，而哈雷－戴维森可不像那些皮实的日系摩托，最需要的就是这些。罗弗换掉了曲柄轴轴承、大端轴承和活塞环，重装了气门，把排量提升到 1700CC，又把后轮制动马力从 43 提升到 119。罗弗从文着大教堂的那条小臂上擦去油污，感觉光线突然暗了。他起初还以为是乌云遮蔽了天空，像预报的那样。但他抬头一看，才发现一个人的剪影现在工作室门口，投下一道阴影。

"哪位？"罗弗喊了一声，继续擦胳膊上的油污。

那人走过来，像掠食动物一样悄无声息。罗弗知道已经来不及去够最近的枪了。而他也不想去够。他已经受够了那种生活。有人说从监狱里出来的人很容易故态复萌，他觉得那纯属胡说；这只是个意志力问题。就这么简单。只要有心，你就做得到。但如果你的意志力只是一种幻觉，是一厢情愿，是你粉饰自己的伪装，那你迟早会重蹈覆辙。

现在那人离他很近，罗弗已经能看清他的五官。可他难道真是……

"你好啊，罗弗。"

的确是他。

他举起一张发黄的名片，上面写着"罗弗摩托车修理铺"。

"看来这地址没错。你说过，你能给我搞一把乌兹冲锋枪。"

罗弗一边擦手一边打量着他。他看了报纸，也看见了电视上的照片。但此刻，他看见的并不是这个逃出斯塔滕监狱的少年，而是自己的命运。他在设想之后会发生什么。

"你干掉了内斯特。"罗弗说着，把抹布夹在指间来回拉扯。

少年没作声。

罗弗摇摇头。"也就是说不光警察在找你，双子也在找你。"

"我知道这会给你带来麻烦。"少年说，"你要是不愿意，我立马就走。"

宽恕。希望。洗心革面。重新开始。大多数人都没能做到，这辈子都在重复自己愚蠢的错误，总在找借口犯错。他们自己并不知道，或是假装不知道，其实他们在开始之前就已经输了。因为他们不是真心悔过。但罗弗跟他们不一样。当然，帮助这少年并不一定会拖他下水。他已经今非昔比了，实力更强，也更加睿智。不过话虽如此，他依然相信：常在河边走，哪能不湿鞋。

"要不咱们把车库门关了吧？"罗弗说，"看样子要下雨了。"

# 34

雨水冲刷着车窗，西蒙从点火开关上拔下钥匙，打算从停车场跑进医院大楼。他看见一个身影出现在汽车右前方，那人穿大衣，顶着一头金发。雨下得很大，雨点在引擎盖上跳跃，模糊了那人的轮廓。有人拉开驾驶座的门，另一个人，一个深色头发的男人让西蒙跟他们走一趟。西蒙看看仪表盘上的时钟。下午四点。离时限还有两个小时。

那两个人载着他来到阿克尔码头，这是一处沿海开发区，建有商铺和办公楼，汇聚了全城最昂贵的公寓，分布着五十多家咖啡馆和酒吧。他们沿滨海大道前行，路旁有数不清的小巷，他们拐进其中一条，恰好看见从内索唐根开来的渡轮正在靠岸；他们继续往前，来到一段狭窄的铁楼梯前，楼梯尽头是一扇门，上面开着个舷窗，让人不由得想到海鲜。门边挂着个牌子，上面用异常低调的小字写着"鹦鹉螺餐厅"。那两人中的一个推开门，一行人走进空荡荡的衣帽间。里面不见一个人影，西蒙的第一反应是这里真适合洗钱。地方不大，但租金低廉，位置不错，既容易显得利润丰厚又不会受到质疑，毕竟，很少有人会怀疑申报纳税的利润。

西蒙浑身都湿透了。他每次扭动脚趾，都能听见它在鞋子里嘎吱作响。但这并不是他浑身发冷的真正原因。

一只巨大的长条形鱼缸把就餐区隔成两半，投下室内唯一的光。在它前面的餐桌上，一个魁梧的身影背对鱼缸坐着。

这个人才是西蒙浑身发冷的原因。

西蒙从没见过他的真容，却毫不怀疑对方就是他要见的人。

双子。

他的身躯似乎占满了整个房间。西蒙不知道这仅仅是因为他身形魁梧、气场强大，还是因为他权倾一方、富可敌国，手中掌握着那么多人的命运。不知道那些跟他有关的传说是不是也让他显得愈发高大：那些死亡、暴行与毁灭的重负。

此人做了个难以察觉的手势，指指面前那张椅子。西蒙坐下来。"西蒙·凯法斯。"对方用食指摸着下巴说。

很多身材臃肿的人反而声音尖细。

但双子不是。

他浑厚低沉的嗓音震得西蒙面前那杯水泛起涟漪。

"我知道你想要什么，凯法斯。"双子的肌肉膨胀在西装之下，仿佛随时会撑开缝线。

"我想要什么？"

"给艾尔莎做手术的钱。"

从这个男人口中听到自己爱人的名字，西蒙咽了口唾沫。

"问题在于，你能拿什么来换，是这样吧？"

西蒙掏出手机，点开邮箱，把手机放在桌上，按下播放键。他收到的音频文件声音很小："……内斯特给你把钱打到哪个账户？要户名和账号。我要是你，就想清楚再说。"随后是一阵沉默，然后响起另一个声音："账户名是一家公司，丹尼斯有限公司，注册在开曼群岛。""账号呢？"又是一阵沉默。"8、3、0。""慢点。说清楚。""8、3、0、8……"

西蒙按下停止键。"我想你知道回答问题的人是谁。"

大块头做了个模棱两可的手势，当作回应："你就准备拿这个换？"

"这份录音是有人用一个 Hotmail 邮箱发给我的，我无法追踪，也不想去追踪。因为到目前为止，只有我一个人知道这段音频的存在。它证明监狱的典狱长——"

"是副典狱长。"

"——斯塔滕监狱的副典狱长承认通过一个秘密账号接收胡戈·内斯特支付的款项。我查过这个账号，信息都对得上。"

"我要这个有什么用呢？"

"我可以向同事隐瞒这段录音，免得你失去一个重要盟友。"西蒙清清嗓子，"应该说，再失去一个。"

大块头耸耸肩。"副典狱长又不是不可替代。况且看样子，弗兰克反正也已经用处不大了。你还有别的料吗，凯法斯？"

西蒙伸了伸下唇："我有证据证明你通过伊弗森的地产生意洗钱。我手上还有 DNA 证据，证明伊弗尔·伊弗森跟一名越南女孩有染，女孩是被你们卖进挪威的，后来你们杀了她，又让桑尼·洛夫特斯顶罪。"

大块头用两根手指择着喉咙。"说下去。别停。"

"如果我能拿到手术钱，我会确保这些案子都不会受到调查。"

"你要多少钱？"

"两百万克朗。"

"这个数你直接勒索伊弗森就行了。所以你来这儿到底有什么目的？"

"因为我不光想要钱。"

"你还想要什么？"

"我还想让你放过那个少年。"

"洛夫特斯的儿子？我为什么要那么做呢？"

"因为阿布·洛夫特斯曾是我的朋友。"

大块头盯着西蒙看了一会儿，然后靠向椅背，用手指敲敲鱼缸的玻璃。

"这鱼缸看着很普通，是这样吧？可你知道里头那条长得像西鲱的鱼值多少钱吗，凯法斯？你不知道。因为我不想让严重欺诈办公室的人知道，有收藏家愿意为它花几百万克朗。它不是特别惊艳，也不是特别诱人，不过它极其稀有。所以呢，它对一个人的价值决定了它的价格，就是出价最高的那个人。"

西蒙变换了坐姿。

"我的意思是，"大块头说，"我想抓住洛夫特斯这小子。他是一条稀有的鱼，我肯出的价比别的买家都高。因为他杀了我的人，还偷了我的钱。你想啊，要是我连这都能忍，我还能统治这座城市二十多年吗？他已经成了一条我一定要抓的鱼。不好意思，凯法斯。钱我们会付你，但那少年得归我。"

"他只想揪出那个背叛他父亲的内奸而已，之后他自然会消失。"

"从我的角度讲，我根本不介意把内奸给他，我已经用不着那家伙了，他十二年前就不再行动了。但其实连我都不知道内奸到底是谁。我们匿名交换钱和情报，不过我觉得这就够了，我花了钱，得到了想要的东西。你也会得到的，凯法斯。让你妻子重见光明，是这样吧？"

"随你，"西蒙说着站起来，"你要是不肯放过那小子，我就上别处找钱去。"

大块头叹了口气。"我想你误会了这场谈判，凯法斯。"

西蒙看见金发男子也站了起来。

"你是个老赌徒了，应该知道出手之前一定要看清手上的底牌。"大块头说，"等打出去就晚了，是这样吧？"

西蒙感到金发男子的手落在自己肩头。他压抑着把那双手推开的冲动，重新坐下。大块头越过桌子凑近西蒙，身上散发着薰衣草味。

"伊弗森跟我说了，你去找他说过 DNA 检测的事。现在你又收到了这份录音。这就是说啊，你跟那小子有联系，我没说错吧？所以你现在得帮我们引他出来，他本人，还有他从我们手里偷的东西。"

"我要是不答应呢？"

大块头又叹息一声："上了年纪的人最怕什么，凯法斯？孤独终老啊，是这样吧？你不顾一切要治好妻子的眼疾，不就是希望她能在你临终前看着你吗？让你在临终的病榻上不至于那么孤单，是这样吧？好了，有个失明的妻子给你送终已经够孤独的了，但她起码还活着，想想哪种情况还会比这更孤独吧……"

"你说什么？"

"博，给他看。"

金发男子把手机举到西蒙面前，给他看一张照片。他认出了那间病房。那张床。床上那个熟睡的女人。

"重点并不在于我们知道她在哪儿。"大块头问，"而在于我们找到了她，是这样吧？伊弗森打来电话后，我们一小时之内就找到她了。也就是说我们还能再找到她，不管你把她藏在哪里。"

西蒙从椅子上一跃而起，猛地朝大块头的咽喉挥出一记右拳，却被一只巨大的手掌挡在半空，那只大手轻易就握住了他的拳头，像抓住一只蝴蝶。现在，它开始无声地挤压西蒙的手指。

"你必须想清楚，凯法斯，什么对你才是最重要的。是与你共度一生的女人呢，还是你收养的流浪狗。"

西蒙咽下一口唾沫。他试着不去在意那疼痛，尽量忽略手指的关节相互挤压的咔咔声，但他明白疼痛的泪水出卖了他。他眨了一下眼睛。又眨了一下，感觉一行热泪顺着脸颊滚落。

"她必须在两天内去美国，"他低声说，"我必须在她动身前拿到钱，要现金。"

双子松开手，西蒙手上的血液骤然回涌，加剧了疼痛，疼得他头晕目眩。

"只要你交出那小子和他偷的东西，她就能坐上飞机。"大块头说。

金发男子送西蒙出去。雨停了，但空气依然潮湿而窒闷。

"你们打算怎么处置他？"西蒙问。

"这你就别问了。"金发男子笑了，"不过跟你做生意很愉快。"

西蒙一出去，那扇门就关了，还上了锁。

他离开那条小巷。夜幕正在降临。西蒙拔腿就跑。

　　玛莎坐在那里，目光越过烤牛排和高脚杯，望着桌子对面那排脑袋，望着窗下桌案上的家庭照片，望着花园里那些被雨水打湿的苹果树，望着一点一点暗下来的天空。

　　安德斯的致辞很美。这毫无疑问，她都能想象某位姨妈在偷抹眼泪。

　　"玛莎和我决定在冬天举行婚礼。"他说，"因为我们知道，我们的爱能融化一切的坚冰，而我们朋友炙热的心能温暖任何一间宴会厅，还有你们——我们的亲人——你们的关怀、智慧和指引，是我们在冬日幽暗的道路上唯一的光。当然，这还有另一个原因……"安德斯端起酒杯，转向玛莎，她刚刚从傍晚的天空中收回目光，对他回以微笑，"我们真的等不到明年夏天啦！"

　　欢乐的笑声和掌声响彻房间。

　　安德斯用那只空手牵起她的手，用力一握，然后微微一笑，那双漂亮的眼睛像大海一样闪耀，她知道，他完全清楚自己给大家留下了怎样的印象。他弯下腰，仿佛被眼前的一切深深打动，一时情难自禁，然后他飞快地吻吻她的嘴唇。桌上爆发出一阵欢呼。他举起酒杯。

　　"敬我们俩！"

　　他坐下来，凝视她的双眼，对她莞尔一笑，那表情几乎堪称私密。这笑容告诉在座的十二位来宾，他跟玛莎之间有着只有他俩才懂的特殊感情。不过她不该仅仅因为安德斯当众演戏就否定这份感情的真实性。他们的确拥有某种只属于他们的东西。一种坚不可摧的东西。他们在一起太久了，容易忘记他们曾共度的美好时光，曾做过的那些美好的事。他们还克服了那么多困难，变得更加坚强。她喜欢安德斯，真心喜欢。这自不必说。不然她怎么会答应嫁给他？

　　他的笑容变得有些僵硬。意思是她应该拿出更多热情，配合他的表演，毕竟他们已经把亲朋好友全请来了，当着大家的面宣布自己的结婚计划。她未来的婆婆要求他们宣布婚讯，玛莎实在无力反对。现在，那女人站起来，敲敲酒杯。房间顿时安静下来，仿佛被按下了"静音"键。这并不是因为宾客都等不及想听她要说什么，而是因为他们谁也不想被新郎母亲严厉的目光炙烤。

"得知玛莎决定在圣保罗教堂举行婚礼，我们真是激动万分。"

玛莎差点没把酒喷出来。这哪是她决定的？

"在座各位都知道，我们是个天主教家庭。或许在许多其他国家，天主教徒的教育程度和平均收入都比不上新教徒，但在挪威并非如此。我们天主教徒是挪威社会的精英阶层。所以，玛莎，欢迎加入第一梯队。"

玛莎假装被这个玩笑逗乐了，心里却明白这根本不是玩笑。她听见未来的婆婆还在侃侃而谈，但她的思绪又飘远了。她必须逃离这里。逃到另一个地方。

"你在想什么呢，玛莎？"

她感到安德斯的嘴唇贴着她的发梢和耳垂。她好不容易把笑容控制在微笑范围，因为她差点大笑失声。她想象自己站起来，向他和所有来宾宣布，她在想自己是如何躺在一个杀人凶手怀里，躺在阳光下的岩石上，看风暴在远处汹涌，掠过峡湾向他们袭来。想到这里，她不禁笑了。但这并不代表她不爱安德斯。她已经答应他了。她之所以答应他，就是因为爱他。

## 35

"还记得咱们第一次见面吗？"西蒙问，轻轻抚摸艾尔莎搭在被子上的手。病房里另外两名病人都在帘子里熟睡。

"不记得了。"她笑了，他想象她那双异常明亮而纯净的蓝眼睛在绷带下放光，"但你记得呀。给我讲讲吧，再讲一遍。"

西蒙没有只用微笑回应，而是轻轻笑出了声，好让她听见。

"你在格伦兰的一家花店工作。我去店里买花。"

"是花环。"她说，"你来买花环。"

"你太美了，我想尽办法要跟你多聊一会儿，简直没话找话。虽说你对我而言太年轻了。不过我们聊天的时候，我感觉自己好像也变年轻了。第二天我又去找你买玫瑰。"

"是百合。"

"对，没错。我希望你觉得我是在给普通朋友买花。不过第三次我就买了玫瑰。"

"第四次也是。"

"我的公寓里堆满了鲜花，香得我都快喘不过气了。"

"原来都是给你自己买的。"

"是给你买的。我只是帮你保管而已。然后我约你出来。我这辈子从没这么害怕过。"

"你看上去紧张极了，我不忍心拒绝。"

"这招百试百灵。"

"不对。"她笑着说，"你紧张归紧张。但我喜欢的是你忧郁的眼神和丰富的阅历，还有那份洞悉世事的忧伤。你知道，这让年轻女人无法抗拒。"

"你总说你喜欢的是我运动员式的身材，还有我倾听的本领。"

"才没有！"艾尔莎笑得更大声了，西蒙也跟着笑，庆幸她看不见他现在的模样。

"第一次你买了一只花环，"她小声说，"还写了张小卡片，盯着它瞅了一会儿，然后把它扔进了垃圾桶，又重写了一张。你走后，我把卡片从垃圾桶里捡出来。上面写着'致我此生的挚爱'。所以我才会特别注意你。"

"哦？难道你不想找个还没遇到此生挚爱的男人吗？"

"我想找个懂爱的人，心里真正有爱的人。"

他点点头。多年来，这个故事他们已经重复过无数遍了，台词都记得滚瓜烂熟，种种反应和看似即兴的表现也都经过反复锤炼。有一次，他们发誓要毫无保留地把一切告诉对方，自那之后，他们都了解了对方承受真相的限度，而他们编织的故事，凝成支撑这个家的四壁和屋顶。

她捏捏他的手。"你就是这样的人，西蒙。你懂得如何去爱。"

"因为你拯救了我。"

"是你自己拯救了自己。下决心戒赌的是你，不是我。"

"你是一剂良药，艾尔莎。要不是你……"西蒙深吸一口气，不想让她听出他的声音在颤抖，因为他很难鼓起勇气去谈这件事，至少今晚是这样。他不想重提自己的赌瘾，也不想谈他不久前刚把她拖入的那场赌局。他做过不可原谅的事，瞒着她抵押了他们的房子。还输了。而她原谅了他。她没有生气，没有搬走，没有让他独自承受，也没有下最后通牒。她只是抚摸着他的脸庞，说她原谅他了。当时他哭得像个孩子，就在那一刻，羞耻扑灭了他心中的渴望，他不再向往那种交织着希望与恐惧的、刺激的生活，在那种生活中，一切都危在旦夕，一切都能瞬间得到，又瞬间失去，而最后毁灭性的失败也——几乎——像胜利一样诱人。是的，那一天，他告别了赌博。从此他再没赌过一次，哪怕是一杯啤酒，这就是他的救赎，他俩的救赎。除此之外，他们还承诺要与对方分享一切，不对彼此有任何保留。西蒙发现他是有能力掌控自己的，有能力向另一个人敞开心扉，意识到这一点之后，西蒙变了，变回了一个男人，一个人，是的，如果不曾染上赌博恶习，他或许还不会成长得这么显著。或许正是因此，在警察生涯的最后，他才不再认为每名罪犯都必然恶贯满盈、不值得拯救，而愿意给他们一个重新做人的机会——尽管这完全违背了他多年来积累的经验。

"我们就像查理·卓别林和卖花女①。"艾尔莎说，"要是你把那部电影倒着放的话。"

西蒙做了个吞咽的动作。她说的是那个误把流浪汉当作绅士的盲人卖花女。西蒙已经记不清情节了，只记得流浪汉帮她重见光明，却始终没透露自己的真实身份，因为他觉得她一旦看到真实的他，就不会再喜欢他了。可是后来她得知了真相，却依然爱他。

"我去活动活动筋骨。"他说着，站起来。

走廊上没有别人。他盯着墙上的警示牌看了许久，上面画着一只被红线画掉的手机。然后他掏出手机，找到那个号码。有人以为只要在手机上登录 Hotmail 邮箱、用移动网络发电子邮件，警方就不能追踪到发件人的手机号码。他们错了。号码好找得很。西蒙的心仿佛提到了嗓子眼，在他的锁骨下跳动。对方完全可以不接这个电话。

"哪位？"

是他的声音。陌生，却又有一种奇怪的熟悉感，像个回音，来自一段遥远的，不，并不遥远的过去。儿子。西蒙咳了两声才说出第一句话。

"我得见你，桑尼。"

"这本来是个不错的主意……"

他的声音不带丝毫讽刺。

---

① 指卓别林电影《城市之光》。

"……但我可能不会在这里待太久了。"这里？奥斯陆，还是挪威？还是人世间？

"你要做什么？"西蒙问。

"你应该知道我要做什么。"

"你要找到造成这一切的罪魁祸首，惩罚他们。那些害你坐牢的人，还有杀害你父亲的人。你还想揪出内奸。"

"我的时间不多了。"

"但我可以帮你。"

"谢谢你的好意，西蒙，不过你继续做现在在做的事就好，那就是在帮我。"

"哦？我做了什么？"

"不阻止我。"

两人都陷入沉默。西蒙在背景中仔细捕捉任何能透露那少年位置的声音。他听见一阵有节奏的轻微撞击声，间或还伴有嘶喊和尖叫。

"我想我们的目标是一致的，西蒙。"

西蒙咽了口唾沫。"你还记得我吗？"

"我得挂了。"

"你父亲和我……"

但是电话已经断了。


"你能来我感激不尽。"

"别客气，伙计。"佩勒说着，抬头从后视镜里瞟了那少年一眼，"每逢工作日，出租车司机的计价器就只有三分之一的时间在运转，所以你这个电话算是帮了我，照顾了我的生意。先生，您今晚打算去哪儿？"

"去于勒恩。"

上次坐佩勒的车时，少年管他要了名片。对服务感到满意的乘客偶尔会这么做，不过从来没有人打过电话。如果你想打车，在路边招手拦车太容易了。所以佩勒很奇怪这少年为什么一定要让他大老远从老城开到克瓦达突伦，来那家可疑的俾斯麦旅馆接他。

少年穿一身考究的西装，佩勒起初都没认出他来。他好像哪里变了。他依然拎着那只红色运动包，手里还多了一只公文包。他把运动包放在后座，里面的物品发出清脆的金属碰撞声。

"你们在这张合影上看着真幸福。"少年说，"那是你妻子？"

"哦，那个嘛。"佩勒回答，脸唰地红了。从没有人评价过这张照片。他把它夹在方向盘左侧，放得很低，为的就是不让乘客看见。但他又有些感动，因为少年说照片上的他们看上去很幸福。她很幸福。他挑的不是他俩照得最好看的一张，而是她看着最幸福的一张。

"我觉得她今晚应该会做炸肉饼。"他说，"吃完我们可能会去坎彭公园散个步。今天这么热，山上的小风吹着可舒服了。"

"听上去不错。"少年说，"你运气真好，能找到一个共度一生的女人。"

"确实。"佩勒说着，瞟了一眼后视镜，"你说得对极了。"

佩勒一般都只听乘客说话，自己不说。他喜欢这样。在短暂的车程中一窥别人生活的片段。孩子、婚姻、工作、房贷。短暂地瞥见家庭生活的烦恼与艰辛，而不必去谈大部分出租车司机关心的话题。不过这少年让他有种奇异的亲切感；说实在的，他很愿意跟这个年轻人说说话。

"你呢？"佩勒问，"有女朋友了吗？"

少年笑着摇摇头。

"没有？那有人能让你心跳加速吗？"

少年点点头。

"有？好事啊，伙计。对她也是。"

少年又开始摇头。

"不好？别告诉我她不喜欢你？我得说，那天你在墙根呕吐的时候看着确实不咋地，但今天，穿着这身西装什么的……"

"谢谢。"少年说，"但我恐怕不能跟她在一起。"

"为什么不能？你跟她说过你爱她吗？"

"没有。我应该说吗？"

"你应该不停地说，每天说好几次。爱就好比氧气，你永远也离不开它。我爱你，我爱你。试试看吧，试了你就懂我的意思了。"

后座上的人沉默良久。然后佩勒听到一声咳嗽。"要怎么……才能知道对方爱不爱你呢，佩勒？"

"知道就是知道。那感觉是由许许多多的小事汇成的，都是些看不见摸不着的东西。爱包裹着你，就像淋浴时的水蒸气似的。你看不见那些小水珠，但会觉得温暖，觉得身上湿湿的，又很干净。"佩勒笑出了声，有些窘迫，又有点为自己这番话自豪。

"然后你就一直沐浴在她的爱中，每天都告诉她你爱她？"

佩勒有种感觉，少年绝不是随便问问，这是他早就准备好的问题，就因为佩勒跟妻子的合影，这少年肯定前两次坐他的车就看到它了。

"必须的。"佩勒的喉头有些哽咽，像卡了块碎屑。他用力咳嗽几声，扭开收音机。

他们开到于勒恩花了五十分钟。少年给了佩勒一个地址，他们驶上一条通往勒恩诺森的路，道路两旁林立着高耸的木质房屋，看上去更像堡垒而不是民居。刚才下了一场雨，现在柏油路已经干了。

"能麻烦你在这儿靠边停吗？"

"但大门在那边老远的地方呢。"

"停在这里就好。"

佩勒把车停在人行道边。这地方四面都是白色的高墙，围墙顶部还镶嵌着玻璃碴。一栋两层的砖砌大宅坐落在宽阔的花园尽头。屋前的露台乐声盈耳，每扇窗户都灯火通明。泛光灯照亮了花园。两个肩宽体阔的男人穿着黑色西装站在大门口,一人牵一只白狗。

"你是去参加派对?"佩勒问,按摩自己那只病脚。痉挛偶尔会复发,那感觉就像有人把这玩意扔过来,击中了他似的。

少年摇头。"我恐怕没被邀请。"

"你认识住在这儿的人吗?"

"不认识。我是坐牢的时候拿到这个地址的。双子这名字你听说过吗?"

"没。"佩勒说,"不过既然你不认识他,那我可得说了,一人独占这么多财富是不对的。瞧那房子!这可是挪威啊,又不是美国或者沙特阿拉伯。我们这个国家虽说只是北边一块冰冷的大石头,但总归还有些其他的国家没有的东西。像相对的平等。还有公平。可现在,我们正在亲手糟蹋它。"

他们听见花园里传来犬吠。

"我觉得你很有智慧,佩勒。"

"我倒不敢夸这个口。你去那儿干吗呢?"

"去寻找内心的平静。"

佩勒从镜中仔细观察少年的面容。这张脸他好像也在别处见过,不光是在车上。

"走,咱们离开这儿。"少年说。

佩勒又看了一眼窗外,牵白狗的男人正向这边走来。那两个大汉都紧盯着这辆车,他们的肌肉太过发达,走路都不大灵活。

"好。"佩勒说着,打开仪表盘上的指示灯,"去哪儿?"

"你当时有机会跟她道别吗?"

"什么?"

"跟你妻子。"

佩勒眨眨眼,看那人牵着狗越走越近。少年的问题像一记闷拳打在他腹部。他又从镜子里看看那少年。自己到底在哪儿见过他?他听见动物的低吼。那只狗就要发起进攻了。他以前就载过这少年,肯定是因为这个。

似曾相识的回忆。就像如今的她。

"没有。"佩勒摇摇头。

"是意外？"

佩勒吞咽一口唾沫。"嗯，车祸。"

"她知道你爱她吗？"

佩勒张开嘴，却发现自己一句话也说不出来，只好点点头。

"你失去了她，我很遗憾，佩勒。"

他感觉少年的手搭在他肩头。它仿佛散发着热量，那暖流涌向他的胸口、肚腹、胳膊和腿。

"咱们可能该走了，佩勒。"

直到这时，佩勒才意识到自己已经闭上了眼睛，他睁开眼，发现狗已经来到了车子一侧。佩勒发动引擎，松开离合，只听那只狗在车后狂暴地怒号。

"咱们去哪儿？"

"去见一个杀人凶手。"少年说着，把那只红色运动包拉到身边，"不过在那之前，咱们先得送一样东西。"

"给谁？"

少年露出一抹古怪而伤感的笑容。"给那个我想把她的照片夹在仪表盘上的人。"

玛莎站在厨房料理台前，把咖啡从壶中倒进保温瓶。她试着屏蔽未来婆婆的声音，想把注意力集中在餐厅里那些客人正在谈论的事情上。但她根本做不到，这女人说起话来总是那么不容置疑，那么苛刻。

"安德斯这孩子很敏感，这你是知道的。他比你敏感多了。你比他坚强。所以你必须负起责来，而且要……"

一辆汽车开过来，停在门前。是辆出租车。一个身穿考究西装的男子从车上下来，提着一只公文包。

她还以为自己的心脏要停止跳动了。是他。

他推开大门，沿着短短的砾石小径走到房子门口。

"抱歉。"玛莎说，她突然松开手，咖啡壶坠入水槽，发出砰的一声。她竭力让自己镇定，不要流露出急于离开厨房的样子。

他们相距不过几米，但她不等他按门铃就一把推开前门，整个人已是上气不接下气。"有客人来了。"她气喘吁吁地说了一声，拉上身后的门。

"警察在找你。你想干什么？"

他用那双清澈得可怕的绿眼睛望着她。他剃掉了眉毛。

"我想请你原谅我。"他和声细语，语气平静，"我还想把这个交给你。是给中心的。"

"这是什么？"她看着他递过来的公文包问。

"你可以用这个来做你们以前没钱做的修缮。或者至少能做一部分……"

"不要！"她回头看了一眼，压低声音，"你是不是有病？你真以为我会收下你杀人换来的钱？你是个杀人凶手。你想送我的那对耳坠……"玛莎咽了口唾沫，用力摇摇头，感觉脸上淌下两行细细的愤怒的泪水。"属于……属于一个被你杀害的女人！"

"可是——"

"你走吧！"

他点点头。后退一步，走下一级台阶。"你为什么不向警察举报我？"

"我怎么没有？"

"你为什么没有，玛莎？"

她把重心从一只脚换到另一只脚，听见餐厅里有一把椅子刮过地板。"大概是因为我想听你亲口告诉我，你为什么要杀那些人吧？"

"这重要吗？"

"我不知道。重要吗？"

他耸耸肩。"想报警的话，我今晚会在我父母的房子里。之后我会消失。"

"你为什么要说这些？"

"因为我想带你一起走。因为我爱你。"她眨眨眼。他刚才说什么？

"我爱你。"他一字一句地重复，看上去像在回味自己的话语，并为之惊讶。

"上帝啊，"她发出崩溃的呻吟，"你疯了！"

"我得走了。"他转身走向出租车，它正等在一旁，引擎处在怠速状态。

"等等！你要去哪儿？"

他半转过身，苦笑着说："有人告诉过我，欧洲有座伟大的城市。一个人开车去的话，这段路会非常漫长，但要是……"他看上去欲言又止，她在等他说完。她等待着，祈祷他会说出那句话。她不知道自己想从他嘴里听到什么，她只知道，只要他说出那句话，那个神奇的字眼，她就会得到自由。但这句话必须由他来说，他必须知道自己该说什么。

但他匆匆向她鞠了一躬，转身走向大门。

玛莎很想追在他身后大喊，但她能说什么？这是一种疯狂的情感。一场神魂颠倒的痴迷。这种东西是不存在的，不可能存在于现实世界。现实世界就在那里，在她身后的餐厅。她转身回到室内，面前赫然是安德斯愤怒的脸。

"让开。"

"安德斯，不要……"

他一把把她推倒在地，扳开门冲了出去。

玛莎站起来，跟着他踏上小径，正好看见安德斯追上了桑尼，要猛捶他的后脑勺。但桑尼应该是听见了动静，因为他躲开了攻击，用某种步法踮起脚尖转过身，抱住安德斯。安德斯号叫着："我要杀了你！"安德斯拼命想挣脱，但他的胳膊动弹不得，完全无计可施。就在这时，桑尼突然放开了安德斯。安德斯先是诧异地盯着面前这个男人，双臂无力地垂在身旁。然后他举起一只手主动出击。他打了桑尼一拳，又挥起拳头打了第二拳。他打中了。这一击没发出什么声响，只有指节与骨肉碰撞时沉闷的撞击声。

"安德斯。"玛莎大喊，"安德斯，住手！"

到第四拳，少年的颧骨被打破了皮。到了第五拳，他跪倒在地。

出租车驾驶座的车门开了，司机正要下车，那少年却抬起一只手阻止，示意他不要插手。

"你个孬种。"安德斯怒吼，"离我未婚妻远点！"

少年抬起头，把没受伤的那半边脸转向他，像是有意要把自己暴露在安德斯的拳脚之下。安德斯踢了他一脚。少年被踢得人仰马翻，跪倒在地，像足球运动员绕场庆祝时那样张开双臂。

安德斯坚硬的鞋底估计踢中了桑尼的额头，他发际线下一道长长的伤口开始涌出鲜血。桑尼倒在砾石地上，肩膀着地，上衣敞开了，这时，玛莎看到原本准备再补一脚的安德斯抬脚悬在半空，盯着桑尼的腰带，看见了那个她也在看的东西。那把手枪。一把亮闪闪的手枪，枪管插在裤兜里。桑尼一直有枪，却没碰它。

她按住安德斯的肩膀，后者惊跳起来，如梦初醒。

"给我进屋。"她下令，"立刻进去。"

他冲她疑惑不解地眨眨眼，然后照她说的做了。他经过她身旁，登上台阶，现在所有宾客都聚在那里。

"你们都进去吧！"玛莎高声对他们说，"他是伊拉中心的住户。我来处理。进去吧，都进去吧！"

玛莎在桑尼身旁蹲下。鲜血顺着他的额头和鼻梁流淌，他只能用嘴呼吸。

台阶上传来一个不容置疑的、苛刻的声音："可是真有这个必要吗，亲爱的玛莎？你毕竟就要离开那地方了，因为你跟安德斯就要——"

玛莎闭上眼睛，下定了决心。"你也一样。闭嘴，回屋里去！"

再次睁开眼睛时，她看见他在微笑。接着，他动动带血的嘴唇，轻声说着什么，她必须弯腰才能听见。

"他说得对，玛莎。人真的会有被爱净化的感觉。"

说完他站起来，稍稍稳住身体，摇摇晃晃地走出大门，上了出租车。

"等等！"她高喊，抓起依然躺在砾石小径上的公文包。

但出租车已经沿着公路远去，奔向住宅区尽头的黑暗。

# 36

伊弗尔·伊弗森前后摇晃身体，转动酒杯，杯中的马提尼酒已经见底。他看见宾客们三三两两地聚在白色的露台上和室内的客厅里。客厅跟宴会厅差不多大，按照一个不必在此居住的人的喜好布置。"不缺预算，只缺才华的装潢。"阿格妮特想必会这样评价。男士们都依照请柬上的要求着晚礼服。女士少得不成比例，不过都格外出众。她们美得令人目眩神迷，年轻得令人垂涎欲滴，人种也丰富多样。高叉连衣裙、赤裸的美背、深邃的乳沟。优雅而充满异国情调，原装引进。真正的美永远是稀缺的。就算客厅里有人牵着雪豹走过，伊弗尔·伊弗森也不会惊讶。

"看样子，奥斯陆的金融巨子都云集在这儿了。"

"来的只是不那么讲究的那些。"弗雷德里克·安斯加尔说着，整整领结，啜了口金汤力，"或是恰好在别墅度假的那些。"

你错了，伊弗尔·伊弗森心说。双子的生意伙伴一定会专程进城一趟。他们不敢不来。他扫了一眼钢琴旁那个大块头。那就是双子。他完全可以为苏联宣传画上的理想工人形象或维格朗公园里的雕塑充当模特。他浑身上下都是那么紧实，紧实而棱角分明：脑袋、胳膊、双手、小腿，莫不如此。他前额很高，下巴紧致，嘴唇丰满。正在跟他说话的那个人身形壮硕，身高在一米八以上，但跟双子站在一起却像个小矮人似的。伊弗尔对那人似乎有点印象。那人一只眼睛戴着眼罩。大概是某个上过报纸的大亨吧。

一名服务生端着托盘在房间里绕圈，伊弗森又从托盘上取来一杯马提尼。他知道自己不能再喝了，他已经醉了。但他才不在乎，他毕竟是个痛失爱妻的鳏夫嘛。话虽如此，他依然明白自己最不该碰的就是酒精，因为他在酒后没准会说出什么让自己后悔的话。

"你知道双子这名字是怎么来的吗？"

"知道，我听过那个故事。"弗雷德里克·安斯加尔说。

"我听说他兄弟是淹死的，不过纯属意外。"

"意外？意外在水桶里淹死？"

弗雷德里克笑了，目光追随着一位与他们擦身而过的黑皮肤美人。

"看哪，"伊弗尔说，"居然还有一位主教。真想知道他是怎么被双子拉下水的。"

"是啊，好一场聚会。据说他还控制了一位典狱长，这是真的吗？"

"我这么说吧，这只是冰山一角。"

"你是指警方也有人？"

伊弗尔没有回答。

"到什么级别？"

"你还年轻，弗雷德里克，你虽说被拉进来了，但陷得还不深，还来得及抽身。不过相信我，你知道得越多就越难摆脱。要是让我再选一次……"

"那桑尼·洛夫特斯呢？还有西蒙·凯法斯呢？会有人去摆平他们吗？"

"哦，会的。"伊弗尔说着，目光落在一个娇小玲珑的女孩身上，她独自坐在吧台边。泰国人？还是越南人？她是那么年轻，那么美丽，打扮得那么光鲜。那么训练有素。同时又是那么如履薄冰，脆弱无比。梅也是这样。他几乎有些同情西蒙·凯法斯了。他也被困在其中，身不由己。为了爱一个年轻女人而出卖自己的灵魂。他也会像伊弗尔一样，尝尽耻辱的滋味。至少伊弗尔希望西蒙还来得及品尝这滋味，在双子先西蒙一步采取必要手段之前。他的葬身之地会是厄斯特玛卡森林的一座湖吗？也许凯法斯和洛夫特斯会一人被沉入一座湖。

伊弗尔·伊弗森闭上眼睛，想着阿格妮特。他很想把马提尼酒杯摔到墙上，但他却把杯中酒一饮而尽。

"这里是挪威电信运营中心警务服务。"

"下午好，我是西蒙·凯法斯总督察。"

"我能从您的号码看出您的身份，还有您现在在于莱沃尔医院。"

"厉害。不过我想请你们帮忙追踪另一个号码。"

"您有搜查令吗？"

"这是紧急情况。"

"好的。我明天上报，到时候您得自己跟公诉人解释。您想追踪的姓名和号码是？"

"我只有号码。"

"您想查询什么内容？"

"这部手机所在的位置。"

"我们只能提供大致方位。如果手机不在使用中，我们的基站可能得花一点时间捕捉它的信号。每小时自动抓取一次。"

"我现在就给这个号码打电话，给你们制造信号。"

"这么说我们无须向机主隐瞒本次追踪？"

"我一小时前给这个号码打了好几次电话，对方到现在都没有任何反应。"

"好的。请告诉我号码，然后呼叫对方，我会向您反馈追踪结果。"


佩勒把出租车停在空荡的砾石车道上。在他左侧，绝美的景致沿斜坡铺展而下，汇入闪耀着月光的河流。一座窄桥架在砾石路和他们来时的大路之间。在他右侧，一片麦田正窃窃私语、摇簸摆荡，黑云争先恐后地掠过夜空，明朗的夏夜犹如一张底片。

再往前，他们的目的地就坐落在前方的树林中。那是一栋大宅，四周围绕白色的尖木栅栏。"我应该送你去急诊室包扎。"佩勒说。

"我没事。"少年说道，把一张大钞放在前排座椅中间，"谢谢你的手帕。"

佩勒抬起头，从后视镜里看他。那少年把手帕绑在额前，手帕已经被鲜血浸透。

"走吧。我免费送你。德拉门肯定有急诊室。"

"我应该明天就走了。"少年说着，抓紧那只红色运动包，"我走之前必须见这人一面。"

"这安全吗？你不是说他杀过人吗？"佩勒瞟了一眼车库，车库建在房子内部。有这么多地，却没建单独的车库。这房子的主人大概是美式建筑的拥趸。佩勒的奶奶以前住在一座村子里，那儿的挪威人都在美国住过，要么就是有亲戚在美国，总之村里那些痴迷第二故乡的人不仅住的是带门廊的房子、旗杆上挂的是星条旗、车库里停的是美国车，还装了110伏的电源，用来插自动点唱机、面包机和电冰箱，这些玩意要么是他们从得克萨斯买来的，要么是布鲁克林湾脊的某位祖辈留下来的。

"他今晚不会杀人。"少年说。

"就算不会，"佩勒问，"但你真的不想让我等你吗？回奥斯陆得开半小时呢，再叫一辆出租车会很费钱，因为它得空驶过来。我会把计价器暂停——"

"真的很感谢你，佩勒，不过你还是不在场的好，这对我俩都最好不过。懂我的意思吗？"

"不懂。"

"好。"

少年下了车，望着佩勒。司机耸耸肩，驾车离开；他从后视镜里望着少年的身影，听见砾石在车轮下隆隆作响。他看见少年站在那里，然后突然消失了，隐没在黑暗的丛林中。

佩勒停下车。一直盯着后视镜。那少年不见了，正像他妻子一样。

这让人特别难以接受。一个朝夕相处的人，生活中无处不在的人，居然转眼就能烟消云散，再也不出现在你面前。除非是在梦中，在美梦中。因为他做噩梦时从来不会梦见她，只会梦见道路和迎面而来的车灯。噩梦中的他，曾经前途无量的拉力赛车手佩勒·格兰纳吕德，根本来不及躲闪，怎么也做不出那个简单的闪避动作，避开那个醉驾逆行的司机。他没做出每天在赛车场上练习的动作，而是呆若木鸡。因为他知道，那个动作或许会夺走他唯一难以割舍的东西。不是他自己的生命，而是他亲人的生命：那两个人在他心中胜似生命。他刚刚把他们从医院接走，他们就是他未来的生活。就从这一刻开始。他当爸爸了。但只当了三天。醒来时，他发现自己又回到了那家医院。他们起先只说他受了腿伤。这是个误会，当时换了班，接班的人不知道他的妻儿都已经死于车祸。结果他过了整整两个小时才得知真相。他对吗啡过敏，应该是先天性的，他只能躺在那里，日复一日地忍受剧烈的痛苦，呼喊着她的名字。但她就是不来。他熬过一小时又一小时，一天又一天，渐渐明白自己再也见不到她了。他继续呼喊她的名字，只为让它在耳边响起。他们甚至来不及给宝宝起个名字。佩勒突然发现，直到今晚，直到那少年把手放在他肩头那一刻，这痛苦才彻底平息。

佩勒看见白房子里有个男人的轮廓。那人坐在一扇宽大的落地窗前，窗户上没挂窗帘。客厅灯火通明，那人仿佛在展览自己，在等谁到来。

伊弗尔看见大块头向他和弗雷德里克走来，带着刚才在钢琴旁谈话的客人。

"他要找的是你，不是我。"弗雷德里克小声说了一句，溜掉了，他早就盯上了吧台前的某个俄罗斯尤物。

伊弗尔咽下一大口唾沫。他跟这个大块头合作有多少年了？他们同甘共苦，一起发财，偶尔也一起亏钱，比如在全球金融危机的震波微微撼动挪威海岸的时候。尽管如此，他依然会在大块头靠近时浑身发僵，几乎呆若木鸡。据说大块头仰卧推举能举起相当于自己体重的重量，而且是一口气举十下。不过他极具压迫感的外表只是一方面，要是你知道自己说过的每一句话、每一个字、音调中最细微的变化，甚至——或者说尤其是——你无意间的举动都逃不过他的眼睛，那又是另一回事了。当然，还包括你的动作、脸色和瞳孔的变化。

"嘿，伊弗尔。"那个低沉的声音隆隆响起，"你好吗？阿格妮特。那件事真是太可怕了，是这样吧？"

"是啊。"伊弗尔说着四下张望，寻找侍者。

"我想给你介绍一位朋友——你俩有个共同点，都丧妻不久……"

那个戴眼罩的人伸出一只手。

"……凶手还是同一个人。"大块头说。

"我是英韦·莫尔桑德，"那人自我介绍，捏捏伊弗尔的手，"节哀顺变。"

"你也是。"伊弗尔·伊弗森说。怪不得这人看着这么眼熟。他就是那个船主，那个脑袋被锯开的女人就是他妻子。英韦·莫尔桑德一度是警方的主要嫌疑人，直到他们在犯罪现场发现了一些 DNA。桑尼·洛夫特斯的DNA。

"英韦家就在德拉门郊外。"大块头说，"今晚我们借用了他的房子。"

"哦？"

"伊弗尔，我们在那儿设了陷阱，要抓住杀阿格妮特的凶手。"

"双子说桑尼·洛夫特斯今晚很可能会去那儿取我的性命。"英韦·莫尔桑德笑笑，同时四下看看，不知在寻找什么，"我赌他不会。双子，能让你的侍者给我弄点比马提尼更带劲的酒吗？"

"这明显是桑尼·洛夫特斯的下一步棋。"大块头说，"好在他做事挺系统的，很好预测，所以我肯定会赢走你的钱。"大块头咧嘴大笑，露出小胡子底下那一排白牙，眼睛几乎被肉乎乎的脸挤成了一条缝。他把一只大手搭在船主肩上，"你最好还是别这么叫我，英韦。"

　　船主抬起头，嬉皮笑脸地望着他。"你是说双——啊啊啊。"他突然嘴巴大张，五官变得扭曲，固定成一副疑惑不解的怪异表情。伊弗尔看到大块头松开手，放开莫尔桑德的脖子，船主则弯腰咳嗽。

　　"这么说咱们在这件事上达成　致了，是这样吧？"大块头举起手，朝吧台打了个响指，"来点喝的。"

　　玛莎漫不经心地用勺子去舀云莓奶油布丁，毫不理会那些七嘴八舌的问题，它们正从餐桌的四面八方飞来。这人以前攻击过你吗？他是个危险分子吗？他是个住户，就是说你一定会再见到他啰，天啊！安德斯为保护她而打了人，对方要是报警怎么办？大家都知道瘾君子有多难捉摸。不过话说回来，他也可能是喝醉了，什么都不会记得。有位叔叔觉得他很像电视上那个被通缉的杀人犯。他叫什么名字——是外国人吗？玛莎，你怎么了，怎么一句话都不说？你怎么连这都不懂，她的工作要求保密。

　　"我在吃布丁。"玛莎说，"很好吃，你一定要尝尝。我一会儿还要再弄点。"

　　安德斯来到厨房，走到她身后。

　　"我都听见了。"他不快地说，"他说'我爱你'，这就是我在伊拉中心走廊上碰见的那个人。跟你说话的那个。你们俩到底是怎么回事？"

　　"安德斯，别这样……"

　　"你跟他上床了吗？"

　　"住口！"

　　"他绝对心里有鬼。要是问心无愧，他肯定会拿枪指着我。他来这儿做什么——是来枪杀我的吗？我要打电话报警——"

　　"你想打电话告诉他们是你先动手打人、踢中对方头部的吗？"

　　"谁会告诉他们是我先动手的？你吗？或者那个出租车司机？"

　　"你。"他抓住她的胳膊，哈哈大笑，"是啊，你肯定会说的，不是吗？

你会站在他那边，跟自己的未婚夫作对。你个该死的……"

她挣脱了。一只甜品盘落在地板上，摔得粉碎。餐厅骤然鸦雀无声。

玛莎大步走进大厅，抓起外套就走向门口。她稍停片刻，又转身走进餐厅。她抄起一把勺子，上面还沾着白色的云莓奶油布丁，她敲敲一只雾蒙蒙的玻璃杯。她抬起头，意识到刚才那个动作纯属多余，她已经吸引了所有人的目光。

"亲爱的朋友们，亲人们，"她说，"我想补充一下，安德斯说得对。我们应该等不到明年夏天了……"

西蒙骂了一声。他把车停在克瓦达突伦区中央，在研究这里的地图。挪威电信的警务服务说那只手机在这附近。桑尼·洛夫特斯给他发消息的手机。现在，西蒙知道那是一部一次性手机，注册在一个叫赫尔格·瑟伦森的人名下。这说得通，他之前用的就是这名狱警的身份证。

可是他会在哪儿呢？

地图上的坐标只覆盖了为数不多的几条街，但这些街道却是奥斯陆人口最稠密的街区。这里坐落着商店、写字楼、旅店、公寓。有人敲车窗，把西蒙吓了一跳。他抬起头，看见一个化浓妆、穿热裤的胖姑娘，乳房挤在某种胸衣里呼之欲出。他摇摇头，她做了个鬼脸，走了。西蒙差点忘了这是城里最热闹的红灯区，男人单独在这些街道上停车，难免要被当成嫖客。在车里口交，去俾斯麦旅店待十分钟，或是靠在阿克什胡斯堡垒的墙上将就一下。他以前就是这么做的。这不是什么光彩的事，但在那个时候，他曾愿意花钱去买一点点可怜的身体接触，一句"我爱你"。后者还属于"特殊服务"，得额外花两百克朗。

他望着人行道上来往的行人，再次拨出那个电话，希望他们中有人会伸手去掏手机，暴露身份。他叹了口气，挂掉电话，看看表。至少手机还在这儿，所以桑尼应该没有挪窝，今晚不会出来干什么坏事。

既然如此，西蒙为什么感觉哪里不对？

博坐在这间陌生的客厅里，透过大全景窗向外眺望。他坐在一盏点亮的灯前，灯光投向窗外，这样外面的人就只能看到他的剪影，看不到他的面容。但愿桑尼·洛夫特斯不太熟悉英韦·莫尔桑德的身材。博想到西尔维斯特留在洛夫特斯家里放哨时，就是这样坐的。愚蠢又忠实的大嗓门好人西尔维斯特啊。那个该死的家伙把他杀了。至于到底怎么杀的，他们或许永远都不会知道。因为不会有审讯，博不能在刑讯逼供中报复他，细细品尝那种乐趣，像品尝散发着树脂味的松香希腊葡萄酒。有人接受不了这种酒，但博却觉得那就是童年的味道，能让他回想起泰伦多斯岛，回想起亲朋好友，回想起那条微微摇荡的小船，他会躺在船里，目不转睛地望着希腊永远湛蓝的天空，听着海浪和风的二重唱。他听见右侧传来咔嗒一声。

"一辆车停在路上，然后掉头走了。"

"有人下来吗？"博问。耳机、电缆和麦克风都很隐蔽，在逆光的情况下从外面看不出来。

"我们来不及看清，不过它开远了。可能是迷路了吧。"

"好。所有人各就各位。"

博理理身上的防弹背心。洛夫特斯不会有时间开枪，但他还是想确保万无一失。他在花园里安插了两个人，打算等洛夫特斯一走进大门或翻过栅栏就抓住他，他还安排了一个人站在房子没上锁的前门背后，等在走廊上。房子的其他入口全都关闭上锁。他们下午五点就来了，已是筋疲力尽，而夜幕才刚刚降临，但他头脑清醒，一直在想西尔维斯特的事，想着一定要让那个混蛋上钩，把他引到这儿来。今晚不行就明天，明晚也行。有时，博也觉得奇怪，那个大块头如此缺乏人性，怎么会对人性有这么深入的了解。怎么会对人的冲动、弱点和动力如此了如指掌，如此清楚他们会如何面对压力与恐惧，还有，他怎么能如此惊人——或者用大块头自己的话说，如此扫兴——地准确预测人们接下来会做什么，只要他摸透了他们的脾性、癖好和智力水平。可惜大块头已经下令对这少年格杀勿论，而不是把他关起来。这样死亡会来得很快，完全没有痛苦。

博听到一个动静，在椅子上变换了姿势。他还没转过身，就想到了一件事。他不像大块头那么厉害，没法预测这家伙接下来要做什么。他把西尔维斯特一个人留在黄房子里时就没能做到，现在依然做不到。

那少年头上绑着一块血淋淋的手帕，站在一扇侧门里，那扇门从客厅直接通向车库。

他们明明把车库锁了，他是怎么进来的？只可能是从后面进来的，从森林那侧。撬车库门肯定是聪明的瘾君子最重要的必备技能之一。但这并不是博现在最关心的问题。他现在关心的是，少年手里那东西不幸很像是一支乌兹冲锋枪，这种以色列出产的机枪射出九毫米鲁格弹的速度比一般的行刑队还快。

"你不是英韦·莫尔桑德。"桑尼·洛夫特斯说，"他在哪儿？"

"他在这儿。"博转头对着麦克风说。

"哪儿？"

"他在这儿。"博重复一遍，提高了音量，"在客厅。"

桑尼·洛夫特斯四下瞧瞧，然后举起冲锋枪，抠住扳机，向博走去。这枪的弹夹应该能容纳三十六发子弹。他停下来。难道他看见了耳机和麦克风的线？

"你在跟别人通话。"少年说着，及时退后一步，随后走廊门轰然洞开，斯坦举着手枪闯进来。博听见乌兹冲锋枪干脆的嗒嗒声，身后的窗玻璃哗啦啦地破碎。他伸手去掏自己那把鲁格手枪。带软垫的家具爆出白色的填充物，镶木地板碎片横飞。这家伙漫无目的地胡乱扫射。但这也无妨，乌兹冲锋枪的威力远远胜过两支手枪。博和斯坦就近躲在沙发背后。枪声突然停止。博仰躺在地，紧握着手枪，以防那家伙突然从沙发边缘冒出来。

"斯坦！"他大喊，"把他干掉！"

对方没有回答。

"斯坦！"

"你自己上吧！"斯坦躲在另一面墙边的沙发后大喊，"我的老天，那可是该死的乌兹冲锋枪啊！"

博的耳机里响起嗞嗞的电波声："什么情况，头儿？"

就在这时，博听到一辆汽车发动的声音，引擎发出巨大的轰鸣。莫尔桑德去奥斯陆参加双子的聚会开的是他那辆气度不凡的 1982 年款奔驰280CE 轿跑，但他妻子的代步车——一辆小巧可爱的本田思域——还留在这儿。莫尔桑德已经把她杀了，他妻子也不会再开着它四处转悠了，但钥匙肯定还插在点火开关上。这大概就是这里的乡下人对待妻子和汽车的方式——跟别人分享。他听见门外传来手下的声音。

"他想跑！"

"有人在开车库门。"

博听见了本田车挂挡的擦剐声。引擎熄火时发出嘎吱一声。这人是不会开车吗？他枪法很糟，还不会开车。

"抓住他！"

车子再次发动。

"听说他有一把乌兹……"

"怕乌兹还是双子，你们自己看着办！"

博爬起来，冲到破碎的窗前，正好看到汽车驶出车库。努贝和叶甫根尼已经等在院门口。努贝用他的贝雷塔手枪不停地射击，子弹一发接着一发。叶甫根尼把一把雷明顿 870 举到脸上，这把枪的枪管在弹夹处被削短，他扣动扳机时跟跄了一下。博看见汽车的挡风玻璃被炸碎了，但车子仍在加速，前保险杠正好撞在叶甫根尼的膝盖上，把他撞飞了，博看见他在空中翻了个筋斗，然后就被缺了挡风玻璃的思域车吞了进去，像一只被杀人鲸吞食的海豹。思域冲出大门，冲过一段栅栏，穿过砾石小径，冲入另一侧的麦田。它始终没有减速，一直往前开，挂着一挡，发出刺耳的摩擦声，在洒满月光的金色麦田中轧出一条路，转弯时画下一道巨大的圆弧，然后在远处重新驶上砾石小径。引擎响得更厉害了——司机显然没松油门就踩下了离合器。他挂上二挡，引擎又险些熄火，但很快恢复过来，车子沿着砾石路继续前进，很快就消失在黑暗中，因为司机没能打开车灯。

"上车！"博高喊，"咱们得在他进城之前抓住他！"

佩勒望着那辆本田的车尾，感到难以置信。他听见了枪响，也从后视镜中看到那辆车是怎样冲出大门、把白色栅栏撞得碎片纷飞的。他看见那辆车在种满高额补贴农作物的田地里碾轧了一圈，然后重新回到路上，继续向不知何处驶去。这少年开车不怎么熟练，这他可以确定，但在月光透过破碎的挡风玻璃照亮方向盘上那块血染的手帕时，佩勒松了口气。起码那少年还活着。

他听见房子里传来叫嚷声。

枪支上膛的声音响彻宁静的夏夜。

一辆汽车发动了。

佩勒不知道这些人是谁。那少年告诉他，房子里那人是个杀人凶手——不管是真是假。也许那人是个醉驾的司机，曾经撞死过人，但已经服刑期满、重获自由。其实佩勒也不知道。他只知道自己在多年后又回到了这里，这些年来，他大部分时间都在出租车的方向盘前度过。这就是那个地方，那个他可以选择做出反应还是僵住不动的地方。他可以选择改变行星运行的轨迹——或是什么也不改变。他又变回了当年那个年轻人，怎么也追不到心仪的女孩。他用手指摸索方向盘旁的照片。然后挂挡，尾随本田车行驶。他驶下山丘，驶上窄桥。他能看见一对车灯在山脊上划破黑暗。他踩下油门，让车子达到一定速度，然后略微向右转动方向盘，握住手刹，再向左猛地打轮，同时像教堂风琴手一样迅速而有节奏地点踩踏板。随着这招手刹漂移，车尾摆向他预想的方位。停下来时，车子不偏不倚地摆在桥的对角线上。佩勒对自己满意地点点头，看来他依然宝刀未老。接着他熄了火，挂上一挡，挪到副驾驶侧，下了车。他又检查了一遍，车子两端与桥的侧壁之间最多只有二十厘米的间隙。他轻按钥匙，锁上所有的门，向大路走去。他想着她，从刚才就一直想着她。她要是能看见该有多好，看见他走在路上。他几乎没有跛行，因为脚根并不怎么疼。也许医生是对的，也许他真该丢开拐杖了。

# 37

时间是凌晨两点，正是夏夜最黑暗的时刻。

西蒙登上一片俯瞰奥斯陆城的林中空地，从那座废弃的观景台上眺望峡湾在硕大的黄月之下泛起点点幽光。

"怎么样？"

西蒙拉紧衣领，像觉得冷。"我带我的初恋来过这儿，就在这个地方。只为看看风景，亲热亲热。你知道……"

他看见卡丽变换了站姿。

"我们没地方去。多年以后，刚跟艾尔莎在一起时，我也带她来过这儿。虽说我们有公寓，还有一张双人床。这儿会给人一种特别……单纯浪漫的感觉。好像我们还跟初恋时一样，爱得那么热烈。"

"西蒙……"

西蒙转身又看了一眼现场。看见蓝光闪烁的警车、警戒线和一辆思域车，车子已经没了挡风玻璃，副驾上躺着一具尸体，那姿态说好听点，就是极其扭曲。现场聚集了许多警察。太多了。多到让人心慌。

这次法医终于抢在前头，比西蒙先分析了犯罪现场。他推测在两车相撞时，死者被撞断了两条腿，被抛出车外，越过引擎盖落入另一辆车，然后撞上了座椅，摔断了脖子。不过法医很奇怪为什么死者明明撞上了挡风玻璃，脸上却没有伤痕，还是西蒙在椅垫上找到一个弹孔。西蒙还提出要检验驾驶座上的血迹，因为血迹形状与死者腿部的伤痕并不吻合。

"这么说他特地要求咱们参与调查？"西蒙说着，冲奥斯蒙德·比约斯塔德点点头，后者正在跟身旁那位犯罪现场调查员交谈，也向他挥挥手。

"正是。"卡丽说，"因为这辆车注册在杰斯缇·莫尔桑德名下，她是被洛夫特斯杀害的人之一，他想——"

"疑似。"

"什么？"

"洛夫特斯只是疑似杀害了杰斯缇·莫尔桑德。有人跟英韦·莫尔桑德谈过了吗？"

"他说他什么都不知道；他今晚在奥斯陆的一家酒店过夜，他上次见到那辆车时，它还在他家的车库里。德拉门警方说看样子他家好像发生了枪战。可惜最近的邻居也离他们很远，所以没有目击证人。"

奥斯蒙德·比约斯塔德向他们走来。"我们知道副驾上那人是谁了。他叫叶甫根尼·祖波夫。有过犯罪记录。德拉门警方说室内的地板上留有九毫米鲁格子弹，呈扇形分布。"

"是乌兹冲锋枪？"西蒙挑起一道眉毛问。

"你看我该怎么跟媒体沟通？"奥斯蒙德问，用大拇指指指身后。第一批记者已经出现在路边的警用胶带附近。

"老规矩。"西蒙说，"就说点那种说了等于不说的话。"

比约斯塔德叹了口气。"他们会咬着我们不放的。我们哪还有时间干活啊？我真是烦死他们了。"

"这也只是他们的本职工作而已。"西蒙说。

"你知道吗？这些媒体都快把他捧成名人了。"卡丽说，跟西蒙一起望着那位年轻警监迈入警灯的海洋。

"嗯，他是个很有才华的警员。"西蒙说。

"我不是说比约斯塔德，而是桑尼·洛夫特斯。"

西蒙惊讶地转向她。"是吗？"

"他们管他叫新时代恐怖分子，说他已经向犯罪组织和资本主义宣战，还说他是在杀灭社会蛀虫。"

"可他自己也是在犯罪呀。"

"这只会让故事更精彩。你从来不读报纸的吗？"

"不读。"

"而且你也不接电话。我之前给你打过电话。"

"我那会儿没空。"

"没空？就因为这几起谋杀案，奥斯陆都快炸锅了，而你却不在办公室，也不在现场。你可是我的上司啊，西蒙。"

"收到，明白。说吧，你想到了什么？"

卡丽深吸一口气。"我在想，洛夫特斯应该是国内少数没有银行账户的成年人之一，也没有信用卡和登记地址。但我们知道他通过谋杀卡勒·法里森弄到了钱，能住得起酒店。"

"他在广场饭店付的是现金。"

"没错。所以我查了那些酒店。在奥斯陆，每晚入住酒店的两万名房客中平均只有六百人使用现金。"

西蒙打量着她。"你能查查这六百人里有几个住在克瓦达突伦吗？"

"呃，可以啊。这是酒店列表。"她从上衣口袋里掏出一张打印纸，"为什么这么问？"

西蒙一手接过打印纸，一手戴上老花镜，展开纸开始浏览。上面是一些地址。一家酒店，两家，三家，六家。有好几家都接待过用现金付款的客人，尤其是那些廉价酒店。店名还是太多。而且他疑心某些最廉价的酒店大概根本不在此列。突然，西蒙停下来。

廉价。

那个敲他车窗的女人。爱侣的车上约会，在阿克斯胡斯堡或是……在俾斯麦。俾斯麦是奥斯陆妓女首选的酒店。就在克瓦达突伦中心。

"我问你为什么这么问。"

"继续追查这条线索，我得走了。"西蒙向汽车走去。

"等等!"卡丽大喊一声,拦住他的去路,"别想就这么溜走。告诉我你到底在干什么?"

"什么干什么?"

"你明显在执行什么任务。我不准你去。"卡丽从脸上拨开几缕乱发。

西蒙现在看出来了,她也累坏了。

"我不知道你到底在搞什么鬼,"她说,"你要是想拯救世界、想赶在退休前逞一回英雄,那你就去证明比约斯塔德和克里波是错的。但这个案子太大了,这可不是一群没长大的老男孩逞英雄的比赛。"

西蒙久久地望着她。最后,他缓缓地点点头。"也许你是对的。但我的初衷不是你想的那样。

"那就把你的初衷告诉我。"

"我不能说,卡丽。你得相信我。"

"我俩去见伊弗森那次,你让我在外面等,说你可能不会按规矩办事。西蒙,我不想违规。我只想把工作做好。所以你要是不说你到底在干吗……"她的声音有些颤抖。绝对是累了,西蒙想。"……那我就向上级揭发你。"

西蒙摇摇头。"别这么做,卡丽。"

"为什么不?"

"因为,"西蒙说着,与她四目相对,凝视着她,"因为内奸还没铲除。给我二十四小时。拜托了。"

西蒙没等她回答。无论她怎么回答,他都心意已决。他径直从她身旁走过,走向他的车,感觉她在身后注视着他。

在驱车驶下霍尔门科伦山的路上,西蒙重听了自己跟桑尼那段简短的通话录音。那种有节奏的撞击声。夸张的呻吟。那面薄薄的墙壁肯定就在俾斯麦旅馆。他怎么会没听出来呢?

西蒙低头望着前台里的小伙,后者正聚精会神地研究西蒙的搜查令。

这么多年了，俾斯麦旅馆还是一点没变。除了这小伙；那时柜台里坐的不是他。不过没关系。

"是，我能看出您是警官，但我真没法给您看来宾登记簿。"

"他长这样。"西蒙说着，把照片按在柜台上。

小伙仔细看了一会儿，面露迟疑。

"否则我们就突击搜查整栋房子，查封这地方。"西蒙说，"你觉得要是你害你爸的妓院被查封，他会怎么说？"

不愧是家族遗传的长相，西蒙猜对了。

"他在二楼。216 房间。从这里——"

"我知道怎么走。给我一把钥匙。"

小伙子又面露难色。然后他拉开抽屉，从一大串钥匙中取下一把，递给西蒙。"不过我们不希望出什么乱子。"

西蒙径直走过电梯，三步并作两步地登上楼梯。他沿走廊前进，侧耳倾听。现在这里没有任何噪声。他来到 216 房间门外，掏出格洛克手枪，手指压着两件式双动扳机。他把钥匙插进锁孔，尽量不弄出任何声响，然后转动钥匙。他站在门边，右手持枪，左手推开房门。他数到四，然后探头又迅速收回，动作一气呵成。他吐了口气。

室内光线昏暗，窗帘紧闭，但借着这光线，西蒙依然能瞥见那张床。

床铺整整齐齐，空无一人。

他进屋查看卫生间，里面有一把牙刷和一点牙膏。

他又回到卧室，没去开灯，而是坐到墙边那张显得很多余的椅子上，掏出手机按了几个键。房间某处传来嘟嘟的响声。西蒙打开衣柜。在一只公文包上，一部手机正在发光，屏幕上显示着他自己的号码。

西蒙按下"挂机"键，坐回椅子上。

那少年故意把手机留在这里，免得被追踪。但在这样一个人口稠密的地方，他大概并不指望任何人能找到它。西蒙在黑暗中仔细聆听。一只钟像在数倒计时。

看见儿子沿路走来时，马库斯还没睡着。

马库斯从几小时前另一个人进去时就开始监视黄房子了；他连睡衣都没换，他不想错过一分一秒。

他认得儿子的步态，后者正走在夜幕下寂静的街道中央，经过一盏盏街灯，身上洒满光辉。他显得十分疲惫，应该走了很远的路，因为他有些步履蹒跚。马库斯把望远镜对准他。他穿着一身西装，捂着肋部，前额上系着一块红手帕。他脸上是血吗？不管了，马库斯必须提醒他屋里有人。马库斯小心翼翼地推开卧室门，蹑手蹑脚地下楼，穿上鞋子，穿过斑驳磨损的草坪，冲向大门。

儿子看见了他，在家门口停住脚步。

"你好啊，马库斯。你不是该睡了吗？"

他的嗓音镇定而柔和。他的样子像刚刚走出一场战争，口吻却像在讲睡前故事。马库斯心里一点也不害怕了，决心长大以后也要这样说话。

"你受伤了吗？"

"我开车被人撞了。"儿子笑了，"没什么的。"

"你家里有个人。"

"哦？"那个儿子说着，转向那一扇扇漆黑反光的窗户，"好人还是坏人？"

马库斯吞了口唾沫。他在电视上见过那张照片。但他也听妈妈说不用怕他，他只伤害坏人。推特上还有人发帖赞美他，说警察应该放手不管，让坏人去杀坏人，就像利用掠食动物驱除害虫。

"我看都不像。"

"是吗？"

有人进来，玛莎被吵醒了。

她刚才做梦了。梦见阁楼上那个女人，还有那个婴儿。梦见自己见到了那个孩子，他还活着，一直就在那里，困在地下室哭个不停，等着有人放他出去。现在他出来了。来到了这里。"玛莎？"

他可爱而从容的声音让人不敢相信。

她在床上翻过身，望着他。

"你说过我可以来。"她说，"没人给我开门，不过我知道钥匙在哪儿，所以……"

"你就进来了。"

她点点头。"我用了这个房间。你不介意吧。"

他没说话，只是点点头，在床边坐下。

"之前床垫在地上。"她说着，伸了个懒腰，"我把床垫放回床上时，从板条里掉出来一本书。我把它放在那边那张桌子上了。"

"是吗？"

"床垫怎么会在——"

"我之前躲在底下。"他说，始终目不转睛地注视着她，"爬出来之后我就把它留在地上没管。你戴的是什么？"

他举起一只手碰碰她的耳朵，就是之前捂着肋部的那只手。她没作声，任由他去摸那只耳坠。一阵风掀动了窗帘，那是她之前在毛毯箱里找到挂上的。一道月光悄然落进房间，照亮了他的手和面容。她愣住了。

"其实没有看起来那么严重。"他说。

"不对，不是你的前额。你身上还有别的地方在流血。是哪里？"

他掀开一侧上衣，给她看伤口。右侧的衬衣已经被鲜血浸透。

"这是怎么弄的？"

"是一颗子弹。它只扎了我一下就直接飞出去了。没造成什么伤害，就是流了点血，很快就会——"

"别说话。"她说着，踢开被子，拉着他的手走进卫生间，在药箱里翻箱倒柜，完全顾不上他会看见她只穿着内衣。她找到一点十二年前的消毒剂，还有两卷绷带、一些棉花和一把小剪刀。她让他把上衣脱掉。

"你也看到了，只不过是无关紧要的部位多了一道凹痕。"他微微一笑。

情况不算太糟，也不算太好。她帮他清理了伤口，在子弹的入口和出口堵上棉花，然后在他腰上缠了绷带。她解开他头上的手帕，结痂下顿时血流如注。

"你母亲在哪儿放了针线包吗？"

"我不需要——"

"我说了，别说话。"

她足足花了四分钟、缝了四针才缝上绽开的皮肤。

"我看见那只公文包在走廊上。"他说，她在他头上缠了几层纱布。

"这钱我不能要。再说理事会也给我们拨了款，足够用来修缮了，所以谢谢你，但不用了。"她粘好纱布的边缘，抚摸他的脸颊，"好了，这下应该——"

他吻了她。吻在嘴唇上。然后他稍稍离开她，说："我爱你。"

说完又吻了她。

"我不信。"她说。

"不信我爱你？"

"不信你吻过别的女孩。你吻技真差。"

他笑了，笑容点亮了他的眼睛："我好久没接过吻了。能提示我一下吗？"

"不用怕出错。吻就是了。慵懒地吻我。"

"慵懒？"

"嗯，就像一条软绵绵、懒洋洋的蛇。像这样。"

她捧起他的头，仰脸送上自己的嘴唇。不知为什么，她感觉这一切非常自然，就好像他们是两个孩子，在玩一个刺激又纯洁的游戏。他信任她。正像她也信任他一样。

"学会了吗？"她柔声说，"多用嘴唇，少用舌头。"

"多踩离合，少踩油门？"

她咯咯笑了。"没错。咱们到床上去吧。"

"在那儿会发生什么？"

"到时候就知道了。你怎么样？受得了吗？"

"受得了什么？"

"别装傻啦。"

他又吻吻她。"你确定要这样做吗？"他柔声问。

"不确定。所以要是犹豫得太久……"

"咱们到床上去吧。"

　　罗弗直起身子，挺挺腰，发出一声呻吟。他太投入了，没发现背痛又发作了；这就像跟娅内做爱时一样，她偶尔会来找他，"看看他最近在干吗"。他以前试过跟她解释，搞摩托车跟搞她在很多方面都很相似。他能长时间保持一个姿势而察觉不到肌肉疼痛、时间流逝。不过一旦完成，回报就无比丰厚。她喜欢这个类比。这就是她的风格。

　　罗弗擦擦手。大功告成。刚才最后一个活是给哈雷－戴维森摩托装新排气管。相当于画龙点睛，锦上添花。像调音师弹奏刚刚自己调好的钢琴，只为那份乐趣。仅仅是改动一下排气管和空气过滤器，就能凭空增添 20 制动马力，不过众所周知，排气管最重要的作用在于声音。那种悦耳的隆隆低音，比罗弗听过的任何声音都要美妙。当然，他完全可以现在就转动钥匙，聆听发动机奏出的仙乐，印证自己的设想。但他也可以把这留到明天早上，就当送给自己的礼物。娅内总说，你不该延迟享受，你过的是朝不保夕的生活。他觉得娅内之所以会这么说，是因为她自己就是这样。

　　罗弗用抹布擦去手上的机油，进屋洗手。他打量着镜中的自己。看看脸上那块有如出征彩绘的机油痕迹，还有他的金牙。像往常一样，他逐渐意识到自己还有别的需求：他需要吃东西、喝水、睡觉。这感觉很棒。但这成就感往往也伴随着奇怪的空虚。"接下来又该干吗？""这有什么意义？"他打消这些念头，看着水龙头流出热水。然后他停下来，关掉水龙头。车库外传来一个声音。是娅内吗？现在？

"我也爱你。"玛莎说。

他中途曾停下来——他俩都气喘吁吁，大汗淋漓，脸涨得通红——用她从床垫上拽下来的床单擦去她胸前的汗珠，还说那些人也许会发现他们，这里很危险。她则说她已经下定了决心，没那么容易被吓退。对了，要是他们真得停下来谈谈，那她想说她爱他。

"我爱你。"

然后，他们继续。

"你不再给我供枪是一回事。"那男人说着，从手上剥下薄薄的手套。这是罗弗见过的最大的一双手，"给我的敌人供枪又是另一回事了，是这样吧？"

罗弗并没挣扎。他被两个人按着，第三个人站在大块头身边，用枪指着罗弗的额头。这把枪罗弗很熟，是他亲手改装的。

"把乌兹冲锋枪给那小子，就等于让我下地狱。这是你希望的吗？让我下地狱？"

罗弗本可以这样回答，说据他所知，地狱就是他双子的老家。

但他没开这个口。他想活。哪怕多活几秒。他看着大块头身后的摩托车。

娅内说得对。他应该发动它，然后闭上眼睛倾听。他应该停下来闻闻花香。那道理是如此显而易见、老生常谈，但你又总是理解不了，只有事到临头，你才会明白这句话自己早就听过无数遍了：生命中唯一确定的，就是死亡。

那男人把手套放在工作台上，橡胶手套看着就像用过的避孕套。"好，让我来看看……"他四下瞧瞧，在墙上的工具中搜寻。他用手指着它们，低声念道："点兵点将……"

# 38

天刚蒙蒙亮。

玛莎躺在床上，紧贴着桑尼，两人的腿交缠在一起。她听出他睡眠中均匀的呼吸突然改变了节奏，但他依然闭着眼睛。她轻抚他的腹部，发现他嘴角泛起一抹笑容。

"早啊，亲爱的。"她柔声说。

他笑得合不拢嘴，却在侧身转向她时露出痛苦的表情。

"疼吗？"

"就是肋下。"他皱眉。

"血已经止住了。我昨晚检查了几次。"

"怎么？你趁我睡着的时候对我恣意妄为啊？"他吻吻她的额头。

"我看你自己也没少恣意妄为，洛夫特斯先生。"

"还记得吗，这可是我的第一次。"他说，"我都不懂什么叫恣意妄为。"

"你挺会撒谎嘛。"她说。他笑了。

"我在想。"她说。

"嗯？"

"咱们走吧。现在就离开这儿。"

他没有回答，但她感觉他的身体突然绷紧了。她鼻子一酸，眼泪突然涌上眼眶，来势凶猛，有如大坝决堤。他翻身抱住她。一直抱到她的抽泣平息下来。

"你怎么跟他们说的？"他问。

"我说安德斯跟我等不到明年夏天了。"她抽着鼻子，"现在就要结束这段关系。至少我得结束。然后我就走了，出门冲上大街，拦下一辆出租车。我看见他冲出来追我，他那个讨厌的母亲怒气冲冲地追在他身后。"她放声大笑，然后又哭起来。"我很抱歉。"她抽泣着，"我真是太傻……太傻了！老天啊，我怎么会在这里？"

"你爱我啊。"他在她发间低语，"所以才会在这儿。"

"那又怎样？什么样的人会爱上一个杀人凶手啊，何况这人还想方设法找死，也注定会死。你知道那些网友管你叫什么吗？执剑佛陀。他们采访了几个跟你一起坐过牢的狱友，那些人把你描述成某种圣人。可是你知道吗，"她擦干眼泪，"我觉得你就是肉体凡胎，跟我在伊拉中心见过的那些来了又走的人没什么两样。"

"我们会远走高飞的。"

"那现在就走。"

"还有两个人，玛莎。"

她摇摇头，再次眼泪决堤，愤怒却无力地捶打他的胸膛。"太晚了——明白吗？所有人都在找你，所有人。"

"只剩两个人了。那个下令杀害我父亲并诬陷他是内奸的人。还有内奸本人。完事之后咱们就走。"

"只剩两个人了？你只要再杀两个人就可以带我走了？你说得好像这很轻巧。"

"不，玛莎。这并不轻巧。他们说得不对，杀人并不会越杀越顺手。但我必须这样做，我别无选择。"

"你真觉得自己能活着回来？"

"不。"

"不？"

"嗯。"

"你不觉得自己能活着回来！可是老天啊，那你为什么要说——"

"因为我只能考虑活下来的情况。"

她沉默了。

他轻抚她的额头、脸颊和脖子。然后他开口了，语调沉静而和缓，仿佛字斟句酌，要确保每个词都用得恰如其分。

她听他讲述了自己的童年，他的父亲，父亲的死，还有后来的一切。

她听着，有的能理解，有的不能。

他讲完时，窗帘缝中透进一道阳光。

"你自己听听。"她轻声说，"你明知道这很疯狂，对吧？"

"我知道。"他说，"但这是我唯一能做的事。"

"你唯一能做的事就是杀人如麻？"

他深吸一口气。"我唯一的梦想就是成为父亲那样的人。在我读到那份自杀遗言时，我父亲的形象崩塌了。我的自我也崩塌了。但后来——在监狱里——我知道了他是怎样用自己的生命换取我和母亲性命的，我感觉自己又重生了。"

"你重生就为了……做这些事？"

"我别无办法。"

"可是为什么呢？就为了继承你父亲的衣钵？就因为做儿子的必须……"她用力眨眼，挤出最后几滴眼泪。暗下决心不再哭泣。"……必须完成父亲未竟的事业？"

"他只能那么做。我也只能这么做。他为我们而死。做完这件事我就收手。我向你保证。一切都会好的。"

她久久地凝望着他。"我得消化消化。"她终于说，"你再睡会儿吧。"

他睡着了，她醒着躺在那儿，直到外面传来鸟儿的啁啾才睡着。这下她明白了。

明白自己真是疯了。

从见到他的那一刻开始。

但直到她走进这栋黄房子，在厨房台面上找到阿格妮特·伊弗森的耳坠戴上，她才意识到自己疯狂的程度丝毫不亚于他。

窗外传来孩子们的嬉戏声，吵醒了玛莎。孩子们欢快的尖叫，奔跑的小脚丫。她想到纯真总是伴随着无知，而洞晓世事并不能让人拨云见日，反而把一切变得纷繁复杂。他在她身旁睡得那么安详，她一时疑心他是不是已经死了。她轻抚他的面庞。他嘟哝了一句什么，但没醒来。一个被追捕的人怎么能睡得如此香甜？像个孩子。这大概是好事。

她下了床，穿上衣服，下楼来到厨房。她找到一点咖啡，但没找到别的食物。地下室里那个冰柜，她之前曾坐在上面，他说不定在里面冻了比萨之类的食物。她下楼走进地下室，握住冰柜把手。冰柜上了锁。她四下瞧瞧，看见了那把钥匙，它就挂在墙上的挂钩上，标签已经模糊不清。她摘下钥匙插进锁孔，轻轻转动。开了！她掀开盖子，弯下腰，感觉寒气直逼胸口和咽喉，然后她发出一声短促的尖叫，转身跌坐在地，背靠冰柜。

她在地上坐了好一阵子，发出粗重的鼻息。她眨眨眼，想驱散尸体的画面，那尸体仰面凝视着她，张着雪白的嘴，睫毛上凝结着冰晶。她的脉搏跳动得如此之快，几乎令她晕厥。她听着自己的心跳和脑中的声音。她脑中有两个声音。

一个声音声嘶力竭地骂她疯了，说他是个杀人狂，要她立刻冲上楼，离开这栋房子！

另一个声音则告诉她，这些事她早就知道了，这具尸体无非是个具体的表现而已。是的，他杀过人。那些人都是自作自受。

前一个声音嘶喊着命令她站起来，压过了另一个声音，后者正在告诉她，她迟早要面对这样的恐惧。她昨晚已经做出了选择，不是吗？

不，她还没有。

现在她明白了。她究竟该不该跟随兔子跳进地洞？她该进入他的世界，还是继续留在寻常的生活中？现在才是她做这个决定的时候，要想转身就走，这就是她最后的机会。接下来这几秒将是她一生中最重要的时刻，是她最后能……

她站起来，依然头晕目眩，不过她知道自己会跑得很快。他永远追不上她。她往肺里吸满氧气，血液把氧气输送到她的大脑。她倚靠着冰柜的盖子，看着自己的身影倒映在它光亮的表面，看见了那对耳坠。

我爱他，所以才会这样做。

然后她重新掀开冰柜。

食物大都被尸体流出的血浸染了。弗里奥诺牌速冻食品纸盒的样式看上去已经有些年头。少说也有十二年了，嗯，应该差不多。

她集中精力呼吸，集中精力思考，把那些没用的想法全都赶出脑海。想给他俩弄点东西吃的话，她就得去趟商店。她会找个孩子问问最近的超市在哪儿。对，这就是她要做的。去买鸡蛋和熏肉，还有新鲜的面包、草莓、酸奶。

她关上冰柜，紧紧闭上眼睛。她还以为自己又要流泪了，却反而笑出了声。这歇斯底里的笑声来自一个在兔子洞里无限下坠的人。然后她睁开眼，走向楼梯。登上楼梯之后，她发现自己哼着歌。

……你一直是她的爱人，你渴望与她同行。

疯了，疯了。

……你向往没有目的的旅程，心知你拥有她的信任。

疯了，疯了。

……因为你的心灵曾触动她无瑕的身躯。

马库斯正在敞开的窗前抱着游戏机玩超级玛丽,突然听见窗外传来关门声。他向外张望。是那个漂亮姐姐。或者不管怎么说,反正她今天很美。她走出黄房子,走到院门口。马库斯想起儿子听说屋里那个人就是她时,顿时容光焕发。虽然马库斯还不太懂这种事,但他隐约感觉儿子爱上了她。

女人走近一群正在跳绳的小女孩,问了句什么。她们指指一个方向,她笑着大声说了句什么,然后快步朝她们指的方向走去。马库斯正要继续打游戏,却发现卧室的窗帘开了。他举起望远镜。

是儿子。他站在窗前,闭着眼,手捂肋部的绷带。他赤身裸体,面带微笑。看上去很幸福,就像马库斯在圣诞前夜准备拆礼物时那样。不,不对,是像圣诞节当天,像他醒来时想到昨晚收到的礼物那样。

儿子去柜子里取毛巾,他打开门,却在关门时停下来。他看看旁边的桌子,一把抓起上面的东西。马库斯把画面放大。

是一本书,封皮是黑色的皮革。儿子翻开书开始读。他放下毛巾,坐到床上继续读,就这样坐了好几分钟。马库斯看着他的表情变了,身体渐渐变得僵硬,固定在一个难受的姿势。

他突然站起来,把书用力摔在墙上。

他抓起台灯,把它也砸在墙上。

他捂紧肋下,号啕大哭,哭得瘫软在床。他低着头,双手紧紧抱着后脑勺,身体蜷成一团。他坐在那儿浑身颤抖,如同急病发作。

马库斯看出事情不妙,但不知道发生了什么。他想跑过去安慰他,说点什么或做点什么。他知道该怎么做。他经常这样安慰妈妈。跟她说话,讲起他们一起做过的那些美好的事,问她还记不记得。他能讲的不多,翻来覆去就是那三四件事,所以她每次都能想起来。她会俏皮地笑笑,揉揉他的头发。然后一切就好起来了。但他没跟儿子一起做过什么美好的事。而且儿子说不定宁愿一个人待着，这种心情马库斯很能理解，他自己就是这样。每次他受了欺负、妈妈过来安慰他时，马库斯就会更加火冒三丈；仿佛她的善意会助长他的软弱，让那些人更有理由叫他娘娘腔。

但儿子可不是个爱哭鬼啊。

或者他其实就是？

儿子刚刚站起来了，面向窗外；他在哭，眼圈红红的，脸上布满泪痕。

马库斯会不会想错了，儿子其实也跟他一样？他会不会也是个胆小懦弱的逃兵，东躲西藏，害怕挨打？不不，他才不是那样的人呢，他可是儿子啊！他高大、健壮、勇敢，还会帮助那些弱小的，或者说还不够强壮的人。

儿子捡起书坐下来，开始写字。

过了一会儿，他从书中撕下一页揉作一团，扔进门旁的废纸篓，又重新起笔。这次他写得很快。他撕下这一页，浏览了一遍。然后他闭上眼，把纸贴在唇上。


玛莎把吃的放在厨房台面上，擦擦额角的汗珠。商店比想象中远，她几乎是一路小跑着回来的。她在水龙头下冲洗那盒草莓，挑出两个最大最多汁的，又拿起她在路边采的毛茛花。想到羽绒被里他灼热的皮肤，她又一次幸福得浑身酥麻。这个从她的触摸中摄取快感的海洛因吸食者。现在他就是令她成瘾的毒品。她第一次吸食就染上了毒瘾，迷失了自己，却爱上了这种感觉！

上楼时，她看见卧室门敞开着，一下就猜到出事了。有什么不对。屋子里太安静了。

床铺空着。台灯躺在地上，已经摔坏。他的衣服也不见了。她看见了她之前在床板里找到的那本黑色笔记本，就在台灯的残骸下。

她呼喊他的名字，明知不会有人回答。她回来时院门开着，而她明明记得自己出门时是关了门的。他们来抓他了，正像他说的那样。他明显挣扎过，却无济于事。她居然任他就这样睡着，是她没照顾好他，是她没有……她转身，看见了枕头上的字条。稿纸有<u>些</u>泛黄，应该是从笔记本上撕下来的，字是用枕头旁边的一支旧笔写的。她的第一反应是这支笔应该是他父亲留下来的。还没读到字条上的留言，她就有种感觉，仿佛历史正在重演。然后她读了字条。她放下花，捂住嘴，这是个十分自然的动作，用来遮盖哭泣时扭曲变形的嘴角。

亲爱的玛莎：

请你原谅我，但我必须立刻消失。永远爱你。

桑尼

## 39

马库斯坐在黄房子的床上。

儿子走后不出二十分钟，那女人也匆匆离开了，马库斯足足等了十分钟才确信他们不会再回来。

然后他穿过马路。房子的钥匙被放回了原处。

床铺已经铺好，台灯的残骸也收进了废纸篓。他在碎片下找到了那张揉皱的纸。

纸上的字迹十分工整，几乎称得上娟秀。

亲爱的玛莎：

　　我父亲给我讲过一个故事，说他曾亲眼看见一个男人淹死。当时是半夜，他正在巡逻，有个男孩从孔根港打来电话。男孩的父亲在泊船时掉进海里。他不会游泳，只好紧紧抓着船舷，但儿子没法把父亲拉上甲板。巡逻车赶到时，男孩的父亲已经放弃了求生，放手沉入水中。好几分钟过去了，在男孩绝望地哭泣时，我父亲请来了潜水员。就在他们等待时，那男人突然浮出水面，脸色煞白，大喘粗气。那男孩迸发出一声欢呼。但紧接着，他父亲又沉了下去。我父亲跳下去救他，但天实在太黑了。我父亲浮上来时一眼就望见那男孩脸上依然挂着笑容，大概以为一切终究有惊无险，以为他父亲不会有事，况且这里还有警察在呢。父亲告诉我，他亲眼看着那男孩哭得撕心裂肺，因为他发现上帝不过跟他开了个玩笑，想让他误以为他的父亲又失而复得。我父亲说，即使上帝真的存在，那他也是个残忍的神祇。现在我懂他的意思了，因为我终于读到了我父亲的日记。也许他是有意想让我们知道，也可能单纯只是残忍而已。否则他为什么要写日记，还把它藏在床垫底下，一个这么容易找到的地方？

你将来的路还长，玛莎。我想你会过得很好。而我不会。请你原谅我，但我必须立刻消失。

永远爱你。

桑尼

马库斯看看桌子，上面放着儿子一直在看的那本书。

封皮是黑色的，内页泛黄。他草草翻了几页。

他立即看出这是一本日记，虽然并不是每天都记。有些日记间隔了好几个月，有些只记了一个日期和只言片语。比如日记上说"三人组"注定会分道扬镳，几个人闹了矛盾。一周后，日记写到海伦妮怀孕了，写到他们买了自己的房子。然后是单靠警察微薄的工资养家糊口有多不容易，他跟海伦妮的家境都不怎么优裕，没有父母帮衬，他心里有多遗憾。接着是桑尼开始学摔跤了，他有多么高兴。之后有一页写到银行是怎样提高利率，他们怎样无力支付抵押贷款，他必须在房子被收回之前做点什么，想想办法。他向海伦妮保证他们不会有事。好在那孩子一直没发现父母正身陷困境。

### 3月19日

桑尼说他想学我的榜样，将来想当个警察。海伦妮说他对我很着迷，很崇拜我。我说这很正常，儿子都会崇拜父亲，我也一样。桑尼是个好孩子，或许好得有点不真实，生活是艰难的，但有他这样的孩子绝对是我这个父亲的福气。

接下来几页马库斯看不大懂，充斥着"濒临破产"和"向魔鬼出卖灵魂"之类的字眼。还出现了"双子"这个名字。

马库斯翻到下一页。

8月4日

今天，在警局，大家又谈到了内奸，说双子肯定在警队里安插了内应。人们的想象力竟如此贫乏，就连警察也是如此，这真是奇怪极了。他们总以为内奸是一个杀人凶手，一个叛徒。难道就没人能想到内奸其实是两个人吗？一个人活动时，总有另一个人给他提供不在场证明，这样在许多场合，我俩就自然被排除了嫌疑，完全不会受到怀疑。是的，这是个绝妙的办法。堪称完美。我们是腐败的警察，堕落至极，为了区区几块碎银子而背弃了自己的信仰。我们对犯罪睁只眼闭只眼，从毒品交易到人口贩卖，甚至还包括谋杀。一切都已经不重要了。我还能回头吗？我还有没有机会认罪、忏悔并得到宽恕，同时又不毁掉我的生活和我身边的每一个人？我不知道。我只知道我必须全身而退。

马库斯打了个哈欠。阅读总是很催眠，尤其还有那么多生词。他往后翻了几页。

9月15日

我在想，我们还能对双子隐瞒多久身份。我们分别用电脑登陆Hotmail邮箱跟他保持联系，电脑都是从证据室"借来"的赃物，但这并不安全。再说了，愿意的话，他完全可以监视我们接头的地方。上上个星期，在博格斯塔街的布洛克餐厅，我很确信有人看见我去取贴在椅子底下的信封。有个人在吧台前对我皱眉，谁都看得出他是个犯罪分子。我想得没错。他走过来告诉我，十年前我曾逮捕过他，罪名是销赃。他说这是他这辈子遇上的最好的事，他已经不再跟坏蛋鬼混了，正在跟兄弟一起经营鱼塘。他跟我握了手，然后就走了。一个大团圆结局。我取到的信封里装着一封信，双子在信中希望我——所以他明显不知道我们其实有两个人——能步步高升，爬上高位，这样我才会更有用处，对他、对我都是如此。我能接触敏感信息，还能赚更多的钱。我哈哈大笑。这家伙一定是疯了，这种人不征服世界是不会善罢甘休的。他本身就是个不会善罢甘休的人。但他必须被阻止。我给Z看了这封信。不知道为什么，他没有笑。

马库斯听见妈妈在叫他。应该是有活要让他干。他讨厌她这样做，推开窗户大声喊他的名字，弄得整条街都能听见，就跟他是一条狗似的。他又翻了一页。

### 10月6日

出了点状况。Z说我们应该适可而止，见好就收。而双子已经好几天没回我邮件了。他以前从不这样。他们两个在单线沟通吗？我不知道。我只知道这次我不可能放手不管。我知道T2已经不信任我了。而同样地，我也不再信任他。我们已经在彼此面前撕下了伪装。

### 10月7日

昨晚我突然想到：双子其实只需要我们中的一个，这也是他必将得到的结果——两者只择其一。另一个人会变成被抛弃的情人，一个满腹哀怨的证人，必须立即被铲除。而这一点Z已经意识到了。所以现在情况十分危急，我必须在他搞掉我之前先搞掉他。我已经问了海伦妮明天能不能跟桑尼一起去参加摔跤比赛，因为我有事要做。我问Z能不能午夜时分在马里达伦谷的中世纪遗址碰头，有要事商量。他听上去有些惊讶，不明白我为什么把见面地点安排在这么荒凉的地方，但他答应了。

10 月 8 日

周围非常安静。我给手枪上了膛。想到自己就要夺走一个人的生命，我心里不是滋味。我不断自问，我为什么会沦落至此。是为了家人，还是为了自己？是为了达到父母不曾达到的高度、在社会上拥有一定地位、过上我眼见那些德不配位的白痴轻易就得到的生活吗？我是个足智多谋的勇者吗——还是一个没用的懦夫？我是坏人吗？我曾这样问我自己：要是儿子处在我的位置，我会希望他做出同样的选择吗？当然，这样一想，答案就变得非常明显。

我马上就要去马里达伦谷了，等回来的时候，我就会知道自己有没有永远地改变。变成杀人凶手。

我知道这听起来应该很荒谬，但有时，我希望这本日记终有一天会被人发现。我想这大概就是人的本性吧。

后面就没有了。马库斯翻过空白的纸页，还翻到被撕掉的最后几页。然后他把日记本放回床头桌，悄然走下楼梯，耳朵充斥着妈妈的声音，她正不断地喊他的名字。

# 40

　　药店里人很多,贝蒂走进来,撕下一张写着"处方药"的号码纸,在墙边那排座椅中找到一个空位,坐到一排顾客当中,那些人不是茫然地注视前方就是在玩手机,完全不顾禁止使用手机的规定。她之前说服医生给她开了更强效的安眠药。

　　"这是强效苯二氮平,只能短期服用。"医生说,把她早已经知道的内容复述了一遍,说这种药物很容易让人陷入恶性循环,解决不了根本问题。贝蒂说失眠就是根本问题。在发现自己曾跟国内最高级别的通缉杀人犯单独共处一室后,她更睡不着了。这个男人杀过一个女人,就在她位于霍尔门科伦山的家中。今天,报纸上还说他涉嫌杀害一名船主的妻子,应该是在德拉门郊外随便挑了一栋房子闯进去,差点把她的天灵盖整个锯掉。贝蒂这几天都有如行尸走肉,迷迷瞪瞪,幻觉不断。她看见他的面孔浮现在四面八方,不但出现在报纸和电视上,也出现在广告上、地铁里,映在商店橱窗的倒影中。他化身她的邮差、邻居,甚至餐馆里的服务生。

　　而现在,他又出现在这里。

　　他站在柜台前,裹着白色头巾,或者只是白色的绷带而已。他把一大捧一次性注射器和皮下注射针头哗啦一下倒在柜台上,用现金付款。报纸上那张低像素的照片并没有什么帮助,但贝蒂发现旁边的女人也对着他指指点点,跟同伴说着什么,很可能也认出了他。不过那个戴头巾的人转身出门时,身子却歪向一侧。贝蒂明白这又是自己的幻觉。

　　那张苍白、冷漠、麻木的脸,一点也不像她在4号套房见过的那个人。

卡丽驱车缓缓经过那排大宅，伸长脖子看门牌号码。她一夜没睡，终于下定了决心。萨姆——也陪着她失眠——他说了，卡丽既然不打算久留，就不用对这份工作这么上心。这当然没错，问题是卡丽打心眼里崇尚秩序。而这很可能影响她的未来，关上机会的大门。所以她决定直接采取行动。

她停下车。就是这儿了。

她在想要不要直接把车开进敞开的院门，停到房子跟前，但最后还是决定把车停在路边。她沿柏油路上坡。花园里的洒水器哗哗作响，除此之外，她听不到一点声音。

她登上台阶，按下门铃。门里传来激烈的犬吠。她等了一会儿。没人开门。她转身正要下台阶，他突然出现，矩形的镜框反射着阳光。他应该是从屋后或车库过来的，脚步轻快，悄无声息。

"你是？"

他把手背在身后。

"我是卡丽·阿德尔警官。我有事想跟您谈谈。"

"谈什么呢？"他把手插进背后的腰带，像要提一提米色的短裤或是拉出衬衫，因为现在毕竟是炎热的夏天。或是把手枪插进去，再用衬衫盖住，免得它露出来。

"谈西蒙·凯法斯。"

"这样啊。那你为什么直接来找我呢？"

卡丽左右看看。"西蒙让我相信，我如果按流程上报就会面临泄密风险。他觉得内奸还潜伏在我们当中。"

"他现在还这么想？"

"所以我才觉得最好直接向最高层汇报。也就是您，局长。"

"那么好吧，"篷提乌斯·帕尔说着，揉揉他尖削的下巴，"咱们还是进屋吧，阿德尔警官。"

在门厅，一只欢快的万能㹴跳起来扑向卡丽。"维洛克！我说过了，别这样……"

狗儿趴下来，克制住激动，只是舔舔卡丽的手，尾巴却摇得像螺旋桨。走进客厅时，卡丽解释说她得知局长今天在家办公。

"我在摸鱼。"帕尔笑了，伸手指指一张随意散放着几只抱枕的沙发，"我本来打算这周就开始休暑期假，但有这个在逃的杀人犯……"他叹了口气，坐进跟沙发配套的扶手椅，"所以西蒙怎么了？"

卡丽清清嗓子。之前设想自己来了要说什么时，卡丽曾有过种种顾虑，再三说服自己她不是来告状的，只是为了把工作做好。可现在，坐在如此放松、如此热情，甚至承认自己是在摸鱼的帕尔面前，她感觉自己还是直奔主题比较好。

"西蒙在擅自行动。"她说。

局长扬起一道眉毛。"说下去。"

"我们在跟克里波同时查案，但没跟他们合作，而现在他甚至不再跟我合作。这本来也没什么，但他好像有什么计划。如果他打算做违法的事，我可不想被他牵连。有些事他不让我插手，也明确表示他不会按规矩办事。"

"这样啊。这是什么时候的事？"

卡丽简单复述了西蒙跟伊弗尔·伊弗森见面的情况。

"唔——"帕尔迟疑的声音拖得老长，"这可不妙。我了解西蒙，我很想说这一点也不像他的作风。只可惜他完全就是这样。你觉得他想做什么？"

"他想凭一己之力抓住桑尼·洛夫特斯。"

帕尔张开虎口，撑住下巴。"这样啊。这件事还有谁知道？"

"只有您。我没向别人汇报。"

"很好。务必保证这件事不会有第三个人知道。这个问题需要小心处理，这你应该能理解。现在所有的眼睛都盯着警方，要是出现个别警察不照章办事的情况，我们可负担不起。"

"当然，理解。"

"这件事就交给我吧。我不会透露是你报告的。就当咱们今天没有见过。这听上去可能很夸张，但这样你就不会被同事当成告密者了。这种名声是很难摆脱的。"

很难摆脱。这她倒没想过。卡丽咽了一口唾沫，迅速点点头。"非常感谢。"

"不用谢。我得谢谢你才对，阿德尔。你做得对。回去上班吧，那句话怎么说的来着，像没事人一样。"局长站起来，"而我呢，也要继续无所事事了，毕竟我是在家办公嘛。"

卡丽站起来，欣慰而如释重负地感到这其实比她想象中容易得多。

走到门口，帕尔停下脚步。"西蒙现在在哪儿？"

"我不知道，昨晚他来看过发现汽车和尸体的现场之后就直接走了，之后就再没出现。"

"唔，这么说你对他可能去哪儿毫无头绪？"

"昨天他离开前，我给了他一份清单，上面是洛夫特斯可能入住的酒店。"

"筛选依据是？"

"他用现金付款。这年头几乎已经没人这么做了。"

"聪明。祝你好运。"

"谢谢。"

卡丽迈下台阶，一直走到洒水器附近才听见身后传来脚步声。是帕尔。

"我差点忘了，还有一件事。"他说，"听你这么一说，我觉得最终为我们找到洛夫特斯的人，很可能就是你本人。"

"没错。"卡丽回答，很清楚这听上去正像她意料之中的那样自负。

"如果真是这样，请一定记住他身上有枪，十分危险。要是你和同事不得不采取防卫措施，警署应该不会过度追究。"

卡丽拨开那缕总不听话的头发。"您的意思是？"

"我只想说对这么个杀人犯，采取武装反制措施的可能性很大。别忘了，他已经拷打过一名公职人员了。"

卡丽感到微风送来细密的水雾。"好的。"她说。

"我会跟克里波的高层谈谈。"帕尔说，"让你跟奥斯蒙德·比约斯塔德一起查这个案子，这说不定是个好主意。我想你们对现状应该有一致的看法。"

西蒙望着镜中的自己。时光荏苒。白驹过隙。他已经不再是十五年前的那个人了。甚至不再是七十二小时前的那个人。他曾相信自己战无不胜，也曾相信自己是个人渣。不过最终，他认定这两种看法都很片面。他只是一个人，一个有血有肉的人，既能做出正确的选择，也能放任自己被本能支配。

可这是否能就证明他，或者无论是谁，真的拥有自由意志？在同样的方程式、同样的几率、同样的回报率面前，人难道不是每次都会做出同样的选择吗？有人说观念是可以改变的，你可能会遇见一个女人，你或许会有新的领悟，认识到什么才是真正重要的东西。这的确不假，但那只是因为这些东西变重要了，因为方程式里的数字变了。但你还是在用老办法解题。随后，你会一次次做出新的选择，而你的决定完全取决于你脑中的化学物质、你已知的信息、你的生存本能与性冲动、你最深的恐惧，还有你后天习得的道德和从众的天性。我们惩罚别人并不是因为他们邪恶，而是因为他们的选择有违群体的利益。道德并非上帝赐予，也绝非一成不变，它不过是一套对群体有利的规则而已。那些不能遵守规则——也就是人们普遍认可的行为准则——的人，永远也无法融入群体，因为他们并没有自由意志，不能自主选择，最多只有自由意志的幻觉。枉法之徒也像我们所有人一样，别无选择。正因为如此，他们才必须被淘汰，不能让他们繁衍后代，不能任由他们行为不端的基因污染整个群体。

西蒙·凯法斯觉得自己在镜中看到的是个机器人。构造复杂，可以做各种各样的事。但本质上还是个机器人。

所以这少年到底要报什么仇？想达到什么目的？难道他想多此一举地拯救世界？清除一切我们羞于承认的欲望？可是谁会向往一个没有犯罪、没有傻瓜们愚蠢的反抗、没有冲动之人带来变化的世界啊？在那里我们不能指望世界变得更好——或是更糟。也没有那种地狱般的躁动，没有为了吸足氧气而不断搅动海水的鲨鱼。

"这一刻太美好了。我们要永远这样。永远不变。"只是这绝不可能。

西蒙听到脚步声响起。他看看手枪，确保保险栓已经打开。

钥匙在锁孔里转动。

脚步声听上去十分匆忙。来人行色匆匆。在浴室水槽前，西蒙目不转睛地盯着镜中自己的脸，掐着秒。要是看到房间还跟之前一样，那少年一定会放松警惕。他也许会进洗手间，不过那时他肯定已经放下了武器。西蒙继续读秒。

数到二十，他推门出来，举着手枪。

那少年正坐在床上。

他头缠绷带，衣柜里的公文包躺在他面前的地板上。包盖开着，里面塞着装满白色粉末的袋子，西蒙一眼就知道那是什么。少年剪破一只袋子，左手拿着一只盛白色粉末的茶匙，右手举着一只点燃的打火机。床上散落着一堆一次性注射器和一板皮下注射针头。

"谁先动手？"[①] 少年问。

---

① 英文版原文"Who shoots first？"是一句双关语，shoot 既可以指开枪，也可以指注射。

41

西蒙坐到少年对面的椅子上，看着他举起打火机，给勺子加热。

"你是怎么找到我的？"

"你的手机。"西蒙说，目不转睛地盯着火焰，"还有背景噪声。妓女们干活的声音。这么说你知道我是谁？"

"西蒙·凯法斯。"少年说，"我见过你的照片。"粉末开始融化，冒出细小的气泡。"我不会拒捕的。反正我今天晚些时候也准备去自首。"

"是吗？为什么？圣战这么快就结束了？"

"没有什么圣战。"少年说着，小心翼翼地放下勺子。西蒙看出他是在等液化的海洛因冷却，"只有盲目的信仰。我们这种把小时候学到的东西奉为真理的人，才会有这种信仰。直到我们发现世界根本不是那样。发现自己是个垃圾。是个废物。"

西蒙用手托着枪，望着它。"我不准备把你带回警局，桑尼。我要带你去见双子。你，还有你从他那儿偷来的毒品和钱。"

少年在拆针管的包装，他抬头看看西蒙。"行啊。对我来说都一样。他会杀了我吗？"

"会。"

"那就是铲除垃圾。让我先来一针。"他往勺子里放了个棉球，把针头插进去，拉起活塞。"这批毒品我不熟，很可能不纯。"他像在解释自己为什么要用棉球过滤。

他抬起头，看西蒙有没有听懂他的自嘲。

"从卡勒·法里森那儿弄来的海洛因。"西蒙说，"你一直带着它，却没有忍不住尝尝？"

少年短促地一笑，笑声刺耳。

"瞧我这张笨嘴，"西蒙说，"应该去掉'忍不住'三个字。不过你确实顶住了诱惑。怎么做到的？"

少年耸耸肩。

"我对成瘾这件事略知一二。"西蒙说，"只有少数几样东西能让我们这种人守戒。我们要么被上帝、女人、孩子拯救，要么就被死神接走。我的救星是一个女人。你的呢？"

少年一声不吭。

"是你父亲？"

少年只是在西蒙身上上下打量，像发现了什么似的。西蒙摇摇头，"长得真像。真人比照片更像。"

"大家都说我跟我爸一点也不像。"

"不是像你爸。是像你妈。你的眼睛跟她的一模一样。她以前总是天不亮就起床，比我们都起得早，吃了早餐就匆匆出去上班。我有时会特意起个大早，只为看她坐在那里，在她出门之前，她看上去是那么疲惫，眼睛却那么美丽，美得惊人。"

少年坐在那里，停下了所有的动作。

西蒙把手枪翻来翻去，像在寻找什么。"我们四个都穷得叮当响，为了省钱在奥斯陆合租一套公寓。三个警校生加你母亲。三个男生是最好的朋友，自称'三人组'。你父亲、我和篷提乌斯·帕尔。你母亲在报上看到招租广告，租了那个多出来的房间。我觉得我们三个都对她一见钟情。"西蒙笑笑，"我们都悄悄追她，互相瞒着。我们三个都很帅，我想她应该很为难，不知道该选哪个。"

"我不知道还有这么一段。"少年说，"但我知道她选错了人。"

"的确。"西蒙说，"她选了我。"

西蒙从枪上抬起头，发现桑尼也望着他。

"你母亲是我最爱的人，桑尼。她离开我跟你父亲在一起时，我几乎整个垮了。尤其是她不久就怀孕了。他们搬走了，买了贝格区那栋房子。女的身怀六甲，男的还在警校读书，两个人一贫如洗。不过那时候利率也低，银行巴不得你贷款。"

桑尼眼睛瞪得大大的，没眨一下。西蒙清清嗓子。

"差不多就在那时候，我迷上了赌博。发展到赌马时，我已经负债累累。我赌得很大。置身深渊边缘、想到生活无论如何都将彻底改变，这会让人莫名地轻松。输赢已经不重要了。那时你父亲跟我已经疏远了。我想我应该无法忍受他的幸福。他跟篷提乌斯成了好哥们儿，'三人组'也解散了。他来找我当你的教父，我找了个借口推掉了，但在你受洗那天，我偷偷从后门溜进了教堂。我见过那么多婴儿，只有你一声都不哭。你看上去很淡定，那个新来的牧师有点紧张，你就一直冲着他笑，好像是你在给他施洗。一出教堂，我就在一匹名叫桑尼的马身上押了一万三千克朗。"

"赢了吗？"

"你欠我一万三千克朗。"

少年笑了。"你跟我说这些干吗？"

"因为有时，我会想象若非如此，一切会是什么样子。想象我或是阿布做出了不同的选择。或是你。爱因斯坦说所谓疯狂就是把同一件事重复了无数遍，还依然相信会有不同的结果。但万一真有某种力量、某种神启，能让我们下次做出不同的选择呢？"

少年往大臂上缠了一根橡皮管。"你听上去像个教徒，西蒙·凯法斯。"

"我不知道，我只是好奇。不过我知道你父亲的出发点是好的，无论你有多瞧不起他。他想改善生活，不光为他自己，也是为了你们一家三口。是爱让他堕落。而现在，你也一样瞧不起自己，因为你以为自己跟他一样。但你不是你父亲。他做了不道德的事，不代表你也会做。儿子不需要变得像父亲一样，而应该比他更好。"

少年用牙紧紧咬住橡皮管一头。"也许吧，可现在这又有什么关系？"他咧着嘴，仰起头，拉紧橡皮管，勒出小臂上的血管。他反手握着针管，大拇指按在活塞上，针尖抵着中指指腹。像个乒乓选手，西蒙想。他用的是右手，尽管他其实是左撇子，不过西蒙知道，瘾君子都得学会用两只手换着注射。

"很有关系，因为现在轮到你做选择了，桑尼。是打这一针？还是帮我抓住双子？再抓住真正的内奸？"

一滴晶莹的液体在针尖上闪耀。街上传来车流的喧嚣和人们的欢笑，隔壁传来情人的低语。那是夏日的城市平静的脉搏。

"我会安排一次会面，双子和内奸都会赴约。但我只有在你活着的情况下才能办到。你是我的诱饵。"

少年似乎听见了他的话，他低下头，几乎是围绕着针管蜷起身体，为即将到来的亢奋做好准备。西蒙也准备迎接接下来的景象，这时，他听见那少年说：

"他是谁，那个内奸？"

西蒙顿觉胸口一阵剧痛，这才想到自己忘记了呼吸。

"你来就知道了，但我不能提前告诉你。我知道你经历了什么，桑尼。但总有一天，你必须起来面对一切，到那时，你就不能再软弱一天，你必须向自己保证，从明天起，你要开始新的生活。"

桑尼摇摇头。"不会有什么新生活了。"

西蒙盯着那支针管。他突然明白了。少年准备超量注射。

"你甘心死也不知道真相吗，桑尼？"

少年从针管上抬起头，望着西蒙。"瞧我这好奇心啊，凯法斯。"


"是这儿吗？"奥斯蒙德·比约斯塔德趴在方向盘上问。他瞟了一眼入口上方的招牌。"俾斯麦旅馆？"

"是这儿。"卡丽解开安全带。

"你确定他就在里面？"

"西蒙之前问克瓦达突伦有哪些酒店接待过付现金的客人。我觉得他肯定知道点什么，就给六家酒店打了电话，发去桑尼·洛夫特斯的照片。"

"然后在俾斯麦旅馆中奖了？"

"前台确认这就是216房间的客人。还说有位警官已经来过了，还进了那个房间。旅馆跟这位警官达成了一个口头协议，他希望我们能履行承诺。"

"是西蒙·凯法斯？"

"恐怕是。"

"好吧，该行动了。"奥斯蒙德·比约斯塔德拿起警用对讲机，按下通话键，"戴尔塔小队，进入。"

对讲机噼噼啪啪地响起："戴尔塔小队就位。完毕。"

"授权进入。房间号216。"

"收到。立即进入。通话完毕。"

比约斯塔德放下对讲机。

"他们接到的是什么命令？"卡丽问，感觉衬衫紧得让人透不过气。

"自身安全第一，必要时开枪射杀。你去哪儿？"

"透气。"

卡丽穿过街道。一队警员在她前方一路小跑，身着黑衣，持MP5机枪；他们有的直奔酒店前台，有的进入后院，那里有后门楼梯和消防出口。她经过前台，上楼刚到一半就听见门被撞开了，里面传来闪光弹落地的闷响。她继续上楼，穿过走廊，听见警用对讲机噼啪响起："该区域已排除危险，确认安全。"

她走进房间。

里面有四名警官：卫生间一个，卧室三个。所有的衣橱和窗户都大大敞开。此外别无他人。没有任何遗留物品。客人已经退房。

马库斯正蹲在草丛里找青蛙，突然看见儿子出了黄房子，朝这边走来。午后的太阳低垂在屋顶之上，儿子走到马库斯跟前时，太阳仿佛就在他脑后放光。他在微笑，马库斯很高兴他不再像那天那样沮丧消沉了。

"见到你真高兴，马库斯。"

"你要走了吗？"

"嗯，我得走了。"

"为什么你总得走呢？"马库斯没忍住，突然冲口而出。

儿子蹲下来，把手搭在马库斯的肩上："我记得你爸爸，马库斯。"

"真的吗？"马库斯说，仿佛不敢相信。

"真的。不管你妈妈怎么说怎么想，反正你爸爸对我一直都很亲切。有一次，他还赶跑了一头从森林里跑到咱们社区的大马鹿。"

"真的吗？"

"而且是一个人赶跑的。"

接下来，马库斯目睹了诡异的一幕。在儿子脑后，在黄房子卧室敞开的窗户里，轻薄的白色窗帘被吹出窗外，虽说现在一丝风也没有。儿子站起来，摸摸马库斯的头，沿着大路向前走。他拎着一只公文包，吹着口哨。马库斯好像看见了什么，又回头去看房子。窗帘着火了。这时他才看见别的窗户也都敞着。所有的窗户都是。

一头马鹿，马库斯想。我爸爸赶跑过一头马鹿。

房子发出一个声音，像在吸进空气。它先是奏响隆隆的前奏，然后加入悠扬的泛音，乐声逐渐响亮，化作汹涌而激昂的音乐。此刻，在漆黑的窗户里，那些黄灿灿的芭蕾舞者跳跃旋转，舞得多么欢快，他们已经迫不及待要庆祝最后的毁灭，迎接审判日的到来。

西蒙给车挂上空挡，让发动机怠速。

前方路上，另一辆车停在屋外。一辆崭新的福特蒙迪欧，后排车窗贴着黑膜。之前也有一辆这样的车停在医院眼科门外。当然，也可能是巧合，但他碰巧知道奥斯陆警方去年采购了八辆福特蒙迪欧。后排都贴着黑膜，以遮挡头枕后方那盏闪烁的蓝灯。

西蒙抓起副驾上的手机。

长音刚响，对方就接了电话。

"你想干什么？"

"你好啊，篷提乌斯。我的手机定位一直在变，你一定很崩溃吧。"

"别再抽疯了，西蒙，我向你保证，我们不追究你。"

"完全不追究吗？"

"只要你立刻收手。怎么样，成交吗？"

"你还是这么喜欢做交易，篷提乌斯。既然如此，那我就跟你做个交易。明早到一家餐馆来。"

"那儿有什么好菜？"

"两名罪犯，将他们绳之以法会是莫大的成就，足以令你引以为傲。"

"能具体点吗？"

"不能。但我会给你地址和时间，只要你保证带且只带一个人来。我的同事，卡丽·阿德尔。"

对方沉默片刻。

"你在给我下套吗，西蒙？"

"我干过这种事吗？记住，这对你大有好处。或者更准确地说，让这些人逍遥法外，会给你带来巨大的损失。"

"你保证这不是圈套？"

"我保证。你难道觉得我会让卡丽出事？"

沉默。

"不。不会，你从来不是那种人，西蒙。"

"这大概就是我一直当不上局长的原因吧。"

"别开玩笑了。时间地点？"

"七点一刻。阿克尔码头 86 号。到时候见。"

西蒙打开车窗，扔掉手机，看着它消失在一户人家的篱笆下。他听见远处传来引擎发动的声音。

然后他挂上挡，发动汽车。

他向西行驶。在斯梅斯塔德驶下高速，开往霍尔门科伦山。他沿着蜿蜒的山路开上观景台，那地方总能让他感觉豁然开朗。

本田车已经被挪走了，犯罪现场调查员们也完成了工作。

毕竟，这里已经不再是犯罪现场了。

至少不是谋杀现场。

西蒙找了个能俯瞰峡湾、眺望夕阳的地方，把车停下。天色越来越暗，奥斯陆也越来越像一堆将尽的篝火，余烬中闪现着红黄的光。西蒙拉紧大衣，放平椅背。他必须睡一会儿。明天可是个大日子。

他这辈子最重要的日子。

如果幸运女神眷顾他们的话。

"试试这件。"玛莎说着，递给那个年轻人一件上衣。

他算是新来的，她之前只在中心见过他一次。他看上去二十岁上下，不过他能活过二十五岁就算走运的了。反正伊拉中心前台的同事都这么想。

"真好，你穿着真合适！"她微微一笑，"跟这些一起搭配看看？"她递过去一条牛仔裤，几乎是全新的。她感觉背后有人，于是转过身。那人应该是从餐厅进来的，说不定已经进来好一会儿了，就站在服装储物间门口看她。他身上的西装和头上的绷带都很惹眼，但玛莎根本没注意这些。

她只看到他专注而渴望的目光。

那里有她应该拒绝的一切，她想要拥有的一切。

拉尔斯·吉尔伯格在崭新的睡袋里翻了个身。之前在户外用品商店，店员满腹狐疑地望着那张一千克朗的钞票，然后接过它，递上这只不可思议的睡袋。

吉尔伯格眨眨眼。"你回来了。"他大声说，"老天，你变成印度人了？"他的声音在桥拱下激起清脆的回音。

"可能吧。"少年笑笑，在他身旁蹲下，"我今晚得找个地方过夜。"

"没问题。不过你看着像住得起酒店的样子。"

"住酒店会被他们找到的。"

"这儿有的是地方，还没有监控。"

"能借我点报纸吗？要是你已经读过了的话。"

吉尔伯格咯咯笑了。"你可以用我那个可靠的旧睡袋——它现在是我的床垫了。"他从身下抽出那只肮脏破旧的睡袋，"不然这样，你睡新的，我今晚就睡旧的。那里头全是我的痕迹，懂我的意思吧？"

"真的吗？"

"真的，旧睡袋在呼唤我。"

"感激不尽，拉尔斯。"

拉尔斯·吉尔伯格只是笑笑，权当回答。

拉尔斯躺下时，感觉身上涌起一股幸福的暖流，这不是睡袋的功劳，那暖流来自他的内心。

斯塔滕监狱的牢门一齐落锁时，听上去就像所有的走廊都在同时叹息。

约翰内斯·哈尔登坐到床上。他怎么做都不是。无论是坐着、躺着还是站着，他都无法减轻疼痛。他知道这疼痛是不会消失了，只会一天比一天严重。现在他已经是满面病容。继肺癌之后，他腹股沟处又冒出一个高尔夫球大小的肿瘤。

阿里尔德·弗兰克的确说到做到。约翰内斯帮那少年越狱,作为惩罚,他将得不到任何医疗护理和止痛措施,只能在牢房里慢慢被癌症吞噬。一旦认定哈尔登已经受够了折磨,弗兰克就可能把他转入医务室,只为避免年报中出现犯人死在牢房的记录。

四周安静极了。属于监控摄像头的宁静。以前,狱警会在牢门关闭后巡视好几轮,他们的脚步声会让人觉得安心。以前,乌尔斯莫监狱有个叫霍维尔斯莫的狱警,一个上了年纪的基督徒,会在巡逻时唱歌。用低沉的男中音唱古老的赞美诗。这是长期监禁的囚犯们心目中最美妙的摇篮曲,每当霍维尔斯莫经过走廊,即使是最癫狂的犯人也会停止尖叫。约翰内斯真希望霍维尔斯莫此刻就在这里。希望那少年就在这里。不过他并没有什么不满。那少年已经给了他想要的东西。给了他宽恕。外加一支摇篮曲。

他把注射器举到灯下。

他的摇篮曲。

少年曾告诉他,这是他从监狱牧师(已故的佩尔·沃兰,愿他的灵魂安息)给他的《圣经》里取出来的,是全奥斯陆品相最纯的海洛因。然后他给约翰内斯演示了到时候该怎么注射。

约翰内斯用针头对准他胳膊上一条粗大的蓝色静脉血管,颤抖地吸了口气。

所以就是这样了,这就是他的一生。这一生原本会多么不同,假如他没答应从宋卡港夹带那两包东西。真是奇怪。放在今天,他还会答应吗?

不会,但过去那个他答应了。而且是一次又一次。所以不存在另一种可能。

他把针头抵在皮肤上。看针头刺入皮肤,他微微颤抖。他按下活塞。匀速,镇定。里面的液体必须一滴不剩。

第一个感觉是疼痛消失了。像有人施了魔法。

第二个感觉接踵而至。

他终于理解了大家总是挂在嘴上的那种感觉。吸毒的快感。自由的坠落。结实的拥抱。难道真就这么简单？这么多年来，这感觉跟他只相隔一次注射的距离？因为她已经出现在他眼前，身穿丝绸的长裙，一头黑亮的秀发，双眼有如杏仁。他听见她温柔的嗓音，她樱桃般的红唇是如此柔软，轻声吐出一个个不知所云的英文单词。约翰内斯·哈尔登闭上眼睛，倒在床上。

她的吻。

那就是他此生唯一所求。

马库斯盯着电视屏幕。

电视新闻在播报最近几周被谋杀的人，电视和广播一直在说这些事。妈妈让他少看这些，看了只会做噩梦。但马库斯再也不做噩梦了。现在，那个人出现在电视上，马库斯认出了他。他坐在一张摆满麦克风的桌子上回答问题。马库斯认出他，靠的是那副无框眼镜。马库斯不懂这一切都代表什么，也不知道事情怎么都凑到一块儿去了。他只知道既然黄房子已经烧毁，那人就不用再过来开暖气了。

# 第五部

他用一根手指沾沾金红的血迹，看见血
留在他指尖；他把手举到唇边，闭上眼。他
眼前是泡沫飞溅的白色瀑布，是水。然后是
那个冰冷的怀抱。宁静而孤独。绝对的平静。
这次，他不会再浮出水面了。

# 42

　　早上六点三十五分，在托姆特与厄尔律师事务所，前台接待员比阿特丽斯·约纳森忍着哈欠，竭力回想面前这个穿防雨风衣的女人到底像哪部电影里的角色，应该是奥黛丽·赫本演的。是不是《蒂凡尼的早餐》？这女人还戴着丝巾和墨镜，打扮颇有六十年代风格。她把一只提包往前台一撂，说这是约好要给扬·厄尔的，然后就走了。

　　半小时后，阳光照耀着奥斯陆市政厅的红砖外墙，阿克尔码头迎来了第一批靠岸的渡轮，从内索唐根、桑，还有德勒巴克来的上班族从船舱鱼贯而出，踏上上班的路。今天又会是晴朗无云的一天，不过空气脆生生的质感提醒着人们，就连这样一个夏天也终有结束的时候。有两个男人并肩走在码头间的步道上，经过一家家商铺，餐馆里的椅子依然倒扣在桌上，时装店还有好几个小时才开门，街边小贩刚开始出摊，准备对最后一波来游览首都的游客发起攻势。两人中年轻的那个穿一身灰色西装，剪裁优雅，但肮脏起皱。年长的那个穿一件格子上衣，是在德莱斯曼打折时买的，裤子跟上衣毫不相配，唯有价格相似。他们都戴着一样的墨镜，那是二十分钟前在一个加油站买的，手里的公文包也一模一样。

　　两人拐进一条人迹罕至的小巷，走了五十来米，登上一架狭窄的铁楼梯。楼梯通向一家餐馆不起眼的后门，从门上小小的店招看，餐馆卖的是鱼和海鲜。年长男人拉拉那扇门，发现上了锁。他敲敲门。一张脸浮现在门上的舷窗里，五官有些扭曲，像哈哈镜里的面孔。那人动动嘴，声音仿佛来自水底："把手举起来，放在我能看见的地方。"

　　两人照做。门开了。

来人一头金发，身材粗壮。两人低头，看见那人正用枪指着他们。

"很高兴又见面了。"穿格子上衣的年长男人把墨镜推到额头上。

"进来吧。"金发男人说。

他们走进去，两个穿黑西装的人立刻开始搜他们的身，金发男人则悠闲地靠在衣帽间柜台上，但依然举着枪。

他们从年长男人肩上的枪套里取出一把手枪，递给金发男人。

"这边这个没带家伙。"另一个穿黑西装的人说，冲年轻人扬扬下巴，"不过他腰上绑着绷带。"

金发男人盯着年轻人。"这么说你就是，呃，那个什么'执剑佛陀'了，是吧？地狱天使，嗯？"年轻人一言不发。金发男人往地上啐了口唾沫，啐在年轻人发亮的黑色瓦斯鞋前，"真是个好名字——就跟有人在你额头上刺了个十字架似的。"

"你额头上也有。"

金发男人皱起眉头。"什么意思啊，佛祖？"

"你感觉不到吗？"

金发男人逼近他，踮起脚，鼻子几乎碰到年轻人的鼻尖。

"好了，好了。"年长男人说。

"闭嘴，大叔。"金发男人掀开年轻人的上衣和衬衫，用手指在他腰间的绷带上慢慢摸索。

"是这儿吗？"摸到年轻人肋下时，他问。

年轻人额前渗出两粒汗珠，悬在墨镜上方。金发男人戳戳绷带。年轻人张开嘴，但没出声。

金发男人叫道："哈，看来是这儿。"他用手指深深捅进去，挤压撕扯里面的血肉。

年轻人发出粗重的喘息。

"博，他还等着呢。"一个同伙提醒金发男人。

"马上，马上。"金发男人小声说，眼睛始终盯着年轻人，后者正在大口喘气。金发男人又用力一戳。年轻人墨镜之下苍白的脸上滑下一滴眼泪。

"代西尔维斯特和叶甫根尼向你问好。"金发男人在他耳边说。然后他松开手，转向其他人。

"包拿走，人带进来。"

两人交出公文包，走进餐厅。

年长男人本能地放慢脚步。

一个剪影，一个大块头男人的剪影，出现在他们面前，在那只绿光莹莹的水族箱映衬下愈显清晰。水族箱里，色彩斑斓的鱼儿飞快地游弋，一枚水晶在一块硕大的白石头上熠熠闪光，气泡带动了水流，长长的水草随波招展。龙虾被绑住钳子，趴在水底。

"我说什么来着……"年长男人小声说，"他就在这儿。"

"可内奸在哪儿？"年轻人问。

"相信我，他会来的。"

"西蒙·凯法斯总督察。"大块头说话有如雷鸣，"还有桑尼·洛夫特斯。这一刻我期待已久。坐吧。"

两人走过去，在大块头对面坐下，年轻人的腿脚好像比年长那位还不利索。

另一个人悄无声息地走出后厨的弹簧门。他也像另外三个人一样膀大腰圆，脖子粗壮。"他们是单独来的。"他说，然后加入了那支迎宾队伍，跟他们一起站成一个半圆，把两个客人围在当中。

"你是不是嫌这屋里太亮了？"大块头对年轻人说，他依然戴着墨镜。

"该看见的我都能看见，谢谢你。"年轻人的声音不带任何感情。

"说得好——我真羡慕你那双年轻清澈的眼睛。"大块头指指自己的眼睛，"知道吗，人在五十岁之前，眼睛的感光度就会下降百分之三十。这么看，人生就是一天比一天走向黑暗，而不是光明，是这样吧？我不是在影射你妻子，凯法斯总督察。正因为如此，我们才必须在丧失视力之前尽快学会在人生中摸索前进。我们必须学会像鼹鼠①那样，调动视觉之外的感官去感知面前的障碍和威胁，是这样吧？"

他伸出两条胳膊，看上去像一台双斗挖掘机。

"当然了，你也可以买通一只鼹鼠给你干活。不过鼹鼠的问题呢，就在于它们喜欢待在地下，所以很容易失联。我就是这么跟我那只鼹鼠失联的。我不知道他出了什么事。我听说你也在找他，是这样吧？"

年轻人耸耸肩。

"我来猜猜。凯法斯能劝动你来，是因为他向你保证内奸会来，对吧？"

年长男人清清喉咙。"桑尼是自己要来的，他想跟你握手言和。他觉得自己大仇已报，你们双方应该从此井水不犯河水。他准备把钱和毒品悉数奉还，以示诚意。条件是你们今后不再对他紧追不舍。能麻烦把公文包拿来吗？"

大块头冲金发男子点点头，后者把两只公文包往桌上一放。年长男人伸手去够其中一只，但金发男子挡开他的手。

"悉听尊便。"年长男人说着，举起双手，"我只想告诉你们，钱和毒品洛夫特斯先生都只带了三分之一。只有答应休战并让他活着走出这里，你们才能拿到剩下的东西。"

卡丽坐在车上，熄了火。她抬头看看这座旧造船厂上方的霓虹招牌，那几个红色大字拼成"阿克尔码头"字样。大批乘客拥出刚刚靠岸的渡轮。

"局长不带支援就跟罪犯见面，这真的安全吗？"

"这就像我的一位老朋友过去常说的，"篷提乌斯·帕尔回答，"舍不得孩子套不着狼。"他检查了手枪，把它放回肩上的枪套。

"很像西蒙会说的话。"卡丽看看市政厅楼顶的钟。七点十分。

"就是他。"帕尔说，"你知道吗，阿德尔，我预感今天我们会载誉而归。

---

① 英文版中，"鼹鼠"和"内奸"都是"mole"。

之后的新闻发布会，我希望你也一起出席。局长和这位年轻的女警官。"他嚅着嘴唇，像在品尝什么，"嗯，我想应该会很不错。"他推开副驾一侧的车门，下了车。

在步道上，卡丽几乎连走带跑才勉强跟上他。

"怎么样？"年长男人说，"成交吗？你拿回属于你的东西，放过洛夫特斯，让他离开这个国家。"

"你再小小地赚一笔中介费，是这样吧？"大块头笑了。

"正是。"

"唔。"大块头望着西蒙，像想找什么却没找到似的，"博，把公文包打开。"

博上前一步，准备打开第一个包。"锁了，头儿。"

"一。"年轻人轻声说，几乎像在耳语，"九、九、九。"

博转动金属密码筒，掀开盖子，把包转过来面向他老板。

"很好。"大块头说，捏起一只装着白色粉末的袋子，"三分之一。剩下的东西在哪儿？"

"在一个秘密地点。"年长男人说。

"可不是嘛。装钱这只包的密码是？"

"跟那个一样。"年轻人说。

"一九九九。你父亲去世那年，对吧？"

年轻人什么也没说。

"可以了吗？"年长男人说着，拍着手，挤出一个笑容。

"我们可以走了吗？"

"我还说一起吃个饭呢。"大块头说，"你吃龙虾的，对吧？"

没人回答。

大块头叹息一声。"老实说，我也不爱吃龙虾。但你知道吗，我还是会吃。为什么？因为有身份的男人就该吃龙虾。"他伸出胳膊，发达的胸肌在西装上衣里呼之欲出，"龙虾、鱼子酱、香槟。缺配件的法拉利，索要离婚补偿的前超模。还得忍受游艇上的孤独，塞舌尔的酷暑。我们得违心地做多少事啊，是吧？不过我必须保持激励。不是激励自己，而是激励那些替我卖命的人。他们需要看到这些成功的象征——看见我拥有什么，看见他们只要把活干好就能拥有什么，是这样吧？"

大块头把一根香烟塞进肉嘟嘟的嘴唇。香烟被他硕大的头颅衬得细小无比。"不过当然了，这些身份的象征对潜在的敌人和对手也是个提醒，向他们展示我的实力。暴力和暴行也同理。我并不喜欢这些。但有时候我必须保持激励。激励别人归还欠我的东西，激励他们不要跟我对着干……"他用一把手枪形打火机点燃香烟，"好比说，以前有个人专门替我改枪。我就不能容忍他明知有人杀了我好几个手下，还给了那人一把乌兹冲锋枪。"

大块头敲敲水族箱的玻璃。

一老一少两个男人顺着他的手指望去。前者从椅子上惊跳起来，后者只是木然地望着那里。

那块长满柔软水草的白石头，并不是石头。那个闪闪发光的东西也不是水晶，而是一颗金牙。

"现在的人可能会觉得斩首太凶残了，但要是想让手下人牢记忠诚，有时候你就得把事情做绝。这你肯定也同意吧，总督察。"

"什么意思？"年长男人说。

大块头歪着头打量他。"耳朵不好使吗，总督察？"

年长男人的目光从水族箱转向大块头。"我恐怕真是上年纪了。所以你最好能大点声。"

双子笑了，面露诧异。"大点声？"他猛吸一口香烟，看看对面的金发男子。

"你在他们身上检查过窃听器了吧？"

"检查了，头儿。整个餐馆都检查了。"

"那你就是耳朵不好使了，凯法斯。等到……那句话怎么说的来着？等到盲人教聋子①那天，你跟你妻子该怎么办啊？"

他扬起眉毛四下看看，四个手下顿时哄堂大笑。

"他们笑，是因为他们怕我。"大块头对年轻人说，"你怕吗，小伙子？"

年轻人没有回答。

年长男人看看表。

卡丽看看表。七点十四。帕尔强调过，他们必须准时。

"就是这里。"帕尔说着，指指前面的店招。他上楼来到餐馆门前，撑着门让卡丽进去。

衣帽间很黑也很安静，不过她听见有声音从走廊深处的某个房间传来。

帕尔从肩上的枪套里取出手枪，示意卡丽也照做。她知道自己在恩纳豪根用猎枪射击的事迹已经传遍了警署，所以她不得不跟局长解释说尽管有这个先例，但她在武装突击方面还是个新手。局长却说是西蒙坚持要让她一起来的——而且必须是她，还说这种案子一般只靠搜查令就能搞定。有搜查令还有枪，你就能搞定其中的百分之九十九。尽管如此，在他们快步穿过走廊时，卡丽的心还是怦怦直跳。

他们进入餐厅时，刚才那个声音停止了。

餐厅里只有一张桌子坐着人，帕尔用枪指着他们说："警察！"卡丽侧跨两步，看见了两人中较高的那个。一时间，整间屋子鸦雀无声，只有一只迷你音响在播放约翰尼·卡什的歌，唱到"替我问候罗丝"那句，音响装在墙上，位于自助餐台和那只长角公牛之间。牛排馆居然供应早餐。桌

---

① 英文版原文为"The blind will be leading the deaf"，出自俗语"The blind leading the blind"，字面意思是盲人指导盲人，比喻外行指导外行。双子把"盲人"换成了"聋子"。

旁那两个人都穿着灰西装，显得非常惊讶。卡丽发现这间明亮的餐厅其实不止他们一桌客人；窗边有张面朝大海的桌子，桌上坐着一对老夫妇，看脸色像同时遭遇了心梗。我们肯定走错了，卡丽想。这不可能是西蒙让他们去的地方。接着，两个男人中较矮的那个发话了。

"感谢您亲自前来，局长。我可以保证，我俩都没带枪，也没有恶意。"

"你们是谁？"帕尔暴跳如雷。

"我叫扬·厄尔，是一名律师，我的委托人就是我身边这位先生，伊弗尔·伊弗森。"他伸手示意那个高个子男人，卡丽立刻发现，他跟小伊弗森长得很像。

"你们来这儿做什么？"

"应该跟您一样吧。"

"是吗？有人告诉我在这儿能抓到歹徒。"

"我们会让您如愿的，帕尔。"


"哈。"大块头说，"害怕就对了。"

他冲金发男子点点头，后者从腰间抽出一把细长的刀，上前一步，用臂弯勒住年轻人的额头，把刀架在他脖子上。

"你以为我真的在乎你从我这儿偷了几个铜板吗，洛夫特斯？忘了那些钱和毒品吧。我早就答应了博，要把你千刀万剐，为此投资一点钱和毒品，我觉得挺值。花钱换激励，很值，是这样吧？当然了，我有很多办法可以要你的命，不过你要是告诉我你把西尔维斯特怎么了，让我们给他办个体面的基督徒葬礼，我会让你死得不那么痛苦。所以，你怎么说？"

年轻人咽了口唾沫，依然一言不发。

大块头一拳砸在桌上，砸得杯子都跳了起来。"你的耳朵也不好使吗？"

"我看他就是。"金发男子说，他的脸就凑在年轻人耳边，后者的耳朵从他勒人的臂弯里支棱出来，"咱们的佛祖戴着耳塞呢。"

大家都笑起来。

大块头失望地摇摇头，开始拨另一只公文包的密码锁。

"他归你了，博，宰了他吧。"大块头打开公文包时，传来乒乒乓乓的响声，但所有人的注意力都被博手上那把刀吸引了，根本没留意包里掉出一只小小的金属撞针，蹦跳着滚过地板。

"你那个聪明过人的小个子妈妈看问题总是很准，唯独看错了你。"西蒙说，"她就不该给那个恶魔的婴儿吃她的奶。"

"这他妈是什么——"大块头说。他那几个手下也转过来。公文包里除了一把手枪和一把乌兹冲锋枪，还有个橄榄绿的小东西，看上去像自行车的把手。

大块头再次抬起头，刚好看见年长男人从额头上一把抹下墨镜，重新戴上。


"是的，我是跟西蒙·凯法斯总督察约好，跟委托人一起在这儿跟您见面的。"扬·厄尔说，同时把证件掏出来给篷提乌斯·帕尔看，证明他的确是律师，"他没提前告诉您吗？"

"没。"篷提乌斯·帕尔说。卡丽看到帕尔脸上的疑惑转为愤怒。厄尔跟客户交换了一个眼神："那么我是否可以认为，您对我们商定的条件也不知情？"

"什么条件？"

"只有减刑，我们才认罪。"

帕尔摇摇头。"西蒙·凯法斯的说法呢，是有人会把歹徒送到我面前。所以这到底是什么情况？"

厄尔正要开口，伊弗尔·伊弗森就凑到他耳边说了句什么。厄尔点点头。伊弗森重新坐好，闭上眼睛。卡丽打量着他。他已经崩溃了，她想。他显得挫败而心灰意懒。

厄尔清了清嗓子。"凯法斯总督察认为他掌握了一些……呃，对我的委托人及其亡妻不利的证据。这些证据涉及一些地产交易，交易对象是一个叫莱维·托的人。您或许更熟悉他的绰号，双子。"

托，卡丽想。这个姓相当罕见，不过她居然不久前就听到过它，还跟那人问过好。就是警署里的人。

"凯法斯还宣称他掌握了证据，证明阿格妮特·伊弗森曾指使一起所谓的袭击案。凯法斯说为了照顾伊弗森之子的感受，他不会提交关于后一项指控的证据。仅就地产交易而言，我的委托人将选择认罪，并在随后的审判中提供关于托所犯罪行的证据，条件是得到减刑。"

篷提乌斯摘下方框眼镜，用手帕擦拭。卡丽惊讶地发现他的眼睛竟蓝得如此无邪。

"听上去不难做到。"

"好。"厄尔说着，打开刚才一直放在旁边座椅上的公文包，取出一只信封，隔桌推到帕尔跟前。

"这里有一份打印文件，上面列出了所有与莱维·托的洗钱罪行相关的地产交易项目。伊弗森还准备揭发弗雷德里克·安斯加尔的罪行，他曾掩盖证据，确保这些交易不会受到调查。"

帕尔接过信封，捏了捏。

"里面还有别的东西。"他说。

"是个U盘，里面装了一份音频文件，是凯法斯从手机上发给我客户的。他叮嘱我们一定要把它转交给您。"

"你们知道是什么音频吗？"

厄尔又跟伊弗森交换了眼神。伊弗森清清嗓子。

"是某人的录音。凯法斯总督察说您会听出是谁。"

"如果您想现在就听，我带了一台电脑。"厄尔补充道。

打开的公文包。武器。橄榄绿的手榴弹。

西蒙·凯法斯及时闭上眼睛，捂住耳朵。一道强光闪过，有如灼热的火光扑面，随后是一声巨响，像有人一拳打在他的腹部。

然后他睁开眼，俯身向前，一把抓起公文包里的手枪，迅速转身。金发男子呆若木鸡，像刚跟美杜莎对视过似的。他依然用胳膊箍着桑尼的头，手持尖刀。现在西蒙明白了，桑尼说得没错：那家伙额头上的确有个十字架。是十字瞄准线。西蒙扣动扳机，眼看子弹在金色的刘海下留下一个弹孔。就在这人倒地时，桑尼抓住了乌兹冲锋枪。

西蒙告诉他，他们临时制造的瘫痪最多只能帮他们争取两秒钟时间。他们坐在俾斯麦酒店的房间里演练过这一幕，抓取武器，开枪。当然，他们没法完全预测每个动作的顺序，而且直到双子打开公文包、引爆眩晕弹那一刻，西蒙都以为他们肯定会搞砸。但看到桑尼扣动扳机、单脚旋转，他明白双子今天下班后可能没法高高兴兴回家了。那把枪突突突地喷射子弹，枪声如此密集，没有一声持续超过一个音节。双子那边已经有两个人被放倒了，第三个人好不容易把手伸进上衣，胸前却被子弹画下一道虚线。在他的膝盖接到死亡指令前，他依然站在原地，而西蒙已经转向了双子。但他惊讶地发现，那张椅子已经空了。一个这么高大的人，怎么可能跑得如此——

他在水族箱尽头看见了他，就在厨房的弹簧门边。

西蒙瞄准目标，连扣三次扳机。他看见双子的上衣抽搐了一下，接着，水族箱的玻璃开始迸裂。那一瞬间，水好像保持了矩形的形状，被习惯或某种无形的力量固定在那里，然后，水幕倒向他们，像一堵绿色的高墙。西蒙想跳开，却躲避不及。他迈出一步，踩到一只龙虾，膝盖一软，直挺挺地倒在水泊中。等他再抬起头，双子已经不见了，只剩厨房的弹簧门在来回拍打。

"你没事吧？"桑尼问，伸手要扶西蒙起来。

"好得很。"西蒙嘟哝着，推开桑尼的手，"但咱们现在要是让双子跑了，就别想再抓到他了。"

西蒙冲向厨房，踢开门，举着枪进去。一股餐馆厨房的刺鼻气味扑面而来。他迅速扫视经过洗刷的金属切菜台和灶台，还有低矮的天花板上悬挂的一排排锅碗瓢盆和调色刮刀，这些东西阻挡着他的视线。西蒙蹲下来，搜寻阴影或任何风吹草动。

"看地上。"桑尼说。

西蒙低下头。蓝灰色的瓷砖上有殷红的污迹。他刚才没有看错，一颗子弹已经命中了目标。

他听见远处传来关门声。

"走。"

他们循着血迹走出厨房，走进一道漆黑的走廊，西蒙一把拽下墨镜，登上楼梯，又经过一道走廊，来到一扇金属门前。这门看着像能发出刚才那个声音的样子。尽管如此，西蒙还是检查了走廊上所有的门，向里张望。要想逃过两个人的追捕和一把乌兹冲锋枪，绝大多数人都会选择最短、最明显的路线，但双子是个例外。他随时都那么冷酷，那么理性，总在计算。他是那种遇上海难都能幸存的人。他关门很可能只是为了迷惑他们。

"他要跑掉了。"桑尼说。

"别慌。"西蒙说着，推开最后一扇门。里面什么也没有。现在血迹越来越清晰。双子就在金属门外。

"准备好了吗？"西蒙问。

桑尼点点头，用乌兹冲锋枪对准门口。

西蒙贴着门边的墙壁，按下把手，推开金属门。

他看见有什么打在桑尼身上。是阳光。

西蒙走到门外，感觉风吹拂着他的面颊。"该死……"

一条空荡的街道铺展在他们面前，沐浴着清晨的阳光。这是吕斯勒克街，它与蒙克达姆街在此交会，一直延伸到皇宫花园。路上没有车辆，也没有行人。

更没有双子。

# 43

"血迹到这儿就没了。"西蒙指着柏油路面。双子应该是发现了自己一路都在滴血，所以设法堵住了伤口，不让血再往下滴。不愧是连船难都能幸存的人。

西蒙抬起头，望向空无一人的吕斯勒克街。他的目光越过圣保罗教堂，越过那座小桥，道路在桥那儿拐了个弯，消失在视线之外。他左右看看，扫视整条蒙克达姆街，但什么也没看见。

"真该死——"桑尼气得用乌兹冲锋枪捶自己的腿。

"他要是走大路，我们应该来得及看见他。"西蒙说，"他肯定躲在哪儿了。"

"躲在哪儿？"

"我不知道。"

"说不定他在这外头有车。"

"也有可能。嘿！"西蒙指着桑尼两脚之间，"看，这儿也有一滴血。他会不会——"

桑尼摇摇头，解开上衣。西蒙给他的干净衬衫的肋下位置已经红了一大片。

西蒙在心里咒骂一声。"那混蛋真把伤疤戳破了？"

桑尼耸耸肩。

西蒙再次抬头眺望。街上没停一辆车。商铺都没开门。所有的院子都大门紧闭。双子会到哪儿去呢？转换你的视角，西蒙想。弥补你的盲点。打开你的视野……于是他转换视角。有什么映入他的瞳孔。一道耀眼的阳光映在一小块移动的玻璃上。或是金属。是铜。

"走。"桑尼说，"咱们再回餐馆找找，他说不定——"

"不用。"西蒙压低声音。铜质的门把手，减缓关门速度的铰链，一个全天候开放的地方。"我知道他在哪儿了。"

"在哪儿？"

"前面那扇教堂门，看见了吗？"

桑尼瞪大眼睛："没有。"

"门还没合拢。他就在教堂里。走。"

西蒙拔腿就跑。他先伸出一只脚，再伸出另一只脚，一步一步奔向前方。

奔跑很简单，他从小就会。他跑啊跑啊，跑得一年比一年快。然后又一年比一年慢。他的膝盖不再灵活，呼吸也不再自如。头二十米，西蒙还勉强能跟上桑尼，不久就被少年甩在身后。桑尼跃上三级台阶时，西蒙起码被他落下了五十米。那少年一把推开沉重的大门，消失在教堂里。

西蒙放慢脚步。等待那个沉闷的声音响起，等待着被墙壁阻隔的枪声那短促刺耳、近乎孩子气的声音。但他迟迟没等到。

他登上台阶。拉开沉重的大门，走进教堂。

这气息。这静谧。这么睿智之人信仰的重量。

长椅全都空着。但圣坛上燃着蜡烛，提醒西蒙早间弥撒再过半小时就要开始。受难的救世主被钉在十字架上，烛火在他面前摇曳闪烁。接着，他听见有人在低声念诵什么。他转向左边。

桑尼坐在告解室敞开的那一侧，用乌兹冲锋枪的枪口指着两个隔间当中的镂空隔板，在另一个隔间，黑色的幕帘垂挂下来，几乎完全遮挡了开口，只留下一道小小的缝隙，但西蒙依然能看见里面有一只手。幕帘下的石板地面上，一小摊血泊正在扩大。西蒙蹑手蹑脚地靠近，听见桑尼在低声说：

"天地诸神怜悯你，宽恕你的罪。你终有一死，有罪之人一朝忏悔，灵魂便得入天堂。阿门。"

一阵沉默。

西蒙看见桑尼扣紧扳机。他把手枪收进肩上的枪套。他打算袖手旁观，不动一根手指。少年自会受到审判与惩罚。而他自己的审判也必将到来。

"是，我们是杀了你父亲。"幕帘里传来双子的声音，听上去气若游丝，"我们不得不杀。内奸说你父亲打算把他除掉。你在听吗？"

桑尼一声不吭。西蒙屏住呼吸。

"你父亲准备下手，就在那天晚上，在马里达伦谷的中世纪遗址。"双子继续说，"内奸说这个警察已经盯上他了，他的身份迟早要暴露。所以他要我们把谋杀伪装成自杀。让人以为你父亲才是内奸，这样警方就不会继续追查。我答应了。我得保护我的内奸，是这样吧？"

西蒙看见桑尼润湿了嘴唇："这个内奸，他是谁？"

"我真不知道，我发誓。我们只通过邮件联系。"

"那你再也不会知道了。"桑尼又举起枪，把扳机扣得更紧，"准备好了吗？"

"等等！你不用杀我，桑尼，反正我也会因失血过多而死。我只想在死前跟亲人道别。我允许你父亲写了那张字条，让你和你母亲知道他爱你们。求你了，可怜可怜我这个罪人吧？"西蒙看见桑尼的胸膛剧烈地起伏，下颚也微微抽动。

"不要。"西蒙大喊，"别听他的，桑尼。他——"桑尼转向他，目光温柔。海伦妮的温柔。他已经放低了冲锋枪，"西蒙，他只是想——"

西蒙看见幕帘的缝隙里有动静，那只手举高了。手上有一支镀金的枪形打火机。西蒙立刻知道已经来不及了，来不及警告桑尼、让他躲避了，来不及从肩上掏出自己的枪，也来不及把艾尔莎该得到的给她了。他仿佛就站在阿克尔河那座桥上，爬上栏杆，看河水在脚下流淌。

然后，他纵身一跳。

　　他豁出性命，跳进那美妙的转盘。这么做不需要智慧或勇气，只需要一点点傻气，只需要一个在劫难逃的人赌上自己并不光明的前程，这个人明白，自己比谁都无牵无挂。他跳进那个敞开的隔间，挡在儿子与镂空隔板之间，听见砰的一声。他感觉到那阵刺痛，那让人丧失知觉的剧痛，仿佛身体被坚冰或烈火劈成两半，神经被一一切断。

　　接着，他听到另一个声音。是乌兹冲锋枪。西蒙头靠隔间的地板，感觉木屑纷纷扬扬地落在脸上。他听见一声哀号，抬眼看见双子挣扎着蹦出告解室，在长椅间蹒跚向前，他西装上衣背部密集的弹孔犹如愤怒的蜂群。从乌兹冲锋枪上落下的弹壳倾泻在西蒙身上，还在发烫，灼痛了他的前额。双子撞翻了长椅，双膝跪地，但仍在爬行。他就是不肯受死。这不正常。多年前，西蒙发现挪威头号犯罪分子的母亲就在警署当清洁工，他找到她时，这就是她说的第一句话：莱维不正常。她可是他的母亲，她当然是爱他的，但他一出生就把她吓坏了，而且并不完全是因为块头大。

　　她还告诉西蒙，一次，她把儿子带来上班，因为家里没人照顾他，那时他虽然年幼，但个子已经不小了，他盯着清洁车水桶里的倒影，说里面有个人，跟他长得一模一样。西塞尔提议他可以跟那孩子一起玩，然后就去倒废纸篓。她回来的时候，发现莱维已经头朝下扎在桶里了，两条腿在空中乱蹬。他的肩膀卡在桶里，她费了九牛二虎之力才把他拉出来。他浑身湿透，脸色发青。但他没像别的孩子那样号啕大哭，反而哈哈大笑。他说他的双胞胎兄弟很坏，想把他弄死。从那一刻起，她就开始疑惑这孩子到底是打哪儿来的，直到他从家里搬走，她才松了口气。

　　双子。

　　他身上又多了两个弹孔，两枚子弹击中了他粗壮的脖子和发达的脊背之间层层堆叠的脂肪，他突然不动了。

　　可不是嘛，西蒙心想。一个再正常不过的独生子。

　　还不等大块头跟跄倒地、前额砰的一声撞上石板地，西蒙就知道他已经死了。

西蒙闭上眼睛。

"西蒙，你的伤口在哪儿……"

"胸口。"西蒙刚开口就咳嗽起来，从咳出液体的黏稠度判断，他能看出自己咳的是血。

"我叫辆救护车。"

西蒙睁开眼，低头看看自己。殷红的血迹在他的衬衫胸前绽开。

"我活不了了。别白费工夫了。"

"不，你可以——"

"听着。"桑尼已经掏出了手机，但西蒙把它挡开，"我太了解枪伤了，好吗？"桑尼把手按在西蒙胸口。

"没用的。"西蒙说，"你快走吧。你自由了，该做的事你都已经做了。"

"不，还没有。"

"跑吧，就当是为了我。"西蒙说着，握住少年的手。那只手是如此温暖而熟悉，就像他自己的手，"你的使命完成了。"

"躺好别动。"

"我说过内奸今天会来，而他也确实来了。现在他死了。所以，你快跑吧。"

"救护车马上就到。"

"你怎么不听——"

"你能不能别再说——"

"是我，桑尼。"西蒙仰望少年那双清澈而温润的眼睛，"我就是内奸。"

西蒙等待着，想看少年惊讶得瞳孔扩张，黑色的瞳仁覆盖绿幽幽的虹膜。但少年没有。他立刻懂了。

"你知道了，桑尼。"西蒙想咽下唾沫，却再次咳嗽起来，"你知道是我。怎么知道的？"

桑尼用衬衫袖子擦去西蒙嘴角的鲜血。"从阿里尔德·弗兰克那儿。"

"弗兰克？"

"我切掉他一根手指之后，他就招了。"

"招了什么？他根本不知道我是谁，没有任何人知道内奸是我和阿布。桑尼，没有任何人。"

"没错，但弗兰克把他知道的都告诉我了。他说内奸有个代号。"

"这是他告诉你的？"

"嗯。那个代号就是'跳水健将'。"

"跳水健将，对。这名字是我跟双子联系时用的。你知道，以前有个人总这么叫我。只有那一个人而已。所以你是怎么知道……"

桑尼从衣兜里掏出一个东西，把它凑到西蒙面前。是张照片，上面凝结着风干的血迹，拍的是两个男人和一个女人站在一座石冢旁，每个人都那么年轻，笑得那么灿烂。

"小时候，我经常翻我们家的相册，在里面见过这张山上拍的照片。我问过妈妈他是谁，拍照的这个神秘人，这个跳水健将，他这个绰号可真带劲。于是她就告诉我了，说那是西蒙，三个好朋友中的一个。'跳水健将'这个绰号是她起的，因为别人都不敢跳的时候，他敢跳。"

"所以你就据此推断出——"

"弗兰克不知道内奸有两个。但他交代的这些解释了很多问题。我父亲准备揭穿你的身份。所以你就抢先杀了他。"

西蒙眨眨眼，却无法驱散从四面八方涌来的黑暗。尽管如此，他的视野依然前所未有地清晰。"于是你就决定杀掉我。所以你才会联系我，想确保我会找到你。你不过是在守株待兔。"

"是的。"桑尼说，"直到我找到那本日记，发现父亲也参与其中。发现你们其实是两个人。两个叛徒。"

"于是你的世界随之崩塌，你放弃了使命。因为你没理由再杀人了。"

桑尼点点头。

"所以你为什么会改变主意？"

桑尼久久地注视着他。"因为你的一句话，你说儿子不需要变得像父亲一样，而应该……"

"……比他更好。"西蒙听见远处传来警笛声，感觉桑尼把手按在他额头上，"那就这样做吧，桑尼。做个比你父亲更好的人。"

"西蒙。"

"嗯？"

"你快不行了，有什么临终遗愿吗？"

"我想让她重获光明，就当送她的礼物。"

"宽恕呢，你想要吗？"

西蒙又闭上眼睛，吃力地摇摇头。"不，我……我不配。"

"我们都不配。人皆犯错，宽恕是德。"

"但我对你又不是什么重要的人，只是个杀害你亲人的陌生人。"

"你很重要，你是'跳水健将'啊，你一直与他们同在，尽管你没出现在照片上。"少年掀开西蒙的外衣，把照片插进内兜，"带着它上路吧，他们是你的朋友。"

西蒙闭上眼，心想：这样也好。

儿子的声音在空旷的教堂里回荡：

"天地诸神怜悯你，宽恕你的罪……"

西蒙眼看一滴血从少年上衣里滴到教堂地板上。他用一根手指沾沾金红的血迹，看见血留在他指尖；他把手举到唇边，闭上眼。他眼前是泡沫飞溅的白色瀑布，是水。然后是那个冰冷的怀抱。宁静而孤独。绝对的平静。这次，他不会再浮出水面了。


他们又把录音放了一遍，在随后的沉默中，卡丽透过牛排店另一头半开的窗户，听见鸟儿在窗外无忧无虑地啼鸣。

局长瞪着笔记本电脑，一脸难以置信。

"都听到了？"厄尔问。

"听到了。"帕尔说。

律师拔出 U 盘，递给帕尔。

"您听出那是谁的声音了吗？"

"听出来了。"帕尔，"他叫阿里尔德·弗兰克，是斯塔滕最高警戒监狱真正的头儿。阿德尔，麻烦你查查是不是真有他说的那个开曼群岛账户好吗？如果是真的，这丑闻就太大了。"

"我对此表示遗憾。"厄尔说。

"不必客气。"帕尔说，"我已经怀疑他好几年了。最近德拉门警方有位勇敢的警官向我们报告，有人曾以放风为由把洛夫特斯带出斯塔滕监狱，好让他为莫尔桑德谋杀案顶罪。这件事我们一直没有对外公布，想等到掌握确凿的证据再调查弗兰克，不过有了这个，我想证据已经再充足不过。走之前，我还有最后一件事……"

"您说。"

"凯法斯总督察有没有透露他为什么要安排你们和我们见面，而不是亲自来见你们？"

伊弗森先跟厄尔交换了一个眼神，然后耸耸肩。"他说他还要忙别的事。还说他信任的同事只有你们两个。"

"这样啊。"帕尔说着，起身准备离开。

"还有一件事……"厄尔说着，拿起手机，"我的委托人跟凯法斯总督察提到过我，所以他找到我，问我能不能为一台眼科手术安排交通和转账事宜，手术将于明天在美国巴尔的摩市的霍威尔诊所进行。我答应了他。我们公司的前台刚刚给我发来消息，说一小时前，有个女人把一只红色运动包放在我们公司，里面有大笔现金。我想问，警方是否认为有必要介入此事？"

卡丽发现窗外的鸟儿不再鸣叫，远处的警笛取而代之。还不止一声。来了好几辆警车。

帕尔清了清喉咙。"我看不出这跟警方有什么关系。而且提出要求的人现在应该也算你的委托人了，就我而言，我会尊重你作为律师的保密权，即使我问了，你也不能透露更多信息。"

"太好了。看来咱们的想法是一致的。"厄尔说着，合上公文包。

卡丽的手机在衣兜里振动，她立刻站起来，走到远离那张餐桌的地方，拿出手机。掏手机时，她不小心带出了弹珠，它落在木地板上，发出轻微的碰撞声。

"我是阿德尔。"

她盯着弹珠，它好像有些迟疑，不知该滚向前方还是留在原地。但在短暂的逡巡之后，它颤颤悠悠地朝南滚去。

"谢谢。"卡丽说完，把手机揣进口袋。她转向正要站起来的帕尔，"有人在一家名叫鹦鹉螺的海鲜餐厅发现了四具尸体。"

帕尔在眼镜背后眨了四下眼睛，卡丽在想这是不是某种强迫症，每具尸体眨一下眼。

"现场在哪儿？"

"在这儿。"

"这儿？"

"就在阿克尔码头，离咱们只有几百米。"卡丽的目光又回到弹子上。

"咱们走。"

她想冲过去捡起弹子。

"还愣着干吗，阿德尔？咱们走！"

弹子已经找准了方向，滚得越来越快，不立刻去追就再也找不回来了。

"来了。"她喊了一声，急忙跟上帕尔。警笛声愈发响亮，时高时低，像镰刀一样划过空气。

他们冲出门外，跑进明晃晃的阳光，跑进令人满怀期待的清晨，跑进幽蓝的城市。他们不停地奔跑，早间行色匆匆的人们纷纷退到两旁给他们让路。卡丽的目光掠过一张张面孔。她的大脑对其中一张面孔有了反应。墨镜和浅灰色西装。帕尔直奔一条小巷，他们看见几个身穿制服的警察匆匆拐进那里。卡丽停下来，回过头，看到那个穿灰西装的人已经登上开往内索唐根的渡轮，只剩一个背影。然后她转身继续奔跑。

玛莎放下敞篷车的顶篷，头靠颈枕。她注视着一只海鸥，看它在湛蓝的天空和蔚蓝的峡湾间御风盘旋，一边觅食，一边平衡着体内与外界的力量。玛莎的呼吸深沉平稳，但她的心脏跳得厉害，因为轮渡就要靠岸了。时间还早，从奥斯陆前往内索唐根的人并不多，所以她应该一眼就能看到他。前提是他成功了。假如他成功了。她喃喃祈祷，一个半小时前离开托姆特与厄尔律师事务所之后，她一直在反复念诵这段祷词。上一班渡轮半小时前靠岸，他不在上面，但她告诉自己那也未免太早，是她期望太高。但要是这班渡轮上还没有他……是啊，那该怎么办呢？她没准备应急预案，也不想准备。

她能看见那些乘客了。嗯，她想得没错，人不是很多。大家早上一般都往城里走，而不是出城。她摘下玳瑁墨镜。看见一套灰西装，她的心跳停了一拍。但那并不是他。

她万分失落。

接着，另一套灰西装出现了。

他微微含胸，像不小心呛了水，想吐出来。

她感觉心脏在胸膛里膨胀，堵得她喉头哽咽。或许那只是清晨的阳光斜照在他浅灰色的西装上，不过他看上去像在发光。

"谢谢。"她喃喃自语，"谢谢，谢谢。"

她照照后视镜，擦干泪痕，理理头巾。然后她挥挥手，他也挥手致意。

等他走到山坡上她的车旁，她突然冒出一个念头，感觉这一切极不真实。或许她眼前这个人只是海市蜃楼，是鬼，他其实已经死了，被射杀了，被挂在灯塔上，钉在十字架上，她看到的只是他的魂魄。

他小心地上车，摘下墨镜，脸色苍白。他眼眶泛红，她看得出，他一直在哭。然后他搂住她，把她拉到身旁。她起初还以为是自己在颤抖，但很快发现颤抖的是他。

"你怎么——？"

"我很好。"他回答，依然抱着她，"一切顺利。"

他们坐在一起，什么也没说，紧紧相拥，仿佛对方就是他们在这世上唯一的依靠。她有好多问题想问，但不必现在就问。他们今后有的是时间。

"现在咱们怎么办？"她轻声细语。

"现在，"他说着，轻轻放开她，在坐直身体时发出低低的呻吟，"一切就从现在开始。这箱子真够大的。"他冲后座扬扬下巴。

"都是些必需品。"她笑笑，把 CD 推进播放器，把手机递给他。"第一段我来开。帮我看导航好吗？"

他看看手机屏幕，一个机械刻板的声音说着："您专属的个人导航……"

"全长一千零三十公里。"他说，"预计行驶时间十二小时五十一分钟。"

# 尾声

雪花仿佛自下而上，从一道晦暗而深不可测的天渊中升起，附着在一片由马路、人行道、汽车和房屋连成的穹顶上。卡丽弯着腰，在台阶上系靴子，从胯下看到上下颠倒的街道。西蒙是对的。转换角度、改变方位，你就会看到不同的景象。盲点是可以弥补的。她花了点时间才明白。明白西蒙·凯法斯对很多事情的判断都是对的。他不是每次都对，但命中率也高得让人恼火。她正过来。

"祝你今天过得开心，亲爱的。"门口那女孩亲吻卡丽的嘴唇。

"你也是。"

"我得打磨地板，估计开心不到哪儿去吧。不过我尽量。你什么时候回来？"

"晚饭时间吧，除非有什么突发情况。"

"好吧，不过好像已经有突发情况了。"

卡丽顺着她手指的方向看去。门外那辆车看着眼熟，半开的车窗里那张脸更眼熟。

"怎么啦，奥斯蒙德？"萨姆高声说。

"抱歉打扰你 DIY 装修了，不过我得借你女友用一下。"警监也高声回答，"出事了。"

卡丽看看萨姆，萨姆拍拍卡丽的牛仔裤兜。卡丽秋天就把短裙和西装上衣都收进衣橱了，不知为什么再也没拿出来。

"去造福社会吧，姑娘。"

他们沿着 E18 公路向东行驶，路上，卡丽一直望着窗外白雪皑皑的大地。她在想，初雪似乎总代表某种分野，抹去原有的一切，改变世界的面貌。阿克尔码头与天主教堂枪案之后那几个月过得兵荒马乱。警方果然受到了抨击，公众指责他们安排极其危险的单人行动，不顾警员安危。不过西蒙依然得到了英雄般的厚葬，被誉为人民的警官，他勇斗城内的犯罪分子，为正义献出了生命。局长帕尔在悼词中说，即使他偶尔打破规则，人们也不会揪住不放。而且说起来，他其实也并没完全遵守挪威的法律。帕尔不会对他的品行吹毛求疵，因为帕尔自己毕竟也突破了挪威法律的边界，把一部分资产转入了注册在开曼群岛的匿名信托基金账户。案子办完后，卡丽曾直接找到帕尔，她一直在查是谁在帮洛夫特斯家付水电费，最后查到了他。帕尔当场承认，也没有过多地解释，只说这样做并不违法，他只是出于好意；为了减轻自己的负罪感，因为阿布自杀后，他一直为没能照顾好桑尼和他母亲而自责。帕尔说这笔开支不小，但这样一来，那孩子出狱以后至少还能有个住的地方。

随着时间的推移，人们也慢慢接受了"执剑佛陀"销声匿迹的事实。莱维·托，也就是双子死后，他的圣战似乎就告一段落了。

艾尔莎的视力提高了不少。西蒙下葬几周后，卡丽过来看她，她告诉卡丽美国的手术成功了百分之八十。她说没有什么是绝对完美的。人生并不完美，人也各有瑕疵。西蒙更是如此。唯一完美的，只有爱。

"他从没忘记过她。海伦妮。她是西蒙一生的挚爱。"夏天尚未过去，在迪森区艾尔莎的花园里，她们坐在躺椅上，呷着波尔多葡萄酒观赏日落。卡丽明白艾尔莎已经打算把一切都告诉她。"他说海伦妮的另外两个追求者，阿布和蓬提乌斯都比他帅，也比他强壮、聪明。但只有他真正懂她。西蒙就是这点奇怪。他总能把人摸透，能看到他们身上的天使与恶魔。当然，他也得抑制自己心里的恶魔。西蒙曾经赌博成瘾。"

"他跟我说过。"

　　"他跟海伦妮在一起了，但他欠下的赌债把他们的生活搅得混乱不堪。他们并没在一起多久，但西蒙感觉自己正把她拖入深渊，这时，阿布·洛夫特斯及时出现，从他手中救下了她。阿布和海伦妮搬走了。西蒙心碎不已。他不久就听说海伦妮怀孕了。于是他像疯了一样豪赌，把什么都输光了，濒临堕落边缘。然后他找到魔鬼，出卖了自己仅剩的东西。他的灵魂。"

　　"他去找了双子？"

　　"对。只有极少几个人知道双子的真实身份和联系方式，西蒙就是其中之一。但双子从来都不知道西蒙和阿布是谁，他们都用电话和信件联系。后来则成了电子邮件。"

　　她停下来，车流的轰鸣从特隆赫姆街和辛森十字传来。

　　"西蒙跟我无话不谈，但这件事他却很难启齿。他出卖灵魂的事。他相信自己打心眼里渴望那种耻辱，那种堕落，那种自我厌恶。这能盖过别的痛苦。他相信，这是一种精神上的自残。"

　　她抚平裙子上的褶皱。卡丽看她坐在那里，觉得她既柔弱又坚强。

　　"但西蒙心里最过不去的坎，还是他对阿布的所作所为。他恨阿布，因为阿布夺走了他生命中唯一有价值的东西。他把阿布拖入了深渊。金融危机发生后，阿布和海伦妮负债累累，只有赚快钱才能免于流落街头。所以西蒙一跟双子谈妥合作就直接去找阿布，提出要买下他的灵魂。阿布一开始是拒绝的，还威胁要把事情捅到西蒙的上司那儿去。但西蒙直击阿布的软肋。也就是他儿子。他说现实就是这么残酷，儿子会为父亲的骄傲埋单，在贫困中长大。西蒙说这是最糟糕的部分，眼睁睁看阿布被邪恶侵蚀、失去灵魂。但这也减轻了他的孤独。这种情况一直持续到后来，双子想让内奸在警局里爬上高位，一山再也容不下二虎了。"

　　"你为什么要跟我说这些，艾尔莎？"

　　"这是他的遗愿。他觉得你应该知道，在你做抉择之前。"

"他的遗愿？难道他知道自己会……"

"我不知道，卡丽。他只说你跟他太像了。希望你能看到他在警察生涯中犯下的错误，从中吸取教训。"

"可他明知道我不打算当一辈子警察。"

"是吗？"港口隐隐反射着阳光，艾尔莎把酒杯举到唇边，慢慢啜饮一口，然后放下。

"西蒙发现阿布·洛夫特斯想除掉他、跟双子单独合作，于是他找到双子，说阿布盯上他和双子了，他必须把阿布做掉，必须立刻动手。他说他跟阿布就像同卵双胞胎，都做了同样的噩梦，梦见对方要杀自己。他抢在了阿布之前。西蒙杀死了他最好的朋友。"

卡丽咽了口唾沫，竭力忍住眼泪。"但他很后悔。"她轻声说。

"是的，他很后悔。他不再当内奸了。其实他本可以继续。但不久，海伦妮死了。西蒙走上了绝路，失去了一切。所以也不再有任何恐惧。他用一生来赎罪，弥补自己的错误。他打击黑警毫不手软，那些人就像从前的他，在警署，这么干可交不到朋友。他越来越孤僻。但他从不自怨自艾，而是觉得自己活该。记得他跟我说过，自我厌恶就是你每天早上醒来照镜子时，心头涌起的恨意。"

"而你拯救了他，不是吗？"

"他说我是他的天使。但拯救他的并不是我的爱。我不太赞同那些智者的说法，我觉得被爱并不能拯救任何人。是他自己拯救了自己。"

"用爱你的方式。"

"愿他安息。"

她们在室外坐了很久，卡丽直到午夜才离开。

走之前，在走廊上，艾尔莎把一张照片指给她看，上面是三个人站在一座石冢前。

"西蒙去世时身上带着这个。那就是她，海伦妮。"

"黄房子还没烧毁的时候，我在那儿见过她的照片。我还跟西蒙说她长得像哪个歌手还是演员来着。"

"米娅·法罗。他带我去看《罗斯玛丽的婴儿》，就为了看她。虽然他嘴上说不知道她们哪儿长得像。"

那张照片令卡丽莫名感动。因为他们笑容中的某种东西。那份乐观。那份信念。

"你和西蒙没想过要孩子？"

她摇头。"他害怕。"

"怕什么？"

"怕他的缺陷会遗传，他嗜赌的天性、自毁式的冒险、缺乏约束的个性。还有抑郁的情绪。我以前会开他的玩笑，说他肯定在哪儿有个私生子，所以才这么担心。"

卡丽点点头。罗斯玛丽的婴儿。她想到那个在警察局当清洁工的小老太太，记起了她的名字。

卡丽向艾尔莎道别，踏入门外的夏夜。微风骤起，时间飞速流逝，她被空气与时间的洪流裹挟席卷，最终来到这里，坐在车上，凝望着窗外的初雪，想着它怎样改变了世界的面貌，想着世事难料。她和萨姆决定要个孩子。而她非但拒绝了司法部一份诱人的工作，还回绝了一家保险公司的高薪聘请。这连她自己都没想到。

直到车子驶出奥斯陆，经过一座小桥拐上砾石小道，她才问奥斯蒙德出了什么事。

"德拉门警方打来电话，要我们派人协助。"奥斯蒙德说，"死者是个船主。叫英韦·莫尔桑德。"

"老天。是那个丈夫。"

"正是。"

"他杀还是自杀？"

"具体情况我还不清楚。"

他们把车停在警车后方，穿过尖木篱笆上的院门，来到宅子门口。比斯克鲁德警署的一位警监接待了他们。他拥抱了卡丽，向比约斯塔德自我介绍说他叫亨里克·韦斯塔。

"有可能是自杀吗？"卡丽进屋时问。

"为什么这么问？"韦斯塔说。

"因为他可能无法承受丧妻之痛。"卡丽说，"因为有人怀疑他是杀人凶手，或者因为他本身就是杀人凶手，受不了良心的谴责。"

"也许吧……"韦斯塔说着，领他们走进客厅。

几名犯罪现场调查员正俯身查看椅子上那个男人。仿佛他身上爬满白色的蛆虫，卡丽想。

"……不过我不太相信。"韦斯塔把话说完。

卡丽和比约斯塔德盯着尸体。

"见了鬼了。"比约斯塔德压低声音对卡丽说，"你觉得……他……"

卡丽想到早餐吃的溏心蛋。

说不定她已经怀孕了，这也许能解释她为什么会感觉恶心反胃？她打消这个念头，仔细观察尸体。死人瞪着一只眼睛，另一只眼睛戴着黑色的眼罩，眼皮上方有一道锯齿状的切口，而他的头顶，已经被整个削去了。

SØNNEN (THE SON)

Copyright © Jo Nesbø 2014

Published by agreement with Salomonsson Agency, through The Grayhawk Agency Ltd.

© 中南博集天卷文化传媒有限公司。本书版权受法律保护。未经权利人许可，任何人不得以任何方式使用本书包括正文、插图、封面、版式等任何部分内容，违者将受到法律制裁。

著作权合同登记号：图字 18-2022-149

**图书在版编目（CIP）数据**

夜行之子 /（挪威）尤·奈斯博（Jo Nesbo）著；齐彦婧译 . -- 长沙：湖南文艺出版社，2023.4

书名原文：The Son

ISBN 978-7-5726-1076-9

Ⅰ . ①夜… Ⅱ . ①尤… ②齐… Ⅲ . ①长篇小说 - 挪威 - 现代 Ⅳ . ① I533.45

中国国家版本馆 CIP 数据核字（2023）第 036193 号

上架建议：畅销·悬疑小说

YEXING ZHI ZI

**夜行之子**

著　者：［挪威］尤·奈斯博
译　者：齐彦婧
出 版 人：陈新文
责任编辑：匡杨乐
监　制：吴文娟
策划编辑：董　卉　逯方艺
特约编辑：陈　黎
版权支持：张雪珂　辛　艳
营销编辑：傅　丽
封面设计：利　锐
封面绘图：Weitong Mai
出　版：湖南文艺出版社
　　　　（长沙市雨花区东二环一段 508 号　邮编：410014）
网　址：www.hnwy.net
印　刷：三河市鑫金马印装有限公司
经　销：新华书店
开　本：875 mm × 1270 mm　1/32
字　数：373 千字
印　张：13.5
版　次：2023 年 4 月第 1 版
印　次：2023 年 4 月第 1 次印刷
书　号：ISBN 978-7-5726-1076-9
定　价：59.00 元

若有质量问题，请致电质量监督电话：010-59096394
团购电话：010-59320018